Ronald Fricke

Hoffmanns letzte Erzählung

Roman

Rütten & Loening
Berlin

ISBN 3-352-00561-3

1. Auflage 2000

Einbandgestaltung Henkel/Lemme
Druck und Binden Graphischer Großbetrieb Pößneck
Ein Mohndruck-Betrieb
Printed in Germany

Für Birgit und Samuel

1.

Am Morgen des 11. Januar 1822 hatte sich Friedrich Freiherr von Schuckmann noch äußerst wohl befunden. Jetzt, nach der Audienz beim König von Preußen, war er in arger Verlegenheit. Nachdenklich stand er inmitten seines weitläufigen verspiegelten Empfangssaals und studierte sein ins Unendliche vervielfachte Bild. Wen sah er?

Er sah keinen typischen Vertreter des märkischen Junkertums, worunter er uneingestandenermaßen litt. Sein Blut war dünner als jenes des preußischen Landadels. Seine Nerven waren feiner. Ein fast verdorrter Zweig im Stammbaum derer von Schuckmann, der bei ihm und nicht den anderen Familienmitgliedern durchgeschlagen war, mußte schuld daran sein, daß er mit der weitverbreiteten Kernigkeit nicht dienen konnte. Allein seine außergewöhnliche Schönheit unterschied Schuckmann von den üblichen Junkern. Er war mittelgroß, schlank und feingliedrig, aber mit geschmeidigen Gelenken und beweglichen Muskeln, ein vorzüglicher Reiter, Fechter und Schütze. Sein Gesicht war von verstörendem Ebenmaß. Seinen Bewegungen eignete eine Hastigkeit und Fahrigkeit, doch niemals in solch übertriebenem Maße, daß seine angenehme Erscheinung darunter litt.

Trotz jener Neurasthenie, die seinem Hausarzt zufolge sein Blut verwässerte, hatte er sich mit eiserner Disziplin nach oben gekämpft. Seinem Meister, Hegel, folgend, hatte er früh schon die Dialektik des Aufstiegs gelernt: ein immerwährendes nach oben hin Dienen und nach unten hin Herrschen. Auf der Suche nach Ordnung war er möglicherweise anderen, alternativen Modellen begegnet, mußte sie aber verworfen haben, denn der preußische Staat, kathedralisch überhöht von Hegels Philosophie, galt ihm in der Tat als Kulmination menschlicher Geschichte. Ihm war, als sei das zerissene Menschengeschlecht nun, im Schein von Preußens Gloria unter König Friedrich-Wilhelm Drei, zu einem Ganzen neu zusammengefügt. Und das Herrliche an diesem Ganzen war nicht zuletzt, daß er, Schuckmann, darin eine nicht unwesentliche Rolle spielte, wohingegen in alternativen Modellen, möglicherweise, seine Rolle eine kleinere gewesen wäre. Preußen war gut.

Und so sollte es bleiben, denn Schuckmann hatte sich diesen Aufstieg mühsam erkämpft. Aufgestiegen war er zum Minister für Inneres und das Polizeiwesen. Doch momentan befand er sich in entsetzlichen Kalamitäten. Aus der virtuellen Unendlichkeit seiner Spiegelungen rollte erneut die Woge der Erinnerung heran. Es war der 11. Januar 1822 und früher Morgen …

Nach einem kurzen schnellen Morgenritt durchs Grunewäldchen, einem raschen Sieg im Fechtsaal gegen Moritz, den Reitknecht, einem nahrhaften Frühstück, einem Glas Portwein und nicht bevor er sich einen seiner Lieblingsorden angeheftet, hatte er sich zur Audienz beim König von Preußen begeben, fliegender Schöße gefolgt von Friedrich, seinem Sekretär, der eine ausgewachsene Akte, die schwer wie ein Mühlstein war, schleppte. Diese Akte enthielt die Arbeit seiner gesamten Amtsperiode.

Außer Atem, denn der Ruf seiner Majestät gebot Eile, hetzten die beiden durch lange Korridore, an deren Ende schließlich eine turmhohe Tür bereits offenstand. Es schien kein offizielles Treffen zu sein, denn von Schuckmann befand sich unversehens im Schlafgemach Seiner Majestät. In einer Ecke hatte sich ein bucklichter Schreiber hinter einem Stehpult verschanzt. Der König erhob sich geradewegs aus seinem Baldachinbett, warf seinen gefütterten Morgenmantel über und schlüpfte in seine lustigen Troddelpantoffeln. Angesichts dieser plötzlichen Konfrontation mit so viel aufdringlicher Intimität spürte Schuckmann die Ankündigung eines neurasthenischen Anfalls. Dabei konnte er sich kaum auf die Figur des Königs konzentrieren, denn hinter den aus dem Schlafrock hervorlugenden Beinen gewahrte er die unerquickliche Präsenz eines königlichen Nachttopfs. Der König kam ohne Umschweife zum Thema. Schuckmann strich sich währenddessen über den Orden, als wolle er das Augenmerk des Königs auf frühere Verdienste lenken. Der König polterte los. Seine Majestät war schließlich ganz oben auf der Leiter und brauchte deshalb keinen prekären Machtkonstellationen und Einflußsphären Rechnung zu tragen. Aus der eher lauten als zusammenhängenden Rede entnahm der Minister Reizwörter, die seit einigen Jahren, um genau zu sein: seit den Karlsbader Beschlüssen, wie Positionsleuchten das nächtliche Meer der Politik markierten: UMSTURZ, UMTRIEBE, DEMAGOGEN, DEMOKRATEN. SOLL MIR ERST SAND SELBST DAS MESSER AN DIE KEHLE SETZEN, BEVOR ENDLICH EINMAL EINER DEN GANZEN SUMPF MIT STUMPF UND STIEL ...

Was war vorgefallen? Schuckmann strengte sein Gehirn an, aber er konnte dem Wortschwall Seiner Majestät den eigentlichen Anlaß nicht entnehmen. Der infame Attentäter Sand war schon vor zwei Jahren hingerichtet worden. Man hatte inzwischen eine Kommission gegründet, die ganz offiziell staatsfeindliche Aktivitäten juristisch verfolgte. Diese sogenannte Immediat-Kommission war ein geistreicher Coup gewesen und gefiel dem Minister um so mehr, als die Idee dazu seinem Geist entsprungen war. Der Minister war kein Mann der Gewalt, sondern sah sich selbst als großen politischen Strategen, einen Napoleon der preußischen Innenpolitik auf dem Felde politischer Zersetzung. Ja, die Immediat-Kommission war schon ein Schachzug, auf den er stolz sein durfte. Die Stimme des Königs schnitt mit hysterischem Falsett durch die Luft: UND AUCH DIE IMMEDIAT-KOMMISSION IST EIN REINFALL. SCHUCKMANN. ICH BIN ENTTÄUSCHT! »Ich frage Sie«, fragte der König den Minister, »ich frage Sie, wie kann es sein, daß von zwölf Verfahren gegen diese demagogischen Verbrecher nicht eins, nicht ein einziges zu einer angemessenen Verurteilung geführt hat? Was muß ich daraus schließen, mein lieber Minister? Wie kann es überhaupt sein, daß es lächerliche zwölf Verfahren, also nur ein knappes Dutzend, gegeben hat, wo mein Staatswesen von Staatsfeinden wimmelt, wie … wie …«

»Wie ein, wie ein …« Dem Minister fiel auch kein Vergleich ein, aber gern hätte er darauf hingewiesen, daß zwölf kein knappes Dutzend sei, sondern vielmehr ein vollständiges, vollgültiges, ja ein vollkommenes Dutzend darstelle. In Anbetracht der königlichen Verfassung unterließ er jedoch diesen Hinweis.

Nach seiner Schimpfkanonade war der König plötzlich still. Und da niemand sonst etwas sagte, war es überhaupt recht still. Der König saß in seinem gefütterten Morgenrock, Schweiß stand ihm auf der Stirn, und er prustete ganz leise vor sich hin, gerade so wie ein sanfter Schnarcher. Ein riesiges weißes Schnupftuch flatterte durch die Luft und landete auf der Stirn des Königs. Ein schwerer Siegelring blitzte darüber. Jetzt vernahm Schuckmann das leise Knirschen der Schreibfeder des Protokollanten, der die letzten Worte zu Papier brachte. Hinter sich spürte Schuckmann seinen verhalten atmenden Sekretär, der nur noch mit Mühe die schwere, inzwischen nutzlos gewordene Akte festhielt. Und Schuckmann spürte da ein heftiges Pochen, das zweifellos seiner eigenen Brust entstammte. Aber er mußte Beherrschung zeigen. Zugegeben, Schuckmann war vollkommen überrascht und geradezu fassungslos; denn die Immediat-Kommission hatte immerhin zwölf Verfahren, ein vollkommenes Dutzend, eingeleitet. Das war doch besser als vorher, als es keine Verfahren gegeben hatte. Einige der Beschuldigten hatten Strafen erhalten, andere waren aufgrund mangelnder Beweise freigesprochen worden. Dr. Meier, zum Beispiel, atmete gesiebte Luft. Auch Turnvater Jahn schmorte hinter Gittern. Das war die Faktenlage. Die Kommission schüchterte die Staatsfeinde ein. War es nicht sogar so, daß die geringe, aber immerhin einem vollen Dutzend entsprechende Anzahl von Verfahren darauf hinwies, wie erfolgreich seine

Behörde arbeitete und wie sehr sie die staatsgefährdenden Kräfte bereits zurückgedrängt hatte? Doch mit dieser Faktenlage konnte er dem König jetzt nicht kommen. Der König wollte kein *Faktum*, er wollte ein *Fatum*. Schuckmann für seinen Teil war allerdings nicht gewillt, sein Schicksal zu opfern.

Schuckmann streichelte noch einmal kurz den Orden auf der Brust, in der das Tam-Tam seiner Herztrommel erscholl, und hob an: »Aber meine Majestät, das ist doch genau das, was ich sage, schon immer gesagt habe und immer sagen werde. Die Immediat-Kommission war eine hervorragende Idee, die unlängst unser aller Wohlwollen erheischte …«

Die Stirn des Königs bewölkte sich.

»… prinzipiell jedenfalls!«

Der König wackelte unentschieden mit dem Kopf.

»Aber so geht es nicht weiter! Eure Majestät wird ja geradezu den Staatsfeinden ausgeliefert von diesen … diesen …«

Seine Majestät wurde hellhörig. Taubenweiß flatterte das Taschentuch wie eine Friedensfahne über dem Bollwerk der Königsstirn.

»IMMEDIAT-KOMMISSIONS-STAATSFEINDEN.«

Jetzt war es heraus. War herausgesprungen aus dem Mund wie eine schadenfreudig quakende Kröte. Schuckmann selbst war nicht minder überrascht als der König. Ach so, die Immediat-Kommission war schuld. Das war starker Tobak.

»Ach so, die Immediat-Kommission ist … schuld?« sagte der König halb fragend, halb feststellend.

»Aber natürlich. In der Tat!« rief der Minister aus, wobei er seine Behauptung mit einem Kopfnicken unterstützte, auch um sich selbst die letzten Zweifel zu nehmen.

»Die Immediat-Kommission soll selbst staatsfeindlich sein. Wie geht das zu?« fragte der König.

Schuckmanns Anschuldigung war insofern eine extreme Behauptung, als der König bislang nur der Kommission vorgeworfen hatte, nicht hart genug gegen die Staatsfeinde durchzugreifen. Daß die Kommission nun selbst am Untergang des Staates arbeitete, das war einfach unglaublich. Aber das Spiel einmal begonnen, gab es kein Zurück mehr.

»Hier, da hinter mir …« Schuckmanns Stimme zitterte vor Zorn, und sein strafender Zeigefinger wies auf den Sekretär mit der Akte, der sich unwillkürlich duckte, wobei ihm die Akte fast aus der Hand rutschte. »Diese Akte, dieses Konvolut beweist es. Dort stehen Seite für Seite die Verbrechen der Immediat-Kommission aufgelistet. Eine Litanei des Verrats, das Paternoster der Perfidie, ein Sudelbuch des Zynismus, das Kamasutra der tausend Verstellungen, ein endloser Kanon kapitaler Kotaue vor den widerlichen Widersachern, wenn auch zugegeben nur für den zu lesen, der mit ihren ausgebufften Kniffen durch langes schauderdurchschütteltes Studium vertraut ist.«

Der König hatte den Mund vor Staunen aufgesperrt. Das weiße Riesentaschentuch war ihm auf die Knie gefallen. Doch Schuckmann ließ dem Monarchen keine Zeit, um zu verschnaufen, sondern schmetterte jetzt fanfarenhaft seine wortwütende Rede in den Prunksaal: »Ein Beispiel«, frohlockte er. »Ein Beispiel!«

»Ja, ein Beispiel!« rief der König. Dabei klatschte er in die Hände. Dann nahm er das Taschentuch wieder auf.

»Zum Beispiel, um nur ein einziges zu erwähnen! Ein einziges nur, und in diesem Nur des einen Beispiels steckt schon fast ein Verrat an der Sprache, angesichts dieser unübersehbaren Fülle.«

Dann hielt von Schuckmann wieder inne. Als sei ihm jäh bewußt geworden, wo er sich befand, überfiel ihn eine große Unsicherheit. Einen Moment lang sah er auf seine Hände. Aha, dachte er, also fünf Finger an jeder Hand. Wieso nicht sechs oder vier? Er reckte den Kopf wieder nach hinten zum Aktenträger, als könne er dort finden, was er suchte. Was war es noch einmal, das er suchte …? Als hätte sein Sekretär oder eine unbekannte Instanz ihm einen Wink gegeben, fuhr er stockend zwar, doch immerhin, fort: »Nehmen wir doch nur einmal den Fall …« Schuckmanns Hand suchte Halt am Orden und rubbelte nervös daran herum. Ein neurasthenisches Zucken seines rechten Augenlids war nicht zu kontrollieren und unterminierte seine Bemühungen, souverän zu wirken.

»Nehmen wird doch der Einfachheit halber einfach einmal den Fall, den ersten, den klarsten, den ungeheuerlichsten Fall von Verrat. Verrat gegen den König und eine durchaus private Kränkung meiner Person, wenn ich das denn noch hinzufügen darf.«

Der König, der aufgrund der weitschweifigen Einleitung des Ministers immer mehr das Gefühl bekam, als entginge ihm irgend etwas, wendete den Kopf weg, so wie jemand, der das Ohr lauschend an eine Tür hält. Von fast spastischen Fingerbewegungen unterstützt, beschwor er den Minister: «Ja, ich höre, ich höre, fahre Er fort, Herr Minister, und nenne Er den Fall beim Namen!«

Die Gesichtszüge des Ministers entglitten: «Hatte ich den noch nicht gesagt?«

»Nein, das hat Er nicht«, wehklagte der König.

»Wie? Ich hatte noch nicht gesagt, daß in der Kommission ein Staatsfeind sitzt?«

»Doch, das hat Er bereits, aber WER? WER nur?« Vor quälender Ungeduld streckte der König dem Minister einen Arm entgegen.

»Ich hatte nicht gesagt, daß der Kammergerichtsrat Hoffmann, Mitglied der Immediat-Kommission zur Untersuchung und Überführung staatsfeindlicher Aktivitäten, selbst ein Staatsfeind ist und deshalb die Arbeit der Kommission sabotiert, unterminiert und desavouiert und damit mich und den König und das gesamte Staatswesen beleidigt? Wobei ich mich selbst natürlich zuletzt genannt wissen will!«

Hoffmann? Der Minister stutzte. Auch der König stutzte. Sie stutzten sich gegenseitig an und erfüllten das königliche Schlafgemach mit großem Erstaunen. Ja, Hoffmann. Wieso eigentlich nicht Hoffmann? dachte der Minister, als hätte er selbst nicht die Beschuldigung hervorgebracht. Natürlich hätte er jeden anderen Namen genausogut nennen können. Aber Hoffmann war eine schillernde Figur, ein zweideutiges Subjekt. Genie und Wahnsinn. Genau betrachtet, war Hoffmann der ideale Kandidat. Da gab es doch den Fall Jahn. Ein Landesverräter übelster Sorte, der König und Obrigkeit in heftigster Manier auf eigens dafür hergerichteten Turnplätzen angegriffen und beschimpft hatte. Ein Majestätsbeleidiger höchster Güteklasse, der in altdeutscher Tracht aufrührerische Reden schwang. Dafür hatten sie ihn hinter Gitter gesperrt und wollten ihm den Prozeß machen. Allein was machte dieser niederträchtige Turner? Er strengte eine Verleumdungsklage gegen den Polizeipräsidenten von Kamptz an. Tatsächlich eröffnete daraufhin das Kammergericht unter Vorsitz des Kammergerichtsrats E.T.A. Hoffmann ein Verfahren gegen den Polizeipräsidenten. Der königlich-preußische Polizeipräsident wurde zur Vernehmung vorgeladen. Der Polizeipräsident von Berlin vor den Schranken des Gerichts! Das war ein Affront gegen die gesamte Staatsmacht und den Hof. Das war eine Affäre, die den Hofstaat in Aufregung versetzt hatte. Nicht einmal der König konnte Hoffmann zum Einlenken bewegen, so daß sie gezwungen waren, Jahn schließlich ganz aus der Hoffmannschen Einflußsphäre zu entfernen und auf die Festung Kolberg zu verbannen.

Nachdenklich erhob sich der König. Er raffte den Morgenrock um die Hüften und schnürte ihn enger. Seine Wut schien verflogen. Er hatte ihr Luft gemacht und hatte eine Antwort erhalten. Mit der Antwort hatte sich seine Situation verändert. Nun war er nicht fähig, die beiden Enden, die einstige Wut und die folgende Antwort, in einen Zusammenhang zu bringen. Ihm war, als glitten ihm Perlen einer zerrissenen Kette durch seine Hände.

»Hoffmann«, murmelte der König. Erst jetzt, so schien es, war ihm bewußt geworden, wer eigentlich der Beschuldigte war. »Schon wieder Hoffmann. Der hat uns schon reichlich Scherereien gemacht. Ich verstehe das nicht. Der Dichter Hoffmann, *mein* Dichter Hoffmann«, sagte er leise, kaum noch fähig, seiner Stimme königlichen Zorn zu verleihen.

»Der *Kammergerichtsrat* Hoffmann«, beeilte sich der Minister zu sagen.

»Der Richter oder der Dichter? Wer von beiden hintergeht mich?« flüsterte der König. Die Frage war kaum noch hörbar. Es war gerade so, als versinke der König nach und nach in sich selbst oder entferne sich mehr und mehr von der Angelegenheit, wie um sich der Verantwortung zu entziehen und seine Spuren zu verwischen.

»Mit Verlaub. Seine dunkle Seite, seine Nachtseite, wenn ich so sagen darf«, sagte der Minister in altgewohnter zackiger Manier. Es war ihm jetzt leicht ums Herz nach dieser geglückten, wenn auch sehr zähen Geburt einer Intrige. Außerdem spürte er, wie dem König der Schneid abhanden kam. Gleichwohl war er sich bewußt, daß *er* und nicht der König auf einer schiefen Ebene stand und daß es eine *sehr schiefe* Ebene war.

Eine königliche Hand mit schwerem Siegelring faßte in die Tasche des Morgenrocks. Es kam ein zerlesenes Buch zum Vorschein. Der König schaute wehmutsvoll auf den verzierten Umschlag: DER GOLDNE TOPF von E.T.A. Hoffmann.

»Ich verlange Beweise. Untrügliche Beweise, Herr Minister von Schuckmann. Ich erwarte Ihren Bericht in den nächsten Tagen. Sollte es den leisesten Zweifel an Ihren Beschuldigungen geben, dann werden Sie die Konsequenzen tragen. Nun lassen Sie mich allein.« Der König schüttelte sich, als wenn er fröre. Dann schritt er gesenkten Hauptes zu seiner Bettstatt. Er sah nicht mehr, wie sich der Minister tief und mit erlesenstem Kratzfuß verbeugte. Er sah nicht, wie der Minister seinem Sekretär mit einer Kopfbewegung bedeutete, so schnell wie möglich Leine zu ziehen. Er sah nicht, wie der Sekretär bei dem Versuch, diesem Befehl eilfertig nachzukommen, die Gewalt über die dicke Akte verlor. Dafür hörte er den Aufprall der Akte, der sich in siebenfachem Echo den Weg durch alle Räume des Palastes bahnte, zurückkam und dann in des Königs altmodisch gepudertem Kopf widerhallte …

Der Minister wandte sich wieder seinem unendlich vervielfachten Spiegelbild zu. Doch hatte er jetzt keine Muße, das Phänomen, das er selbst war, zu bewundern, denn mit der Feinfühligkeit einer Bisonherde platzte der Polizeipräsident zur Tür herein. Die bloße Erscheinung des Polizeipräsidenten war dem Minister ein Greuel. In seinen Augen stellte dieser eine einzige große Ansammlung von Unmäßigkeiten dar, von den berserkerhaften Schultern bis zum vierschrötigen Kinn, vom faßartigen Bauch bis zu den bratpfannengroßen Pranken. Übergipfelt wurde all dies gigantomanisch in die Höhe und Breite Quellende einer polizeipräsidentlichen Physiognomie von kaum mehr zum Reich des Menschlichen gehörenden Füßen. Die Füße waren so groß wie bei einem Känguruh. Der Minister konnte kaum hinsehen, ohne daß ihn ein entsetzlicher Widerwille erfaßte.

Schuckmann zuckte zusammen. Der Polizeidirektor hatte ihn begrüßt. Begrüßt? Er hatte ihn mit einer Stimme, so laut und dröhnend wie eine Kanonensalve, bis ins Mark erschüttert. Selbst die Möbel schienen zu zittern und gewissermaßen enger zusammenzurücken.

Schuckmann ging zur Tür, um sie zu schließen. Kamptz hatte sie sperrangelweit offenstehen lassen. Einer seiner Untergebenen, ein untersetzter Mann, stand provozierend im Türrahmen. Der Minister drückte gegen die Tür. Dabei hätte er fast dem Mann die Nase eingeklemmt – aber leider nur fast.

Von Kamptz hatte bereits unaufgefordert Platz genommen. Seine Beine waren proletarisch übereinandergeschlagen.

»Wollen Sie ein Glas Brandy, Kamptz?« fragte Schuckmann so unfreundlich wie möglich.

»Nein, ich trinke nicht vor dem Frühstück.«

Schuckmann zuckte die Achseln. Er stellte die Brandyflasche zurück.

»Aber«, ergänzte Kamptz, »ich habe ja längst gefrühstückt. Ich nehme also doch ein Gläschen, oder besser noch zwei!«

Darauf erscholl ein brausendes Lachen, das ebenso abrupt endete, wie es plötzlich begonnen hatte.

Dich werd ich schon noch weichkochen, dachte von Schuckmann und lächelte den Direktor, respektive Präsidenten der preußischen Polizei, süßlich an, während er das Glas vollgoß.

Nachdem der Polizeidirektor das Glas Brandy in einem Zug geleert hatte, begann der Minister zu sprechen.

»Ich hatte heute morgen eine Audienz bei Seiner Majestät.

Wir kamen dabei auf die Arbeit der Immediat-Kommission zu sprechen. Der König war gar nicht mit den Ergebnissen zufrieden – und zwar ganz und gar nicht.«

Mit einer dem gewaltigen Ausmaß seines Körpers angemessenen Wegwisch-Bewegung donnerte der Polizeidirektor: »Genau das, was ich immer sage! Ich war von Anfang an dagegen. Dieses Gründen von Kommissionen, in denen doch nur juristische Spitzfindigkeiten ausgetauscht werden. Pah! Debattierclubs und Advokatensülze. Und schließlich die Besetzung der Immediat-Kommission: alles potentielle Staatsfeinde. Das waren damals meine Worte, hat niemand drauf gehört. Waren nicht Sie es, Herr Minister, der die Idee dazu gehabt hatte?« Der Polizeipräsident verschränkte siegessicher die Arme vor der mächtigen Brust.

»Ja, aber das ist zweitrangig in Anbetracht der Tatsache, daß Seine Majestät aus mir unbekannten Quellen erfahren hat, daß eines der Mitglieder der Kommission, der Kammergerichtsrat Hoffmann, eine staatsgefährdende, wenn nicht sogar umstürzlerische Aktion plant oder bereits im Begriffe ist, diese durchzuführen. Und der König wollte natürlich von mir wissen, weshalb ich darüber nicht informiert bin. Für derlei Ermittlungen aber sind Sie ja zuständig. Na, Seine Majestät war ziemlich ungehalten.«

Kamptz knallte das Glas auf den Tisch.

»Wie? Was? Was für Informationen. Davon weiß ich nichts.«

»Genau das ist es ja. Der König schien dagegen sehr gut informiert zu sein. Natürlich warf das alles kein gutes Licht auf Sie.«

»Sie meinen, der König schätzt meine Arbeit nicht?« entfuhr es dem Polizeidirektor erschrocken.

»Nun … es war scharf auf der Kippe. Aber ich konnte den König beruhigen. Ich dachte mir: wenn dem König etwas über eine Hoffmann-Affäre bekannt ist, dann sind Sie sicherlich auch im Bilde und haben es nur bisher versäumt mitzuteilen oder aus berechtigten Gründen noch zurückgehalten. Das stimmt doch, oder?«

»Ja, Sie meinen die Sache mit Hoffmann. Dieser verdammte Hoffmann. Dieser spitzfindige Advokatenhoffmann. Dieser Terroristenfreund, der es wagte, mich vor das Kammergericht zu zitieren, als sei ich ein … Verbrecher. Den beobachte ich schon lange.«

»Wußte ich's doch. Sie haben längst den Fall unter Kontrolle.«

»Sie meinen einen bestimmten Fall?«

»Ja, diese bestimmten dem König zugetragenen Delikte.«

»Ach so, *die* meinen Sie.«

Kamptz stierte in das leere Brandyglas. Schuckmann konnte sich ausmalen, was jetzt in Kamptz' Gehirn passierte, nämlich nichts, absolute Leere. Gewissermaßen ein philosophischer Zustand. Schuckmann erinnerte sich, wie einmal Hegel vors Auditorium getreten war und die Studenten aufgefordert hatte, fünf Minuten lang nichts zu denken. Hegel hatte seine Taschenuhr gezückt und auf das Zifferblatt geschaut, während es mucksmäuschenstill im Saal wurde und man vermeinte, das Ticken der Uhr zu hören. Schließlich hatte er aufgeschaut und in die Runde gefragt, wem es gelungen sei, absolut nichts zu denken. Niemand war es natürlich gelungen … bis auf einen. Dieser eine schnellte den Zeigefinger streberhaft in die Höhe. Friedrich von Schuckmann sah ihn vor sich: ein kleiner Mann mit einer kleinen Hand. Und einer von hinten rief für alle deutlich hörbar: »Bei Knarrpanti ist das keine Kunst, sondern Normalzustand.« Alles brüllte. Daran dachte der Minister, während Kamptz in sein Glas stierte: Auch bei dem ist das Normalzustand.

Um dem Opfer einen weiteren Stich zu versetzen, sagte Schuckmann mit honigsüßer Stimme: »Ich habe dem König gesagt, daß Sie bereits geheime Ermittlungen eingeleitet haben. Daraufhin war der König sehr gütig gestimmt. Er läßt Ihnen da freie Hand. Ich erwarte von Ihnen dann in den nächsten Tagen einen Rapport betreffs dieser Angelegenheit. Sie werden das schon machen.«

SIEG!! SIEG!! Seit Kamptz abgezogen, schmählich fortgetrottet war, nicht ohne seinem dicken Leib eine Verbeugung abzuringen, fühlte sich Schuckmann glänzend. Voll Freude ritt er durchs Grunewäldchen ins Abendrot hinein. Er konnte sich darauf verlassen, daß die Sache ins Rollen kam. Der Polizeidirektor würde schon eine Handhabe gegen Hoffmann finden. Was ihn aber noch immer interessierte, das war die Antwort auf die Frage, was den König so in Rage gebracht hatte? Die Immediat-Kommission war es sicherlich nicht. Wie dem auch sei …

Schuckmann gab dem Rappen die Sporen. Der Rappe flog über ein kleines Waldbächlein. Die Sonne war untergegangen. Der klare nächtliche Winterhimmel lächelte, und der Minister schmunzelte über den Zufall, der ihn hatte den Namen nennen lassen. Er befand sich jetzt auf einer Lichtung, die vom Schein eines feistbäckigen Mondes erhellt war. Da fiel es ihm ein. War er nicht heute morgen an eben dieser Stelle, inmitten dieser Lichtung, auf eine vermummte Gestalt gestoßen? Der Mann war eingehüllt gewesen in mehrere Mäntel und etliche Schals. Eine Pelzmütze, wie sie Russen tragen, hatte auf seinem Kopf gesessen. Aus all den Kleidungsstücken lugte nur das dunkle Augenpaar hervor. Die Gestalt hatte am frühen Morgen nichts Besseres zu tun, als auf dieser Lichtung im Kreis zu gehen und dabei ein Buch zu lesen. Der Reiter fragte den Vermummten, weshalb jener in aller Herrgottsfrühe und mitten im Winter im Wald ein Buch lese? Die vermummte Gestalt antwortete, sie habe kein Zuhause und ohne dieses Buch wäre ihr noch viel kälter. Daraufhin fragte der Reiter, was es denn wohl für ein Buch sei, das dem Frierenden den heimischen Herd ersetze. »Der goldne Topf von E.T.A. Hoffmann«, antwortete die Gestalt.

Schuckmann gab seinem Pferd die Sporen, und fort ging es im Galopp. Der goldne Topf! Haha und hoho! Haha und hoho!

2.

Längst waren die Lichter und Leuchter der Opernhäuser, der Theater und Konzertsäle gelöscht worden. Die Lokale und Restaurants lagen im Dunkeln, selbst bei Lutter & Wegner war kein Schluck mehr zu bekommen. Es war jenseits von Mitternacht. Die Stadt schlummerte unter einem eisklaren Sternenhimmel mit einem einsamen fahlen Mond. Doch da und dort noch drückte sich eine vereinzelte Gestalt um eine Straßenecke, vor Kälte in den Mantel geduckt; da und dort wohl huschte noch ein Kätzchen über eine Mauer, die zu einer Ruine oder einem Friedhof gehörte, wo hier und da der Ruf des Käuzchens wie eine verirrte Seele herumgeisterte.

Wer jetzt noch durch die Straßen geht, ist höchstwahrscheinlich ein Spitzbube, vielleicht auch ein Spitzel oder ein Opfer Cupidos, das haltmacht auf einer Brücke und in die Spree starrt, auf der diesen Winter eine Eisschicht liegt als Spiegel für den Mond oder andere einsame Nachtbummler. In einer der schlechtest beleumundeten Gegenden Berlins, wo die Straßen schmal und kaum gepflastert sind, wo windschief verfallene Häuser wie besoffen aneinandergelehnt stehen, um sich zu trösten oder um nicht umzufallen, dort gibt es ein Haus, da brennt noch Licht. Über der Eingangstür hängt ein verwittertes Schild mit der Aufschrift »Gänsefüßchen« und klappert und scheppert, wenn der Wind es gegen die Hauswand schlägt.

Eine zweispännige Kutsche stand an der Biegung dieser lausigen Gasse, fast verschluckt von der Dunkelheit. Das war gut so. Die Kutsche sollte nicht sofort sichtbar sein für einen, der aus der Kaschemme torkelt (nüchtern verläßt diesen Ort keiner). Eines der beiden Kutschpferde schnaubte. Der Kutscher auf dem Bock in weitem Mantel und Plaid über den Knien ließ ein Streichholz aufflammen, um sich eine Pfeife anzuzünden. Ja, jetzt was schmauchen, dachte er. Aus dem Innern des Wagens kam ein nachdrücklich tadelndes Klopfen. Der Kutscher steckte die Pfeife enttäuscht zurück in die Manteltasche und dachte sich seinen Teil.

Der Klang einer Kirchturmglocke wehte herüber. Ein hagerer Mann kam aus der Kneipe. Eine Böe erfaßte das Schild. Der Mann erschauerte und warf den Kopf herum. Dann schritt er, sich mehrmals umschauend, zur Kutsche. Ein schwarzes Rollo wurde hochgelassen, als der Mann, den sie wegen seines spitzmäusigen Aussehens und seiner duckmäusigen Art einfach Maus nannten, die Kutsche erreicht hatte. Ein selten wohliger Fleischgeruch stieg dem Mann in die Nase und foppte seinen leeren Magen. Speichel floß unterm Gaumen zusammen. Im Kutschfenster erschien nun der Ursprung dieses Duftes: eine von einer riesigen Hand umfaßte Gänsekeule. Jetzt tauchte das zur Hand gehörige Gesicht auf, und der dazugehörige Mund sprach mit fettigen Lippen: »Ist er da?«

»Ich glaube schon«, zischelte das Mausgesicht. Dabei wurden zwei lange Nagerzähne in einem sonst zahnlosen Mund sichtbar.

Die Kutschtür ging einladend auf. Der Mann huschte schnell hinein.

Das Innere der Kutsche war bequem mit dicken Lederbänken bestückt, auf denen Decken und sogar Felle lagen. Der Mann grub seine knochigen Hände in die angenehm warmen und weichen Pfühle. Ihm gegenüber saß Kamptz, der einen kräftigen Biß in die Gänsekeule tat und dann einen Zug Rotwein aus einem Kristallbecher nahm. Maus stöhnte, als er das sah. Sein Magen zog sich zusammen. Speichel trat über die Ufer.

»Wollen Sie auch eine Kleinigkeit, während wir warten?« fragte von Kamptz gastfreundlich.

»Äh, ja, gerne«, antwortete Maus, dabei innerlich jauchzend.

Kamptz schlug sich mit der flachen Hand gegen die Stirn. »Ach, ich vergaß. Sie müssen doch aufpassen. Dafür werden Sie schließlich bezahlt. Hinterher gibt es etwas zu essen.« Ein unterdrücktes, gleichwohl sadistisches Lachen folgte.

»Marsch, Marsch. Sobald er herauskommt, geben Sie den anderen das verabredete Zeichen«, befahl er dem Mausgesichtigen.

Der Mann zuckte die Achseln und tat wie ihm geheißen. Kalt und schadenfroh fegte ihm eine Windböe eine Handvoll Sandkörner schroff ins Gesicht.

Kaum hatte der Mann, den sie Maus nannten, den Wagen verlassen, um sich genau an der Straßenecke zu postieren, mußte er dreimal niesen. HATSCHI, HATSCHI, HATSCHI. Kamptz klagte stumm: Mamamia, dieser Stümper.

Wieder klapperte das Schild, und wieder verließ ein Mann die Kneipe. Mit seinem schmutzigen Zylinder und seinem zerschlissenen Mantel wirkte er recht abgerissen. Ganz wie es Sitte war in dieser Gegend, torkelte er in die Nacht. Ein Schwall hingemurmelter Flüche begleitete ihn. Zur selben Zeit erklang das dreifache Niesen. Der Mann schien das nicht wahrzunehmen. Er wankte im Zickzack genau auf die Ecke zu, wo die Kutsche stand. Die Maus drückte sich ängstlich an die Hauswand.

Der Torkler schien nichts zu bemerken, weder die an der Wand klebende Maus noch die um die Ecke stehende Kutsche. Unter lallendem Gefluche schwankte er genau auf die Gefahr zu. Doch der Schein trog. Als jetzt drei Männer erschienen, wie die von Falschspielerhand aus dem Ärmel der Nacht gezogenen Trümpfe des Polizeidirektors, huschte ein kaum merkliches Lächeln über die Lippen des Torklers.

Einer von den dreien, ein junger kräftiger Bursche namens Ernst, kam dem Torkler schlendernd entgegen. Die anderen beiden Geheimpolizisten taten wie zwei ins Gespräch vertiefte Nachtschwärmer, was in dieser Gegend ungefähr so unauffällig war wie eine von tausend Lichtern beschienene Montgolfiere.

Der Torkler schwankte nun noch stärker, und als er kaum mehr zehn Meter vom Entgegenkommenden entfernt war, wankte er so stark, als hätte ihn ein Windstoß angefahren, der ihn auf die andere Straßenseite blies. Dieser jähen Bewegung folgend, waren auch die Polizisten sofort auf die andere Straßenseite gesprungen. Es hätte keines weiteren Beweises bedurft, daß der Torkler verfolgt wurde. Deshalb schien es fast wie Spott, als dieser plötzlich mitten im Schritt innehielt und mit dem Rumpf hin- und herpendelte, was die beiden hinteren Verfolger sofort mit wilden, aufgescheuchten Bewegungen beantworteten. Aber schon taumelte der Torkler wieder nach vorne, dann schnell zur Seite über die gesamte Straßenbreite. Mit einer Pirouette beendete er jedoch sein Straßenballett, denn der junge Polizist, der Ernst hieß, packte den Mann nun bei den Schultern. Die beiden Verfolger setzten sich in Trab, um dem Kollegen zu Hilfe zu kommen.

Der Torkler sagte: »Guten Abend und auf Wiedersehen.« Er machte dazu eine fast mädchenhaft graziöse Geste. Dann, ehe Ernst begriffen hatte, hielt er nur noch eine Mantelhülle in den Händen. Der Torkler hatte sich mit einem Trick aus dem Mantel gewunden und gab Fersengeld.

Er stob davon, den an der Ecke in Deckung stehenden Mausgesichtigen mit einem durch Mark und Bein (und Magen) fahrenden Schrei so sehr erschreckend, daß dieser sich noch fester an die Hauswand drückte und fast nur noch ein Fleck war. Darob flog die Tür der Kutsche auf. Einer angenagten Gänsekeule folgte die grandiose Gestalt des Polizeidirektors von Kamptz, in der Dunkelheit dem überlebensgroßen Schatten eines alten Germanen gleich, der eine Keule schwingt.

Das Getrappel der Laufenden hallte durch die engen Gassen. In Führung sprintete der ehemals Torkelnde, knapp dahinter kam Ernst, und ein gutes Stück dahinter rannten die anderen beiden Polizisten. Mehrmals ging es scharf um Ecken, wurden Seiten gewechselt, ließ das Tempo nach und wurde wieder beschleunigt. Hüte, erst noch tapfer mit einer Hand festgehalten, flogen von Köpfen. Dem Trappeln gesellte sich ein Keuchen aus vier Hälsen zu. Die Läufer bewegten sich, als kämpften sie gegen unsichtbare Fäden an.

Verdammt, Sackgasse. Der Weg endete an einer Mauer. Die Mauer war höher als ein ausgewachsener Mann und mit Glasscherben bestückt. Der Flüchtende hielt, sah sich um und fluchte: »Verdammt, Sackgasse.« Die Verfolger stoppten ebenfalls. Sie bildeten schnell eine Art Phalanx, eine Kette, indem sie sich fest bei den Händen faßten und dem Flüchtenden so den Rückweg versperrten. Überflüssigerweise grinsten sie dabei triumphierend. Der Flüchtende grinste zurück und sprang in einen offenen Hauseingang.

»Verdammt, Hauseingang«, rief einer der drei.

Es war ein einstöckiges ödes Haus, das zwischen zwei zweistöckigen klemmte. Es stand offensichtlich leer, denn durch die gähnenden Fenster pfiff der Winterwind. Eine Tür hing schief im Türrahmen. Das Dach war abgedeckt, gespenstisch nackt lag das Gerippe des Dachstuhls im Mondlicht. Von der Eiseskälte kaum gezügelt, peitschte der Gestank von Moder und Exkrementen den Eintretenden entgegen. Unter den Schuhsohlen knirschte und knarrte es verdächtig. Jeden Moment konnte der Boden einstürzen. Doch die tapferen Polizisten pfiffen auf alle Gefahr. Der junge Bursche namens Ernst schlich die Treppe hinauf, deren Geländer durch bloßes Anschauen umstürzen konnte.

Der zweite Polizist entschloß sich, die Steintreppe nach unten in den Keller zu nehmen. Die Dunkelheit zauberte ihn weg. Der dritte blieb im Erdgeschoß und inspizierte den einen vorhandenen Raum. Er entflammte mit klammen Fingern ein Streichholz. Entsetzt wich er zurück. Das Streichholz fiel ihm aus der Hand. Es wurde wieder dunkel.

Im Keller war es so schwarz, daß der Polizist vermeinte, die Dunkelheit anfassen zu können. Mit ausgestreckten Armen und gespreizten Händen tastete er in das Schwarz hinein. Je weiter er ging, desto mehr fuchtelte er mit Armen und Händen, so daß das Tasten zu einem Wühlen oder Graben wurde. Er wühlte und grub so lange, bis er wirklich etwas in der Hand hatte, etwas Weiches … und Haariges …

Oben im ersten Stock war es heller, denn hier schien der Mond durch die Dachsparren. An einem spinnwebbehangenen Spinnrad saß auf einem Schemel eine alte bucklichte Frau, ein richtiges Hutzelweib mit einer enormen Warze auf der Nase. Rauh und schnarrend war ihre Stimme, als sie sagte: »Oh, was für ein schöner junger Mann.« Sie erhob sich vom Schemel. Fast rechtwinklig gebeugt, aber ohne Stock zum Aufstützen, kam sie schlurfend auf den jungen Polizisten zu, der Ernst hieß und unwillkürlich ein paar Schritte zurück tat.

Im Erdgeschoß flammte derweil ein zweites Streichholz auf. Das Streichholz steckte in einer bärenhaften Tatze. Eine Kerze wurde angezündet. Das Licht der Flamme zeigte das schreckverzerrte Gesicht des Polizisten. Der Polizist lag, alle viere von sich gestreckt, auf dem Boden. Vom Licht erweckt, öffnete er die Augen. Er wollte schreien, aber die große Bärentatze verschloß ihm den Mund. Das Gesicht des Bären beugte sich an das Ohr des darniederliegenden Mannes: »Leise. Tsch. Alles in Ordnung, Kurt.« Der Geruch von Gänsebraten begleitete die Worte.

»Aber da … ein Gespenst.« Des Gendarmen Hand wies in Richtung des Zimmers.

»Du Idiot, das bist du selbst.« Der Polizist rappelte sich auf, nachdem ihm der Bär einen Stoß in die Rippen versetzt hatte. Im Schein der Kerze war nun gut zu erkennen, daß an der gegenüberliegenden Wand ein Spiegel hing.

Indes ging nun auch in der absoluten Kellerfinsternis ein Licht auf, und zwar dem zweiten Gendarmen. Denn was er da befühlte, das war ein Mensch, der ihm ebenfalls das Gesicht betastete und ihm übers Haar strich, als handele es sich um ein altmodisches Begrüßungsritual.

»Jetzt habe ich dich!« rief der Polizist aus. Schon hatte er seinen Gegner im Schwitzkasten. Dieser wehrte sich nicht.

»Ich hab ihn«, krächzte der Gendarm und wollte eigentlich schreien. Mit aller Gewalt zerrte er an dem Gegner. Seiner Kehle entlockte er allerdings nur dieses heisere Krächzen.

Kamptz stand unbeweglich wie ein Fels vor der Treppe zum ersten Stock. Von unten kamen die unverständlichen Krächzlaute des zweiten Polizisten. Auch von oben waren

Geräusche zu vernehmen. Eine knorrige, rauhe Stimme. Schon wurde die Stimme lauter.

»Das ist nett, junger Mann.« Oben auf dem Treppenabsatz erschien eine greisenhafte Gestalt in sehr gebeugter Haltung, wie Kamptz erkennen konnte.

»Was ist da los?«

»Nur ein altes Weib«, antwortete Ernst. Er kam die knarrende Treppe hinunter, gefolgt von dem alten Weib, das sich im Krebsgang, den Hintern voran, abwärts bewegte, dabei mit den Händen an den oberen Stufen Halt suchend. Beim Polizeidirektor schellten die Alarmglocken.

Plötzlich war da ein Tumult, der von der Kellertreppe her kam. Wie ein Derwisch rang dort einer seiner Polizisten mit jemandem: »Ich hab ihn«, schrie der Gendarm aus vollem Halse.

Mit seinem Gegner im Schwitzkasten kämpfstolperte er die Treppe hoch, zeterte und lärmte und fiel schließlich dem Polizeipräsidenten vor die riesenhaften Känguruhfüße, dabei unter sich den Gegner begrabend. Die beiden anderen Gesetzeshüter sprangen herbei, halfen dem Kollegen auf die Beine. Kamptz zog den Schurken am Schopf hoch, auf daß er ihn Aug' in Aug' hatte, und ließ ihn angewidert wieder los. »Bäh!«

Plumpsend, ohne Halt und Widerwehr, ging das Geschöpf zu Boden. Mit verrenkten Beinen und starr ausgestreckten, irgendwie nach Hilfe ringenden Armen starrte sie die Puppe aus nur einem Auge an. Der zweite Polizist, jetzt seines Irrtums gewahr werdend, trat der Puppe in die Weichteile, mit denen sie reichlich ausgestattet war. Unbeeindruckt davon starrte die eine Puppenpupille den Polizisten an. Es schien so, als verfluche dies künstliche Auge seinen Peiniger.

Kamptz hielt sich mit derlei Schauergeschichten nicht auf, sondern brüllte in seinem schauerlichen Bärenbaß: »Die Alte, wo ist die Alte hin?«

Die Alte hatte sich längst aus dem Staub gemacht. Es genügte eine Sekunde großer Verwandlungskunst, und die Alte hatte sich wieder in jenen Mann verwandelt, dessen Namen viele kennen, von dem aber nur wenige, sehr wenige wissen, wer er eigentlich ist – die Rede ist von Knarrpanti.

Als Kamptz seine Kutsche wieder bestieg, da hatte Knarrpanti längst mit seinem Picknickkorb Freundschaft geschlossen, und eben verdrückte er den letzten Brotkrumen, den er mit dem letzten Schluck Wein hinunterspülte: »Guten Abend, Herr Polizeidirektor von Kamptz. Ich konnte Ihrer dreifachen Einladung nicht widerstehen und bin von der Großzügigkeit Ihrer Gastfreundschaft … wie soll ich sagen? Ich bin überwältigt!«

3.

Ein Friedrichsdor flog aus dem Fenster der anfahrenden Kutsche, drehte sich in der kalten Nachtluft, erglänzte gülden, als er von einem Mondstrahl getroffen wurde, und landete dann klirrend auf dem Kopfsteinpflaster, ohne Zeit, eine Pirouette zum Abschluß zu bringen, denn die Gierfinger des knochigen Spitzels, der Knarrpanti an Kamptz verraten hatte, schnappten augenblicklich zu. Zwei nagetierähnliche Zähne versahen ihren Dienst als Münzprüfmaschine. Enttäuscht schmolz sein voreiliges Lächeln: Nickel, der Hund! Vor Kälte zitternd, trottete Maus davon.

»Mißverstehen Sie mich nicht, Herr Dr. Knarrpanti«, beschwichtigte Kamptz im sonoren Baß. »Ich bin sicher, Sie mißdeuten die Situation. Dabei ist alles ganz anders.«

Kamptz redete seit geraumer Zeit auf seinen Gast ein, indes die Kutsche über löchrige Straßen rumpelte und die beiden Insassen hin- und herschunkelten. Knarrpanti war ziemlich einsilbig, was sicher zu einem großen Teil daran lag, daß er gefesselt und geknebelt war. Selbst seine Augen waren verbunden. »Tut mir leid, aber es ist nur zu Ihrem Besten, und zugegeben zu meinem auch«, gurrte Kamptz im tiefen Timbre.

»Wir fahren Sie zu meinem ganz geheimen Refugium. Sie verstehen, daß ich sichergehen muß, daß es geheim bleibt. Im übrigen suche ich Sie schon seit zwei Tagen, seit achtundvierzig geschlagenen Stunden, ununterbrochen. Meine besten Leute … und auch meine schlechtesten. Alle zur Verfügung stehenden Männer suchten Sie in der Stadt. Sie haben sich ziemlich mausig gemacht. Ich dachte schon, Sie wollen mit mir nicht reden. Dabei habe ich ’ne ganz große Sache für Sie. Exklusiv für Sie. Eine Sache für den Besten in der Branche ...«, salbaderte Kamptz in versucht beruhigendem Tonfall, während seine Körpermasse schaukelte und Knarrpanti mit ausdrucksloser Miene, aber hellwachen Sinnen dem vielstimmigen Chorgesang lauschte, den Kutsche und Straße verursachten.

Als einer der Polizisten Knarrpanti die Augenbinde abnahm, verriegelte Kamptz gerade eine Tür. Er drückte dabei auf einen Knopf, und von links und rechts schossen scharfe lange Klingen heraus, die sich zu einem eisernen Gitter verzahnten.

Stolz verkündete der Polizeidirektor, daß er sich in seiner Abteilung der neuesten Errungenschaften von Technik, Wissenschaft und Alchimie bediene. Zu diesem Zweck habe er den besten Kopf verpflichtet. Dieser geniale Mechanikus habe eine Maschine in Planung, die nicht nur wie ein Mensch aussähe und handele, sondern mehr noch: wie ein guter Gendarm. Wenn das gelänge, dann würde er die menschlichen und nur allzu unzulänglichen Polizisten abschaffen und statt ihrer über eine Armee von Polizeiautomaten gebieten.

Über einige verwirrend enge Treppen und Gänge kamen sie in einen kleinen, sehr schmalen Raum, der allenfalls Platz ließ für vier dicht gedrängt beieinanderstehende Personen oder für Kamptz und eine einzige weitere Person durchschnittlichen Ausmaßes. Kamptz’ großer haariger Zeigefinger drückte auf einen Knopf, und nach einem kurzen Ruckeln begann es zu knirschen und zu quietschen. Das Zimmer schien sich zu bewegen. Knarrpanti war sich unsicher, ob nach oben oder unten oder gar seitwärts. Dieses Gefühl der Orientierungslosgkeit hatte er schon, seit sie sich in diesem geheimen Polizeidirektorenunterschlupf befanden. Auch die Treppen führten mal rauf, dann wieder runter, so daß Knarrpanti nicht mehr sicher zu bestimmen wußte, ob sie sich auf der Spitze eines Turmes oder in den verließartigen Tiefen eines Kellers befanden.

»Nicht schlecht, wie?« brüllte Kamptz begeistert und

augenscheinlich auch hocherfreut darüber, daß Knarrpanti sein Erstaunen nicht hatte kaschieren können.

»Nennt sich Schwebezimmer«, ergänzte er.

Die Tür des Schwebezimmers ging auf. Sie befanden sich jetzt in einem geräumigen, gemütlichen Zimmer mit dicken türkischen Teppichen. Auch an den Wänden hingen Teppiche und gekreuzte Degen, Säbel und Schwerter. Zwei Wände waren zur Gänze von einem Bücherregal verdeckt. Knarrpanti nahm flüchtig wahr, daß die Bibliothek zum großen Teil aus modernen Werken bestand, dabei nicht nur solchen der schönen Literatur, sondern auch vielen politischen Schriften und Traktaten, die auf dem Index der preußischen Zensur standen.

Fenster gab es keine. Dafür war eine Wand völlig von einem schweren weinroten Samtvorhang verdeckt. Dahinter hätte sich ein Fenster befinden können.

Ein wuchtiger Ledersessel hinter einem ebenso massiven Schreibtisch bot Kamptz die Möglichkeit, seine enormen Gliedmaßen zur Ruhe kommen zu lassen. Knarrpanti wurde auf einen kleineren und weniger bequemen Stuhl verwiesen.

»Ach, das hier ist mein Reich. Hier fühle ich mich wohl, hier darf ich Mensch sein. Schenken Sie uns doch bitte ein von dem Wein dort in der Karaffe.«

Knarrpanti nickte und stellte die Gläser auf den Tisch, während der Polizeidirektor eine Pfeife anzündete, deren Kopf ein Porträt des Kotzebue-Attentäters Sand darstellte. Diese Pfeifenköpfe waren eine morbide Mode, ähnlich den Spielzeugguillotinen einige Jahrzehnte zuvor. Doch daß eine staatstragende Persönlichkeit dem staatsfeindlichen Kult frönte, war erstaunlich.

»Ich bin wirklich unhöflich«, sagte der Polizeidirektor, umwölkt von tanzenden Rauchschwaden. »Wollen Sie vielleicht auch ein Pfeifchen?«

Knarrpanti bejahte.

Mit einem Grinsen, so klebrig wie frischer Hundekot aus Neu-Cöln, fügte er hinzu: »Zu dumm, ich vergaß, daß ich ja nur eine Pfeife habe. Ich schätze, *Sie* müssen verzichten.«

Dann explodierte die gefürchtete Kamptzsche Lachsalve. Knarrpanti umklammerte unwillkürlich die Armlehnen des Stuhls.

Danach war für ein paar Augenblicke Stille. Beide nippten schweigend an ihren Gläsern und sammelten sich. Knarrpanti bemühte sich, nichts zu denken und vollkommen leer zu bleiben. Besser als Denken war Wahrnehmen. Also überließ er sich den Eindrücken, überließ sich dem bedrückenden Gefangensein. Er spürte noch die Enge der Gänge, die ihn zu diesem Raum geführt hatten, zu einem Raum ohne Kontakt zur Außenwelt, wie es schien. Er sah sich in einer wattierten Höhle, weich genug, um jeglichen Schall zu schlucken. Knarrpantis sprichwörtliche Spitzellauscher versuchten sich zu orientieren, hinter diese Gänge und Wände zu dringen und einen Fluchtweg auszumachen. Aber es war, als ob sein Hörsinn wie ein Vogel gegen gläserne Mauern prallte. Diese Schallosigkeit verunsicherte ihn. All das paßte nicht zu Kamptz. Das war alles viel zu ... raffiniert und ausgeklügelt, als daß der Polizeidirektor Urheber dieses Ambientes sein konnte.

»Ach«, begann Kamptz, »flüchten können Sie übrigens nicht. Ich unterstelle Ihnen auch nicht, daß Sie sich absentieren wollen. Ich sag's nur so als Information: absolut einbruchssicher das Haus, und noch ausbruchssicherer. Selbst wenn hier einer einbrechen könnte, er käme nie wieder hinaus. Können Sie mir glauben. So, und nun zum Geschäft. Unsere Geschäftsbeziehungen waren in letzter Zeit nicht so gut. Ich weiß, ich habe Fehler gemacht. Doch, doch. Keine Widerrede (Knarrpanti hatte gar nicht den Anschein erweckt, als wolle er widersprechen). Sie nehmen mir die Sache mit dem Geheimen Gendarmeriekodex übel. Ich will gestehen: Sie haben recht. Das war ungezogen von mir. Da war ich ein ganz böser Junge.« Der Polizeidirektor hielt in seiner Rede inne, um Knarrpanti Gelegenheit zu geben, die Selbstbeschuldigung zu entkräften.

»Nein, Herr von Kamptz. Die Sache ist doch längst vergessen«, entgegnete Knarrpanti. Seine Stimme war zwar rauh, sogar ein wenig heiser, aber leise. Knarrpanti sprach fast immer leise, manchmal so leise, daß sein Gesprächspartner sich unwillkürlich nah zu ihm hinbeugte, was Knarrpanti sofort in konspirative Stimmung versetzte. Diese leise knorrige Stimme paßte eigentlich ganz gut zu dem kleinen knorrig gebauten und, wie zu sehen war, durchaus sportlichen Mann. Sein Gesicht war von schütteren Bartstoppeln übersät, wirkte bleich und schon recht faltig. Sein Haar, von jeher dünn, war inzwischen spärlich. Aber diese Äußerlichkeiten waren natürlich mit Hilfe von künstlichen Bärten, Haaren und anderen Requisiten schnell und radikal zu verändern. Knarrpanti war im geschickten und eilfertigen Gebrauch solcher Masken ein Meister. Nicht klar war, ob der erbärmliche Zustand seiner Kleidung eine seiner Maskeraden war oder nur das Ergebnis anhaltender Armut oder gar Verwahrlosung infolge seelischen Kummers.

»Glauben Sie mir, Herr Dr. Knarrpanti, wenn ich nur die Sache rückgängig machen könnte. Ich würd's sofort tun. Ich würde es in jeder Zeitung bis in die Prignitz offiziell verkünden lassen ...«

»Vergessen's all, der Herr, lassen's ruhen die G'schicht.« Knarrpanti näselte plötzlich im wienerischen Dialekt. Aus Gründen, die im Zusammenhang mit seiner Tarnexistenz standen, konnte es allenthalben passieren, daß er abrupt in einen Dialekt oder ausländischen Akzent verfiel oder auf einmal zu lispeln oder zu stottern begann. Kamptz war freilich nicht durch einen Wiener Dialekt zu täuschen, zumal dem großräumigen preußischen Polizeipräsidenten das Sensorium für solche Subtilitäten fehlte.

»Nein, glauben Sie mir, in großen Lettern über die gesamte Seite würde ich's verbreiten«, drosch Kamptz, von windmühlenflügelgroßen Gebärden unterstützt, sein Phrasenstroh.

»Is' doch eh wurscht. Die eigentliche Gendarmerieordnung, die verbesserte Fassung, wird dann unter meinem Namen veröffentlicht«, wienerte Knarrpanti unbeirrt weiter, denn der Meisterspion vermochte seinen Metamorphosen durch halsstarrige Beharrlichkeit eine gewisse nervende Aufmerksamkeit zu verschaffen.

»Wie? Eine verbesserte Geheime Gendarmerieordnung? Besser als meine?« rief Kamptz.

»Ich dachte, wir hätten uns darauf geeinigt, daß die unter Ihrem Namen veröffentlichte von mir stammt?« konterte Knarrpanti ohne wienerische Kaffeehaussüße.

»Aber ja doch! Sie könnten mir diese neue Ordnung ja trotzdem einmal zur Beurteilung zukommen lassen. Ich verspreche Ihnen hoch und heilig«, Kamptz hob die rechte Hand zum Schwören, »daß ich sie Ihnen diesmal nicht streitig machen werde ... zumal ich ja selbst letzte Hand an eine eigene, verbesserte Fassung gelegt habe. Aber damit genug!«

Kamptz befeuchtete die Lippen, lehnte sich dann weit nach hinten in den Sessel und fragte: »Was wissen Sie über Hoffmann, Ernst Theodor Amadeus Hoffmann?«

Knarrpanti überlegte nicht, sondern schnurrte monoton heraus: »Er ist Kammergerichtsrat. Opernkomponist. Dichter. Gehört der romantischen Schule an. Bekannte Werke: ›Klein Zaches genannt Zinnober‹, Erzählungen unter dem Titel ›Serapions-Brüder‹ und der Roman ›Lebens-Ansichten des Katers Murr‹. Schreibt mal märchenhaft-lustig mit Hang zur Satire, mal schauerlich mit Hang zum Obskuren. Entzückte das Publikum mit einer pitschnassen Undine, so feucht wie seine Schwäche, der er im L & W nachgeht, und ganz im Gegensatz zu seiner trockenen Diktion, welcher er sich in seinen amtlichen Gutachten befleißigt. Wohnhaft ist er in der Taubenstraße 31. Er gehört der Immediat-Kommission zur Aufdeckung demagogischer Umtriebe an. Ist, wie alle Mitglieder der Kommission, eher liberal gesinnt und achtet den Buchstaben des Gesetzes mehr als den allgemeinen Korpsgeist und den Schutz des Staates. Ich denke, er ist kein Freund unserer Arbeit und kein Freund von Ihnen, Herr Polizeipräsident, schon gar nicht nach der Affäre Jahn, in deren Zusammenhang eine Klage gegen Sie erhoben wurde. Der Kammergerichtsrat ließ Sie vors Gericht laden, und Sie mußten Ihre Beschuldigungen gegen Dr. Jahn ...«

»Schon gut! Es reicht, Knarrpanti! All das sind Dinge, die ich auch weiß. Ich hätte gern Informationen, die ich nicht weiß. Können Sie mir die beschaffen?«

»Ist das eine Frage?«

»Sagen wir so: Sie sind mir was schuldig.«

»Ich Ihnen?« fragte Knarrpanti perplex.

Ein praller Lederbeutel klatschte auf den Tisch.

»Jetzt ja.« Der Polizeidirektor griente.

Knarrpantis kleine Hand schnellte hoch, raste über den Tisch, ergriff und apportierte den Beutel seinem Herrn wie eine Maus, die mit ihrer Käsebeute zurück ins Loch flitzt.

Mit einem das polizeipräsidentliche Grienen konternden Grinsen knarrte Knarrpanti: »Da fehlt noch etwas!«

»Nun machen Sie aber mal halblang!« brummte der Polizeidirektor gekränkt.

»Sie schulden mir noch einen Mantel.«

»Davon können Sie sich zwanzig Mäntel kaufen, Knarrpanti! Wo soll ich wohl jetzt Ihren Mantel hernehmen? Machen Sie doch keine Geschichten!«

»Ich will meinen Mantel«, beharrte der Spitzel.

Entnervt zog der Polizeidirektor an einer Kordel. Kurz darauf kam Ernst, der Polizeiassistent, durch eine Geheimtür, die sich mitten im Bücherregal befand. Aha, es gab also einen zweiten Eingang. Darauf hatte Knarrpanti spekuliert.

»Ernst, haben Sie zufällig den Mantel des Doktors?«

Ernst geriet ob dieser scheinbar harmlosen Frage ein wenig außer Kontrolle. Er stotterte: »Nn-nein nn-ninich.« Dazu schüttelte er vehement den Kopf.

»Das klingt ja wie ein Geständnis«, sagte der Polizeidirektor verwundert.

»Hm, ich gebe es zu. Ich hab' ihn. Er ist aber ganz zerlöchert.«

»Ich bestehe auf meinem Mantel«, rief Knarrpanti ungewohnt extrovertiert.

»Nun geben Sie dem Doktor schon den Mantel«, befahl Kamptz.

»Ja, Moment.«

Ernst verschwand wieder zur *zweiten* Geheimtür hinaus.

»Hat man da noch Töne? Ich bin konsterniert, Knarrpanti. Aber Sie müssen wissen, Ernst ist ein Bewunderer von Ihnen«, sagte der Polizeidirektor entschuldigend.

Ernst kam zurück, den verschossenen Mantel über dem Arm. Er übergab Knarrpanti den Überzieher mit einem derartig betrübten Gesichtsausdruck, als müsse er sich von mehr als einem dreckstarrenden Kleidungsstück verabschieden.

»Tut mir leid, ich dachte, sie bräuchten ihn nicht mehr«, sagte Ernst mehr traurig als zerknirscht.

»Was hatten Sie denn damit vor?« fragte Knarrpanti.

»Das mag ich nicht sagen«, antwortete der Polizist, wobei er den Anflug einer Gesichtsröte nicht unterdrücken konnte.

»Na gut, wenn das Kleidungsstück Ihnen so viel bedeutet, dann will ich doch Ihrem Glück nicht im Wege stehen«, sagte Knarrpanti leutselig.

»Behalten Sie ihn in Gottes und meinem Namen. Ich habe ja noch meine Jacke.«

»Oh, das ist aber nett von Ihnen.« Überglücklich drückte der Gendarm den Mantel an sich, wie einen guten Freund oder ein kleines Hündchen.

»Und jetzt hau endlich ab«, schnauzte ihn Kamptz an. Der Polizeidirektor war von dieser Szene unangenehm berührt und wünschte sich seinen Assistenten aus den Augen. Er erhob sich hinter dem Schreibtisch, und das sah aus, als ob ein Berg plötzlich hinter Hügeln auftauchte. Knarrpanti hatte sofort den Eindruck, daß es bedeutend enger im Zimmer wurde und irgendwie stickiger.

»Ich brauche die Information schnell. Die Auskunft muß von mindestens rufschädigender Wirkung sein. Sie muß den Kammergerichtsrat vernichten. Ich will, daß der Kammergerichtsrat auf die Größe eines Flohs schrumpft und daß Sie ihn mir auf meinem Daumen servieren und dann KNACK!«

Der Polizeidirektor schaute froh auf seinen Daumen, auf einen Daumen, der ohne Zweifel auch weniger kleine Dinge mühelos zerknacken könnte, zum Beispiel Kokosnüsse.

»Können Sie mir diese Genugtuung verschaffen?«

Knarrpanti erhob sich ebenfalls. Nachdenken vorschützend, lenkte er seine Schritte auf die Wand mit dem Samtvorhang zu. Dieser Vorhang interessierte ihn schon die ganze Zeit über. Was mochte sich dahinter verbergen. War da Licht? War da ein Ausweg?

»Hoffmann ist so gut wie erledigt«, konstatierte Knarrpanti mit seiner knorrenden Stimme. Dabei schlenderte er wie zufällig auf den Vorhang zu. Er war fast am Ziel, kaum mehr, als eine Armstrecke entfernt.

»Ja, ja, wie damals! Erinnern Sie sich noch, Herr Obergeheimrat?« wurde der Spitzel schwärmerisch. Knarrpanti ging einen halben Schritt nach vorn, den Blick des Polizeidirektors wie einen Dolch im Rücken.

»Wie hieß er noch? Safranski! Alle Welt hielt ihn für einen unbescholtenen Bürger ...«

Knarrpanti ließ langsam den linken Arm zum Vorhang wandern. Den rechten Arm stieß er zur Ablenkung in die Luft und rief: »Und wahrlich, was für ein gefährliches Subjekt war er, nachdem ich meine Erkundigungen eingeholt hatte ...«

Die linke Hand berührte schon den Stoff, jenen eigenartig weichen und weichenden Samt. Er hatte nun den Kamm einer Faltenwelle zwischen Daumen und Zeigefinger. Lauthals rief er: »Er verlor alles. Und Sie, Herr Polizeipräsident, trugen den Ruhm davon ...«

Gleich war es soweit. Knarrpanti antizipierte den gewaltigen Ruck, der den Samtvorhang veranlassen würde, zur Seite zu schwingen.

»Freilich, ich hatte auch meinen Vorteil. Sie waren immer großzügig.«

JETZT! REISS!

Knarrpanti riß.

Hinter dem Vorgang sollte eigentlich der Mond stehen. Aber da war kein Mond.

Statt des Mondlichts kam ein Wind auf. Es war kein leichter Wind, es war ein Sturm, ein Orkan. Dieser Orkan kam aus dem Mund des Polizeidirektors. Kamptz, einem Meeresgott ähnlich, ließ den Spitzel seinen unbändigen Zorn spüren, indem er ihn gegen die Bücherwand brüllte. Eine Lawine verbotener Bücher ging auf ihn nieder. Er konnte kaum mehr atmen. Dann wurde es kalt.

»He, Herr Doktor!«

Über ihn gebeugt stand Ernst. Er hatte ein vertrauenerweckendes Gesicht und war ganz warm, kein Wunder, der hatte ja jetzt auch zwei Mäntel!

Um Knarrpanti herum war es wieder eng. Sie befanden sich in dem Schwebezimmer. Von Kamptz keine Spur.

»Jetzt wird's dunkel«, warnte Ernst.

Das schwarze Tuch drückte auf seine Augen.

Die Tür mit den spitzen Messern öffnete sich mit einem metallenen Geräusch. Sie kamen in einen Flur, der mit Teppich belegt war. Knarrpantis Arm hing schlaff um den Hals von Ernst. Seine Füße schlurften über den Teppichboden.

»Es geht schon. Ich gehe allein«, sagte Knarrpanti.

Ernst führte ihn vorsichtig, fast ehrfürchtig durch den Flur. Eine Tür ging auf. Ein eisiger Hauch wehte herein. Sie waren draußen. Schnell griff Knarrpanti in die Hosentasche. Glücklicherweise hatte er das Klebekügelchen hier und nicht im Mantel. Heimlich tastete seine Hand zur kühlen Wand des Hauseingangs. Er brachte sein Zeichen unbemerkt an.

Ein anderer Mann kam und schubste Knarrpanti mit roher Gewalt, stieß ihn so oft, bis er in die Kutsche stolperte. Zusammengekauert zwischen all den Kissen und Fellen, die den Geruch von Gänsebraten und Menschenschweiß wallend ausdünsteten, hockte er da, horchte und fühlte, ob der Geldbeutel sich noch in seiner Jackentasche befand. Ein Lächeln entkrampfte seine Lippen.

4.

Knarrpanti wohnte nirgendwo lange. Er wechselte die Zimmer in Hotels, Gasthäusern, privaten Pensionen oder Absteigen öfter als einige seiner Kleidungsstücke. Gegenwärtig bestand seine Habe aus einem Koffer mit Agentenutensilien plus dem, was er auf dem Leibe trug, minus dem Hut, den er diese Nacht bei der Verfolgungsjagd verloren, und den Mantel, den er Ernst überlassen hatte. Er hatte vor einem Jahr den Spitzeldienst aufgegeben. Seit einigen Wochen war er blank. Zu verpfänden gab's nichts mehr.

Bestückt mit dem Geldbeutel des Herrn Kamptz, konnte er es sich diese Nacht leisten, den Wirt des »Französichen Hof« aus dem Bett zu klingeln und nach dem besten Zimmer zu fragen. Der verschlafene Wirt, sofort in Zorn geraten, als er des späten, zudem ärmlich aussehenden Klinglers ansichtig wurde, ließ sich von einem freundlichen Friedrichsdor dazu überreden, Knarrpanti Logis zu geben.

Kamptz mußte in der Klemme stecken, wenn er ihn mit einer derartig üppigen Prämie köderte. Sie hatten ihm wieder die Augen verbunden und ihn dann zurück zum »Gänsefüßchen« gebracht. Knarrpanti hatte sich die Geräusche, die zu ihm drangen, bereits auf der Hinfahrt gut eingeprägt, hatte das Geklapper der Hufe auf den verschiedenen Straßenbelägen und das vielstimmige Rumpeln des Wagens ins Gehirn aufgenommen, als notiere er Morsezeichen. Auf der Rückfahrt hatte er diesen Code gewissermaßen rückwärts überprüft. Er brauchte am nächsten Tag nur noch den Geheimcode zu entschlüsseln.

Die Rennerei und der ganze Schabernack im Spukhaus hatten Knarrpanti doch sehr zugesetzt. Auch hatte er seinen Koffer, voll scheinbar armseliger Habseligkeiten und doch in Wahrheit versehen mit den unersetzlichen Accessoires Knarrpantischer Spionagekunst, aus seinem Versteck holen müssen, das dummerweise ganz und gar nicht dort war, wo man ihn abgesetzt hatte. Als er sich nun angekleidet und zu Tode erschöpft auf sein Bett im »Französischen Hof« fallen ließ, spürte er denn auch seine Glieder und Muskeln mehr, als ihm lieb war. Er fuhr sich mit der Hand übers faltige, zermürbte Gesicht. Mechanisch griff er in die Jackentasche, holte eine Flasche hervor und trank so hastig, daß ihm der rote Wein übers Kinn lief. Die Flasche hatte ihm Ernst zugesteckt, vermutlich als feuchten Dank für den Mantel. Gerade als er die Flasche auf einem Nachttischchen abstellte, krähte ein Hahn.

Geweckt wurde Knarrpanti vom Lärm des Marktes und vom Brüllen seines Magens. Er hatte einen Riesenappetit. Mit einem Rasiermesser schabte er sich die körnigen Stoppeln vom Gesicht, bespritzte es danach kurz mit kaltem Wasser, nahm einige Tröpfchen Eau de toilette und begab sich dann hinunter in die gemütlich geheizte Stube des »Französischen Hof«. Knarrpanti bemerkte sofort den heimlichen und äußerst mißtrauischen Blick des Wirts. Doch als er jenem einen Zwillingsbruder zum gestern nacht überlassenen Friedrich versprach, wenn dem Wirt ein ordentliches, ein wirklich ordentliches! Frühstück gelänge, kapitulierte das Mißtrauen gegenüber der Geldgier. Ein Umstand übrigens, der, sooft er vorkam, Knarrpanti immer wieder das Gefühl gab, daß der Mensch an und für sich nicht ganz schlecht war.

Er nahm am Fenster Platz, um dem Marktreiben zuzuschauen, während er in der Tat ein üppiges Frühstücksmahl verspeiste. Der »Französische Hof« befand sich an der nordöstlichen Seite des Gendarmenmarktes, an der Ecke Markgrafen- und Jägerstraße. Knarrpanti konnte von seinem Fensterplatz aus einen großen Teil des Marktes überblicken. Im Mittelpunkt des Gendarmenmarktes thronte das Schauspielhaus, das ein aufstrebender Metropolenarchitekt namens

Schinkel entworfen hatte und das erst vor kurzer Zeit wie ein Phönix aus dem Schutt und der Asche des niedergebrannten Langhansschen Schauspielhauses emporgestiegen war. Das Schauspielhaus wurde rechts und links von zwei kleineren und dennoch beeindruckenden Domen flankiert. Eigentlich handelte sich dabei um normale Kirchen, die erst durch das viel spätere Aufsetzen der Turmkuppeln ihr domähnliches Äußeres erlangten. Diese Türme glichen einander wie Zwillinge bis hinauf zu den Figuren, die die Kuppeln krönten.

Er saß dem Französischen der beiden Dome genau gegenüber. Links daneben erhob sich imposant das Schauspielhaus mit seiner klaren, kalkulierten, klassischen Fassade, die aufwendig, aber schmucklos durchgliedert war, was Knarrpantis Bedürfnis nach Ordnung und Symmetrie sehr entgegenkam. Knarrpanti war versucht, mit dem geistigen Auge die arithmetischen Verhältnisse zu überprüfen, indem er das Gebäude halbierte und nachzählte, ob tatsächlich jede Hälfte die gleiche Anzahl von Fenstern und Pilastern aufwies, doch er gab es sofort wieder auf, denn abgesehen von der Unzahl von Einheiten, die abzuzählen gewesen wären, wirkte dieser Bau in arithmetischer Hinsicht so unfehlbar wie die preußische Bürokratie.

Dieses Spiel spielte er öfter und führte es nie zu Ende. Oft dachte er, dem Bau liege mit seinem gnadenlosen Hang zur Gerechtigkeit, darin es keine Bevorzugung irgendeines Teils gab und ein jedes Element wie ein gleicher Bürger in die staatsarchitektonische Konstruktion der Steinmasse eingefaßt war, möglicherweise eine gewisse sansculottehafte Tendenz zugrunde, für die er den Herrn Baumeister Schinkel einmal politisch unter die Lupe nehmen müsse. Doch er entschloß sich, das Gebäude preußisch zu betrachten, als steingewordenen Willen zur Ordnung. Und so gesehen, waren die vielen gleichen Fensterchen und Pilasterchen wie die Schubladen eines großen geordneten Schreibtischs oder die Fächer einer Archivwand, die nichts aufbewahrte als ihre Ordnung selbst.

Während die ausladenden Seitenflügel also seinem Geist

Nahrung gaben, konnte Knarrpanti mit dem protzigen sechssäuligen Portikus und seiner aufdringlichen Freitreppe nicht viel anfangen. Er für seinen Teil betrat Gebäude ohnehin lieber durch die Hintertür und empfand Portale als Luxus, wie er Menschen mit ungetrübten Gemütern zustand, deren es wiederum so viele gab, daß es dem Spitzel äußerst verdächtig erschien.

Links vom Schauspielhaus, hinter dem Deutschen Dom, befand sich das Haus des Dichters Hoffmann. Das war aber von Knarrpantis Platz aus nicht einsehbar. Zwischen der heiligen Dreieinigkeit aus DOM-SCHAUSPIEL-DOM wälzte sich ein Strom aus Menschen hindurch.

Es war Markttag. Und Markttag war immer auch Knarrpanti-Tag. Inmitten von Menschenmengen fühlte sich Knarrpanti besonders wohl. Es war ein leichtes, im Gewühl zu spitzeln. Zugegeben, nicht besonders ergiebig; mehr flächendeckend und oberflächlich als zielstrebig und in die Tiefe gehend. Aber es machte einfach Spaß, in diesem hin- und herströmenden Gewoge aus Lauten und Gesten eine Art Momentaufnahme des Zustands der Stadt zu erhaschen. Markt war ja mehr als nur Kaufen und Verkaufen. Außer diesem rein kommerziellen Aspekt war der Markt ein Umschlagplatz für Nachrichten, ein kommunikatives Zentrum, Brutstätte von Gerüchten, eine Art Kreißsaal für Neuigkeiten, hier erblickten sie das Licht der Welt.

Knarrpanti war keineswegs der Überzeugung, daß die Aufgabe des Geheimagenten, Spions, Spitzels oder Informanten lediglich darin bestand, an Informationen heranzukommen, die an geheimen Orten unter dem Siegel der Verschwiegenheit ausgetauscht wurden. Nein, ein Spitzel mußte auch ein Gespür für die Allgemeinbefindlichkeit einer Stadt besitzen, denn all diese noch so geheimen Kungeleien bekamen ihren jeweiligen Wert erst vor dem Hintergrund einer bestimmten Stimmungslage. So konnte ein und dieselbe Information in einem Fall das Opfer vernichten und in einem anderen Fall, bei anderer Stimmung im Volk, als flüchtiges Skandälchen verenden. Knarrpanti empfand es deshalb als notwendige

Arbeit, sich im Menschenstrom mittreiben zu lassen und mit gespitzten Ohren und scharfem Auge den vielfältigsten Handlungen beizuwohnen. Das war keineswegs eine Last für ihn, sondern ein besonderes Vergnügen.

Allein heute hatte er keine Zeit für seine Marktbeobachtungen. Gestärkt und gewärmt verließ Knarrpanti gegen Mittag den Gasthof. Er fühlte sich frisch und guter Dinge. Er schlenderte über den Markt, vorbei an Ständen und Buden zu dem hinter dem Schauspielhaus liegenden Eckhaus Hoffmanns. Knarrpanti schaute in den zweiten Stock hinauf. Dort, im mittleren von drei Fenstern, bewegte sich ein Vorhang. Das war Hoffmanns Arbeitszimmer.

Knarrpanti schlenderte weiter. An einem Ladenfenster blieb er stehen. Er besah sich höchst oberflächlich die Auslagen. Dann entschloß er sich kurzerhand. Wenig später erschien er vollkommen neu eingekleidet. Ein zufriedenes Lächeln huschte über seine Lippen. Ein dicker brauner Wollmantel mit Pelzbesatz sowie eine passende Pelzmütze hatten soeben das Wunder vollbracht, ein armes, verächtliches, nutzloses, dem Trunke verfallenes Subjekt in eine honorige, respektheischende, dem Wohlleben zugeneigte Persönlichkeit zu verwandeln.

Er schritt zielstrebig die Französische Straße entlang, vorbei am Gerichtsgebäude, und machte vor einem unscheinbaren, aber soliden und sauberen Gebäude halt. Es war die Stadtwohnung des Ministers Schuckmann. Knarrpanti griff in die Tasche und zog eine Art Zettel daraus hervor, der verräterisch weiß in der behandschuhten Faust lag. Auf dem Zettel stand mit schwarzer Tinte in kleiner, fast winziger, ziselierter Schrift der Satz: »speht aber nicht versäument möchte ich Ihnen kratulieren // macht küsst KUNST – ißt dies das motto Ihrer neuen Liaison?«

Das Briefchen verschwand unter der Tür. Ein kleiner Mann im dicken Pelz raste um die Ecke und kicherte.

Nach diesem kleinen Spaß war es nun wieder Zeit, an die ernsthaftere Arbeit zu gehen. Knarrpanti schritt weiter durch die Straßen und besah sich die Droschken, die vorüberfuhren oder an der Straße hielten. Keine gefiel ihm, bis eine zweispännige, sehr komfortable und sicher nicht preiswerte Kutsche seine Aufmerksamkeit auf sich zog. Die Kutsche stand auf einem Innenhof. Knarrpanti hatte zunächst nur das Schnauben der Pferde vernommen und war dann durch ein Tor in den Hof eingebogen.

Die Kutsche war wie geschaffen für Knarrpanti. Genau diese Kutsche oder doch zumindest eine sehr ähnliche hatte ihm vorgeschwebt. Auch die beiden prächtigen hochbeinigen Gäule, aus deren weichen Nüstern heißer Atem in weißen Wölkchen kondensierte, während weitere Wölkchen von einem frischen Haufen zwischen den Hinterbeinen des zweiten Pferdes hochstiegen, wurden von Knarrpantis kritischem Geist geprüft und für passend befunden.

So war es günstig, daß eben der Kutscher aus einer Remise kam, offenbar mit der Absicht, die Pferde abzuschirren und in den Stall zu bringen. Der stämmige Kutscher war ein typischer Berliner im Dienstleistungssektor: grantig, aber herzlich.

Knarrpanti, kein Neuling auf diesem Gebiet, gelang es, den störrischen Kutscher zu einer kleinen Tour zu überreden. Die bloße Nennung des Zieles war auf barsch vorgebrachte Ablehnung gestoßen, die selbst die in der hellen Wintersonne aufscheinenden Geldstücke nicht zu beschwichtigen vermochten, so daß Knarrpanti ganz auf seine vertrauenerweckende Erscheinung und mehr noch auf den zwingenden Charme seiner leisen, unnachgiebig dahinknarrenden Stimme verwiesen war, die, wenn sie nicht Übelkeit auslöste, meist ihr Ziel erreichte. Der widerwillige Droschkenführer bestieg schließlich mit einem Fluch gegen den Herrgott, der allerdings am wenigsten dafür konnte, seinen Bock.

Knarrpanti ließ sich in eine verrufene Gegend fahren. Vor dem Lokal »Gänsefüßchen« befahl er dem Kutscher zu halten. Eine Weile lang passierte nichts. Der Kunde stieg nicht aus. Der Kutscher schaute sich beunruhigt nach dem Fahrgast um. Der Fahrgast hielt sich die Hände vor die Augen, versuchte auch sich mit einem plötzlich hervorgezauberten Strick zu fesseln und steckte sich ein Schnäuztuch in den Mund, verwarf die Angelegenheit aber glücklicherweise wieder. Mit geschlossenen Augen wies er den Kutscher an weiterzufahren. Wohin denn? Die erstbeste Gasse entlang. Er werde dann zu gegebener Zeit weitere Anweisungen erhalten. Einfach so geradeaus? Ja, fahr Er schon! Wie's dem Herrn beliebt!

Da die Straße sich nach und nach mit neugierigen Leuten füllte, die wie Gespenster aus ihren Häusern heraus- und auf die Kutsche zukamen, verzichtete der Kutscher auf weitere Nachfragen. Statt dessen nahm er die Gelegenheit beim Schopf und schlug nach einer kleinen Biegung den Weg zurück ein, zurück in die bürgerlicheren Teile Berlins.

Als sie in einer besseren Gegend waren, der Kutscher aufatmete und schon fast das mysteriöse Ansinnen des Gastes vergessen hatte, wurde das kleine Glöckchen wach, welches dem Kunden zur Verfügung stand, um dem Fahrer etwas zu signalisieren. Der Kopf des Kunden schob sich aus dem Fenster. Er hatte sich inzwischen doch entschlossen, die Augen mit Hilfe eines schwarzen Tuchs zu verbinden, wie der Kutscher mit Befremden feststellte. Blind, wie er war, äußerte er den Wunsch, daß die Droschke zurückfahre zur letzten Kreuzung und den anderen Weg nähme. Der Kutscher, darob nun noch mehr verwundert, kratzte sich den Kopf und fragte, ob der Gast ihm nicht einfach den Zielpunkt nennen könne, er, der Fahrer, sei ein uraltes Berliner Gassengestein und kenne sich aus, kenne noch die entlegensten Gegenden, noch die geheimsten Plätze Berlins, und wenn es ihm auch nicht schmecke, solche Orte aufzusuchen, so sei es ihm doch wohl lieber, als nicht zu wissen, wohin die Reise gehe.

Knarrpanti sagte, er wisse auch nicht wohin, aber er würde es wissen, wenn sie nur den richtigen Punkt fänden, und dafür müsse der Kutscher nun leider zurückfahren, denn hier, wo sie sich jetzt befänden, sei es gänzlich falsch. Er bedaure das Procedere selbst und könne dem Kutscher die Verwunderung durchaus nicht verdenken, aber er sei so viele Jahre nicht mehr in Berlin gewesen, und er müsse unbedingt ein bestimmtes Haus finden. Es handele sich um eine Herzensangelegenheit.

Der Kutscher fuhr zurück und nahm die andere Straße an der Kreuzung. Als sie wieder an eine Kreuzung gerieten, verlangte Knarrpanti erneut, daß sie zurücksetzten, was der Kutscher nur unter Murren tat. Doch nach dieser Kreuzung hatten sie es offensichtlich getroffen, denn der Fahrgast meldete sich nicht eher, als bis sie auf einem Platz angekommen waren. Hier klingelte der Gast, stieg aus der Kutsche und sah sich um. Dann klatschte er in die Hände und lachte. Da brat mir doch einer 'nen Storch! Verdammich noch mal! Er war an seinen Startpunkt zurückgekehrt und befand sich mitten auf dem Gendarmenmarkt. Da waren noch immer die Stände. Einige Marktfrauen brachen gerade auf, um nach Hause zu gehen. Da stand er zwischen der prächtigen Dreieinigkeit aus Schauspielhaus und Dom und Dom. Da war natürlich auch der »Französische Hof«. Da war schräg gegenüber das Haus Taubenstraße Nr. 31, in dem der Kammergerichtsrat Hoffmann residierte. Und irgendwo hier mußte sich auch das so geheime Reich des Polizeipräsidenten Kamptz befinden.

Er belohnte den Kutscher reichlich, wie es im Märchen heißt, und der Kutscher fühlte sich auch so, als sei er im Märchen.

Knarrpanti mußte nur noch von Haus zu Haus gehen und sich die Eingänge näher besehen. Dabei mußte er einmal um das Geviert des Platzes herum. Er mußte die Markgrafenstraße hochgehen, an der Jägerstraße vorbei bis hinter den Französischen Dom, um den Dom herum, zurück, die Charlottenstraße entlang bis zur Taubenstraße, dann die Taubenstraße entlang zurück zum Anfang.

Knarrpanti umrundete das Geviert, fand aber nichts. Ging erneut ums Karree. Fand wieder nichts. Irgendwo mußte sein Zeichen sein. Ammonsches Haus, Apotheke, Restaurateur, Französisches Waisenhaus, Café Stehenly, Putzmacherin, Hutmacher, Lutter & Wegner, Bürgerhäuser, Geheimräte, Obergeheimräte, Oberobergeheimräte, Unterobergeheimräte, Königliche Lotteriedirektion, Königlich Preußische Seehandlung, Königliche Schuldenverwaltung, Königliches Salzkontor, Königliches Sonstwas … Irgendwo mußte sein

Zeichen kleben. Deutscher Dom, Schauspielhaus, Französischer Dom, Franzdom, Deudom, Deudom, Hoffmann, Oberregierungsrat, Medizinaloberassistent, Schauspieloberratinspizient …

Nach der sechsten, oder war es die siebte Runde, schwirrte ihm der Kopf. Ein Verdacht kam auf. Sollte er sich geirrt haben? Sollte sich das präzise wie ein Schweizer Uhrwerk arbeitende Gehirn Knarrpantis irren? Sollte es zwischen diesem Gehirn und der Welt da draußen gewisse Meinungsverschiedenheiten geben? Sollten Rotweine, Weißweine und Fässer voll Amontillado das ihre geleistet haben? Dumpf rumpelten die Räder über Schlaglöcher in Knarrpantis Kopf. Jetzt galt der Wappenspruch teutschen Biedersinns: Ruhe ist die erste Bürgerpflicht!

Knarrpanti starrte wie hypnotisiert über den Platz, nahm nicht das Tohuwabohu wahr, das inzwischen durch die aufbrechenden Händler entstanden war: Wagen wurden durchs Gedränge geschoben, da wurde gerufen, gerauft und gerupft, lachend wurden Körbe eingeladen, ein letztes Handeln ging in einen Händel über … verfaultes Gemüse wurde zu einem Abfallberg gefegt, abgerupfte Strünke ins Spülicht gekehrt, verschonte Hühner gackerten überlebensfroh, sauertöpfisch schmollten daneben verschrumpelte Runkelrüben, mannshohe Karrenräder zogen schnurgerade Furchen durch dampfende Fladen … Knarrpanti starrte durch all das schäumende Leben hindurch, spürte nicht den unhöflichen Rempler, hörte nicht die bösen Beschwerden, die sie über ihn häuften, weil er verdammt noch mal im Weg herumstand …

Nein, sein feiner Geist war woanders. Ging unsichtbar und lautlos von Haus zu Haus über die Dächer, suchte rastlos, schwang sich hinauf auf die Kuppel des Deutschen Domes, fragte die Tugend nach dem Zeichen, dem grauen Klebekügelchen, das er unbemerkt angebracht hatte, als sie ihn fortgeschafft hatten. Doch er erhielt nur kaltes Schweigen. Also schwenkte er hinüber zur anderen Kuppel und befragte die Religion. Schweigen auch hier.

Irgendwo, irgendwo hier mußte es sein. Beim Restauratör,

nein, dort hatte er gesucht und nichts gefunden. Die Königlich Preußische Lotterie? Nein, war ’ne Niete. Hatte es gar jemand entfernt? Ein aufmerksamer Hausmeister, eine übergenaue Concierge? Kinder im Spiel? Ein Hund, der glaubte, es sei eßbar? Hatte es ein Rabe weggepickt oder eine Elster geklaut? Oder war es Kamptz selbst gewesen? Hatte er möglicherweise die geheim geglaubte Tat bemerkt? Sollte Ernst das Kügelchen lässig abgegriffen haben. Schwupp konnte er es in die Manteltasche fallen gelassen haben, in Knarrpantis einstigen Mantel?

Als er all seine Fragen und all seine Spekulationen gefragt und gedacht hatte, da kam Knarrpantis Geist genau in jenen Zustand, der ihm der liebste war. Das war der Zustand der Reinheit, ein Zustand ohne Fragen, ohne Antworten, ohne Ideen und Gedanken, ohne Wissen und ohne Nichtwissen, ohne Ohne und ohne Mit, der Zustand der Reinheit eben. Und gerade als er sich in diesem Zustand befand, kurz danach jedenfalls, wußte er es. Er rannte über den Platz. Ein Haus hatte er nicht kontrolliert. Es war gewissermaßen zu deutlich, zu klar, zu groß gewesen, es war zu offensichtlich. Dieses eine Haus hatte mehrere Eingänge. Der Haupteingang konnte es nicht sein, sondern einer der beiden Nebeneingänge ... der für die Schauspieler ... Nein, der nicht ... es gab noch einen weiteren Eingang.

Knarrpanti sah den Eingang jetzt vor sich. Er keuchte ein wenig und stieß kleine heiße Atemwölkchen in die Kälte. Der Eingang führte in einen separaten Gebäudeteil, der wohl dem Schauspieldirektor als Wohnung diente. Unscheinbar, aber für Knarrpanti um so deutlicher, prangte das kleine graue Siegelchen auf grauem Stein.

Doch Knarrpanti hatte keine Zeit, es an sich zu nehmen, denn wie um den Befund noch einmal zu bestätigen, tauchte in seinem Rücken die riesenhafte Gestalt des Polizeidirektors auf, der sich wie ein Dragonerregiment durch die Menge schob.

Sofort senkte Knarrpanti den Kopf. Er zog die Fellmütze tiefer ins Gesicht. Er fing an zu hinken. Nur ganz leicht hielt er die rechte Schulter schief und knickte sanft die Knie. Und derart verwandelt und unkenntlich gemacht, humpelte er schnell in eine Gruppe aufbrechender Marktfrauen hinein.

Er ging einmal ganz um den Platz herum, bis er wieder zum »Französischen Hof« kam. Mit Hilfe eines kleinen Spiegels, den er geschickt wie kein zweiter handhaben konnte, verfolgte er, wie Kamptz eine breite Schneise durch die Menschenmenge schnitt, wie er an jenem Theaterportal anlangte, wie er es aufschloß, stutzte, sich eine Stelle am Eingang näher betrachtete, den Kopf schüttelte und darin verschwand. Voilà, das geheime Refugium des Polizeipräsidenten war nun nicht mehr geheim, und leider war das auch kein Geheimnis mehr.

5.

Dennoch war Knarrpanti zufrieden und hatte Hunger. Der Wirt erkannte allerdings seinen Gast nicht sofort. Nachdem Knarrpanti ihm erläutert hatte, daß er sich neu eingekleidet habe, krähte der Wirt, indiskret, wie er war: »Na, Herr Dr. Panknarrti, jetzt sehen Sie aus wie ein gebildeter Mensch.«

»Der seinen Hunger nicht nur mit Wissen stillt, sondern auch mit Wurst, Käse, Koteletts, Gewürzgurken aus dem Spreewald und einer Flasche vom Roten«, ergänzte Knarrpanti ungewöhnlich leutselig.

Beim Speisen verfolgte Knarrpanti, wie sich der Menschenstrom, der über den Marktplatz floß, immer mehr ausdünnte, bis er fast ganz versiegte und nur mehr einzelne Passanten zu Fuß, zu Roß oder per Kutsche über den Platz tröpfelten, mehr und mehr Scherenschnitten ähnlich vor dem orange glühenden Sonnenball, der Stück für Stück von einem eisglatten Himmel abrutschte und hinter die Dächer glitt, stolz genug, sein Verschwinden mit einer Schleppe aus leuchtendem Purpur zu zelebrieren. Neben diesem pittoresken Anblick winterlichen Abendrots stellte der Spitzel mit wohliger Befriedigung fest, wie mit dem Grad der Verdunklung immer mehr Lichter in den Häusern angingen.

Angesichts dieses Abendbildes vergönnte sich der Spitzel einen Moment süßester Melancholie, ein Gefühl, das er liebend gerne ins kitschige Blattgold eines solchen Sonnenuntergangs einfaßte. Knarrpanti, der einsame Wolf … oder doch eher Knarrpanti, die einsame Fledermaus, die verstohlen in den Tüllgardinen angeblich unbescholtener Bürger hängt. Wie auch immer, jedenfalls einsam! Ja, er liebte es, einsam zu sein! Und er liebte es, sich dessen gewiß zu sein. Und er liebte es, heimlich Gast zu sein im Leben anderer und sich bewußt zu sein, daß er nicht war wie sie. Ja, er liebte es, unerkannt zu bleiben, denn nur dort in der Namenlosigkeit war Einsamkeit, wirkliche Einsamkeit, Einsamkeit bis in die Wurzel seiner Existenz, unausweichlich, unwiderruflich, namenlos und verschworen ...

Dieser Anflug von Melancholie ließ genug Aufmerksamkeit übrig, um den Gebäudeteil, hinter dem sich der Schlupfwinkel des Polizeidirektors befinden mußte, im Auge zu behalten. Der Polizeidirektor war inzwischen wieder mit zwei seiner Untergebenen, von denen einer dieser Ernst war, aus dem Haus gekommen und seitdem nicht zurückgekehrt. Knarrpanti konnte von seinem Platz das Haus in der Taubenstraße 31 nicht sehen. Er war deshalb gezwungen, einen kleinen Spaziergang um den Platz herum zu unternehmen. Auch in der Wohnung des Kammergerichtsrats Hoffmann war es, wie überall, hell geworden. Es war allerdings noch zu früh, um etwas zu unternehmen.

Knarrpanti ging auf sein Zimmer und legte sich aufs Bett, dachte nach, kombinierte, döste, spekulierte, dämmerte ein, hatte plötzlich einen kristallklaren Gedanken, träumte dann wieder weg, erwachte, als eine Turmuhr zehn schlug. Knarrpanti erhob sich von seinem Lager. Er entnahm seinem Koffer einen äußerst merkwürdigen einteiligen Anzug, eine Art Trikot aus dünnem, elastischem Material. Er entkleidete sich und schlüpfte in das Trikot, das er einem Zirkusartisten abgekauft hatte, und zog sehr leichte, biegsame, die Füße eng umschließende Schuhe an, die ebenfalls aus der Garderobe des nämlichen Artisten stammten.

So bekleidet trat er aus der Zimmertür auf den Flur und huschte schnell zum Aufgang für die Lieferanten und Boten. Sah sich ein paar Mal um, nahm die Treppe in diebisch lautlosen Sprüngen und schlüpfte durch die Seitentür hinaus. Er preßte sich dicht an die Hauswand. Jetzt war er auf dem Gendarmenmarkt, oder genauer: er befand sich an dessen Rand. Der Platz war leer. Und er war weit, sehr weit, und schrecklich still. Knarrpanti stockte der Atem. An den Ufern dieser stillen Dunkelheit zeichneten sich die Häuserzeilen ab, vereinzelt darin noch ein Lichtlein wie ein schlafloses Auge. Die erhabenen Konturen der Dome und des Schauspielhauses waren in ihrer Gedrungenheit mehr spürbar als wirklich sichtbar. Knarrpanti ließ nochmals den Blick im Halbkreis schweifen. Niemand da. Tief sog er eisige Nachtluft in die Lungen. Sternklar wölbte sich der Himmel über den Platz, über den Knarrpanti jetzt spurten wollte.

Doch gerade als er losrennen wollte, schoß eine Kutsche über den Gendarmenmarkt. Räder und Hufe hallten so laut wider, daß manch braver Bürger wohl wachgetrommelt wurde. Gleich mußten die Fenster aufspringen, und in einer dieser klaffenden Wunden würde das Gesicht seiner Mutter erscheinen. Sie riefe seinen Namen ... Bald war wieder Ruhe, das heißt, diese greifbare oder atembare Stille. Er wartete ab. Eine Tür ging auf. Ein Mann trat heraus. Er wandte sich vom Platz fort und ging in entgegengesetzter Richtung die Markgrafenstraße hoch. Knarrpanti hörte drinnen den Gastwirt palavern. Einige Gäste diskutieren über die erotischen Vorzüge einer stadtbekannten Schauspielerin, die angeblich eine Mätresse des Polizeiministers Schuckmann sein sollte. Einer wollte die beiden gestern nach der Vorstellung gesehen haben. Heute war keine Vorstellung, dachte Knarrpanti.

Als Knarrpanti sich von der Mauer lösen wollte, kam eine Gruppe von Studenten, ebenfalls diskutierend, über den Platz. Sie steuerten direkt auf ihn zu, es schien, als wollten Sie in den »Französischen Hof«, doch sie gingen vorbei, ganz dicht an ihm vorüber, sahen ihn aber nicht, denn sie waren zu sehr beschäftigt mit ihren Ideen, die von Hegel, Fichte, Schelling und Wein handelten. Jaja, je höher der Alkoholspiegel, desto hehrer die Ideen, die man darin erblickt. Sie gingen vermutlich ins »Café Stehenly«, wo sich politisch interessierte Bürger, zumeist dem gemäßigt linken Lager zugehörig, mit Kaffee, Wein und Tabak berauschten, während sie Schlagzeilen und Kommentare der internationalen Presse studierten. Dieser Ort war für einen Mann wie Knarrpanti nicht sonderlich interessant, denn er war ungefähr so staatsgefährdend wie ein Paar Filzpantoffeln oder ein Gläschen Malaga mit Zwieback.

Endlich war die Bahn frei. Knarrpanti schlich katzengleich auf zarten Pfötchen und geduckt quer über den Platz und schlüpfte zwischen Schauspielhaus und Deutschem Dom hindurch. Schon stand er vor Hoffmanns Haus. Die Haustür war kein Hindernis. Ein sehr schlichter Dietrich war sein Sesam-öffne-dich. Jetzt schnell durchs Treppenhaus und durch eine Tür hinaus in den Berliner Hinterhof. Alles dunkel, alles ruhig, alles klar. Der Rest war ein Kinderspiel. Ein Sprung auf eine Mauer, von der Mauer auf einen Vorsprung in der Hauswand, vom Vorsprung auf eine Brüstung. Sieh an: ein braves Ehepaar mit Nachtmützen schnarchte im Duett, weiter eichhörnchenflink auf einen erneuten Vorsprung, von dort schnell und klettergeschickt wie ein Marder wieder auf eine ... verdammt ... verdammt!

Knarrpanti war abgerutscht. Er hing, die Finger krampfhaft in den harten und glatten Stein des Vorsprungs gekrallt, an der Hauswand. Seine Beine baumelten ins Leere. Seine Füße suchten Halt, glitten aber immer wieder ab. Er gab keine gute Figur ab. Eindeutig befand er sich in einer ungemütlichen Lage, die dazu bestimmt war, in eine noch unerquicklichere überzugehen. Er sah seine seidenfadenfeinen Sehnen unter der Haut hervortreten.

Minuten später ... Knarrpanti hing leicht bekleidet bei Winterwetter und Nachtfrost an der kühlen Schulter eines Hauses, das ihn abschütteln wollte. Der Blick nach unten war überflüssig. Da war nur Leere bis zur Erde, eine Distanz von fünf Metern oder zwölf Knochenbrüchen und inneren Verletzungen. Jetzt fehlte nur noch, daß jemand über den Hof kam – justament in dem Augenblick ging quietschend die Hoftür auf, und Schritte hallten über den Hof. Knarrpanti konnte nichts sehen, denn inzwischen rann ihm eiskalter Schweiß in die Augen. Dann auf einmal wollten die Muskeln nicht mehr schmerzen, und die rostigen Gelenke wollten nicht mehr knirschen, die seidenfadenfeinen Sehnen zerrissen. Knarrpanti flog abwärts im Sturzflug …

… und fiel ungefähr ein bis zwei Meter tief.

Knarrpanti stürzte von einer Empfindung in die nächste, aber er stürzte nicht ab, jedenfalls nicht gänzlich, sondern nur halb. Er blieb in einer bestürzenden Schwebe, die zu deuten seine Kraft überstieg. Was war passiert? Was war das für ein Fall, der nicht fiel? Und warum sagte jemand: »Was machen Sie da auf meiner Leiter?« Und warum saß er, Knarrpanti, tatsächlich auf einer stabilen Leiter, an deren Fuß ein merkwürdiger Gesell stand? Fragen, für deren Antwort keine Zeit blieb, es sei denn für die eine, die Knarrpanti prompt beantwortete mit einer Gegenfrage.

»Ihre Leiter?« rief er dem Mann zu, der einige Meter unter ihm stand und zu ihm hoch sprach.

»Wenn ich ich bin, dann ist das meine Leiter«, grunzte der Mann böse.

»Das muß ich Ihnen erklären oder Sie mir«, sagte Knarrpanti und stieg dabei die Sprossen im Tempo eines weidwunden Faultiers hinab. Als die Erde ihn wieder hatte, stellte er fest, daß der Mann gut zwei Köpfe größer war als er selbst. Er war noch ziemlich jung und hatte ein geradezu auffällig ehrliches und unauffälliges Gesicht, wenn da nicht die Augen gewesen wären. Knarrpanti machte eine schnelle Handbewegung in Richtung des Mannes. Die Augäpfel reagierten nicht, was sie ohne Zweifel bei jedem Menschen getan hätten, der *nicht* blind ist.

»Also, was machen Sie hier nachts?« fragte Knarrpanti streng. »Zudem mit einer … Leiter?« fügte er im selben Polizistenton hinzu, der labilen Menschen unweigerlich ein schlechtes Gewissen machen mußte.

»Na, ich soll doch die Putte reparieren«, verteidigte sich der Mann, nicht besonders eingeschüchtert. Er hielt noch immer mit beiden Händen die Leiter fest, das starrblickende Gesicht noch immer nach oben gerichtet. Seine Pupillen waren unter die Lider gerutscht und daher nicht zu sehen.

»Und was machen *Sie* nachts hier? Sind Sie ein Spitzbube?« gab der Blinde die Beschuldigung zurück.

»*Ich* sollte doch die Putte ausbessern. Sie müssen wissen, ich bin blind, und Tag und Nacht sind mir gleich. Nachts kann ich nicht schlafen.« Knarrpanti imitierte den weinerlichen Tonfall eines Zukurzgekommenen oder Erzbetrügers.

»Sie sind auch blind?« entrang sich der Blinde.

»Wieso auch? Wer denn noch«, fragte Knarrpanti und schaute sich unwillkürlich um.

»Na ich, *ich* bin doch blind«, sagte der Mann mit einem verwirrten Flattern der Augenlider.

»Blind? Ein Blinder? Sie sind auch ein Blinder, der nachts Putten repariert mit Hilfe extrem hoher Restauratör-Spezialleitern? Genau wie ich!« rief Knarrpanti freudig aus.

»Das stimmt. Aber wieso hat man uns beide beauftragt?« fragte der Blinde, und seine Gesichtsmuskeln begannen nun statt der Lider nervös zu zucken.

»Das ist doch klar: eine Verwechslung wegen unserer Ähnlichkeit«, stieß Knarrpanti altklug aus.

»Und wo … wo ist Ihre Leiter?«

»Wenn ich das wüßte. Vermutlich ein übler Scherz von meinem Bruder; denn ihn glaubte ich ja zunächst an Ihrer Stelle am Fuße der Leiter.«

»Das verstehe ich nicht, so wahr ich ich bin«, sagte der Blinde, und das Ich-bin-ich klang nicht mehr gar so überzeugend. Sein Mienenspiel nahm langsam beunruhigende Ausmaße an. Die rechte Schulter zuckte auf und ab. Knarrpanti hob zu einer Erklärung an: »Das war so: Ich stehe auf der Leiter, um mich der Figur dort oben zu widmen. Um eine unzugängliche Stelle zu erreichen, hebe den Fuß ich weg von der Leiter und stelle auf die Kante ihn, dort oben, und so einer Brücke gleich, den einen Fuß noch auf der Leiter, den anderen schon auf der Kante, da wackelt doch die Leiter, und ich, von Schrecken ergriffen, setze nun den Fuß, der auf der Leiter ist, zu dem anderen Fuß, der auf der Kante steht, und halte mich mit beiden Händen fest an der Putte Kopf, die jetzt gleichsam mein Rettungsengel ist, und suche schon, da meine Füße von der schmalen Kante abzugleiten drohen, mit dem rechten wieder die Leiter, die, mag sie noch so wacklig sein, itzt mir doch lieber ist als die schmale Kante, doch statt die Leiter zu finden, rudert mein Bein nur in der leichten Luft herum, das andere auf der schmalen Kante rutscht indes, ich weiß nicht, wie … schon stürze ich, nun selbst ein Engel, leider ohne Flügel, hinab und falle, falle auf die Leiter zurück, finde Halt und treffe dich, meinen Retter. Doch wen seh ich dorten? Du Lump, du Schuft, mein Bruder zeigt sich da. Dem renn ich nach!«

Knarrpanti schlug dem Blinden schnell und kameradschaftlich auf die linke Schulter, die nun ebenfalls zitterte. Dann machte er sich davon.

6.

»Haben Sie ihn schon gesehen?«

»Ja, natürlich.«

»Ist fast jeden Abend hier, bis nach Mitternacht, und bechert. Der Bursche neben ihm, das ist sein Freund. Der berühmte Schauspieler Devrient. Trinkt sechs Flaschen täglich. Hoffmann bringt's zuweilen auf vier.«

»Das weiß ich doch alles, ist schließlich stadtbekannt.«

Es war gegen 23.30 Uhr, 15. Januar 1822. Ort: Lutter & Wegner. In einem Separée, einer Art Nische mit Samtvorhang, saßen sich Knarrpanti und der Polizeipräsident Kamptz gegenüber. Konspirativ steckten sie die Köpfe zusammen. Im großen Saal herrschte Hochstimmung, Lärm und Qualm erfüllten den Raum. Alles in allem kein gesunder Ort, der auch zum Lauschen nicht sonderlich geeignet war. Der Lärmpegel überstieg so manchen Alkoholspiegel – und das wollte etwas bedeuten. Aber was? Das war egal. Im L & W war eben alles egal. Und genau deshalb war Hoffmann hier Stammgast. Auch Knarrpanti war manchmal hier. Hier, wo sich der Krach und der Rauch zu einem undurchdringlichen Gemisch verbanden, zu einem Kuddelmuddel verhedderten und zu einem zähen Kleister verklumpten. Das war ein Geisterort, wo die eigene Stimme in der allgemeinen Stimmung spurlos verschwand, wo sich die Identitäten auflösten wie Rauch, wo Konturen verschwammen und untergingen in der allumfassenden Fassungslosigkeit. Alles ging hier glucksend die Kehle hinab, Wahrheit und Lug zerplatzten als Sektbläschen im süßen Sprühregen schäumender Lebensfreude, das Sein war nur mehr klebriger Bodensatz in leeren Gläsern – und hier gab es nichts Trostloseres als ein leeres Glas –, indes der Schein in purzlig überschlagenden Wogen die realitätstüchtige Dreifaltigkeit: Ernsthaftigkeit, Trübseligkeit und Langeweile überrollte und all den trocknen Moder erstarrter politischer Verhältnisse wegspülte wie nichts.

Was konnte Knarrpanti hier suchen? Was durfte er erwarten, hier zu finden? Der Lärm war für Knarrpantis Lauscher eine Herausforderung, der er sich immer wieder gern stellte. Zugegeben: Lärm ist per se nicht abhorchbar, weil kollektiv und entsubjektiviert; aber der Meisterspion war tatsächlich in der Lage, diesen diffusen Krach in seine einzelnen Bestandteile zu zerlegen. Er horchte in dieses Amalgam aus Stimmen hinein, um es dann alchemistisch zu läutern. So verwandelte er das Blei weinseligen Gelalles in das Gold einer demagogischen Verleumdung. Je mehr eine Äußerung im breiigen Einerlei des Rumors unterging, desto bedeutungsvoller erschien sie dem Spitzel, der sie wie eine kleine, zierliche Melodie im wüsten Getöse eines Schlachtfeldes verfolgte.

Eine solche kleine Melodie trieb ihm soeben zu: »Pücklerscher Salat und Portwein, für zwei Magenkranke wie uns die reinste Labsal und förderlich für die Verdauung obendrein. Ich muß schon den ganzen Tag über kacken.« Zugegeben, das Gespräch der beiden Künstler hatte eindeutig an Niveau eingebüßt. Knarrpanti beobachtete, wie Hoffmann sich erhob und schwer wankend auf die Tür zuschlingerte, die auf den Hof mit dem Abort führte.

Knarrpantis Lauscher hatten, während seines Wartens auf Kamptz, einige criminalistisch interessante Details aufgefangen. Das war nach der Schlappe von vorhin am Hoffmannschen Haus und dem schmählichen Fast-Absturz auch bitter notwendig gewesen. Kamptz wollte schließlich bedient werden für sein Geld, und Knarrpanti hatte den geheimdienstlichen Mammon nach einer allzu langen Durststrecke auch ziemlich nötig. Abgesehen davon, konnte er nicht mehr zurück. Er hatte sein frei gewähltes Exil aufgegeben, hatte sich Kamptz ausgeliefert und war zurückgekehrt in den Schoß der Geheimpolizei. Jetzt, dem Polizeipräsidenten im leidlich separaten Separée gegenübersitzend, hatte er nichts in Händen, das er verkaufen konnte. Nichts hatte er, es sei denn jene kleine Diskussion, die der Dichter mit seinem Kumpanen Devrient in der letzten halben Stunde geführt hatte. Darin war immer wieder das Wort »Floh« gefallen, ein Wort, das mysteriös genug war, um Knarrpantis spitzelfindige Phantasie zu entfachen.

Des Polizeipräsidenten Hand umfaßte eine Gabel. Die Gabel stach brutal in ein Stück Braten, und bevor die Gabel das Fleisch in den gähnenden Schlund schieben konnte, unterbrach sich Kamptz und sagte genüßlich seufzend: »Ah! Wir leben in einer Epoche, die mir behagt: Restaurationszeit! Da darf man den ganzen Tag über in Restaurants sitzen! Haha!« Schnapp. Das Bratenstück verschwand in Kamptz' Mund. Kauend: »Ich höre. Was haben Sie gegen ihn?«

»Nichts.«

»Wie bitte? Habe ich richtig gehört. Wie bitte? Sie sagten eben etwas von NICHTS!« stieß der Polizeidirektor kurzatmig hervor.

»Des Herrn Kammergerichtsrats Weste ist rein. Was soll ich machen?«

Der Polizeidirektor ließ die Gabel fallen. Mit der nun freien Hand packte er Knarrpanti am Hals und drückte zu. »Für diese Information habe ich nicht bezahlt.«

»Der wohlgeborene Herr Polizeidirektor vergessen sich«, ächzte Knarrpanti so würdevoll wie möglich, was nicht einfach war in Anbetracht der Riesenfaust, die ihm die Luft abschnürte.

Der Polizeidirektor ließ daraufhin von seinem Opfer ab und wischte sich die Hände an der um seinen Hals hängenden Serviette ab, als hätte er soeben etwas äußerst Fettiges berührt.

Knarrpanti, der listige Spion, wehklagte: »Was wollen Sie, Herr Polizeipräsident? Ich kann ihm doch nicht einfach eine Tat unterschieben. Das geht doch nicht.«

Durch diese Worte hellhörig geworden und schon ein wenig versöhnlicher gestimmt, schenkte der Polizeidirektor zwei Gläser Rotwein ein und schob eines Knarrpanti zu, ohne einen seiner gefürchteten derben Scherze zu machen.

»Herr Doktor Knarrpanti, Sie selbst, Sie, der Autor der famosen Geheimen Gendarmerieordnung, wissen doch, wie es um uns, ich meine, um den Staat, steht. Der Staat wird zersetzt vom Staatsfeind. Das ist so, als ob Tausende und Abertausende von Flöhen und Wanzen auf einem Organismus hocken und ihn gar gräßlich piesacken. Hat dieser Organismus nicht das Recht, nein!, die heilige Pflicht zur Gegenwehr?«

»Aber der Herr Kammergerichtsrat Hoffmann scheint mir nicht der große Staatsfeind zu sein.«

»Wir können keine Rücksicht nehmen auf einzelne. Ich zitiere: ›Staatsfeind ist jeder. Und wer kein Staatsfeind ist, muß besonders scharf beobachtet werden, denn er ist nur noch nicht ertappt und desto gefährlicher‹.«

»Sie haben ja meinen Kodex auswendig gelernt«, erwiderte Knarrpanti ehrlich erstaunt. Er wußte natürlich, daß Kamptz den Gendarmeriekodex auswendig kannte, aber dies vorgeführt zu bekommen war doch eine seltsame, stolzmachende Erfahrung. Der Polizeipräsident schien entrüstet über diese Bemerkung. Mit der Empörung desjenigen, dessen Grundfesten allein dadurch angegriffen werden, daß man sie überhaupt benennt, rief er: »Natürlich! Und ich verlange es von jedem meiner Mitarbeiter!«

»Aber schauen Sie nur ...«

Knarrpanti schob den Samtvorhang ein Stück zur Seite. Lärm und Qualm drückten sich durch den Spalt. Hoffmann kam in diesem Moment wieder zurück an seinen Platz getorkelt. Devrient erhob sein Glas. Hoffmann tat es ihm gleich. Dann stießen sie an und tranken, indem sie sich so weit zurücklehnten, daß sie nach hinten umzukippen drohten. Der Ausdruck des In-sich-Hineinschüttens ist selten vollkommener dargestellt worden. Gleichzeitig setzten sie die Gläser zurück auf den Holztisch. Hoffmann warf plötzlich die Arme hoch, als wäre Gift im Glas gewesen, fuchtelte in der Luft herum und begann zu reden. Zu reden? Es ergoß sich ein Redestrom über den Schauspieler. Eine Redelawine rollte aus den spasmisch zuckenden Lippen des Dichters. Es war, als würde Hoffmann von elektrischen Schlägen gepeitscht werden. Dabei war es nur ein Einfall, der ihn überfallen hatte. Mit ekstatischen Bewegungen gab er den Einfall an die Außenwelt ab. Es war geradezu eine Explosion an unkontrollierter Expressivität.

»Dieser Mann ist kein Staatsfeind«, sagte Knarrpanti fast mit Bedauern.

»Der Mann ist klein und dünn. Sein Haar ist struppig und unordentlich. Sehen Sie nur: Der redet wie ein Agitator. Dieser Mensch ist durch seine bloße Existenz ein staatsgefährdendes Übel. Seine zappelnde Physiognomie ist an sich eine Parodie jeglicher Ordnung. Und außerdem hat er, wie jedermann weiß, eine schlechte Verdauung. Ich trau' ihm nicht.« Als Belohnung für diese wundervolle Entgegnung schob sich Kamptz ein ordentliches Stück Braten in den Mund. Ein kräftiger Schluck Rotwein folgte.

»Nun gut ... Sie haben es so gewollt.« Es sollte wie eine Drohung klingen, klang aber eher resigniert.

»In der Tat. Und Sie haben doch sicher eine ... eine Vermutung?« Kamptz' Zungenspitze leckte über seine Lippen, so als sei diese Vermutung äußerst schmackhaft.

»Ich habe da ein Gerücht gehört.« Knarrpanti bemühte sich um einen nüchternen Ton. In seinen Ohren klingelte Hoffmanns Stimme: Floh, Floh, Floh.

»Verstehe, Ihnen ist etwas zu den berühmten Lauschern gedrungen«, grunzte der Polizeipräsident aufgeregt.

Die Köpfe der beiden waren unwillkürlich näher zusammengerückt. Ihre Stimmen wurden gedämpfter.

»Es geht um eine neue Publikation Hoffmanns. Sie heißt: ›Der Floh‹ oder ›Flohstich‹, möglich auch ›Der geharnischte Flohstich‹.«

»Infam!« brüllte Kamptz mit seiner ganzen Kraft und fegte einen Kerzenständer vom Tisch, so daß die beiden in ihrer Nische von munkelndem Dunkel umgeben wurden.

»Das ist noch nicht alles«, flüsterte Knarrpanti, mitgerissen von seiner eigenen Gemeinheit.

»In meinen Augen würde es genügen«, sagte der Polizeipräsident. Er schaute dabei auf seine Gabel. Er schaute so finster, daß die Gabel geradezu darum flehte, alles zu gestehen.

»Der Umstand ist folgender: Hoffmann schreibt an einem Stück oder hat es bereits geschrieben, in dem eine hochgestellte Persönlichkeit vorkommt. Wie ich erfahren habe, ist es nach Frankfurt zu Händen des Verlegers Wilmans geschickt worden. Es kann natürlich alles ganz harmlos sein.«

»Harmlos? Ungeheuerlich! Um welche Person geht es, und in welcher Weise wird diese Person dargestellt?«

»Eine Konfiszierung des Manuskripts sollte uns Klarheit verschaffen.«

7.

»Der Umstand ist folgender«, rief Kamptz. »Der Kammergerichtsrat Hoffmann, der identisch ist mit dem Schriftsteller Hoffmann …«

»Wie bitte?«

»… hat ein Werk verfaßt oder ist noch im Begriffe, dieses zu tun, dessen Titel ›Der Floh‹ …«

»Wie bitte?«

»›Der Flohstich‹ …«

»Stich?«

»… ja, oder ›Der geharnischte Floh‹ lautet, und in welchem in staatsfeindlicher Manier eine hochgestellte Persönlichkeit der Lächerlichkeit preisgegeben wird.«

»Wen meinen Sie mit hochgestellter Persönlichkeit?« rief Schuckmann.

»Um das herauszufinden, sollten wir dieses Dokument so schnell wie möglich konfiszieren.«

»Wie?«

Von Kamptz bildete mit den Händen einen Trichter vor dem Mund und schrie: »KONFISZIEREN!«

Schuckmann warf den Kopf nach hinten, sein Pferd bäumte sich auf, dann bekam es die Sporen, und im Galopp ritt Schuckmann einem Hindernis entgegen. Vor dem Hindernis, einem Oxer aus Holz mit zwei hintereinander liegenden Barren, kam das Pferd aus dem Rhythmus, trippelte, bekam erneut die Sporen in die Flanken, überwand sich und setzte hinüber. Schuckmann klammerte sich am Hals des Pferdes fest, den kleinen Hintern in die Höhe gereckt.

Der Polizeidirektor klatschte Beifall ob dieses halsbrecherischen Auftritts des Ministers. Seine beiden Gehilfen, die ihm vermutlich in allem folgten, fielen in den Beifall ein. Im Galopp kam Schuckmann auf den Polizeipräsidenten zugeritten und riß die Zügel, kurz bevor er ihn erreicht hatte, mit einem Ruck nach hinten. Das Pferd bremste scharf. Kamptz hatte, ohne eine Miene zu verziehen, standgehalten, nur einer der beiden Männer war erschrocken zur Seite gesprungen. Alle lachten.

Sah einfach beneidenswert gut aus, dieser Schuckmann, dachte der Polizeidirektor haßerfüllt. Ein echter Aristokrat, leider feinstes Geblüt, wenn auch bestimmt irgendwie zweifelhaft hugenottisch. Dieser undeutsche Zierbengel war eine provozierend sportliche Erscheinung. Seine glänzenden schwarzen Locken kräuselten sich verwegen über der Stirn, der Schweiß des Sportsmanns rann von den Schläfen. Zudem konnte er Hegel zitieren, französisch parlieren, lateinisch disputieren, mit zierlichsten Hoftänzen brillieren. Ach, wäre Schuckmann dumm und schön oder häßlich und schlau. Hätte er irgendeinen Makel! Wäre er wenigstens arm oder trauernder Witwer, ein miserabler Tänzer oder Langweiler, spleenig oder taub – aber der Minister war einfach tadellos, ein perfektes Individuum, das nicht einmal Nägel kaute oder in der Nase bohrte. Der Polizeidirektor konnte in seinem Haß gegen den Minister, der übrigens desto größer wurde, je weniger er an ihm aussetzen konnte, diese Spur Anerkennung nicht unterdrücken. Und doch hatte der Minister einen Fehler, den größten, den es gab: Eitelkeit. Dies zu wissen schien dem Polizeipräsidenten ein unschätzbarer Vorteil zu sein.

Schuckmann war außer Atem, als hätte nicht das Pferd, sondern *er* den Doppeloxer übersprungen. Mit graziösem Schwung sprang er aus dem Sattel, tätschelte der rassigen Stute – soviel erkannte Kamptz' laienhafter Blick – den schönen schlanken Hals und zupfte an ihrer glänzenden Mähne. Kamptz, der dem Pferdesport, Reitern und eigentlich auch Pferden nichts abgewinnen konnte, mußte nun zugeben, daß dieses Pferd keiner der üblichen plumpen Ackergäule war.

Ein Reitknecht führte das hüftwackelnde Edelgeschöpf zu den Stallungen. Der Schweif der Dame wedelte vornehm wie ein Fächer hin und her.

Der Minister atmete noch immer schwer. Die Schweißperlen glitzerten auf seiner hellen Haut wie Tau auf weißem Marmor.

»Gehen wir ein Stück spazieren. Hier entlang«, sagte er. Kamptz und seine Leute folgten.

»Allein.« Dies konnte ein Befehl oder eine Bitte sein.

Kamptz gab den Männern ein Zeichen, welches sie sofort verstanden. Sie blieben zurück.

»Konfiszieren, meinen Sie?« begann der Minister die Unterredung.

Sie gingen über den hartgefrorenen Boden einer Koppel. Dahinter braunes Ackerland mit krustigen Furchen. Zur anderen Seite Wald, irgendwie nichtssagend. Immerhin, eine Milchkanne stand einzeln neben einer verrosteten Wanne und vor einem Gatter. Schuckmann stellte sich vor die Milchkanne, als wolle er sie ansprechen, und deklamierte mit alberner Emphase: »Dies ist ein Bildnis bäuerlich-dinghafter Idylle, welches einen Philosophen zu folgendem entzückten Ausruf hinreißen könnte: Dienlichkeit der Milchkanne ist jener Grundzug, aus dem her dieses Seiende uns anblickt, das heißt: anblitzt und damit anwest und so dieses Seiende ist.«

Der Polizeipräsident dachte: *Scheiß Milchkanne!*

Der Himmel war von einem klaren, lupenreinen, edelsteinhaften Blau, er ähnelte den Augen Schuckmanns. In diesem Himmel, genau über ihnen, rüttelte ein Falke, vermutlich war es ein Falke, jedenfalls rüttelte dieser Vogel. Die Sonne schimmerte wie ein kalter Klumpen Gold. Auf zugefrorenen Pfützen und Gräben schien manchmal ein Licht auf wie ein Signal. Ein Schwarm von Krähen krächzte vorüber, die krakelige Unterschrift des Künstlers unter das Gemälde. Die Luft roch nach kalter Landschaft. Hier war eine Menge Landschaft, eine ins frostige Blau von Schuckmanns Augen getauchte Landschaft. Für Kamptz' Gefühl ein bißchen zuviel Land und ein bißchen zuviel Schuckmann. Er liebte das

Stadtleben, Gassen, Kutschen, Amtsstuben, Wirts- und Freudenhäuser und sein Refugium – und all das schuckmannlos, schuckmannfrei, a-schuckmännisch, anti-schuckmanisch.

Während des Gesprächs klopfte der Minister zunächst unentwegt mit seiner Hetzpeitsche gegen seine hohen Reitstiefel. Das machte Kamptz nervös. Unter dem Vorwand, sie sich einmal ansehen zu wollen, bat er sich die Peitsche aus.

Soso, eine Hetzpeitsche … Schwisch! Kamptz hatte sich auf die flache Hand geschlagen, es brannte wie Feuer!

Indes hatte der Minister ein neues, ebenso enervierendes Spiel gefunden: Er warf mit Steinen! Der Minister bückte sich, grapschte nach einem dämlichen Stein, prüfte herum, als ob nicht jeder Stein gleich öde wäre, und zielte auf irgendein albernes Ziel. Was immer er treffen wollte, traf er. Aufgefordert, auch einmal einen Stein zu werfen, gab Kamptz vor, von der Gicht geplagt zu sein.

»Sie sind sich sicher? Eine hochgestellte Persönlichkeit?« fragte der Minister nach einem gekonnten Wurf und nahm damit unversehens den Gesprächsfaden wieder auf.

»Ja, absolut. Vermutlich mehrere hochgestellte Persönlichkeiten.«

»Der König?«

»Bestimmt! Vielleicht auch Sie, Herr Minister.«

»Oder Sie!« Paff, der Stein traf.

»Wahrscheinlich. Schließlich haben diese Demagogen auch meinen Gendarmeriekodex verbrannt.« Wie der Polizeidirektor das sagte, klang es eher stolz als entrüstet.

»Und karikiert hat man Sie auch nicht schlecht«, stichelte der Minister aus lauter Bosheit. Schuckmann konnte man ja auch nicht karikieren. Kamptz fiel ein, der David des Michelangelo gäbe möglicherweise eine Karikatur auf Schuckmann ab.

Sie waren an einem kleinen Weiher angekommen. Der Polizeidirektor hatte nicht übel Lust, diesem geschniegelten Laffen eins überzubraten, ein Loch in den See zu schlagen und den Minister unter Eis zu legen.

»Wie gehen wir die Sache an? Was meinen Sie?« fragte

Schuckmann mit schmalen, von der Sonne geblendeten Augen über den Weiher blickend, als sei diese märkische Pfütze ein berühmtes Schlachtfeld und er selbst der Korse.

»Ich werde unserem Vertreter in Frankfurt …«

»Der Graf von Goltz?« fragte der Minister überflüssigerweise dazwischen. Ja, wer denn sonst? Natürlich Goltz!

»… depeschieren, daß er das Manuskript requiriert.«

Schuckmann bückte sich und warf mit beiden Händen einen Stein von der Größe einer Kanonenkugel auf die Eisfläche. Eis knirschte. Vögel flatterten vor Schreck auf. Enten schnatterten aufgeregt. Und ein lautes Quietschen, ein hoher schriller Ton, zuckte über den Weiher, breitete sich wie eine Schockwelle um einen Punkt aus, doch die innere Kraft des Eises hielt ächzend stand. Eine Art Krater war entstanden, und der Steinbrocken saß darin fest. Das Eis hatte gewonnen.

»Wird viel Wirbel machen.«

»Wie Ihr Stein?«

Schuckmann ignorierte die Bemerkung. »Wenn das Manuskript wirklich von inkriminierendem Inhalt ist …«

»Ich versichere Sie, eine absolut vertrauenswürdige Informationsquelle.«

»… dann kann die Geschichte ungeahnte Folgen haben.«

»Soll ich also das Schreiben aufsetzen?« fragte von Kamptz.

»Ja, aber ich werde es unterzeichnen. Schließlich ist es mehr als nur eine criminalistische Angelegenheit, es ist von staatspolitischer Tragweite und betrifft vital die inneren Sicherheitsinteressen.«

»Sieh an, meine Kutsche!« rief Kamptz aus und wandte sich plötzlich vom Weiher ab. Mit schnellem Schritt eilte er auf seine Kutsche zu. Dabei schlug er mit der Hetzpeitsche den Takt seines verstohlenen Triumphes auf seine Stiefelspitze.

Schuckmann schlenderte ihm bewußt langsam nach. Der Polizeidirektor stieg ein. Halb saß er schon, da rief er: »Kommen Sie, ich bringe Sie nach Hause.«

Der Minister beschleunigte den Schritt nun doch. Mit einer einladenden Geste winkte der Polizeidirektor den Minister in die Kutsche. Doch gerade als der Minister einsteigen wollte, schlug Kamptz die Tür zu.

»Ich vergaß, hab's verdammt eilig. Nehme doch den direkten Weg. Das Schreiben erhalten Sie heute noch mit einem Boten. Dann kann es aus Ihrer Amtsstube nach Frankfurt gehen.«

8.

Es war der 16. Januar 1822. Ein Bote ging ab nach Frankfurt, um den preußischen Gesandten beim Bundestag, den Grafen von Goltz, zu bitten, dafür Sorge zu tragen, daß E.T.A. Hoffmanns Verleger in Frankfurt das Manuskript und die bereits vorhandenen Druckbögen den zuständigen Polizeibehörden aushändigte.

Einige Tage später erschienen in aller Herrgottsfrühe einige ausgesprochen eifrige Exemplare der Frankfurter Polizei in den Privaträumen des Verlegers. Vollkommen überrascht und auch eingeschüchtert vom merkwürdigen Ansinnen der Gendarmen, die auf Requirierung des Hoffmannschen Manuskripts im Namen der Königlich-Preußischen Regierung drängten, setzte Wilmans sofort alles daran, in gutem Licht dazustehen, und erbot sich, eine Manuskript-Sendung Hoffmanns, die er an diesem Morgen erwartete, sofort und noch ungeöffnet zur Polizeistelle zu bringen. Dieses Angebot akzeptierten die Polizisten – nicht ohne den Wunsch geäußert zu haben, ihm beim Warten auf die Dienstags-Post Gesellschaft leisten zu dürfen. Die Zeit bis zum Empfang der Post wurde mit inquisitorischen Fragen nützlich ausgefüllt. Immer wieder betonte Wilmans, daß er sich keinerlei Schuld bewußt und daß Hoffmanns Werk vollkommen frei von irgendwelchen schädlichen Stellen sei, die den Behörden Anlaß geben könnten, Maßnahmen wider das Werk oder gar den Dichter selbst zu veranlassen. Handele es sich jedoch um eine persönliche Verfehlung Hoffmanns, von welcher er, der Verleger, keine Kenntnis besitze, nun, so sei er auch nicht gewillt mitzubüßen. Aus diesem Grunde und um die Redlichkeit seiner Person zu demonstrieren – übrigens käme er auch gerne und freudig weiteren Aufforderungen zu solchen Demonstrationen nach –, liefere er den Beamten aus freien Stücken alle Briefe, die er von Hoffmann erhalten habe, aus. Die Beamten entgegneten, daß die Verwendung von Ausdrücken wie »Demonstrationen«, zumal im Zusammenhang mit dem Vorwurfe staatsfeindlicher Tätigkeiten, nicht geeignet sei, eben jene Verdachtsmomente zu zerstreuen, sondern, im Gegenteil, diese noch bestärke. Daraufhin kramte der Verleger hektisch in seinem Schreibtisch herum, hüllte sich und die Beamten in eine Wolke aus fliegenden Papieren ein und zeigte dann ein Bündel Briefe hervor, deren Absender der Dichter Hoffmann war.

Die Beamten taten das Briefbündel zu den anderen Akten, das heißt zu Manuskript und Druckbögen, und fügten schließlich, nachdem die Dienstags-Post angekommen war, die neue Manuskriptsendung hinzu. Auf der Polizeistation wurde Wilmans noch einmal hinsichtlich etwaiger Mitwisserschaft ausgefragt. Wilmans beschwor die Beamten, ihm bitte zu glauben, daß er mit diesem Hoffmann, was immer dieser angestellt, nichts zu schaffen habe. Natürlich, so im nachhinein betrachtet, käme ihm dieses oder jenes schon verdächtig vor, erscheine ihm diese oder jene Wendung in dessen Werken zweifelhaft, dieses oder jenes sprachliche Bild des Dichters gar zweideutig. Der preußische Gesandte von Goltz, ein weitherziger, lebenskluger Mann, legte zu guter Letzt ein gutes Wort für den Verleger ein und fragte in die Runde, ob man nicht dazu übergehen wolle, das requirierte Manuskript auf den staatsfeindlichen Inhalt hin zu lesen. Gleich darauf verwarf er diesen Vorschlag auch schon wieder, indem er bestimmte, daß dies doch wohl eher Sache der Behörden in Berlin sei, insonderheit des Polizeiministers Schuckmann. Deshalb wolle man keine weitere Zeit verschwenden und den ganzen Sack voller Flöhe, wie er mit Anspielung auf den vermeintlichen Titel des zur Beurteilung stehenden Werks schmunzelnd hinzufügte, sofort per Boten losschicken.

Der lästigen Angelegenheit ledig, eilte der Graf von Goltz

in den Spielsalon eines dubiosen Marquis von Keith, wo er sich wieder den drei Dingen widmete, derentwegen er schließlich nach Frankfurt gekommen war: Geld, Geld, Geld.

Wilmans wurde danach auf freien Fuß gesetzt. Ihm wurde die Aufforderung mit auf den Weg gegeben, sich sofort zu melden, falls er irgendeine Nachricht von oder über Hoffmann erhalte. Man wolle seinen Fall mit Nachsicht behandeln, sollte sich seine Kooperationsbereitschaft, die er durch die freiwillige Herausgabe bewiesen habe, auch in der Zukunft fortsetzen. Das gälte nicht nur bezüglich dieser Flohgeschichte, sondern es betreffe alle Werke und Dichter, die er verlege.

Wilmans schlug, zu Hause angekommen, drei Kreuze und grübelte bangvoll darüber nach, was Hoffmann in dem vierten und fünften Abenteuer seiner Erzählung »Meister Floh« wohl geschrieben hatte und ob diese wohl zu Recht von den Behörden konfisziert worden waren. Wäre dies der Fall, so mußte er so schnell wie möglich Hoffmann fallenlassen, alle Schuld ableugnen und Hoffmann belasten, belasten, belasten! Oder er könnte nach Frankreich fliehen. Das wäre etwas! Ach ja, Frankreich, ein Land mit Kultur, ein Land, das seine Künstler liebte. Vermutlich gab es dort schon eine Bewegung von Emigranten, der er sich anschließen konnte. Aus dieser Keimzelle entstünde dann dereinst eine echt demokratische Partei, welche die Macht übernähme. Und er wäre dabei! Wäre Teil des Geschehens, mitten darin, als führende Persönlichkeit. Triumphal wäre sein Einzug! Und als Parlament könnte man dann die hiesige Paulskirche verwenden. Andererseits konnten sie ihn schon an der Grenze abfangen, tja und dann erginge es ihm richtig schlecht! Besser war es deshalb, sich zu tarnen und bis zur Unkenntlichkeit zu verstellen, also zum Beispiel einen Brief an Hoffmann zu schreiben und darin die Polizeibehörden in höchsten Tönen zu loben, in den höchsten Tönen! Ja!

9.

Der Bote, mit dem Packen äußerst heikler Papiere bestückt, gab seinem Pferd die Sporen. Er übernachtete in Magdeburg, wo er das Pferd wechseln mußte, weil er es zugrunde geritten hatte. Der Bote wußte, daß der Minister Schuckmann sehnlichst seine Ankunft erwartete. Außerdem hatte der Bote einen Bruder, den Bruder des Boten, der von sich behauptete, der schnellste Reiter Berlins, ja ganz Brandenburgs zu sein. Eine unverschämte Behauptung. Und eine Herausforderung, der sich der Bote zu stellen hatte. Wenn auch sein Bruder ein trostloser Säufer war, dessen Prahlereien stadtbekannt waren, so hatte der Bote dennoch, ganz tief drinnen, ganz tief drinnen in den Eingeweiden so eine Ahnung, daß da was dran war, daß womöglich sein alter Säuferbruder der bessere Reiter war, und deshalb mußte er es vor allem sich selbst beweisen, mußte sich beweisen, daß er der schnellste aller preußischen Reiter war. Also ritt er, bis sein Pferd zusammenklappte

Kurz nach Magdeburg geriet er in einen Schneesturm. Jedenfalls schneite es heftig und war windig. Der Bote konnte sich in ein kleines Dorf flüchten, wo er Unterschlupf fand bei einer sehr gastfreundlichen Witwe. Diese Witwe war von ansehnlichem Wuchs und schon sehr lange Witwe. Ihr Mann war – aber das ist eine andere Geschichte. Sie bot dem Boten Brote an. Der Bote nahm die Brote an. Sie bot dem Boten Übernachtung an. Der Bote war erschöpft. Draußen tosten Wind und Wetter, drinnen war es warm und netter. Der Bote verfügte, wie die Witwe bemerkte, über Hermeslenden.

»Sie sind aber ein kräftiger Bursche. Sie treiben wohl viel Sport, wie?«

»Nun, ja, ähem, ich reite halt viel ...«

»Aha, ich denke mir, diese glutvollen Tiere kraft Ihrer männlichen Lenden zu lenken ...«

»Nö, meist betätige ich die Zügel.«

»... die ohne Zweifel von sowohl starken als auch einfühlsamen Händen ...«

Alles in allem betrachtet, drängte die Zeit. Andererseits war es draußen bitter kalt. Und hier, bei der Witwe, das war ein richtiges kleines Nest, so kuschelig. Warum sich ein Bein ausreißen für den Minister, für den König, da der Witwe diese Beine so gut gefielen? Und ihre Beine gefielen ihm auch, wesentlich besser als die vom König oder vom Minister, mal abgesehen davon, daß die sich niemals dazu herablassen würden, ihm ihre Beine zur Verfügung zu stellen. Diese hochnäsigen Adligen. Die konnten ihn mal! Was war im übrigen schon so wichtig an einem Stapel Papiere? Er, der Bote, konnte nicht lesen. Und? Hatte es ihm etwa geschadet? Papiere! Lauter Papiere! Damit spielten die sich doch bloß auf, diese hohen Herren. Bote, bring dies! Bote, bring das! Immer Papiere, immer Geschreibsel, das er nicht lesen konnte. Vielleicht enthielten all diese wichtigen, angeblich so lebenswichtigen Briefe, Depeschen und Botschaften nichts – und diese komischen schwarzen Flecken auf dem Papier waren schlankweg nichts als Flecken von zerquetschten Ameisen, sie entschieden auch nicht, wie immer behauptet, über Sieg oder Niederlage, Leben oder Tod, Glück oder Unglück, das war alles nur dazu da, ihn herumzukommandieren und durch die Weltgeschichte zu jagen, und er, der Bote, hetzte sich einen ab, ritt Pferde dutzendweise zuschanden, liebe, wertvolle Gäule, alle auf dem Schindanger, wegen nichts, wegen zufällig hingeschmiertem Mückenmus auf einem Fetzen Papier, alles Illusion, alles nur Angeberei, alles nur –

»Ja, ich komme.«

Der Bote zog seine Hose hoch, gürtete sie, warf einen Blick auf den Abort, klemmte sich das Paket unter den Arm und rannte durch einen Schneeschauer zum Haus zurück. Dort, in der Tür, stand die Witwe.

»Was ist das eigentlich für ein Paket?«
»Ach, nicht so wichtig«, sagte der Bote.
»Was machen wir jetzt?«
»Es gibt ja zwei Sachen: Essen und das andere.«
»Essen tun wir später.«
»Wenigstens wir zwei verstehen uns«, sagte der Bote.
»Und wie!« sagte die Witwe.

10.

Knarrpanti war daran gewöhnt, die Orte zu wechseln, die Orte innerhalb eines einzigen Orts, der sich Berlin nannte. Die einzige Konstante in seinem Leben war der Wechsel und natürlich Berlin, *sein* Berlin. Berlin war der Schauplatz seines Lebens. Die Stücke wechselten, die Kulissen wurden ausgetauscht, die Rollen änderten und die Kostüme wandelten sich, aber das Theatergebäude blieb dasselbe, und er blieb dem Theater, das sich Berlin nannte, treu. Seit er als junger Student hierhergekommen war, um an der neugegründeten Universität die Rechte und Philosophie zu studieren, hatte er Berlin auch nicht nur für eine Sekunde den Rücken gekehrt. Wenn ihn eines Tages das Schicksal ereilen sollte, dann sollte es Unter den Linden sein oder auf dem Hackeschen Markt, zuletzt wollte er Berliner Boden küssen, und dann, nachdem das Auge gebrochen, sollten sie ihn seinetwegen in der Erde verscharren, aber in *Berliner* Erde!

Andererseits hatte Knarrpanti das Gefühl, in Berlin nicht zu Hause zu sein. Ja, er war in dieser Stadt ganz sicher weniger zu Hause als sonst irgendwo. Aber das traf sich gut, denn genau das war es ja, was er begehrte. Er konnte nirgendwo besser nicht zu Hause sein als in Berlin. Hier war er verloren. Und niemand würde ihn je finden. Nicht einmal Gott, dem er vom Schachbrett gesprungen war. Er spielte jetzt sein eigenes Spiel. Nach seinen eigenen Regeln. Dies Spiel hieß Verstecken, und das sicherste Versteck war das Nichts.

Deshalb war Knarrpantis Ziel die Ziellosigkeit. Sein Weg war: vom Wege abkommen. Sein Name war Knarrpanti; aber wenn üblicherweise der Name dazu diente, zu identifizieren, das einzelne in der Masse des Ähnlichen einzigartig erscheinen zu lassen, herauszuheben, eben sichtbar und ortbar zu machen, so stand Knarrpantis Name für Entsubjektivierung, Deindividualisierung, Unsichtbarkeit, denn sein Name war überall bekannt, geradezu ein Gassenhauer, und dennoch kannte ihn, den Bezeichneten, keiner, wußte niemand, wer sich hinter der Maske des Namens verschanzte: Es hätte ein jeder sein können. Jeder hätte *er* sein können, und genauso trachtete er danach, prinzipiell *jeder andere* sein zu können, und deshalb liebte er Berlin, war diese Stadt doch der passende Ort seiner Ortlosigkeit, das ideale Versteck.

Zugegeben, er war ein schwieriger Charakter, der das Paradoxon liebte und mit Schuckmann zusammen Hegel-Vorlesungen besucht hatte. Schuckmann blieb bei Hegel. Knarrpanti wechselte bald zu Schopenhauer, einem untrüglichen Instinkt für den Unterhaltungswert seiner Philosophie folgend. Leider war er zu jener Zeit der einzige.

Alle rannten sie damals in Hegels Vorlesungen. Hegels Vortrag war stotternd, umständlich und gänzlich witzlos, aber von solch metaphysischer Tiefe, daß den Zuhörern (und Zuschauern) Schauer des Schauderns den Rücken hinabliefen – und zwar je intensiver, desto weniger sie verstanden. Er führte sie in stockendem Duktus durch Satzlabyrinthe, an deren Ende eine Wahrheit zum Vorschein kommen sollte, die strahlender war als alle vorherige Weisheit. Sein beständig stockender, manchmal gar ins Stammeln verfallender Vortragsstil verhinderte weder seinen Ruhm, noch lieferte er ihn dem studentischen Spott aus, vielmehr ließ er das Faszinierende nur noch faszinierender erscheinen. Die haspelnde Kunstlosigkeit seiner Rede verlieh dem grandiosen, alle Weltgeschichte umspannenden, alle bisherige Philosophie einschließenden, jedes je gedachte Denkgebäude umfassenden SINN nur um so höhere Weihe, ähnlich sich wahrer Reichtum hinter Schmucklosigkeit, wahrer Edelmut hinter Bescheidenheit oder Auserwähltheit hinter härener Kutte verbirgt. Kurz und gut: Hegel war à la mode, und jene, die nicht Verstandes genug waren, ihn gedanklich zu kopieren, imitierten mit größtem Eifer sein verlegenes Stammeln, in der Überzeugung, es genüge, ordentlich zu stottern, um, wenn schon nicht als geistreiche, so doch als tiefe Seele anerkannt zu werden, womit sie gar nicht so falsch lagen. Viele fielen darauf herein. Wenn auch wiederum andere Zeitgenossen schier verzweifelten und mit einem Schrei das Weite suchten, nachdem sie eine halbe Stunde lang in der Mensa oder einer der Studentenkneipen stotternde Debattierclubs anhören mußten.

Dagegen Schopenhauer! Welch geschmeidige Rede, welch Zungenfertigkeit, welch Geläufigkeit! Schopenhauer brannte bei jeder Vorlesung ein Feuerwerk an knallenden Pointen und sprühendem Witz ab. Die geistreichsten Bonmots überschlugen sich, überholten einander, kamen in Trauben, hagelten auf den Zuhörer ein wie bei einem Gewitter, all das vorgetragen, man muß schon sagen: aufgeführt und vorgespielt in perfektem Tempo. Und unweigerlich bewegte sich jeder Vortrag auf Hegel zu, den zu parodieren Schopenhauer keine Gelegenheit ausließ und dessen Schwächen er mit geradezu haßerfüllter Liebe zum komischen Detail bloßlegte – doch all das verhallte in einem erschreckend leeren Hörsaal, sprang allerdings mitten hinein in *ein* absolut unbewegliches Gesicht, nämlich das Knarrpantis, der musterschülerhaft darum bemüht war, jedes Wort zu memorieren. Das Ganze dauerte zwei Semester, eine Tortur, wie Schopenhauer später zugab, besonders, da er es nicht vermocht hatte, in all der Zeit, mit all den Worten auch nur den zartesten Anflug eines Lächelns auf die Lippen seines Schülers zu zaubern. Diese stumm-verbissene Art Knarrpantis wurde dem Philosophen mehr und mehr unheimlich. Es schien, als ob dieser Mensch all das Gemerkte irgendwann gegen ihn verwenden wollte.

Schopenhauer hielt bekanntlich seine Vorlesung zur selben Zeit wie Hegel, um so die Studenten zu zwingen, sich für oder gegen ihn zu entscheiden – und auch um klarzustellen, daß seine Philosophie die große Alternative war. Daß sich niemand für ihn interessierte, hatte er zunächst nicht voraussehen können und später nicht einsehen wollen. Wie war

Hegels Reaktion? Hegel ignorierte Schopenhauer. Ja, er bemerkte ihn überhaupt nicht. Er hatte nichts gegen Schopenhauer. Wie sollte man gegen etwas sein, das überhaupt nicht existierte? Trotzdem philosophierten die beiden zur selben Zeit, in nebeneinanderliegenden Hörsälen, ein seltsames Paar parallelen Philosophierens, und diese Parallele wiederholte sich bei zweien ihrer Zuhörer: Schuckmann, dem späteren Polizeiminister, und Knarrpanti, dem späteren Spitzel. Genauso wie Hegel Schopenhauer nicht wahrnahm, hatte Schuckmann den einstigen Freund vergessen; und genauso wie Schopenhauer all seine Kraft darein gab, Hegel zu zerstören, verwandte Knarrpanti in späteren Jahren einen großen Teil seiner Energie darauf, Schuckmann aufzubauen. Und ebensowenig Schopenhauer erwarten konnte, Hegels Anerkennung zu erlangen, durfte Knarrpanti niemals hoffen, von Schuckmann geliebt zu werden.

Schuckmann war nach heftigem Streit fortgegangen aus Knarrpantis Leben. Weder hatte Schuckmann sich noch einmal umgedreht, noch hatte Knarrpanti ihm nachgesehen (und doch hatte Knarrpanti gesehen, daß Schuckmann sich nicht mehr umgeschaut hatte). Manchmal drangen unverständliche Echos eines Disputs, dessen Anlaß er vergessen hatte, in seine Träume. Doch dann hatte er begriffen, daß die Ursache ihrer Trennung nicht dieser Streit, nicht diese Meinungsverschiedenheit gewesen war, sondern einfach darin begründet lag, daß Schuckmann ihn nicht mehr mochte, daß er ihn eigentlich niemals wirklich gemocht hatte. Das war bitter. Und warum mochte ihn Schuckmann nicht? Weil weder Schuckmann noch sonst irgend jemand jemals Knarrpanti mögen konnte. Weil Knarrpanti nicht gemocht werden konnte. Weil niemand je Knarrpanti geliebt hatte und je Knarrpanti lieben können wird! Er war verdammt!

Hatte er während der Studienjahre kaum jemand gekannt, so tauchte er nach seinem Abschluß – die staatsrechtliche Dissertation schrieb er beim alten Puffendorff – vollends unter. Unmittelbar nach den Karlsbader Beschlüssen war er so unbekannt, daß er für drei Geheimdienste gleichzeitig spionierte. Nicht einmal er wußte, für welche.

In jener Zeit hatte er es sich angewöhnt, niemals lange irgendwo zu wohnen und sich niemals irgendwo heimisch zu fühlen, denn einmal war er stehengeblieben, hatte gegrüßt und seinen Namen genannt. Diese eine Freundschaft mit Schuckmann reichte für den Rest seines Lebens aus. Berlin bot im übrigen Raum genug, um nirgendwo zu sein. Knarrpanti war beständig damit beschäftigt, sich unauffindbar zu machen. Er verwischte die Spuren seiner Existenz, als flüchte er vor irgend jemandem oder irgend etwas. Gerade so, als wollte er gar nicht existieren, denn bestand existieren nicht darin, Spuren zu hinterlassen, Fußabdrücke in den Sand der Zeit zu formen, und seien diese noch so flüchtig? Knarrpanti, so schien es, war eher wie ein Geist, der zwar durch die Welt wandelte und alles sah und alles wußte und da und dort die Menschen manipulierte, der aber nicht selbst dazugehörte, weil er weder der Welt der Menschen etwas geben konnte noch von den Menschen etwas verlangte, weil er eben keine Spur machte, kein lesbares Zeichen hinterließ. So ließ er zwar die Menschen an seinen Fäden tanzen, aber sie tanzten wenigstens. Er hingegen tanzte nicht. Und je mehr er sie tanzen ließ und je mehr er sie seine Worte, Worte des Verrats und der Niedertracht, sagen ließ, desto mehr verbarg er sich, desto weniger war er anwesend. Hinter all den Masken und Tarnungen, den falschen Bärten und künstlichen Nasen, hinter den Namen – allesamt Verballhornungen, Permutationen und Anagramme des Namens Knarrpanti –, hinter den Fluchtpunkten und den Finten, was war da, was war da die Wirklichkeit? Und war es Zufall, daß sein Weg jetzt den Pfad eines anderen entwurzelten Geistes kreuzte? Eines Genies freilich, das vielleicht einen Mann wie Knarrpanti schon porträtiert hatte in Erzählungen, in denen ein JEMAND sein Spiegelbild verliert, also jenen Abdruck, der die Existenz zu jeder Zeit verbürgen kann.

Knarrpanti kannte Hoffmann. Hoffmann war ebenso bekannt wie Knarrpanti, mit dem Unterschied, daß alle glaubten zu wissen, wer Hoffmann sei, wohingegen Knarrpanti für die Berliner mehr ein Mythos war als eine reale Person. Vielleicht gab es überhaupt niemanden, der glaubte, daß Knarrpanti wirklich existierte – abgesehen von ein paar Spezis der Geheimpolizei. Vielleicht war es bei Knarrpanti einfach vollkommen gleichgültig, ob er existierte oder nicht. Vielleicht genügte allein die Vorstellung, so wie Liebenden die Vorstellung vom Mann im Mond genügte, um die Nacht noch romantischer zu empfinden. Vielleicht war Knarrpanti der Mann im Mond? Und der Mann im Schrank. Der Fremde im hintersten Winkel einer Eckkneipe. Der Mann, der im Foyer eines Hotels scheinbar Zeitung liest. Der Mann, den zehn gesehen haben, und keiner kann ihn beschreiben. Der große Unbekannte. Der bekannteste große Unbekannte.

Knarrpanti kannte also Hoffmann, wie ihn jeder kannte. Hoffmann war ja eine Attraktion im L & W. Aber mit Hoffmann zu reden, ihm zu begegnen oder gar in seine Wohnung einzudringen und in seinen Manuskripten zu schnüffeln hatte schon etwas Erregendes. Nun gut, er war beim Versuch gescheitert, die Wohnung nach brauchbarem Material zu durchforschen. Er dachte, er könne Hoffmanns Manuskript ein bißchen retuschieren, da einen staatsfeindlichen Satz einstreuen und dort eine kleine verwerfliche Silbe einschieben. Hinterher hätte Kamptz eine Hausdurchsuchung anordnen lassen, und alles wäre geritzt gewesen. Aber nachdem er nur mit Glück den Absturz überlebt hatte und auf die schicksalshohe Leiter gefallen war, mußte er umdisponieren. Zufällig kam Hoffmann gerade die Treppe hinunter und machte sich auf den Weg ins L & W, das unweit von seiner Wohnung lag.

Knarrpanti nahm die Rolle seines Schattens ein. Hoffmann war wie gewöhnlich montiert, also angeheitert. Überschwenglich begrüßte er seinen Künstlerfreund, den Schauspieler Devrient. Knarrpanti verbarg sich im Separée hinter dem Vorhang. Dies war auch der Treffpunkt, den er Ernst genannt hatte. Halb zwölf in der Nacht sollte Kamptz hier erscheinen.

Knarrpanti fuhr seine Lauscher aus. Die Fähigkeit, seine Ohren zu bewegen, war für ihn mehr als läppischer Kinderulk oder peinliche Kleinkunst, sondern äußerst brauchbar beim Bespitzeln. Er wurde an diesem Abend belohnt.

»Stell dir vor, du könntest wie Meister Floh die Gedanken der anderen Menschen lesen. Wäre das ein Segen oder ein Fluch?« Worauf Devrient sagte: »Das hängt davon ab, ob sie Gutes oder Schlechtes über mich denken. Bei Kritikern allerdings wäre mir lieber, ich könnte ihre Gedanken nicht nur lesen, sondern sie ihnen vorschreiben.« Die beiden Künstler steckten die Köpfe über dem Holztisch zusammen. Knarrpantis Ohren drehten sich wie Fühler, richteten sich gierig auf das tuschelnd dahinspringende Bächlein verschworenen Austauschs, auf dessen Strömung ein buntes Bötlein hüpfte.

Es war das Wort: FLOH. Das Wort Floh hopste in seinem Kopf und schuf bei jedem Sprung ein neues Bild, einen neuen Satz: Demokraten, die sich im Staat einnisteten wie die Laus (der Floh) im Pelz; der Floh, dieser kleine Vampir, der heimlich das Blut aus seinen Opfern saugte; der Floh, das Wesen, das nicht zu fassen war, immer auf dem Sprung, immer im Geheimen. Der Floh war so winzig und geheim, daß er in die Köpfe der Menschen eindringen konnte, um ihre Gedanken zu lesen. Dann changierte das Bild wieder, und Knarrpanti sah den Floh als nichtswürdige Kreatur, ein Parasit, der sich von den anderen nährte, selbst jedoch ein Nichts und zu nichts nütze war, ein Floh nur – aber ein recht eigentümlicher ... er konnte die Gedanken der Bürger ausspionieren. Also, welch Waffe in den Händen des Staates! All diese Bilder schufen schließlich auf rätselhaften Bahnen gewisse Ahnungen.

So ahnte Knarrpanti plötzlich, daß *er* dieser Floh war. Hockte er nicht in den Kneipen und Restaurants gerade so wie ein Floh, ein winziges blutsaugendes Insekt auf der Suche nach einem Wirt, den es befallen konnte, um ihm geheime Informationen abzulauschen? Und horchte er nicht in die Leben anderer hinein, um sich davon zu nähren? War er nicht ein Parasit? Und bedeutete das nicht, daß Hoffmann ein

Buch schrieb über *ihn*, über ihn, Knarrpanti, den Prototypen des Spitzels, den schlechthinnigen Floh, einen Meister seines Fachs?

Knarrpanti war noch ganz in diesem Netz aus Assoziationen gefangen, als der Polizeipräsident erschien. Er war zur Hintertür hineingekommen und hatte sich unbemerkt zu Knarrpanti gesetzt. Es gab hier eine Reihe von Nischen. Dabei dachte nicht gleich jeder an konspirative Sitzungen, und wenn er es dachte, dann hatte er wohl gerade selbst eine vor.

Der Polizeidirektor hatte es so gewollt. Knarrpanti wußte, daß Hoffmann keine Chance hatte. Der Dichter schrieb ein Buch über ihn, den Spitzel Knarrpanti, und das würde einen Skandal geben. Der Dichter würde Praktiken der Geheimen Staatspolizei geißeln, und die Geheime Staatspolizei würde zurückschlagen. Diesmal käme Hoffmann nicht ungeschoren davon. Der Mann würde in das Räderwerk seiner Geheimen Gendarmerieordnung geraten und zermalmt werden. Ja, die Geheime Gendarmerieordnung! Dieses Buch hatte mehr Macht als alle Werke Hoffmanns und der gesamten romantischen Schule zusammen!

Der unter dem Namen des Polizeipräsidenten erschienene Knarrpantische »Geheime Polizeikodex« war eine griffige Zusammenfassung polizeilicher Anschauung: die Welt betrachtet aus der Sicht einer Ordnung, die sich beständig gefährdet sieht. Knarrpanti hatte seine anonyme Existenz in bezug zu dieser Ordnung gesetzt. Er war eine Art Gefäß, das die untergründigen Ströme dieser Ordnung auffing und ihnen Form verlieh.

Deshalb wußte er, daß Hoffmanns Schicksal besiegelt war. Über ein Jahr lang hatte er diesen Kitzel nicht mehr verspürt, der ihn anfiel, wenn er dabei war, eine unbescholtene Existenz der Vernichtung auszuliefern. Damals, vor einem Jahr, hatte er sich geschworen aufzuhören. Nicht, weil ihn moralische Skrupel befallen hätten. Haha, das gewiß nicht. Er hatte in den Sack gehauen, weil ihm Kamptz unerträglich geworden war. Der Grund war freilich nicht, daß der Polizeidirektor ihm die Rechte an der Gendarmerieordnung gestohlen hatte. Kamptz hatte ihn hierin ganz und gar mißverstanden. Knarrpanti war niemals daran gelegen gewesen, als Autor der Polizeiordnung zu firmieren. Er hatte auf Kamptz' Eitelkeit und Niedertracht gebaut und war auch nicht enttäuscht worden.

Womit er nicht gerechnet hatte, war der schlagende Erfolg seines Werks. Plötzlich war die Gendarmerieordnung in aller Munde. Die teutonischen Burschenschaftler lenkten all ihren Haß auf das Geheimpapier. Die Geheimhaltung dieses Werks war so streng, daß bald schon eine regelrechte Hatz auf das Dokument im Gange war. Beamte wurden mit hohen Summen bestochen, um den Kodex an Staatsfeinde auszuliefern. Bald gab es nur noch wenige strengstens gehütete Exemplare, und alle Geheimpolizisten mußten das Werk auswendig lernen, was dazu führte, daß Beamte entführt und nicht eher freigelassen wurden, bis sie das gesamte Werk aufgesagt hatten, und das schön langsam für die gegnerischen Geheimdienste und politischen Geheimbünde zum Mitschreiben. Demokraten, Demagogen, Burschenschaftler, Turner und Anarchisten begannen den Polizeipräsidenten zu hassen. Als die Burschenschaftler feierlich und öffentlich den Gendarmeriekodex den Flammen des Autodafés übergaben (zusammen mit dem Code Napoléon), stolzierte der Polizeidirektor durch die Stadt und brüstete sich mit diesem Haß gegen ihn wie mit einer Auszeichnung. Das war widerlich. Das konnte Knarrpanti einfach nicht ertragen. Dafür hatte er die Geheime Gendarmerieordnung nicht erfunden, nicht daß nun Kamptz auf der Woge des Hasses emporgehoben wurde wie ein schrecklicher Fürst.

Doch damit nicht genug. Knarrpanti spürte, daß er abhängig geworden war, abhängig von Kamptz. Der Polizeidirektor ließ keine Gelegenheit verstreichen, dies zu demonstrieren. Der Polizeidirektor tat so, als durchschaue er ihn und gab ihm auch andauernd zu verstehen, daß er das Geheimnis des Agenten kenne. Es war eine Art Provokation oder Aus-der-Reserve-Locken. Ein Versuch, ihn dingfest zu machen, denn natürlich mußte Knarrpantis Ungebundenheit dem Polizeipräsidenten ein Dorn im Auge sein. Also tauchte Knarrpanti wieder unter. Also sprang er wieder vom Schachbrett. Also wechselte er die Verstecke. Also sprang er wieder wie ein Floh von Wirt zu Wirt. Aber es war da irgend etwas kaputt. Knarrpanti hätte nicht sagen können, was da kaputt war. Jedenfalls trank er sehr viel und verkam zusehends. Oft lag er tagelang reglos auf einem Bett, bis sein echter Bart einen falschen überwucherte. Manchmal fand er sich in irgendeiner Gosse wieder, ohne Erinnerung an das, was geschehen war. So war es vielleicht doch ein Glück, daß der Polizeidirektor den Spitzel beim »Gänsefüßchen« abgefangen hatte. Es ging etwas vor, etwas Seltsames passierte. Knarrpanti spürte das, und eine merkwürdige Kraft zog ihn hin zu dem Dichter Hoffmann. Darin lag auch ein Locken, eine Art Versprechen. Knarrpantis kleines Spitzelherz läutete wie ein Glöckchen.

11.

Während der Bote in der Brandenburgischen Provinz äußerst pflichtvergessen seinen privaten Vergnügungen nachging, stand ein Mann an einer Straßenecke gegenüber dem Kammergerichtsgebäude in der Französischen Straße und ließ den schier endlosen Verkehr an sich vorüberziehen. Fuhrwerke und Karren holperten vorbei. Elegante Einspänner schwebten lautlos ihrem Ziele zu. Große Droschken polterten vorüber. Der Mann, der seit einiger Zeit schon das Gerichtsgebäude beobachtete, hieß Dr. Lacenaire. Er war stutzerhaft gekleidet und spielte nervös mit einem Gehstock, dessen vergoldeter Knauf einen Löwenkopf darstellte. Sein schmales schwarzes Bärtchen auf der Oberlippe verstärkte den Eindruck des Stutzerhaften und Eitlen. Plötzlich gab sich der Mann einen Ruck.

Er nahm die Auffahrt zum Eingang des Kammergerichts in ein paar Sätzen, welche die Elastizität seines Körpers unter Beweis stellten. Mit dem goldenen Löwenkopfknauf seines Spazierstocks, der lustig in der Sommersonne funkelte, klopfte er gegen das Eichenholz einer Art Kabine, in der sich der Portier befand, der eingeschlummert war.

»Was wollen Sie?« murmelte der Portier mürrisch.

»Ganz gewiß nischt Ihren Schlaf stehlen.« Lacenaire sprach mit französischem Akzent.

»Ich schlafe nicht im Dienst«, sagte der Portier noch mürrischer.

»Dann sind Sie soeben auch nischt aufgewacht ... Aber unter uns: eines ist merkwürdisch ...«

»Was ist merkwürdig?« Der Portier richtete sich zu seiner ganzen Größe auf.

»Isch bin ziemlisch sischer, daß isch schlafe.«

»Was soll das? Sie stehen vor mir höchst munter und wach!« sagte der Portier in verschärfter Lautstärke.

»Das ist nischt verwunderlisch. 'aben Sie schon einmal im Schlaf geträumt, daß Sie schlafen?«

»Wie denn das wohl! Natürlich träumt man nicht, daß man schläft. Das wär ja gerade so, als ob man gar nicht träumte«, sagte der Portier und kam sich ungemein wissend vor.

»Bon, dann ist es doch wohl nur natürlisch, daß isch, wenn isch träume, glaube, ziemlisch munter und wach vor Ihnen zu stehen.«

»Stimmt«, gab der Portier zu.

»Es ist also sehr gut möglisch, daß isch jetzt träume und daß Sie nur Teil meines Traums sind.«

»Oder«, ergänzte der Portier, plötzlich von einer Leidenschaft ergriffen, »ich träume, daß Sie vor mir stehen und sagen, daß Sie mich träumen.«

»Exactement, und in diesem Traum sagen Sie mir die Zimmernummer vom Kammergerischtsrat 'offmann und lassen misch dursch«, sagte Lacenaire.

»Genau!« rief der Portier.

»Also, isch 'öre?«

»Und in diesem Traum ist dann der Kammergerichtsrat Hoffmann wohlauf in seinem Dienstzimmer, und nicht, wie in Wirklichkeit, zu Hause und bettlägerig.«

»Er ist krank?«

»Allerdings, sofern ich wach war, als mir dies mitgeteilt wurde«, erwiderte der Portier schmunzelnd.

»Ach, schlafen Sie weiter. Sie stehlen mir meine Zeit!« rief Lacenaire wütend, drehte sich um und verließ das Gebäude. Ein verdammt ausgeschlafenes Volk, diese Berliner Portiers!

Lacenaire eilte über den Gendarmenmarkt. Er ging zwischen dem Deutschen Dom und dem Schauspielhaus schnurstracks auf die Taubenstraße 31 zu. Er betrat das Treppenhaus. In diesem Moment kam von der anderen Seite, der Innenhofseite, ein anderer Mann ebenfalls ins Treppenhaus. Sie wären fast gegeneinandergeprallt; denn Lacenaire war wütend, weil er den Morgen nutzlos vertan hatte, und der andere Mann war blind. Dieser andere balancierte eine ungeheuer lange Leiter auf seiner Schulter. Dummerweise hatte bei der Karambolage der vorragende Teil der Leiter den Stutzer so unglücklich getroffen, daß dieser nun mit dem Kopf zwischen zwei Sprossen steckte, ohne sich recht besinnen zu können, wie dies wohl passiert sein mochte. Er stimmte unwillkürlich ein Gezeter an. Das wiederum verunsicherte den Leiterträger, der, dumpf ahnend, daß das Gejammer mit ihm und seiner Leiter in Zusammenhang stehen könnte, schnell den Rückzug antrat. Das Gezeter hörte aber nicht auf. Im Gegenteil, es ward stärker und unangenehmer. Deshalb beschleunigte der Blinde seinen Rückzug. Lacenaire ging wie an einer hölzernen Leine. Dann, nachdem er wegen des gesteigerten Tempos gestolpert war, wurde er mitgeschleift, wobei ihm jetzt eine Sprosse genau zwischen Kinn und Kehlkopf saß. Um wieder Halt zu erlangen und damit das Gewicht nicht auf der schwachen Stelle am Kehlkopf lastete, ergriff Lacenaire mit beiden Händen die Leiter. Das war genau der Moment, da der Blinde sich entschloß, dem Spektakel dadurch ein Ende zu bereiten, daß er die Leiter einfach wieder aufstellte und gegen die Hauswand lehnte. Zwar war er für einen Moment irritiert wegen des Gewichts, das an der Leiter hing, doch war der Entschluß schon zu weit umgesetzt, als daß der Blinde noch hätte umdisponieren können. Es erschien ihm, als käme er schneller zu einem Ende, wenn er wieder am Anfang begönne.

In der Tat. Lacenaire konnte sich glücklich schätzen. Durch die Bewegung der Leiter von der Waagerechten in die Senkrechte war sein Hals aus der Falle geglitten. Doch weil er sich an der Leiter festgehalten hatte, hing er nun hoch oben in der Luft und strampelte mit den Beinen.

Der Blinde stand ratlos da. Köpfe wuchsen aus geöffneten Fenstern. Beschwerden wurden laut. Lacenaire sah ein, daß das Gejammer ihn jetzt nicht weiterbrachte, zudem war es ihm äußerst unangenehm, im Mittelpunkt des Geschehens zu stehen – beziehungsweise zu hängen. Also sagte er, mit ausgestreckten Armen an der Leiter baumelnd, so natürlich wie möglich: »Es ist alles in Ordnung. Schließen Sie die Fenster wieder. Wir haben alles im Griff.«

Die Fenster gingen wirklich wieder zu.

»Sind Sie sicher?« rief der Blinde hoch.

»Aber natürlich«, beteuerte Lacenaire, ehe er abstürzte.

Lacenaire fiel. Er fiel in die Arme des Blinden. Der Blinde war mit einer Art siebtem Sinn ausgestattet und hatte genau im richtigen Moment die Arme ausgebreitet. Lacenaire stürzte zwar hindurch, aber sein Fall war genügend abgefedert worden.

Lacenaire rappelte sich auf. Er bewegte probehalber alle Glieder. Alles schien heil zu sein. Geziert zupfte er sich die Rüschen an den Ärmeln zurecht und strich sich dann über das schmale Bärtchen.

»Kennen wir uns nicht?« fragte der Blinde.

»Sie müssen mich verwechseln«, antwortete Lacenaire akzentfrei und klopfte sich den Schmutz von der Kleidung.

Obwohl er noch ein wenig benommen war, wollte Lacenaire nicht auf seinen Krankenbesuch bei Hoffmann verzichten. Er klingelte. Die Frau des Hauses öffnete.

»Ach, Sie?« sagte die Frau. Frau Hoffmann war eine kleine, kugelrunde und kerngesunde Person, deren Lebenstüchtigkeit auf ihren Apfelwangen glühte.

»Sie kennen misch?« fragte Lacenaire überrascht.

»Sie hingen doch eben an der Leiter. Wir haben uns köstlich amüsiert.«

»Darf isch misch dennoch vorstellen. Mein Name ist Lacenaire. Doktor Lacenaire.«

Lacenaire lüpfte seinen nagelneuen Hut und machte eine artige Verbeugung.

»Wollen Sie zu meinem Mann?« fragte die Frau.

»Sie 'aben den Nagel auf den Kopf getroffen. Isch möschte Ihren Mann besuchen, den großen Dischtör 'offmann.«

Jetzt wurde eine helle Stimme aus dem Wohnungsinneren schwach hörbar. »Wer ist es?«

»Ein Monsieur Lacenaire«, rief Frau Hoffmann, halb nach hinten gewendet.

»Laß ihn reinkommen ...«, sagte die Stimme, die einer erkälteten Krähe zu gehören schien.

Lacenaire atmete erleichtert auf. Er trat ein. Das kleine Glöcklein seines Herzens zitterte.

Die Wohnung war dunkel. Vermutlich waren die Vorhänge vor den Fenstern zugezogen, denn draußen lachte ja die liebe Wintersonne. Lacenaire versuchte sich den Grundriß der Wohnung einzuprägen, während ihn die Frau des Hauses zu Hoffmann geleitete. Links war eine Küche, vermutlich mit dahinter gelegener Domestikenkammer. Lacenaires Blick fiel in ein abgedunkeltes Zimmer, das, soviel zu sehen war, aufwendig und geschmackvoll möbliert war und dessen Fenster auf den Gendarmenmarkt zeigten. Zur anderen Seite gab es zwei Zimmer. Ein Berliner Durchgangszimmer und dahinter ein weiteres, vermutlich das eheliche Schlafzimmer. Aus dem Durchgangszimmer trat nun Hoffmann. Er war so schwach, daß er seiner Frau, die sofort herbeigeeilt war, in die Arme sank. Ohne große Mühe trug sie ihren Mann zurück in das Zimmer, das zum Gendarmenmarkt hin lag. Sie machte ihm dabei die ärgerlichsten Vorhaltungen, aus denen natürlich nichts anderes sprach als tiefste Sorge.

Hoffmann wirkte sehr krank. Es mußte ihn plötzlich getroffen haben, denn vor einigen Tagen hatte ihn Lacenaire noch ziemlich montiert im L & W gesehen. Er trug einen buntscheckigen Schlafrock, der in der Art eines Kaftans geschnitten war. Dazu passend, in eben solchem Kunterbunt, war die Kopfbedeckung, die am ehesten einem Barett ähnelte. Das Porträt eines grinsenden Katers war auf den Kopfputz gestickt. In der Dunkelheit des Zimmers schimmerte das fahle Gesichtchen des Kammergerichtsrats wie ein kranker kleiner Mond. Aus der Nähe betrachtet, veränderte sich dieser Eindruck; jetzt traten die buschigen Augenbrauen, das wüst sprießende Haar, die berühmten schwarzen Stechaugen und diese bemerkenswert langgezogenen und gut ausrasierten Koteletten in den Vordergrund. Schmal waren die Spottlippen, schmal und äußerst beweglich. Die Nase sprang spitz wie ein Messer aus dem Gesichte hervor. Überhaupt sprang jetzt das ganze spitze Gesicht wie eine Sprungfeder aus dem Dunkel heraus. All dies nahm Lacenaire in dem kurzen Moment wahr, da Frau Hoffmann sich höflich verabschiedend zurückzog und der Dichter, nun auf einem Kanapee ruhend, den Besucher mit schmächtiger Hand heranwinkte, einer Hand, die noch zierlicher war als die Lacenaires. Sie hatten auch eine ähnliche Statur, klein, ein wenig verwachsen, aber mit kräftigen Schultern und recht starken Oberarmen, doch alles, was bei Hoffmann spitz und fein war, war bei Lacenaire stumpf und knorrig. Wie ihre Hände nun zur Begrüßung ineinanderfuhren, erschien es Lacenaire, als besiegelten sie einen wortlosen Pakt.

»Der Herr Akrobat. Eine Leiter kann ich nicht bieten. Nehmen Sie bitte deshalb vorlieb mit einem gewöhnlichen Stuhl«, sagte Hoffmann augenzwinkernd. Er richtete sich etwas von seinem Lager auf und lehnte den Rücken gegen die geschichteten Kissen.

»Wie war gleich Ihr Name?«

»Dr. Lacenaire.«

»Ich hoffe, Sie sind kein Arzt. Ich bin schon krank genug bei zwei Ärzten, einen dritten würde ich nicht überleben.«

»Oh, nein, keinesfalls bin isch Arzt. Isch bin Doktor der Reschte und komme gerad' aus Paris.«

»Dann wohnen Sie sicherlich im ›Französichen Hof‹ auf der anderen Seite des Gendarmenmarktes?«

»Non. Isch 'abe eine kleine saubere Zimmer in einer Pension in der Französisch' Straße.«

»Voilà! Und was ist Ihre Profession?«

»Isch 'offe, misch Dischtör nennen zu dürfen.«

»Oh, was schreiben Sie?«

»Berischte, vor allem Berischte.«

»Berichte? Das Schreiben von Berichten zählt man gemeinhin nicht zum Dichten.«

»Nun, isch 'öre, lausche, beobacht' und schreibe das niedör. Isch studiere vor allem 'ochgestellte Persönlischkeiten.«

»Ein Realist? Und wo bleibt die dichterische Phantasie?«

»Isch 'offe darauf, daß die Wirklischkeit genügend phantastisch ist, um mir das Phantasieren zu ersetzen.«

»Nein! Nein, der Dichter benötigt beides: Anschauung der Wirklichkeit einerseits und Kühnheit der Einbildungskraft andererseits, und beide Seiten müssen in einem ausgewogenen Verhältnis zueinander stehen. Denn siegt die eine Seite, so haben Sie keine Dichtung, sondern Report; nimmt die andere Seite überhand, so haben Sie ebenfalls keine Dichtung, sondern Wahnsinn.«

Hoffmann hatte sich bei seinem kleinen Ausflug in Grundsätzliches doch stark echauffiert und sank nun matt in die Kissen zurück.

»Monsieur 'offmann, isch bin Franzos', und deshalb mehr als Dichtör bin isch ein politischör Mensch. Wenn Sie mir den Titel des Dischtörs streischen, so bleibt der 'omo politicüs. Und deshalb bin isch 'ier.«

Diese Wendung des Disputs kam für Hoffmann augenscheinlich überraschend.

»Ich verstehe nicht genau, was Sie wollen?«

»'err 'offmann. Sie sind ein berühmter Mann in Fronkreisch. Vieles ist bereits übersetzt und gedrückt. Aber Ihr wünderbares Werk ist ja so umfangreisch – welsch Glück! Isch würde gerne das eine oder andere übersetzen und drücken lassen in Fronkreisch. Ganz Paris leschzt danach, wenn isch so sagen darf.«

»Ich bin da überhaupt nicht abgeneigt. Was zahlen Sie denn dafür?« Hoffmann wirkte schon wieder ein wenig munterer, wie sein Zustand überhaupt von Minute zu Minute zu schwanken schien, gerade so, als ob seine Krankheit selbst nicht genau wußte, wie sie sich verhalten sollte. Hoffmann saß jedenfalls plötzlich aufrecht und schlug vor: »Ich denke, ehe wir weiterplaudern, sollten wir ein Gläschen trinken.«

Hoffmann blickte schwerenöterisch um sich, bückte sich tief hinab und fischte eine Flasche hinter dem Sofa hervor. Ganz leise flüsternd sagte er: »Hier. Direkt aus der Flasche.«

Er nahm einen Schluck in der Art, wie Lacenaire es schon einmal beobachtet hatte. Er lehnte sich weit nach hinten beim

Trinken und verrenkte sich fast den Hals. Das schien allerdings seinem Rücken nicht gut zu bekommen, denn in einem Anfall von Schmerz fuhr seine Hand nach hinten. Mit der anderen, zitternden Hand reichte er Lacenaire die Flasche. Dieser nahm sie höflicherweise entgegen. Aber ein instinktiver Unwillen, aus derselben Flasche wie ein Kranker zu trinken, ließ ihn zögern.

»Franzose und trinken keinen Bordeaux?« sagte Hoffmann fassungslos.

»Ah, wirklisch. Ein Bordeaux. Oui, oui, ja.«

»Nun, Sie müssen schon die Flasche an den Mund setzen«, sagte Hoffmann. Dabei lief ihm ein roter Sabber, eine Mischung aus Speichel und Wein, die Mundwinkel hinab.

Lacenaire räusperte sich. Er hielt die Flasche ein Stück von sich fort in einen Lichtstreifen, der durch einen Spalt im Vorhang fiel.

»Guter Wein, oui, oui, aber fast leer«, sagte er kennerisch.

»Ach, geben Sie her!« rief Hoffmann, übermannt von seiner Gier, und hatte die Öffnung schon wieder am Mund, begann dann aber zu husten und spie mehr wieder aus, als er soeben zu sich genommen hatte. Ein stechender Geruch von Magensäure und Wein erfüllte das Zimmer.

Lacenaire begann zu schwitzen.

Hoffmann bugsierte die Flasche wieder unter das Sofa. Man hörte gleich darauf, wie sie umfiel und herumkullerte. Der Poet und der Besucher sahen sich dabei an, als teilten sie jetzt ein Geheimnis.

»Wo waren wir stehengelieben?« fragte dann Hoffmann.

»Sie fragten nach dem 'onorar. Der Verleger, für den isch arbeite und der aus bestimmten Gründen zunäschst inkognito bleiben will, ist sehr großzügig.«

»Na, das ist ja toll! Und an welche Werke von mir dachten Sie?«

»Wir würden gerne etwas Neues 'aben.«

»Wie wär's mit ›Klein Zaches genannt Zinnober‹?«

»Ein wünderbares Werk! Aber alle Franzosen kennen es schon.«

»Dann hätte ich noch zu bieten: ›Der Sandmann‹.«

»Oh, formidable! Welsch Werk! Aber ganz Fronkreisch kennt es und liebt es bereits.«

»Aha, ich hab's, Sie wollen ›Die Brautwahl‹. Nein? Dann vielleicht mein neuestes Werk: ›Prinzessin Brambilla‹!«

»Bravo, was für ein tolles Märschen. Man zitiert es bereits in den Pariser Salons.«

Hoffmann machte eine resignierte Bewegung zu einem imaginären Publikum. »Sie wollen ein Werk von mir, haben aber schon alles. Monsieur Lacenaire, Sie stehlen einem armen, ans Bette gefesselten Kranken die Zeit, und das ist eine Kunst!«

»Entschüldigen Sie, Monsieur 'offmann. Das ist nicht böse gemeint. Wir lieben Sie und verehren Sie. Aber wir, wir in Paris und ganz Fronkreisch, wollen etwas Neues, etwas ganz Neues. Etwas, das Sie gerade schreiben.«

»Wie soll das gehen? Es ist doch noch nicht fertig. Außerdem ging erst wieder ein Abenteuer – so sind die Kapitel in meiner neuen Erzählung bezeichnet – nach Frankfurt zu meinem Verleger Wilmans.«

»Erzählen Sie mir, 'err 'offmann, wie ist der Titel?«

»›Meister Floh‹. Aber Sie müßten sich noch einige Zeit gedulden. Ich bin nicht einmal sicher, ob ich es beenden werde.«

»Oh, mon dieu! Wie das?«

»Sehen Sie mich an. Ich bin krank. Mir ist elend zumute. Und was das schlimmste ist: Ich werde gelähmt!«

»Dann müssen Sie sisch beeilen! Ganz Fronkreisch, das politische Fronkreisch, wartet auf den ›Meister Flöh‹!«

»Wieso politisch?« Hoffmann war so erstaunt, daß er eine seiner berühmten und geschätzten Grimassen schnitt. Es war eine Grimasse, die das blödeste Erstaunen festhielt, wie eine Maske aus der Commedia dell'arte.

»Aber 'offmann, unter uns, es ist doch bestimmt ein Werk mit einer politischen Aussage, ein Affront gegen das Establischment, ein satirisch Pasquill gegen Persönlischkeiten aus 'of und Staat. Sie werden doch bestimmt auch den Geheimdienst anprangern.«

»Aber nein. Herr Lacenaire, wo denken Sie hin. Es ist ein Märchen, ein harmloses Märchen ...«

Lacenaire wollte gerade wieder ansetzen und noch ein wenig weiterbohren, doch Hoffmanns Haltung änderte sich mit einem Schlage. Er sprach seinen Satz nicht zu Ende. Statt dessen verzog sich sein Gesicht erneut zu einer Grimasse. Diese Grimasse stellte Ekel und Abscheu dar, und zwar in solch übertriebenem, vergrößertem und vergröbertem Maße, daß Knarrpanti ein kalter Schauer über den Rücken jagte oder vielleicht auch ein heißer, jedenfalls trat Schweiß aus seinen Poren, aus allen Poren und das gleichzeitig.

Die Grimasse verschwand nicht. Sie blieb starr, vollkommen unbeweglich im Zimmer stehen. Niemals zuvor hatte Knarrpanti etwas so Erstarrtes, so eisig Erstarrtes gesehen. Es war, als wäre Hoffmann verschwunden, und statt seiner starrte ihn nun eine Puppe an. Hoffmanns Gesichtszüge waren an dieser Maske jedenfalls nicht mehr zu identifizieren, und es war daran auch keine Spur von Leben, von irgendeiner Form von Wärme, alles Menschliche war aus dieser grotesken Verhöhnung eines Spitzels verschwunden. Die rotgeäderten Augen quollen hervor, die Zunge kam so weit heraus, als wolle sie sich aus dem Mund stürzen. Was war der Auslöser dieser Flucht, dieser Flucht eines Gesichts vor sich selbst? Knarrpanti wußte es, denn der Grund lag nicht bei Hoffmann, sondern in ihm selbst. Er begriff in diesem Moment, daß Hoffmann nichts weiter tat, als ihm, Knarrpanti, sein Abbild zu zeigen. Dies erfassend, erfaßte ihn nun eine entsetzliche Angst. Es war keine Angst vor irgend etwas Konkretem. Etwa, daß Hoffmann ihn beschimpfen, schlagen, hinauswerfen könnte. Dieses Gefühl war wesentlich diffuser und griff desto umfassender nach ihm. Es war ein Gefühl der Bodenlosigkeit, des Absturzes. Es war die Angst davor, von einem anderen Menschen gesehen zu werden. Und dieser andere Mensch war er selbst.

Plötzlich war die Grimasse wieder weg. Hoffmann sagte: »Mein guter Freund. Ihr Französisch ist mir ein wenig zu deutsch. Und ihr Deutsch ist mir ein wenig zu französisch. Grüßen Sie mir Paris und wen immer Sie wollen ...«

Knarrpanti sprang mitten im Satz auf. Er hatte nicht versucht, den Schein zu wahren und irgendwelche Ausflüchte zu erfinden. Noch während Hoffmann sprach und ihm durch seine zweideutigen Worte zumindest die Möglichkeit eines geordneten Rückzugs verschaffte, eilte Knarrpanti hinaus, durchs Hauptzimmer vorbei an der Dame des Hauses, die eine Wärmflasche in Händen hielt und verdutzt dem Flüchtenden nachschaute, dann hinaus aus der Wohnung ins Treppenhaus, die Treppe hinab, unter der Leiter durch, die den Weg versperrte, hinaus auf den Gendarmenmarkt, mitten hinein in einen Stand mit Rotkohlköpfen, die bald über die Straße hoppelten, zwei Passanten zu Fall brachten und auch Knarrpanti verfolgten, ihn jedoch nicht einholten, so wie die Flüche der Marktfrau ihn nicht mehr erreichten, wie ihn jetzt nichts mehr erreichte, außer einer Scham, einer entsetzlichen, qualvollen Scham.

Schwer atmend, den Rücken an eine Hauswand irgendwo in Berlin gepreßt, stand Knarrpanti und sah zum Himmel hinauf. Es war ein strahlender Winterhimmel mit ein paar kleinen, frohen und freien Wolken darin. Der Himmel war so blau und blank und weit, daß es wehe tat dort hineinzuschauen. Die Wölkchen waren ach – so – weiß wie Milchreis und bauschig wie Federkissen. Sein Leben kam ihm so nichtswürdig vor. Bin ich nicht, dachte Knarrpanti, nur ein schmutziger Schaum auf einem Strom aus Unrat, der in einem düsteren Strudel dem stinkenden Feuer der ewigen Hölle entgegenrast? Es war ihm unerträglich, in seiner Haut stecken zu müssen. Es war, wie in einem Kerker gefangen zu sein. Niemals mehr würde er da herauskommen. Was sollte er jetzt tun? Was nur? Es war 1822. Es war Restaurationszeit. Es war Spätromantik, allenfalls Frühbiedermeier. Er war gefangen. Wo sollte er hin? Er hatte keine Freunde. Er hatte nie einen Freund gehabt, außer Schuckmann vielleicht. Knarrpantis Schmerz war so groß, daß ihm, plötzlich, unerwartet, aber wie ein Segen, die Tränen kamen. Dicke Tropfen kullerten die Wangen hinab, und in seinen verschwommenen

Augen sah er das Sonnenlicht, sah, wie es sich brach in den Tränen, bunt, prismatisch …

Dann raffte er sich auf. Er hatte das unbestimmte Gefühl, als suche er irgend jemanden. Und war das Gefühl auch unbestimmt, so war es dennoch beruhigend. Ja, vielleicht suche ich etwas, sagte er sich. Vielleicht suche ich jemanden …

12.

Einen Spitzel zu bespitzeln ist für jeden Spitzel sportliche Herausforderung, Gipfel der Gemeinheit und, sofern entsprechende geistige Masse vorhanden, ein philosophischer Akt und das Erkenne-dich-selbst. Jenem dunklen Fleck allerdings, jenem dort, der da an der Mauer klebt und sich nun von der Hauswand ablöst, als würd' ein Schatten sich selbständig machen, ist Selbsterkenntnis völlig schnuppe. Der verbrachte die Zeit des Wartens in bibbernder Kälte viel lieber mit Phantasien von Ruhm und Reichtum.

Maus hatte sich am Morgen an Knarrpantis Fersen geheftet. Gern hätte er gewußt, was der Meisterspion mit Hoffmann zu besprechen hatte. Er hatte ihn nicht bemerkt. Na, Maus war ja auch nicht dumm. Dachten zwar alle, stimmte aber nicht. Ne, ne, der war mit allen Wassern der Beschattungskunst gewaschen, war ja auch so dünn, daß er als sein eigener Schatten durchgehen konnte. Der hatte auch das Wichtigste, was ein Spitzel benötigte, im Überfluß: Furcht, die einem signalisierte, wann es Zeit war, auf Tauchstation zu gehen. Maus war fast enttäuscht, wie leicht man den Herrn Meisterspion verfolgen konnte. Wo blieb dessen berühmtes zaubergleiches Verschwinden im Windschatten einer Kutsche oder in den toten Winkeln kleiner Gassen? Und dieses Theater mit dem Restauratör und seiner Leiter? Genial? Na, auf jeden Fall verwirrend.

Doch dann kam der bemerkenswerte Auftritt Knarrpantis, eine Meisterleistung an Verstellung. Knarrpanti kam nämlich völlig kopflos aus dem Hoffmannschen Haus gestolpert, wich scheinbar mehr zufällig als gekonnt einer ellenlangen

Leiter aus, touchierte aber einen Rotkohlstand so geschickt, daß Maus, beim Versuch, ihm nachzueilen, im hohen Bogen über einen Rotkohlkopf segelte. Dann eierte Knarrpanti weiter mitten hinein in eine Menschentraube, die sich hinter ihm schloß. Verdammt, das war nicht von schlechten Eltern. Doch Maus bleckte zwei nagetierartige Zähne und nahm die Verfolgung wieder auf. An einer Ecke hatte er ihn wieder im Fadenkreuz seines Blicks. Was er da zu sehen bekam, ließ ihn mit klammen Fingern einen Notizblock zücken und notieren: »Objekt hockt da und tut so, als ob es heult. Will mich damit durcheinanderbringen. Aber ich bin ja nicht dumm.« Lächelnd steckte er den Block wieder ein, eine Belobigung war ihm gewiß. Trotzdem, bewundern mußte er Knarrpanti schon für diesen ausgefallenen, geradezu schrägen Versuch, den Beschatter zu täuschen; aber noch mehr bewunderte er sich selbst für seinen Scharfsinn, diese Finte zu durchschauen. Die Tage Knarrpantis waren gezählt. Der Dicke ließ daran keinen Zweifel. Und er, er, den alle Maus nannten, würde sein Nachfolger werden. Endlich lukrative Aufträge bekommen und nicht länger um Brosamen betteln müssen. Er hatte schließlich eine große Familie zu ernähren. Jetzt wies der dicke Daumen des Dicken nach unten. Lange Zeit hatte der Dicke auf Knarrpantis Rückkehr gehofft – und nun, da Knarrpanti wieder dabei war, ließ er ihn ausspionieren. Traute ihm nicht. Hatte ihn nicht einmal in das geheime Refugium eingewiesen. Alles änderte sich. Das war seine Chance. Der Dicke hatte nicht umsonst ihn, den sie Maus nannten, auserwählt. Er war der Beste! Maus ließ, wie so oft in den letzten Tagen, seine Konkurrenten Revue passieren. Kurt war zwar lange dabei, aber war nun wirklich nicht der hellste und hatte auch keine großen Ambitionen. Dieser junge Typ, der ganz neu war und Ernst hieß, war einfach nur ein Spinner, ein irgendwie netter Spinner, aber eben ein Spinner; dann gab's da eine Reihe von treuen Beamten, die aber nichts vom Refugium wußten. Schließlich waren da plötzlich zwei neue riesige Kerle aufgetaucht. Er hatte versucht, sich mit einem zu unterhalten und nur Grobheiten geerntet. Flegelhafte, brutale Typen waren das. Von denen ließ er sich nicht den Schneid abkaufen. Das waren auch keine richtigen Spione. Die waren ja viel zu groß. Nicht so dünn wie er, so schattengleich. Doch er mußte aufpassen. Er hatte einen Fehler: Er war zu schlau. Knarrpanti war auch zu schlau. Das liebte der Polizeidirektor gar nicht. Immer wenn man mal einen Vorschlag machte oder sich erkühnte, eine Vermutung zu äußern, hieß es: »Das ist jetzt Verstand! Das ist diese Erfindung vom komischen Krüppel aus Königsberg.« Man wußte nicht genau, was er damit meinte; aber man unterließ seinen Vorwitz fürderhin. Andererseits tölpelhaft dumm sollte man auch nicht erscheinen.

Knarrpanti hatte sich ausgeheult. Lief jetzt weiter durch die Straßen. Folgte scheinbar keinem Plan – außer jenem, Maus zu verwirren. Lief mal dahin, mal dorthin. Das war öde, und außerdem war es kalt. Maus fror sehr leicht. Er fing Ende Oktober an zu frieren und fror ununterbrochen bis Anfang Mai. Auch seine Frau fror beständig. Kam er nach Hause, so hatte sich seine Gattin in die einzige vorhandene Decke gehüllt und schlotterte darunter. Die sieben Kinder lagen auf dem Boden, wie Löffelchen der Reihe nach aneinandergeschmiegt, und zitterten vor Kälte. Die Welt war ja so kalt! Er selbst fror im Januar am meisten. Jetzt war Januar. Wieso nicht mal Knarrpantis Hotelzimmer inspizieren? Dort war es bestimmt warm! Es hatte doch keinen Zweck, Knarrpantis sinnlosem Zickzack durch die Berliner Gassen zu folgen.

Knarrpanti wohnte inzwischen in der Französischen Straße. Maus schlich unbemerkt am Portier vorbei hinauf in Knarrpantis Hotelzimmer. Im Zimmer war es wirklich warm. Der Wirt hatte für den Gast den Kamin geheizt. Es war gemütlich. Maus durchsuchte den Kleiderschrank. Er fand ein merkwürdiges einteiliges Kleidungsstück aus äußerst elastischem Stoff. In einem Koffer befanden sich Bärte und Toupets, Schlüssel, ein paar Werkzeuge, eine Decke und diverse nicht einzuordnende Gegenstände. Auf einem Tisch stand eine Kerze. Daneben lag ein halber Laib Brot und ein Stück Käse. Eine Kirchturmuhr schlug elfmal. Maus sah sich furchtsam um. Der erste Bissen schmeckte vorzüglich und verlangte unbedingt nach mehr. Danach sah der Laib Brot auffällig angeknabbert aus, richtiggehend angenagt, und besonders die nagetierartigen Bisse im Käse wiesen wie verlorene Visitenkarten auf den Mundräuber hin. Da war es gleich besser, alles aufzuessen, als solche verräterischen Spuren zu hinterlassen.

Nach der Mahlzeit war Maus satt. Er sah hinab auf sein zartes Bäuchlein, das sich unter dem Hemd abzeichnete und zufrieden vor sich hin gluckste. Die vom vollen Bauch wohlig aufsteigende Wärme machte müde. Auch die Wärme des knisternden Kaminfeuers umfing ihn sacht, hüllte ihn liebevoll ein und tat ein übriges. Maus konnte die Augen nicht länger offenhalten. Die Beine wurden schwer. Er sank langsam in den Knien ein, hockte einen Moment lang auf der Erde, die Augen schon geschlossen, fiel er dann vollends in sich zusammen. Mit einem zufriedenen Lächeln auf den Mäuselippen bettete er den Kopf auf die gefalteten Hände, zog die Beine ganz fest an den Oberkörper und schlummerte in der Haltung eines Säuglings, bis Schritte hörbar wurden. Gerade als die Tür aufging und Knarrpanti eintrat, hatte Maus sich, einer traumwandlerischen Eingebung folgend, unters Bett gerollt. Seine Augen sprangen auf, als sich die Federung des Bettes bedrohlich nah auf seine Nasenspitze zu senkte.

Knarrpanti hatte eine Batterie von sechs Flaschen Rotwein unter den Tisch gestellt. Er war ziemlich unruhig, stand vom Bett auf und lief im Zimmer umher. Maus sah, wie Kleidungsstücke zu Boden taumelten. Sogar Schuhe flogen durch die Luft. Einer davon landete unterm Bett, neben des Spitzels Knie. Sollte er sich wirklich unterstehen? Ja! Tatsächlich, ein Paar behaarter Männerbeine. Nackte Füße … Knarrpanti mußte sich aller Kleidung entledigt haben. Danach setzte er sich an den Tisch. Maus hörte das kratzende Geräusch einer Feder, die auf Papier schreibt. Ein Papierball sprang unter den Tisch, ein zweiter rollte nah ans Bett heran. Die Feder kratzte. Knarrpanti knarrte. Knarrte? Jedenfalls machte er ein komisches Geräusch. Manchmal kicherte er auch. Aber vor allem knarrte er. Plomp! Eine Flasche wurde auf dem Tisch abgesetzt. Kratzen der Feder. Knurren, kichern. Glucksen. Dann ... ein Pullern. Dieses monotone, meist anschwellende, dann wieder leiser werdende, schließlich versiegende, oftmals kurz und trotzig erneut auflebende Plätschergeräusch des Pinkelns ... Eine Weinflasche mit gelbem Inhalt wurde rechts neben das Tischbein gestellt, während zur anderen Seite die Reihe strammstehender Flaschen den Verlust eines ihrer Kameraden zu beklagen hatte. Nach und nach wanderten die Flaschen von der linken Seite zur rechten Seite. Papierkugeln kullerten über den Boden. Und all das sollte kein Ende nehmen.

Noch Stunden später lag Maus auf dem Rücken unter dem Bett und sehnte den Moment herbei, da Knarrpanti das Zimmer verließ; denn auch Maus verspürte ein Bedürfnis. Das Bedürfnis klopfte zunächst noch zaghaft an, wurde dann dringlicher, mahnender und hämmerte schließlich wütend gegen die Blasenwand. In seinem Geiste sah Maus einen Ballon, der wuchs und wuchs und wuchs. Und wenn dann Knarrpanti unbehindert und hemmungslos seinem Drang nachgab und das befreiende Plätschern ansteckend auf ihn übersprang, dann sah er eine kleine spitze Nadel, die sich diesem geblähten Ballon gefährlich näherte.

Doch Maus hielt stand. Wacker, wacker bezwang er sich, wenn es auch eine Tortur war. Dann schlief er ein.

Schlag sieben Uhr abends erwachte Maus. Sofort war der starke Harndrang wieder da. Er schreckte hoch. Im ersten Moment ohne Orientierung, stieß er mit dem Kopf gegen die Bettfederung, schrie: AUA, begriff, wo er war, und befürchtete, von Knarrpanti entdeckt worden zu sein. Er wartete – aber nichts passierte. Seine Blase war zum Bersten gefüllt. Wo war Knarrpanti? Schlief er? Nein, denn dann müßte er eine entsprechende Senke in der Federung sehen. Er mußte es riskieren. Mäuseleise schob er den Kopf unter dem Bett hervor. Er lugte ins Zimmer hinein. Dann rollte er sich zur Gänze unter dem Bett hervor. Kaum stand er wieder auf zwei Beinen, gab es kein Halten mehr. Er sprang zur Zimmertür, riß die Tür auf, raste die Hintertreppe, die zum Hof und zum Abort führte, hinunter und war schon fast am Ziel, als, vermutlich durch eine allzu ruckhafte Bewegung, das Malheur passierte. Hilflos nahm Maus wahr, wie ihm etwas Nasses an den Beinen hinunterrann. Einem Wutimpuls folgend und gegen oberste Spitzelprinzipien verstoßend, schlich sich Maus nochmals in Knarrpantis Zimmer und entwendete dort eine elastische Hose, die er bei seiner Durchsuchung entdeckt hatte. Von Knarrpanti kein Spur.

Maus kam glücklicherweise noch pünktlich zum Treffpunkt, wo ihn der Polizeidirektor erwartete. Inzwischen hatte es zu schneien begonnen, ein weißes Geflirre in der früh einbrechenden Dämmerung. Die Kutsche des Polizeidirektors stand in diesem weißen Flirren als schwarzer Kasten und wirkte an diesem Abend so unwirklich, daß Maus, als er näher kam, plötzlich von dem Gefühl ergriffen wurde, etwas Wunderbares würde mit ihm geschehen. Er war auserwählt. Seine Träume würden sich erfüllen.

Der Polizeidirektor stand neben der Kutsche, eingehüllt in einem dicken Pelzmantel, groß wie ein Grizzlibär oder ein urzeitliches Wesen. Links und rechts tauchten zwei Burschen auf, ebenso groß wie der Polizeidirektor. Das waren die beiden neuen Polizisten. Kamptz gab ihm einen Zettel mit der Anweisung, ihn beim Polizeiminister von Schuckmann abzugeben. Dabei grinste Kamptz nach dem Motto: Du weißt schon, was das heißt! Anschließend sollte er vor dem Eingang des Refugiums warten. Sie würden einen kleinen Ausflug in einen Park machen ...

Maus eilte zur Stadtwohnung des Ministers, die nur ein paar Minuten entfernt war. Es schneite jetzt noch stärker. Die Laternen wurden angezündet. Um die Lichthöfe glitzerte der tanzende Schnee. Maus warf einen Mäuseschatten, der unwesentlich leichter war als er selbst, an die Häuserwände. Als er vor dem Haus des Ministers ankam, stellte dieser gerade eine Kerze ins Fenster. Unwillkürlich duckte sich Maus. Der Brief verschwand unter der Tür.

Es blieb noch Zeit, um die Familie zu besuchen. Er wohnte unweit des »Gänsefüßchens« in einer trostlosen Gegend. Schon der Anblick der Häuser deprimierte ihn. Im »Gänsefüßchen« kaufte er eine große Flasche Bier und einen Topf mit Bohnensuppe. Seine Frau erwartete ihn schon. Sie öffnete die Tür eines Hauses, dessen Wände so klapperdürr waren, daß es vor Kälte zu zittern schien. Die Kinderchen schauten vom Boden auf. Er sah ihre kleinen zarten Gesichtchen mit den beständig rotgefrorenen Näschen, und da kam ihn der Jammer an. So konnte es nicht weitergehen. Ach, vielleicht würde alles gut werden. Heute nacht war er dabei. Es schien eine große Sache zu sein. Dafür würde der Polizeidirektor sicherlich gut bezahlen. Die Kinderchen sprangen auf und stürzten sich, die Löffel wie Degen gezückt, auf den Topf mit Suppe. Seine Gattin fror. Sie zog sich die Decke fester über die Schultern. Er küßte seine Frau. Ihre Lippen waren kalt wie Schnee. Seine auch. Es fehlte nicht viel und sie wären an ihrem Kuß festgefroren.

Sie tranken das Bier. Die Suppe überließen sie den Kindern. Während sie das Bier tranken, balgten sich die Kleinen um die Suppe. Kurz darauf fiel der Topf um. Nun schleckten die Kinder, einander mit Fäusten bedrängend, die Reste vom Boden ab. Maus hatte nicht mehr die Kraft, Einhalt zu gebieten oder Ordnung zu schaffen. Es war ihm ja längst alles über den Kopf gewachsen. Eher als nötig brach er auf. Er konnte dieses Elend nicht ertragen.

Es schneite noch immer. Er fror. Das Bier war ihm ein wenig zu Kopf gestiegen, und er träumte wieder von Reichtum und Ruhm. Er, die große Maus, der größte aller Spitzel. Der Schattengleiche, der Schattenreiche …

Er war der erste am Treffpunkt. Dann kam Kurt, dann die beiden neuen riesenhaften Kerle, die so mundfaul waren. Zuletzt erschien Ernst. Er trug den Mantel Knarrpantis. Kurt gab die Befehle. Sie fuhren mit einer Kutsche hinaus zur Villa der Baronin von Schnipp. In dem Park, der zur Villa gehörte, gab es einen See. Auf dem zugefrorenen See schlitterten sie zu einem großen Schwanenhaus. Hier verschanzten sie sich. Einer der beiden neuen Agenten, die Kamptz so ähnlich sahen, ging nach einiger Zeit auf Anraten Kurts in Richtung der Schnippschen Villa, die man zwar nicht sehen konnte, aber erahnte.

Musik drang von dorther. Überall waren Lichter aufgestellt. Es war ein großes Fest. Das Fest des Schnees. Überall war ein Glänzen und Glitzern, und dann die Musik, die unheimlich und schön durch den Park schwebte, ohne daß ihr Ursprung erkennbar gewesen wäre. Das war so, als ob der Schnee diese Musik spielte – eine Schneemusik, ja, das war es, das Rieseln, dieses sachte Rieseln, da berührten die Flocken einander ganz zärtlich und erzeugten dabei eine Melodie. Wieso hatte er das früher nie gehört? Es mußte eine besondere Nacht sein. Maus geriet in eine Art euphorisches Schweben. Mit einem Mal erschien ihm alles so leicht. Ja, solch eine Villa würde er auch irgendwann haben. Vielleicht schon bald. Bestimmt sogar. Bald schon würde er auch solch eine Villa besitzen mit einem Schnee, der Musik machte. Dann würden seine Kinderchen in Sammetanzügen an einem langen Tisch sitzen. Sie hätten große goldene Löffel in den Händen, und vor ihnen stünde eine große Terrine mit Bohnensuppe, die dampfte …

Lange Zeit passierte nichts. Maus begriff nicht, was die ganze Aktion eigentlich sollte. Zu fragen wagte er nicht. Ernst machte auch nicht den Eindruck, informiert worden zu sein. Der Neue grunzte dauernd vor sich hin. Es war ein gefährliches Grunzen und vermieste ihm fast die schöne Stimmung.

Ernst sah ihn an. Ihm schien dieser große Bursche auch nicht geheuer zu sein. Dann sagte Ernst zu Maus: »Es wird wohl noch dauern, bis etwas passiert. Du frierst ja. Du bibberst ja. Hier, nimm meinen Schal und meine Handschuh.« Er zog die Handschuhe aus und gab sie der Maus. Er nahm den Schal und legte ihn um den Hals der Maus. Ach, wie wurde ihm dabei warm ums Herz.

Sie warteten auf irgend jemanden, soviel wurde durch

gelegentliche Bemerkungen Kurts klar. Bald war Mitternacht vorüber. Es hatte zu schneien aufgehört. Auch die Musik war aus. Ernst und Kurt fielen immer wieder die Augen zu. Der Neue spähte wie eine Rieseneule in die Nacht. Da endlich passierte etwas.

Eine Gestalt zeigte sich am Ufer des Sees. Maus erkannte die Gestalt sofort. Es war – Knarrpanti! Der Spitzelkönig schaute über den See. Ahnte er etwas? Hatte er sie gesehen? Was machte der überhaupt hier? Der große Neue brummte: »Der gehört hier nicht her! Der gehört weggemacht.«

Ernst versuchte etwas einzuwenden. Aber der große Neue drohte mit geballter Faust. Mit dem war wirklich nicht gut Kirschen essen.

Knarrpanti zögerte. Er schien unschlüssig zu sein. Vielleicht hatte er sie nicht gesehen. Sie waren gut versteckt hinter dem Schwanenhaus. Hoffentlich hatte er sie nicht gesehen. Maus wünschte sich plötzlich, Knarrpanti möge verschwinden. Er ahnte Unheilvolles. Der große Neue brummte wieder: »Der gehört hier nicht her. Die Polizeiordnung. Punktum.«

Und der große Neue griff zum Boden und holte einen Hammer hervor. Diesen Hammer hatte Maus zuvor nicht bemerkt. Es war kein kleiner Hammer. Ein ganz und gar nicht kleiner Hammer.

»Der gehört hier nicht her«, brummte abermals der Neue.

Er wurde immer unruhiger. Alle wurden unruhiger. Es würde eine Katastrophe passieren. Es konnte nicht mehr lange dauern. Es war unvermeidbar. Knarrpanti stand am Ufer, eine dunkle Skulptur, eine Art Denkmal seiner selbst, regungslos, und der Schnee umglänzte ihn.

»Den bring' ich um«, drohte der große Neue, den Hammer fester umfassend.

Da sagte die Maus: «Du hast hier gar nichts zu befehlen.«

Ja, das sagte die kleine Maus zu dem finsteren Mann, der viel größer war. Und da wußte Maus, daß er einen Fehler gemacht hatte. Einen großen Fehler. Einen sehr, sehr großen Fehler. Jetzt waren alle Träume aus.

13.

Freiherr Friedrich von Schuckmann sah sich mehrfach gebrochen in einem Fenster und sah, durch sich hindurchsehend, auf die Straße, die bedeckt war von Schnee. Das verschlungene Muster von Eisblumen überlagerte die Mehrfachspiegelung. Schneeflocken taumelten haltlos hinab und gingen auf in der großen kristallenen Ordnung der Schneedecke.

Warten. Schuckmann könnte ebensogut versuchen, aus diesem Flockenvorhang eine einzelne herauszugreifen, um den Tod ihrer Einzigartigkeit sowie ihre feierliche Wiederauferstehung in der höheren Form dessen, was man Schnee nennt, zu beobachten. Und wieso eigentlich nicht? Besser als warten: Wenn Zeit zu Eis gefriert, und Eis die Zeit gebiert. Also wandte er seinen Blick dem weißen Tod zu, der die Sekunden in Flocken verwandelte, die ihrem Ende entgegentanzten und schließlich begraben wurden unterm weißen kalten Laken, dem Massengrab der Zeit ... Warten. Schuckmann litt. Kalte weiße Zahlen stiegen auf.

Es war der 25. Januar 1822. Ein Reiter braucht für die Strecke Berlin – Frankfurt ungefähr vier Tage. Schuckmanns Gehirn war pausenlos damit beschäftigt, Wege und Zeiten zu bewerten, um die Rückkehr des Boten zu berechnen. Am 16. Januar hatte er ihn losgesandt. Er, das war ein Teufelsreiter, der die Strecke in dreieinhalb Tagen bewältigen konnte. Nun gut, er kommt am 20. in Frankfurt an. Er übergibt von Goltz die Nachricht. Noch am selben Tag, spätestens einen Tag später, also am 21., wird das Manuskript konfisziert und der Reiter zurückgeschickt nach Berlin, vier Tage weiter, und es ist der 25. Januar 1822, und der Reiter trifft ein. Heute ist der 25. Januar. Wo bleibt der Reiter?

Daß der Reiter ausblieb, war höchst seltsam und lähmte den Minister, der hilflos dem Geschehen, dem Nicht-Geschehen ausgeliefert war, das eisblumenhaft seinen Verstand umschlang. Warten, warten, warten …

Ein anderes Ereignis beunruhigte den Polizeiminister zusätzlich. Im Anschluß an eine Kabinettssitzung war ein Kollege auf ihn zugetreten, hatte ihn beiseite genommen und gefragt, ob etwas an dem Gerücht sei, daß ein Manuskript des Dichters und Kammergerichtsrats Hoffmann in Frankfurt requiriert worden sei. Auf Schuckmanns Frage, wer so etwas behaupte, antwortete der Kollege, eine bestimmte Person, die, aus dem Westen kommend, heute in Berlin eingetroffen sei, habe dieses behauptet und sogar mit einer an der Aktion beteiligten Person gesprochen. Schuckmann war vor den Kopf getroffen. Natürlich versuchte er dem Kollegen weiszumachen, daß es sich um ein Gerücht handele. Dann fiel ihm ein, daß es offensichtlich jemand gab, der schneller aus Frankfurt nach Berlin gelangt war als sein Bote, der allgemein als der schnellste Reiter Berlins galt – nach Schuckmann selbstverständlich. Seit diesem Gespräch war Schuckmanns Gemüt von einer gewissen Düsternis überschattet. Es schien ihm ein schlechtes Zeichen, ein MENETEKEL, daß der Bote nicht eintraf. Und je länger der Bote nicht eintraf, desto mehr glaubte der Minister, daß ihm die Fäden aus der Hand glitten. Und je mehr er glaubte, ihm glitten die Fäden aus der Hand, desto mehr schienen sie ihm wirklich zu entgleiten. Ein scheußlicher Teufelskreis, der, so versuchte er sich zu beruhigen, der Überschärfe seines Verstandes geschuldet war.

Wo blieb sein Bote?

Der Minister verbrachte diesen Abend, diesen Abend eines langen Tages Qual, in der Stadt und nicht auf seinem Landsitz. Er schaute aus dem Fenster auf die dämmrige Straße, in welcher der Schnee funkelte. Hinter seinem Rücken, im Bett, rekelte sich eine stadtbekannte Schönheit, die er gut, sehr gut bezahlte, nach der ihm aber heute nicht der Sinn stand. Zu sehr beschäftigte ihn das Ausbleiben des reitenden Boten, zu sehr beschäftigte ihn diese eigentümliche Bemerkung des Kollegen und seine noch eigentümlichere Reaktion. Wäre es nicht natürlich gewesen, wenn er dem Kollegen gesagt hätte: »Ja, wir hegen gegen den Kammergerichtsrat einen schwerwiegenden Verdacht. Die Einsicht in das Manuskript, das mir im übrigen jeden Augenblick überbracht werden muß von einem meiner Boten, wird Klarheit schaffen.« Warum hatte er statt dessen alles geleugnet? Er wußte es nicht. Er begann wieder zu rechnen. Dann wandte er sich um und befreite sich aus der Gefangenschaft seines Spiegelbildes und der Monotonie fallenden Schnees.

»Liebling, der 21. Januar und vier Tage, was ergibt das?« fragte er.

»Heute«, antwortete die Mätresse gelangweilt.

»Aber, meine Teuerste, wie kann ein Gerücht ... in solch kurzer Zeit so schnell verbreitet sein, schneller als der schnellste Bote, schneller als ein Bote, den ich fortgesandt habe in einer sehr geheimen und ganz und gar nicht öffentlichen Sache? Reitet es schnellere Pferde, dies Gerücht? «

»Gerüchte können fliegen«, erklärte die Mätresse jetzt mit mehr Interesse, obwohl sie noch nicht einmal wußte, worum es ging. Dank ihrem handfesten Verstand hatte sie sich aber schon einen Reim auf Schuckmanns Fragen gemacht, noch bevor ihr Kavalier durch weitschweifige Erklärungen den Sachverhalt völlig verklausuliert hatte. Leider kamen ihre Antworten manchmal aus einer Welt, die dem Minister fremd war.

»Wie fliegen sie? Womit fliegen sie?«

»Wie Worte mit Schall.«

»Ja, aber doch nicht von Frankfurt hierher.«

»Freilich, über viele Stationen, über viele Münder und durch viele Ohren, aber rasend schnell.«

Er setzte sich auf den Rand des Bettes.

»Sie, meine liebste Freundin, sind Künstlerin. Für Sie mag das vernünftig klingen ... so wie DIE GEDANKEN SIND FREI, WER KANN SIE VERBIETEN, SIE FLIEGEN

VORBEI … aber ich, ich bin kein Künstler, sondern Politiker. Und außerdem ein Mann der Realitäten, ein Mechanikus des Machbaren, gewissermaßen. Mir wird schwindlig bei dem Gedanken, daß die Dinge zu fliegen beginnen.«

Der Minister erhob sich erneut und lief im Zimmer auf und ab. Die Dame streckte und reckte sich genüßlich. Ihr Mund wuchs zu einem großen faulen Gähnen.

Der Minister beneidete sie um die Fähigkeit, wie eine Katze in den Tag hineindösen zu können. Wenn sie so schlafwarm im zerwühlten Bett lag, entströmte ihr ein wohliger Dunst, in den er hätte hineinkriechen mögen. Nur äußerste Disziplin und die gebieterische Macht feiner Manieren konnten das verhindern – und manchmal auch nicht. Er nannte sie M.M., wobei die Initialen nicht auf ihren wirklichen Namen verwiesen. Es handelte sich um eine Verschlüsselung ohne Code. Indem er sie niemals anders nannte als M.M., wollte er verhindern, daß er sich im Gespräch mit der versehentlichen Nennung ihres Namens unfreiwillig kompromittierte. Eine Legitimierung ihrer Beziehung hätte die Sache natürlich beträchtlich vereinfacht, aber M.M. gehörte dem Schauspielerstand an, und eine Verbindung mit ihr konnte seiner Karriere schaden. Sie hatte diesen Schritt bisher auch nicht von ihm eingefordert. Manchmal keimte in ihm der Verdacht auf, sie mochte ihn wirklich leiden. Schlimmer allerdings war, daß er sich selbst hin und wieder dabei ertappte, sie zu mögen. Eben jetzt war solch ein Moment. Eines war jedenfalls gewiß: Sollte er eines Tages ihren wahren Namen sagen, so wäre das, als würde er sie zu seiner Gemahlin erwählen. Doch der Minister besann sich vorerst auf sein gegenwärtig größeres Problem: »Angenommen, wir haben jemanden in Frankfurt, der irgend etwas jemand anders mitteilt, von dem er annimmt, daß es großes Aufsehen erregen wird. Dieser zweite gibt es weiter an einen dritten, der gerade aufbricht in eine andere Stadt. Er teilt es auf der Poststation einer vierten Person mit, die sich auf einer Reise nach Berlin befindet. Diese vierte Person trifft in Berlin ein und erzählt es einer fünften Person, die wiederum einer sechsten und so fort, eine im übrigen inzwischen schon ziemlich entstellte Angelegenheit. All das braucht doch gewiß länger als ein einzelner mit der Botschaft bestückter Reiter, der sofort nach Berlin aufbricht. Wieso ist dann das Gerücht eher da?«

Schuckmann hatte seine Rede mit effektvollen Gesten skandiert. Während M.M. antwortete, als hätte er ihr die Frage gestellt, was, zumindest explizit, nicht der Fall war, senkte er den Kopf wie ein erschöpfter Dirigent, der den Applaus empfängt.

»Gerüchte überbrücken eine große Entfernung wie im Fluge«, wiederholte die Schauspielerin mit einer unerschütterlichen Selbstverständlichkeit, so selbstverständlich, wie sie in ihrem Körper wohnte und auf dem Bett hingegossen lag.

»Das ist doch Aberglaube«, rief der Minister. Er sprach das gequält wie kurz vor einem Gefühlsausbruch.

»Hat man nicht Strahlen nachgewiesen, unsichtbare Strahlen, die durch die Luft rasen? Gibt es nicht Sonnenstrahlen, die von einem Ort zum andern schneller fliegen als die schnellsten Vögel oder Kanonenkugeln? Sind sie nicht da, wärmen dich, blenden dich, und wenn du sie fassen willst, dann sind sie fort – schnipp, ein Nichts! Eine Schimäre, ein Wunder, unfaßbar, so sind Gerüchte.« Sie hatte sich bei dieser Rede allmählich ihrer satten Schläfrigkeit entledigt und redete schließlich sogar mit der manierierten Art einer Schauspielerin. Und immer wenn sie plötzlich erwachte, ihre Dösigkeit ablegte und ihre Rede mit künstlicher Emphase unterlegte, wurden alle Worte in ein kaum merkliches Licht der Ironie getaucht. So war es auch jetzt. Er hätte ihren Faden weiterspinnen können, im gleichen uneindeutigen, ironisierenden Ton, oder er hätte versuchen können, ihr die Ernsthaftigkeit der Angelegenheit vor Augen zu stellen, aber er war verstimmt und wollte deshalb die Diskussion abbrechen.

»Na also, ein Mysterium und zudem verdammt unangenehm, denn ich glaube, daß es ein Gerücht gibt in dieser Stadt, ein Gerücht, das sich gegen mich wenden will. Gleichviel! Gleichviel! Reden wir von etwas anderem.« Anstatt Distanz zu suchen, setzte er sich auf die Bettkante.

M.M. streichelte Schuckmann durchs schwarze Kraushaar. Suchte er doch nur Trost?

»Wer sollte ein Gerücht gegen Sie in die Welt setzen? Teuerster Freund! Sie sind doch das tollste Schnuckel-Schuckelchen, das es gibt«, säuselte die Schauspielerin und spitzte dabei einen Mund, dessen Schmollippen selbst Friedrich Wilhelm Drei angelegentlich einer Premiere im Schauspielhaus zu dem Ausruf hingerissen hatten: »Potzblitz! Die find ich gut!« Und dieser Mund konnte sehr wohl ein Trostmund sein, zumindest für einen Mann, der in der Lage war, mit dem Ablegen der Unterhose zugleich auch die Ehrpusseligkeit des Ministers über den Stuhl zu hängen. Schuckmann entwand sich dem Gestreichel. Nein, er suchte keinen Trost!

Schuckmanns Handeln war von jeher in unendlichen Spiegelungen seiner selbst gefangen, Projektionen dessen, was er sein wollte, und dessen, was er glaubte, das die anderen dachten, was er sei. Wollte er wirklich Trost? Er wußte es nicht mehr. Das Gefühl war in den unendlichen Reproduktionen verlorengegangen. Er sagte: »Es sind nicht alle Menschen so gut wie Sie, Teuerste.«

Er beugte sich jetzt zu ihr und küßte sie auf den Mund. »Seien Sie beruhigt«, ergänzte er, als suche sie Trost und nicht er!

»Ja«, antwortete sie, die ganz offensichtlich den Tauschakt akzeptierte. Doch nicht lange. Nach einem kurzen Moment stirngekräuselten Nachdenkens brummte sie, so tief sie konnte: »Wer gegen Sie ein Gerücht in die Welt setzt, soll es mit mir zu tun bekommen.« Dabei ballte sie ihre Faust und drohte imaginären Feinden. Schuckmann lachte befreit und liebkoste lachende Lippen. Doch plötzlich war die Heiterkeit wieder verflogen, und er wurde wieder nachdenklich: »Aber wenn der Bote nicht kommt!«

»Dann kommt er eben nicht. Was hat das mit dem Gerücht zu tun?«

»Das Gerücht behauptet ... Ach, vielleicht seh' ich alles schwarz, und es gibt keines«, winkte er ab.

»Bestimmt. Aber was sagt da eigentlich der unbekannte

Schurke gegen Sie?« Sie sprach wieder mit tiefer Stimme, als imitiere sie einen bärbeißigen Haudegen, der nur darauf wartet, durch eine feste Keilerei seinem Herrn die Treue zu beweisen.

»Ach, es ist nur, daß man Hoffmanns Manuskript in Frankfurt …«

»Ein Manuskript des Gespenster-Hoffmann?«

»Ja, eben der … konfisziert hat aus lauter Übereifer. Dies Gerücht, dieser geheimnisvolle Strahl zielt auf mich.« Schuckmann bediente sich bei dem Ausdruck *geheimnisvoller Strahl* der gleichen spielerischen Ironie wie zuvor seine Geliebte.

»Warum sollte man ein Manuskript von Hoffmann konfiszieren? Das ist lächerlich, Schatz.« Die Schauspielerin klang auf seltsam gewandelte Art ernst und sehr erbost.

»Hm, na ja, also so lächerlich ist das nun auch wieder nicht«, versuchte Schuckmann eine Verteidigung, die ihm allzu lasch geriet. Verkrampft grinste er. Hinter dem Grinsen lag aber schon die Aggression der Defensive.

»Sagen Sie nicht, daß Sie das veranlaßt haben, Herr Schuckmann.« Ihre Heiterkeit war vollständig verflogen, ihre Stirn lag in krausen Falten, und überhaupt alles an ihr hatte sich verhärtet.

»Doch, das habe ich!« Dieser Satz kam hart und voller Trotz.

»Dann, Herr Minister, geschieht es Ihnen ganz recht.« Ein verunglücktes Lachen begleitete diese Erwiderung.

Schuckmann sprang vom Bett auf. Er stellte sich in drohender Haltung auf. Wenn er kritisiert wurde, konnte er unausstehlich werden. »Wir werden sehen. Mein Bote muß jede Minute eintreffen. Er wird sofort hierherkommen.«

»Alle Welt wird über Sie lachen, Herr Freiherr.« Die Schauspielerin lachte nun ihrerseits sehr künstlich, als sei sie selbst alle Welt.

Der Minister sprang blitzschnell zur Schauspielerin hin. Er fixierte sie mit einem Blick, aus dem die Wut hervorschoß.

»Halt deinen Mund«, zischte er. Sein Unterkiefer bebte dabei: »Halt deinen Mund.« Seine Hand erhob sich.

»Sagen Sie einmal, was ist in Sie gefahren? Mäßigen Sie sich!« rief die Schauspielerin, die wirklich überrascht war. Sie fuhr aus dem Bett hoch, und wie um eine plötzlich sie überkommene Scham zu bedecken, verbarg sie ihren fast nackten Körper mit einer Decke.

Der Minister erwiderte nichts. Er zitterte vor unterdrücktem Ingrimm, nicht sehr stark, aber die Schauspielerin sah es, und es machte keinen guten Eindruck auf sie.

»Schon gut, schon gut«, wehrte sie ab. Sie griff schnell ihre Sachen, die sie vorhin, als noch bessere Stimmung herrschte, eilig über den Stuhl geworfen hatte.

»Ja, gehen Sie! Verschwinden Sie nur, und vergessen Sie nicht, jene kleine Rolle Friedrichsdor mitzunehmen«, zischte der Minister in kaum mehr zu zähmendem Jähzorn. Sein Oberkörper war jetzt vorgebeugt, seine Kiefermuskeln wölbten sich, und seine Zähne knirschten. Sein schönes schwarzes Haar, sonst immer tipptopp in Ordnung, war plötzlich ein Wirrwarr.

Sie verschwand hinter einer spanischen Wand. Er sah ihre üppigen Umrisse. Und wie er sie so sah, bedauerte er seine Wut. Es war nicht das fleischliche Verlangen, das ihn zur Aufgabe zwang, sondern die Furcht, er könne sie verlieren, ehe er sie verlassen hatte. Natürlich ärgerte es ihn, schon jetzt seine Wut zu bedauern. Lieber hätte er es gehabt, sie bedauerte ihre Wut. Doch noch bevor er das Bedauern bedauern konnte, tropfte ein Satz wie Speichel von seinen Lippen: »Hm, gleichviel. Gleichviel. Kommen, kommen Sie wieder ins Bett.« Sein Unterkiefer entspannte sich und zitterte nicht mehr. Er strich sich durchs Haar, um es notdürftig zu richten. Zum x-ten Mal setzte er sich an diesem Abend auf den Bettrand. Er fuhr mit der Hand über die Mulde, in der ihr Körper vor ein paar Minuten noch selig geruht hatte. Die damastene Bettwäsche war vollgesogen mit ihrer Wärme und ihrem Duft. Er konnte es nicht begreifen, wie der Abend so abrupt eine andere Wendung hatte nehmen können. Warum war ihr dieser Hoffmann so wichtig?

»Nun seien Sie doch wieder brav. Ich verdopple das Honorar«, sagte er zähneknirschend.

»Nein, ich verschwinde. Im übrigen können Sie mich nicht mehr kaufen. Sie haben es auch niemals getan. Ich habe es nur angenommen, damit Sie sich frei fühlen. Ich kann meinen Unterhalt selbst verdienen. All das Geld, das Sie mir gaben, nahm ich als Spende für unser Theater. Sie sind wirklich lächerlich. Wenn ich mir bisher einreden konnte, Sie seien ein Kavalier, so hat mir die Sache mit Hoffmann die Augen endgültig geöffnet! Sie sind ein ganz mieser kleiner Intrigant.« Sie kam vollständig angezogen hinter der spanischen Wand hervor, warf ihm einen Schlüssel, den er als Hausschlüssel identifizierte, zu, und verschwand mit der Bemerkung: »Wir sehen uns ja noch«.

TRAP-TRAP-TRAP. Er hörte sie die Treppe wütend hinabstampfen.

Der Minister eilte ans Fenster, stellte sich aber so auf, daß sie ihn nicht sehen konnte, falls sie hochschaute. Sie kam heraus. Es schneite natürlich noch immer. Sie spannte einen Schirm auf. In für die Witterung denkbar unpassend zierlichen Schuhen lief sie eilig die Straße entlang, geheime Zeichen in den papierweißen Schnee stanzend. Nachdem sie fort und nur noch ihre Spur im Schnee übrig war, welche die neu hinzustürzenden Schneeflocken schon wieder verwischten, fiel ihm auf, daß er soeben dabei geholfen hatte, ein Gerücht gegen sich selbst zu verbreiten. So schnell ging das also.

Und wo blieb nur der Bote? Der war doch nicht etwa in einem Schneesturm steckengeblieben?

14.

Schuckmann war als kleiner Junge sehr ängstlich gewesen. Kein Wunder! Unter seinem Bett befand sich schließlich ein Ungeheuer. Befand es sich nicht unter dem Bett, dann war es garantiert im Schrank. Er konnte nicht schlafen. Sein Herz schlug so laut. Lärmte wie ein Gong durchs ganze Haus. Lauter als die Glocken von Notre-Dame schlug es. Schlug den Takt seiner Angst. Es war nämlich so, daß unterm Bett ein Mann lag, der nur darauf wartete, daß er einschliefe – und dann …

Er mußte gegen das Dunkel andenken. Seine Gedanken rannten mit seiner Angst um die Wette. Hier vermutlich war der Ursprung seiner Intelligenz. Und seine Gedanken gewannen den Wettlauf. Mit einem einfachen Trick besiegte er alle schwarzen Männer unter dem Bett und alle Gespenster in seinem Schrank.

Dieser Gedanke ging so: Alles Unglück geschieht unerwartet, dachte sich Schuckmann. Ich stürze nicht vom Pferd, wenn ich gerade daran denke, ich könnte vom Pferd fallen. Nein. Wenn ich stürze, dann in einem Moment der Unaufmerksamkeit. Der Mann unter dem Bett liegt bestimmt nicht unter meinem Bett, wenn ich denke, daß er unter meinem Bett liegt. Er wird da unter dem Bett liegen und seine Hand wird nach meiner Kehle tasten, wenn ich unvorbereitet bin und nicht daran denke. Jetzt aber denke ich, daß ein Mann unter dem Bett liegt, also kann er dort nicht sein.

Dieser Gedankengang hatte ihm immer die Angst genommen und ihm letztlich den süßen Schlummer geschenkt.

Der Minister entsann sich nun seiner Kindheitstaktik und

malte sich also aus, daß der Bote in einem Schneesturm steckengeblieben sei. Das Zusammentreffen dieses absurden Gedankens mit einer solchen absurden Wirklichkeit ist doppelt absurd und kann folglich nicht wirklich sein.

Doch Schuckmann war kein kleiner Junge mehr. Schuckmann war Polizei- und Innenminister eines wohlgeordneten Staatswesens.

Deshalb dachte der Minister einen Schritt weiter. Er dachte: Mein Gedanke, den ich eben dachte, würde ja in letzter Konsequenz dazu führen, daß ich nur das Schlimmste denken müßte, um es unwahrscheinlich zu machen. Das hieße wiederum, daß meine Gedanken die Wirklichkeit lenken und nicht umgekehrt meine Gedanken die Wirklichkeit abbilden. In der Kindheit hatte mein Gedankengang Sinn. Dort gab es ja in Wirklichkeit keinen schwarzen Mann unter dem Bett. Es ging nur darum, daß ein *vernünftig erscheinender* Gedanke einen *weniger vernünftig erscheinenden* Gedanken besiegte. Aber jetzt, jetzt ist es anders. An sich ist die Idee, der Bote könne in einem Schneesturm steckengeblieben sein, nicht unmöglich. Sie ist unwahrscheinlich, aber möglich. Ich wappne mich also nur gegen das mögliche Unglück.

Was jedoch war, wenn sein Kindheitssatz stimmte? Alles Unglück geschieht unerwartet. Dann konnte er sich noch so sehr anstrengen, es gab kein Entrinnen …

Schuckmann betätigte eine Klingel.

Es trat sein treuer Sekretär Friedrich ein. Friedrich war ein schmächtiger, hochaufgeschossener junger Mann mit langer spitzer Nase, dem der Sekretärsrock an den Schultern zu breit und an den Ärmeln zu kurz war. Schuckmann schickte ihn los, den Zwillingsbruder des Boten zu holen.

Während Schuckmann wartete, versuchte er eine Mahlzeit zu sich zu nehmen. Doch er hatte keinen Appetit. Er hatte ständig vor Augen, wie sich eine kleine schwarze Figur durch einen Schneesturm kämpfte, wie schließlich das Pferd erschöpft zusammenbrach, wie der Bote pflichtbewußt die wichtige Akte unter seinem Mantel gegen den wütenden Ansturm des Schnees verteidigte, bis er ohnmächtig wurde, wie dann, höchst seltsam, ein im Wind schwankendes Laternenlicht näher kam ...

Schuckmann stellte eine Kerze ins Fenster. Man konnte ja nie wissen. Für den Bruchteil einer Sekunde hatte er einen Mann gesehen, der um die Ecke flitzte. Einer Eingebung folgend, stieg er die Treppe hinab und ging zur Haustür.

Tatsächlich. Es hatte jemand einen Zettel unter der Tür durchgeschoben. Schuckmann war die Handschrift vertraut. Er kannte sie inzwischen besser als seine eigene. Auf dem Zettel stand: »um mitternacht am Seh beim schwahnenhaus. stunde der warheith.«

Schuckmann ging hinauf in sein Arbeitszimmer. In der untersten Schublade seines Schreibtischs bewahrte er die Mitteilungen des Unbekannten auf. Er legte den Zettel auf einen Stapel mit ungefähr zwanzig bis dreißig solcher visitenkärtchengroßen Zettelchen, alle beschrieben mit fein ziselierten schwarzen Buchstaben.

Dieser Zettel war anders als seine Vorgänger. Der Unbekannte bot ihm ein Treffen an. Schuckmann erinnerte sich des ersten Zettels, den er erhalten hatte. Das war schon viele Jahre her. Es handelte sich um einen äußerst hämischen Kommentar zur Auflösung seiner Verlobung mit Annette v. D. Schuckmann war nach dieser Auflösung, die auf eine Liebesaffäre zurückging, die er geheim geglaubt hatte, einige Zeit gesellschaftlich geächtet gewesen. Man versetzte ihn ins hinterste Ostpreußen, in den letzten Winkel primitivster Provinz. Für einen Mann wie Schuckmann, dem Komfort und Macht alles war, ein herber Schlag. Er trug sich auch mit suizidalen Anwandlungen, derer er nur Herr wurde, indem er die Melancholie pflegte wie einen englischen Garten und ganze romantische Bibliotheken verschlang. In einer für eine hochgestellte Persönlichkeit delikaten Angelegenheit konnte er sich jedoch nützlich machen. Es folgten einige diplomatische Erfolge in verschiedenen Regionen. Die öffentliche Meinung wurde ihm wieder gewogen. Sehr positiv wirkte sich aus, daß eine Person mit beträchtlichem Einfluß sehr zu seinen Gunsten sprach. Der Bannstrahl richtete sich inzwischen auf einen anderen. Seine vollständige Rehabilitierung erfolgte kurz nach seiner Rückkehr. Und zwar wurde Annette v. D. tot aufgefunden. Sie hatte sich selbst entleibt, indem sie von einer Turmspitze gesprungen war. Ihr Liebhaber, der nicht identisch war mit ihrem Ehegatten, stand fassungslos daneben. Schuckmann erhielt ein Kärtchen, auf dem geschrieben stand: »geht soviehl klück mit Rächten dingen zu? herzl willgommen. ich habe dich vermießt.« Die exorbitant falsche Orthographie, so dachte sich Schuckmann, konnte nur plumpe Verstellung sein.

Anfangs hatte Schuckmann noch versucht, den anonymen Schreiber dingfest zu machen. Der war jedoch einfach zu clever. Und da nichts Böses geschah, gewöhnte sich der Minister an seinen unsichtbaren Begleiter. Alle Ereignisse, seien sie öffentlich oder geheim, wurden von dem Schreiber kommentiert. Manchmal schadenfroh, manchmal mit Anteilnahme, oft im Wechsel. Einer hämischen Spitze folgte ein ehrlich-freudiger Glückwunsch.

Doch niemals hatte der Unbekannte zu einem Treffen eingeladen. Das war neu. Schuckmanns erster Impuls war Ablehnung. Der nächste Impuls Neugierde. Was konnte der Unbekannte diesmal von ihm wollen? Und würde er sich wirklich zu erkennen geben? Dann überwogen wieder die Vorbehalte. Lockte er ihn in einen Hinterhalt? Konnte er einem Menschen, der ihm seit etlichen Jahren durch anonyme Schreiben zu verstehen gab, daß er über sein Leben Bescheid wisse, trauen? Natürlich hatte Schuckmann anfangs überlegt, was der Schreiber mit seinen Zetteln beabsichtige. Wollte er ihn tyrannisieren? Terrorisieren? Würde er irgendwann zu einer Erpressung übergehen? Nicht daß Schuckmann sich irgendeiner Tat schuldig gemacht hatte, derentwegen man ihn hätte erpressen können – aber dachte der Schreiber so logisch? Später hatte Schuckmann es aufgegeben, sich noch irgendwelche Gedanken über den Autor dieser seltsamen Zettel zu machen. Sie waren ihm zur Gewohnheit geworden wie die Geburtstagskarten seiner Großtante.

Dieses Mal war es anders. Nicht nur, daß der Zettel ein

Treffen forderte, nicht nur, daß er erst vor einigen Tagen einen Zettel erhalten hatte und damit in ungewöhnlich dichter zeitlicher Abfolge Nachrichten eingetroffen waren; Schuckmann befand sich dazu noch in einem äußerst gereizten, zugespitzten, wenn nicht gar labilen Zustand. Er wußte darum, und deshalb fühlte er sich einer möglichen Auseinandersetzung mit dem Anonymen nicht gewachsen. Wenn der ihm etwas Wichtiges mitzuteilen hätte, würde er es sicherlich entweder auf dem üblichen Weg noch einmal versuchen oder … Ach, verdammt soll er sein!

Schuckmann schmiß die Schublade zu, nur, um sie gleich darauf wieder zu öffnen. Er griff hinein. Ging so mit einer Handvoll Zettel zum Kamin und warf die Blätter hinein. Er lief wieder zum Schreibtisch, nahm den Rest der Zettel und übergab auch diese dem Feuer. Schwarzer Flitter stob auf, als Schuckmann mit einem Schürhaken ins Feuer stach.

Erleichtert wischte er sich die Hände an einem Tuch ab. Neue Kraft und Energie durchströmten ihn. Jetzt konnte er sich wieder ganz der Hoffmann-Affäre widmen. Zunächst einmal mußte er sich um die Rückkehr des Boten kümmern.

In diesem Moment kam Friedrich. Friedrich war ein Leisetreter, der gemeinhin die Treppen lautlos hinaufschlich. Doch hinter ihm polterte eine ziemlich derb auftretende Person. Unwillkürlich lief Schuckmann zur Tür, so als wolle er nicht in seinem Zimmer überrascht werden. Kaum atmend empfing er Friedrich, in dessen Schlepptau offensichtlich ein Betrunkener wankte.

»Ist das der Bruder?« fragte Schuckmann, noch ehe Friedrich seinen Rapport machen konnte und der Betrunkene oben angekommen war.

»Ja, leider«, antwortete Friedrich und verzog das Gesicht naserümpfend.

Wie gegen einen Taifun ankämpfend, stieß der Bruder des Boten Kopf und Brust nach vorn, um die letzte Stufe zu nehmen, und knallte mit viel Schwung vor Friedrichs matschige Schuhe. Bevor der Bruder des Boten loskotzte, hatten zwei geistesgegenwärtige Männer dem Bruder des Boten einen

Blecheimer über den Kopf gestülpt und sich dann mit einem rettenden Sprung in Sicherheit gebracht. Der Bruder des Boten explodierte unter dem Blechhelm wie eine Granate. Unfähig, sich der lästigen Kopfbedeckung zu entledigen, schlug er mehrmals den Eimer, in dem sein Kopf steckte, gegen den Boden, was ein lautes Scheppern verursachte, welches den Brechhusten übertönte.

Eine Weile lang lag der Bruder des Boten wie tot auf dem Boden. Friedrich trat heran und zog den tropfenden Eimer vorsichtig vom Kopf ab, um ihn in eine Ecke zu stellen. Während Friedrich noch mit seinem Ekel rang, wurde der Bruder des Boten schon wieder lebendig, kam dumpf stöhnend in eine Art Sitzlage, lehnte sich gegen die Wand, schaute sich um, sah Friedrich und lallte: »Wo waren wir stehengeblieben?«

»Man sagt, er sei ein ebenso guter Reiter wie sein Bruder«, sagte der Minister, der sich konsterniert bis zur Türschwelle seines Arbeitszimmers zurückgezogen hatte.

»Besser!« brüllte der Bruder des Boten.

»Wenn er nüchtern ist«, schränkte Friedrich ein.

»Was selten vorkommt«, ergänzte der Minister.

»Ich reite wie der Wind«, beharrte der Bruder des Boten. »Wie der Wind! Hörst du … Uhhhhahhh!«

Eine Welle eiskalten Wassers schwappte über den Kopf des Bruders des Boten, klatschte ihm gegen die nackte Brust. Brustwarzen schrumpelten geschockt auf Erbsengröße.

»Noch mal!« befahl der Minister eiskalt.

Friedrich füllte den Eimer wieder mit Wasser. Eiswürfel schwammen obenauf. SCHWAPP. Der blasse Leichnam vom Bruder des Boten nahm allmählich wieder menschliche Färbung an.

Nachdem der Bruder des Boten in saubere Wäsche gesteckt und gekämmt worden war, wurden ihm einige Liter schwärzesten Kaffees eingetrichtert. Friedrich und der Minister entwickelten fürsorgliche Fertigkeiten. Sie päppelten den Bruder des Boten in kürzester Zeit wieder auf. Allerdings haperte es noch mit dem Gehirn des Bruders des Boten.

»Also noch einmal: Dein Bruder hat eine wichtige Akte. Du ihn suchen. Du Weg nach Magdeburg nehmen, du verstehen?«

»Mein Bruder hat Akne?«

»Eine Akte, Papiere – egal! Du ihn suchen, braucht jetzt deine Hilfe. Magdeburg. Nach Magdeburg, mit Pferd, mit Hottehüh, hüüühh.« So redete der Minister auf den Bruder des Boten ein.

Schließlich saß der Bruder des Boten hoch zu Roß. Dick vermummt hockte er auf einem der besten Pferde Schuckmanns. Die Satteltaschen waren gefüllt mit Dauerwurst, Zunge in Aspik, Brot und Kaffee. Der Bruder des Boten hatte mehrmals versucht, das Pferd zu besteigen. Vergeblich! Er war immer wieder hingefallen oder hatte gar nicht erst den Steigbügel gefunden. Schließlich schafften die beiden es, den Bruder des Boten ordnungsgemäß auf den Pferderücken zu hieven.

»Ein Affe auf einem Schleifstein«, bemerkte Friedrich beim traurigen Anblick, den der beste Reiter Berlins bot.

»Ein Fragezeichen auf dem Sinn meines Lebens«, murmelte Schuckmann und gab dem Pferd einen heftigen Klaps.

Und das Pferd schoß wie eine Kanonenkugel davon, auf seinem Rücken einen überraschten Reiter, der den Halt verlor, an der linken Seite hinabrutschte, den Boden küßte, sich wieder fing und dann mit einem tollkühnen Schwung auf den Rücken des Pferdes gelangte. Nun stand er doch tatsächlich auf dem Pferderücken, drehte sich herum und winkte dem Minister zu. Der Minister winkte verdutzt zurück. Schließlich ließ sich der Bruder des Boten zurück in den Sattel plumpsen, brachte sich mit einer geradezu provozierend eleganten Drehung in die richtige Richtung und jagte davon wie ein Wirbelsturm, so daß dem Minister das Herz höher schlug. Verdammt, das war ein Reiter, wie er ihn noch nie gesehen hatte.

»Alle Wetter! Warum haben wir uns solche Mühe gegeben, den nüchtern zu machen?«

»Wahrlich. Der reitet im Delirium besser als ein Kosak!« gab auch der Minister zu.

Nach diesem Abenteuer war der Minister in der richtigen Stimmung, um zu seiner Einladung bei der Frau Baronin von Schnipp zu gehen. Von dort aus war es ja nicht weit bis zum Schwanenhaus. Natürlich hatte sein geheimer Gastgeber das in Rechnung gestellt. Er hatte gewußt, wo der Minister den Abend verbringen würde, als er die kleine Einladung verfaßte. Schuckmann fühlte sich zwar stark genug, seinem Zettelschreiber zu begegnen, doch trug er Friedrich sicherheitshalber auf, das Treffen aus einem Versteck heraus zu beobachten, um gegebenenfalls eingreifen zu können. Es sei ein leichter Auftrag, versicherte der Minister, als Friedrich ihn verständnislos anschaute. Angesichts dieser Versicherung schlug seine Verständnislosigkeit in furchtsamen Zweifel um. Friedrich war im Gegensatz zu seinem Herrn an sich kein ängstlicher Mensch; aber er war auch kein Dummkopf, falls das der Preis der Furchtlosigkeit war. Nein, ein gesundes Mißtrauen, eine Spur gesunder Furcht hatte den jungen Mann schon durch manche Fährnis gelotst – und sei es auch nur durch die gefahrvollen Klippen, die preußische Kanzleien und Kammergerichte bereithielten für einen Mann, der nach oben wollte. Er wollte sich warm anziehen und den Auftrag, trotz der Versicherung seines Herrn, nicht auf die leichte Schulter nehmen. Schuckmann beendete das Gespräch mit der Bemerkung, daß er sich beeilen müsse, denn er sei durch die Geschichte mit dem Bruder des Boten arg in Verzug geraten.

15.

Das stimmte. Der Polizeiminister war schon spät dran. Zudem mußte er sich noch in Schale werfen. Spitze, Batist, Seide, Samt. Schuckmann wollte auf jeden Fall Eindruck machen. Es konnte ja sein, daß M.M. sich zeigte und die Gelegenheit wahrnahm, wider ihn zu intrigieren. Wenn Schuckmann von Intrigen etwas wußte, dann dieses: Jede gut durchgeführte Intrige wird in ihrer Wirkung durch tadellose Kleidung gesteigert. Selbst schlampig geplante Intrigen konnten durch das Tragen von glänzenden Lackschuhen zum Erfolg gelangen. Einen möglichen Angriff M.M.s wollte er nicht schlecht gekleidet parieren müssen. Schuckmann verstand sich als ein Mann mit Schick, dessen Sorgfalt bei der Auswahl und Zusammenstellung seiner Garderobe der eines Rembrandts beim Mischen von Farben oder der eines Mozarts beim Setzen von Tönen in nichts nachstand. Das war nicht nur eine Frage des Geldes und der Eitelkeit, sondern auch eine des Geschmacks, jenes zum Teil angeborenen und zum Teil durch Disziplin erworbenen Talents für Ordnung und Schönheit, zwei Begriffe, die in Schuckmanns Wörterbuch synonym waren. Schuckmann trug ein Ensemble, bestehend aus Frack, Rüschenhemd, exquisitem Binder, Gilet mit zierlichsten Knöpfen, schwarzem Cashmere-Umhang, weißem Seidenschal und Zylinder von Rodríguez. Die Komposition wurde vervollkommnet durch einen sechszackigen Orden mit malvenfarbenem Band am Revers. Mit der Geste des Bonhomme strich er mögliche Schmutzpartikel vom Unterarm. Ein letzter Blick in den Spiegel. Er schenkte sich ein Lächeln. Ja! Das war der Schuckmann, wie Schuckmann ihn kannte. Er goß sich ein Glas Champagner ein und prostete seinem Spiegelbild zu. Ja, er hatte sich wieder im Griff. Und wenn alles gut liefe, dann wäre M. M. wirklich da und kehrte reumütig zu ihm zurück. Er würde sie wieder in die Arme schließen. Nein, ein Unmensch war er nicht.

Mit einer Kutsche, die Eindruck machte, fuhr er vor. Im Salon der Baronin von Schnipp traf sich diese Saison alles, was in der Welt der Politik und Kunst Rang und Namen hatte. Sieglinde von Schnipp war eine reifere und stattliche Frau, die in dem Ruf stand, Bildung, Intelligenz, Herzensgüte und Reichtum in seltener Weise miteinander zu verbinden. Auch in den Wissenschaften kannte sie sich aus, zeigte daran ein geradezu leidenschaftliches Interesse, zumal an den übernatürlichen Wissenschaften. Sie führte ein strenges, aber gerechtes Regime mit einer lobenswerten Toleranz gegenüber allen politischen Richtungen und künstlerischen Strömungen. Ja, sie achtete darauf, daß alle Ausdrucksformen des sozio-kulturellen Lebens – sofern sie nicht verachtungswürdig langweilig oder beleidigend dumm waren – sich in ihrem Salon ein Stelldichein gaben. Sie unterstützte arme Poeten und gab den Erfolgreichen ein Forum zur Selbstdarstellung. Sie nahm angefeindete Demokraten in Schutz und suchte doch die Nähe der Mächtigen. Sie hatte ein Herz für die Unglücklichen und freute sich mit den Glücklichen. Den Zweifelnden gab sie neue Hoffnung, die Selbstsicheren bestärkte sie. Der Salon der Baronin von Schnipp war deshalb nicht nur Mittelpunkt des intellektuellen Lebens, sondern viel umfassender ein Hort des Verstehens – und natürlich war er auch eine Brutstätte für Gerüchte und diente in den hinteren Räumen als Briefkasten der Geheimdienste. Wie oft wohl mochte sich ein Knarrpanti unter falschem Namen und mit falschem Bart der Baronin vorgestellt, und wie viele Stunden mochte er wohl versteckt hinter einer Portiere oder unter einem Sofa verbracht haben, die verstellbaren Lauscherchen unentwegt auf die Schallwellen konspirativer Dialoge gerichtet?

Die Villa der Baronin lag inmitten eines weitläufigen

Geländes, auf dem sich ein Garten und ein See befanden. Letzterer war bekannt für seine Schwanenpopulation und für sein von einem italienischen Architekten erbauten Schwanenhaus. Natürlich war der schöne Garten im Winter kahl, karg und kalt. Aber an diesem Abend lag er unter einer Schneedecke. Und welch romantischer Reiz ging von dieser weißen Pracht aus, die, beschienen von Mondlicht und einer Vielzahl Lampen, die die Auffahrt säumten, so fremdartig leuchtete, so eigentümlich still war und so seltsam fern erschien? Nur erahnbar lag der See dort irgendwo in dieser verwandelten Welt aus Weiß, veredelt durch eine silberglänzende dünne Eisschicht. Musik wehte wie der Schleier einer unsichtbaren Göttin bis weit in den Garten hinein, über den See, an die Ränder des Parks. Näher kommend, erfaßte Schuckmann eine längst vergessen geglaubte Aufregung. Das scheue Herzklopfen des ersten Balls, Versprechen einer ersten Liebe und vor allem erste Bewährung auf gesellschaftlichem Parkett, die erste Zigarre inmitten einer leutseligen Runde mächtiger Männer.

Zwei stocksteife Diener in Livree öffneten die Kutschtür und geleiteten den Minister bis zur Schwelle des Hauses, wo eine entzückende Person von Dienstmädchen ihm Umhang, Stock und Zylinder abnahm. Sie verabschiedete sich mit einem Knicks und einem koketten Augenaufschlag. Ach, es war doch herrlich eingerichtet in dieser Welt der Vernunft und der Ordnung. Wie eines ins andere griff, gerade wie die Zahnrädchen bei einem Maschinchen. Und schon stand er da, lästiger Überbekleidung entledigt, die Hand ausgestreckt, damit ein anderes eilfertiges Rädchen ihm einen Champagnerkelch überreiche, was sofort ein aufmerksamer Lakai übernahm, und es war ihm, als befände er sich auf dem Gipfel der Welt, auf dem Höhepunkt menschlicher Zivilisation, inmitten der besten aller möglichen Welten, der höchstmöglichen aller Ordnungen, als stünde er an jenem Ort, da der Weltgeist zu sich selbst gekommen war, kurz: Es war ihm, als sei er im preußischen Berlin – und er hatte verdammt recht! Hier war die Welt des veredelten Verstandes und der feinnervigsten

Kunst zu Hause. Schuckmanns Erregung steigerte sich, als er – noch unbeachtet – den weitläufigen Salon betrat. Gesten vornehmsten Takts spiegelten sich in den facettiert funkelnden, tropfenförmigen Kristallen der Kronleuchter. Schuckmann schlenderte in den nächsten Raum und kam vorbei an den geschmackvollsten Stilleben Schnippscher Interieurs. Hier kochte hitzigste romantische Phantasie in der Tiefe weicher Plüschmöbel und waberten Schwaden eines rauschfördernden Rauchs. Hinter schweren weinroten Vorhängen debattierten junge, talentierte Köpfe, von denen einer vielleicht irgendwann die Stellung eines Ministers innehaben mochte. Schuckmann lächelte versonnen, sah er sich doch in seine Jugend zurückversetzt. Allerdings gab es auch weniger erhebende Anblicke. Ein fies-feister Mops nestelte in einem Nest aus Kissen mit den Pfoten an Seidenpaspeln und knabberte gar dumm-dreist an den Damastbordüren. Schuckmann, den dieser Anblick verstimmte, schlenderte schnell weiter, weiter in ein Zimmer, dessen eine Front vollständig aus Glas bestand und zur Terrasse hinführte. Dahinter lag ein funkelndes Meer aus weißem Schaum ... Aus einer Gruppe löste sich eine Dame und kam lächelnd auf den Neuankömmling zu.

Es war die Baronin. Vornehm streckte sie ihm einen wohlgeformten Arm entgegen. Schuckmanns Lippen behauchten Spitze, die selbst nur ein Hauch war, und darunter schimmerte die weiße Haut, der der Duft eines Pariser Parfüms entströmte, dessen Partikel direkt zu Schuckmanns Zirbeldrüse vordrangen, jenem im Schnippschen Salon heiß diskutierten Organ, dem man alle möglichen und darunter auch absonderliche Eigenschaften nachsagte, etwa eine Anfälligkeit für die aphrodisische Wirkung bestimmter Düfte.

»Der sehr verehrte Herr Innenminister Schuckmann. Ich begrüße Sie«, rief die Baronin so laut in die Runde, daß Schuckmann gleich das Gefühl bekam, sie spreche weniger zu ihm, als vielmehr zur Öffentlichkeit. Tatsächlich drehten sich auch sofort einige Gesichter zu ihm hin. Ja, es wurde sogar ein wenig leiser gesprochen. »Sie kommen gerade recht, um einen dummen Streit zu schlichten«, fuhr sie fort, ohne die Lautstärke zu drosseln. »Einen Streit so dumm, daß es mir peinlich ist, Sie damit zu belästigen. Aber man sagt, Sie seien trotz Ihrer wichtigen staatstragenden Funktion Mensch geblieben. Und das ist in meinen Augen das höchste Lob für einen Minister. Zugegeben, ich bin eine törichte Frau, die der politischen Sphäre weder etwas geben noch dieser etwas abgewinnen kann. Doch vielleicht ist mein Urteil desto aufschlußreicher und zumindest ehrlicher für einen Mann, der Teil hat an der Macht und der dem König gewissermaßen die Gesetze in die Feder diktiert.«

Der Minister hatte, so gut er konnte, zugehört, war von der Rede der Baronin aber nur verwirrt und mußte letztlich zugeben, kein Wort verstanden zu haben. Während sie verkündigend in diesem lauten, klaren Ton sprach, der unumgänglich die gesamte Aufmerksamkeit auf sich zog, schleifte sie den Minister hinter sich her, der ein wenig verstört war und seiner Verlegenheit ein geschmeicheltes Lächeln abzuringen sich bemühte. Die Baronin verleibte ihn dann gewissermaßen der Gruppe ein, aus der sie sich zuvor gelöst hatte. Schuckmann kannte die fünf oder sechs Personen vom Sehen, hatte jedoch mit keiner bisher näheren Kontakt gehabt. Es handelte sich um Gelehrte der Universität und Redakteure eines Periodikums, das dem Minister bisher zu monarchiekritisch gewesen war, um es zu lesen.

»Dieser böse Herr hier ...« – sie nannte seinen Namen, es handelte sich um einen Redakteur – »... behauptet, er habe gehört, daß ein Manuskript des Dichters Hoffmann konfisziert worden sei.« Die Baronin machte eine künstliche Pause und fuhr dann fort: »Wir alle in der Runde hielten diese Mitteilung für eine ausgemachte Ente, eine Falschmeldung also, wie sie leider typisch ist für das Blatt, für welches der Herr schreibt ...« Die ganze Ironie dieser Sequenz glitt bedrohlich ins Alberne ab, als der Redakteur, keineswegs beleidigt, sondern nur belustigt, ein Quak-Quak folgen ließ und die Augenbrauen dabei seltsamerweise hob und senkte, und zwar allein für Schuckmann, wie dieser mit Befremden feststellte.

»Der Herr Redakteur blieb bei seiner Legende. Wir kümmerten uns nicht weiter darum, kamen auf andere Themen. Ich erzählte von dem wunderbaren Professor Spalanzani und seinen wirklich erstaunlichen Vorführungen des tierischen Magnetismus. Kurz und gut, wir hatten die Sache schon vergessen, bis eben, kurz bevor Sie, Herr Minister, eintraten, jener Herr ...«, sie lächelte den anderen Redakteur an, »auftauchte und das Gerücht, wenn es denn eines ist, bestätigte. Nein, nicht nur bestätigte ... aber er hat ja einen Mund und kann es selbst sagen.«

Der Redakteur ergriff das Wort. Das geschah derartig übergangslos und geschmeidig, daß Schuckmann den Eindruck von etwas Einstudiertem bekam.

»Wenn das, was mir eine hochgestellte Person, eine Persönlichkeit dem Range des hochgeschätzten Herrn Freiherr von Schuckmann ebenbürtig, vor nicht einer Stunde unter dem Siegel der Verschwiegenheit mitteilte, ein Gerücht ist, dann sind die Regierungserklärungen des Königs oder die physikalischen Gesetze des Herrn Newton auch ein Gerücht. Ja, dann ist selbst das tägliche ›Jut'n Morjen‹ unseres allseits geschätzten Bürodieners Lampe ein Gerücht.«

Alle lachten. Nur Schuckmann lachte nicht. Er hatte nicht einmal die Pointe verstanden. Es schien ihm, selbst wenn er sie verstanden hätte, wäre das kein Grund für ihn gewesen, sich der Lachseligkeit dieser – sprechen wir es aus – DEMOKRATEN anzuschließen und sich mit ihnen gemein zu machen. Statt zu lachen, sagte Schuckmann: »Vielleicht darf ich erfahren, was denn diese so hochgestellte Persönlichkeit gesagt haben soll, die, wenn ich recht verstanden habe, hier als ebenso ehrenwert gilt wie ein gewisser Lampe, der immerhin im Range eines Bürodieners steht.«

Schuckmann hatte nicht gehofft, in dieser feindseligen Atmosphäre großen Beifall für eine seiner Bemerkungen zu ernten, aber dieses offenkundig beleidigende Schweigen überraschte ihn. Er kam sich vor wie ein Eindringling.

Die Baronin sprang für ihn in die Bresche. »Ich denke, der Herr Minister wünscht näher zu wissen, was diese hochgestellte Persönlichkeit behauptet hat. Ich ...«, sie sah jetzt den Minister sehr liebevoll an, »... glaube nach wie vor, daß es sich um ein Gerücht, eine Ente, ein Mißverständnis handelt.«

Der Redakteur unterbrach sein fortwährendes Kichern und sagte: »Nun, man sagt, daß ein neues Manuskript Hoffmanns konfisziert worden ist. Man sagt, daß dieses Manuskript angeblich staatsfeindlichen Inhalts sei. Es soll in Frankfurt, wo es erscheinen sollte, von Beamten der Geheimen Polizei beschlagnahmt worden sein. Unser Vertreter dort in Frankfurt, der Graf von Goltz, soll diese Sache im Auftrage durchgeführt haben. Im Auftrage unserer Behörden hier in Preußen, in Berlin. Wer nun hat wohl diese ganze Sache initiiert?«

Der Redakteur hatte anfangs leise, fast gedämpft gesprochen, war jedoch mit jedem Satz lauter und lauter geworden, so einer sehr suggestiven Rhetorik folgend, die auch Schuckmann nicht ganz kalt ließ. Jetzt trug er die anklagende Emphase eines weit in den Saal hineinbrüllenden Richters zur Schau: »Wer nun wohl zeichnet verantwortlich für diese Tat? Wer, so frage ich, veranlaßte die Requirierung eines Manuskripts, welches zu Chaos und Revolution aufrufen will? Einen solchen Aufruf dürfen wir getrost einem Manne unterstellen, der sich bereits durch solche demagogischen Schriften wie den ›Peter Schlemihl‹ hervorgetan hat. Wessen Siegel also prangt preußisch-korrekt und blitzend wie das Messer des Schafrichters auf diesem Requirierungs-Dokument?«

Meines. Das Siegel des Innen- und Polizeiministers Schuckmann, dachte Schuckmann. Schuckmann sah sich umringt von einer großen Anzahl von Personen und kam sich ziemlich klein vor. Aus den anderen Räumen mußten ganz unbemerkt Leute dazugekommen sein, die jetzt eine dichte Traube um ihn bildeten. Schuckmann hatte für einen kurzen Moment die Vision, auf einer Eisscholle zu stehen und fortzutreiben, wobei er von einer Kolonie Königspinguinen umgeben war, die ihn mit schräg gelegten Köpfen mißtrauisch musterten.

»Das ist eine VV-Ver-Verleumdung«, stotterte Schuckmann.

»So ist es recht«, fiel ihm die Baronin ins Wort, die ihn

augenblicklich an irgendeine Person erinnerte, die beständig damit beschäftigt gewesen war, den anderen mitzuteilen, was er angeblich sagen wollte. Jetzt fiel es ihm ein. Diese Person war seine Großtante, eine Frau, die schwer auf Schuckmanns Kindheit lastete.

»Gnädige Baronin, liebe Baronin. Es ist sehr nett, daß Sie sich für mich einsetzen; aber ich bin durchaus imstande, das Wort für mich selbst zu ergreifen«, ereiferte sich Friedrich von Schuckmann.

Die Baronin nahm dies mit einem Gesichtsausdruck zwischen Verwirrung und gelinder Empörung hin. Dieser Ausdruck währte nicht lange. Die Baronin war willens, dem Minister zu verzeihen.

»Soviel ich weiß, gibt es kein Verfahren gegen den Kammergerichtsrat, obgleich, das muß ich doch sagen, Herr Hoffmann in der letztjährigen Affäre betreffs des Polizeipräsidenten Kamptz keine rühmliche Rolle spielte. Gleichwohl bin ich natürlich ein Hoffmann-Verehrer. Ich habe auch diese herrliche Erzählung von dem Peter Schlemihl, der seinen Schatten verkaufte, gelesen, eine Erzählung, die, wie wirkliche Kenner wissen, übrigens nicht von Hoffmann stammt, sondern aus der Feder des Chamisso. Aber ich gebe zu, das sind Details. Wer wird denn Wahrheit suchen, wenn sich schnelle, vorschnelle Urteile ebenso schön und beifallheischend formulieren lassen.«

»Wir werden ja sehen, wer hier lügt. Ich bin dafür, die Sache Auge in Auge auszuhandeln. Es gibt eine Person, die über diese Angelegenheit bestens informiert ist und jede Minute hier eintreffen muß.« Sein Kontrahent hatte bei dieser Erwiderung für einen Moment die Contenance verloren und sich dem Minister drohend genähert. Damit hatte er die erlaubte Grenze Schnippschen Disputierens überschritten, denn der Baronin war nichts mehr zuwider als körperliche Gewalt und männliches Dominanzstreben. Dem Redakteur waren diese Grenzen sehr wohl bekannt, und deshalb sah er wie ein kleiner Junge schuldbewußt zur Gastgeberin. Die Baronin war auch diesen Streit leid und sagte: »Das Mißverständnis wird sich bestimmt bald aufklären. Bis dahin vertagen wir die Angelegenheit. Ich denke, es ist Zeit für den heutigen Auftritt. Ich bitte die Anwesenden, mir in den großen Salon zu folgen. Sie, Herr Minister, weichen bitte keinen Zentimeter von meiner Seite. Sie müssen unbedingt neben mir sitzen.«

Der Minister wurde von der Baronin untergehakt und hatte so gar keine Möglichkeit mehr zu fliehen. Die Baronin zog ihn ganz dicht an sich und flüsterte ihm ins Ohr. Es schien ihm, als berührten ihre Lippen sein Ohrläppchen: »Wir Kenner wissen, der Schlemihl stammt aus der Feder des Chamisso. Gut gegeben, Herr Minister!«

»Ich weiß«, hauchte der Minister zurück, und es verlangte ihn sehr danach, in das Keckern der Baronesse einzustimmen.

Während sie in den großen Salon gingen, fing Schuckmann mehrmals den Namen »Spalanzani« auf. Es sollte wohl gleich eine Art Séance stattfinden. Professor Spalanzani weilte noch nicht lange in der Stadt, hatte aber schon für großen Wirbel wegen seiner magnetischen Künste gesorgt. Man munkelte, er sei in Wirklichkeit der berühmte Cagliostro oder gar der ewige Jude. Auf jeden Fall eine geheimnisvolle Figur, die über magische Fähigkeiten verfügte. Von Schuckmann hatte bereits vor einiger Zeit in Erwägung gezogen, das Treiben dieses Mannes, den er für einen Scharlatan hielt, auskundschaften zu lassen. Gewisse Gerüchte besagten freilich, daß es diesen mysteriösen Mann gar nicht gab, sondern daß er eine bloße Erfindung von Wichtigtuern sei, was in Schuckmanns Augen kein Grund zur Entwarnung war, sondern vielmehr den Gipfel an Scharlatanerie darstellte. Er hatte deshalb vor einiger Zeit Kamptz zu sich bestellt und ihm den Auftrag erteilt, einen Mann auf den Magnetiseur anzusetzen, hatte jedoch bis jetzt keinen Bericht erhalten und die Sache wegen anderer, dringlicher erscheinender Geschäfte aufgeschoben und bis zum jetzigen Zeitpunkt schließlich ganz vergessen, da um ihn herum dieser Name nun fast wie ein Losungswort aus dem Stimmengewirr hervorleuchtete. Dann fiel ihm ein, daß ein Auftritt des Magnetiseurs eine weitere Fährnis dieses an Gefahren reichen Abends war. Es konnte ja bereits ein neues

Gerücht enstanden sein, das ihn beschuldigte, einem genialen, aber harmlosen Bühnenartisten nachzustellen. Andererseits konnte seine Anwesenheit bei einer Séance als stillschweigende Billigung solch unseligen Treibens ausgelegt werden.

Die Baronin hielt stolz Einzug in den Salon, den schönen Minister am Arm, der allerdings ein wenig geistesabwesend wirkte, wenn er auch tadellos gekleidet war – das mußte man schon sagen! Sie nahmen vorne in der ersten Stuhlreihe vor einem bühnenartigen Podest Platz. Es herrschte beträchtliche Aufregung. Die Baronin gab letzte Anweisungen. Dann, nachdem alle saßen, erklärte sie: »Ich muß Ihnen leider eine betrübliche und eine erfreuliche Mitteilung machen. Um es kurz zu machen: Der Auftritt des Professors fällt leider aus.«

Eine Böe enttäuschten Raunens wehte durch die Reihen. Selbst der Minister hörte sich raunen.

»Eine Unpäßlichkeit. Ein Schnupfen. Wohl auch ein Husten. Die Witterung hat dem Professor, der an maritimes Klima gewöhnt ist, ein Schnippchen geschlagen«

Schuckmann mußte darüber schmunzeln, daß diese Sagengestalt mit übersinnlichen Fähigkeiten von etwas so Läppischem wie einem Schnupfen aus dem Verkehr gezogen worden sein sollte, und er ging davon aus, daß keiner im Saal den Worten der Baronin glauben schenkte. Vermutlich entstanden gerade jetzt die ersten Gerüchte, welche die profane Erklärung durch mystischen Mumpitz ersetzten. Dem Minister fiel wieder das Gerücht über die Nicht-Existenz des Magnetiseurs ein.

»Die gute Nachricht wird Sie wieder mit mir versöhnen« sagte die Baronin und machte eine kokette Pause, bevor sie fortfuhr: «Meine Damen und Herren! Die Person, von der ich spreche, ist eine Künstlerin, eine bedeutende zudem. Sie alle kennen sie. Kommt es nicht einer Schmähung gleich, große Worte zu wählen für wahrhaft große Menschen? Nun gut, so will ich sie denn schmähen ...«

Die Baronin von Schnipp wartete einige Gefälligkeitslacher ab, ehe sie fortfuhr: »Es handelt sich um eine der bedeutendsten Schauspielerinnen und Sängerinnen Berlins, ja ganz Preußens, und ich stehe nicht an zu behaupten: unserer Zeit überhaupt. Der König hat, so sagt man, bei ihrem Anblick ausgerufen: *potzblitz! Die find ich gut!* In seinen schlichten Worten ein wahrhaft majestätisches Urteil. Gegenwärtig bewundern wir sie in einem Stück im Schauspielhaus am Gendarmenmarkt, wo wir uns an ihrer Kunst bis zu jenem dritten und verhängnisvollen Akt ergötzen dürfen, in dem sie – pfui, Zacharias Werner! – einen schändlichen Tod stirbt, und, ich darf wohl hinzufügen, damit haucht auch das Stück sein Leben aus. Wen interessieren noch die folgenden neun Akte? Meine Damen und namentlich Sie, meine Herren, hier ist sie!«

Die Baronin nannte ihren Namen und machte dazu eine varietéhafte Geste mit dem rechten Arm, um die Aufmerksamkeit ganz auf die hereinkommende Künstlerin zu lenken.

Was im folgenden geschah, erschien dem Minister plausibel. Es geschah alles auf eine selbstverständliche Art, wie ein bürokratischer Vorgang, wie die sachgemäße Durchführung einer ministeriellen Anordnung. Es gab Applaus. Nicht überschwenglich, nicht stürmisch, sondern von der Enttäuschung gedämpft, aber freundlich. *Natürlich!* Auch er klatschte. Sein Klatschen klang hohl. *Natürlich* klang es hohl! Sein Klatschen klang ja immer hohl. Die Baronin setzte sich, und ihr Stuhl quietschte. Sie strahlte ihn an, ein Kompliment heischend. Und er machte ihr ein Kompliment. Er wußte *natürlich*, was er seiner Gastgeberin schuldig war. Sie stupste ihn mit dem Ellenbogen an. (Hatte er gesagt: »Sie sind die geborene Concierge«, statt, wie er sagen wollte: »Conférencierge«? Wenn ja, dann war das *natürlich* ein Witz von der neckenden Sorte und machte ihn desto liebenswerter.) Die Baronin blinzelte vielsagend zu ihm herüber. Natürlich war die Bühne plötzlich illuminiert, und ein Pianist entlockte seinem Instrument zauberhaft zarte Töne. M.M. schwebte auf dem fliegenden Teppich der Musik auf die Bühne. Lautlos, schön und strahlend, wie immer. Prächtig und majestätisch, denn sie war eine hochgewachsene und volumenreiche Frau, die selbst in schlichter Kleidung eine ungewöhnliche Würde ausstrahlte – wieviel mehr also in dieser verschwenderischen Kreation, einer papageihaft bunten Plusterigkeit, die zudem mit allen Arten von Raffungen verziert und Staffagen beschwert war?

Sie hatte die Augen halb geschlossen, was sie immer tat, wenn sie sich konzentrierte. Natürlich sang sie kein Lied. Sie sagte etwas zum Publikum. Begrüßte es. Erzählte eine kleine Geschichte von einem armen Dichter, der, obgleich unschuldig wie ein Kind, dennoch von einer bösen Macht brutal verfolgt, gemartert und malträtiert werde. Sie bitte das Publikum, das werte, so liebe Publikum um Verzeihung, aber müsse die Kunst nicht, wenn Kunst in Gefahr gerät, die Kunst dazu nutzen, der kunstgefährdenden Gefahr zu widerstehen? Und sie, die Actrice der Freude und der Liebe, müsse heute, an diesem Abend, das schwere Amt der Anklage übernehmen. Jene böse Macht, die dem Dichter Hoffmann zusetze, sitze hier mitten im Saale und heuchle Kunstverständnis, ja habe sich sogar an die Seite der Gastgeberin geschmeichelt, wie sie mit Bestürzung feststellen müsse.

Das war logisch. Vollkommen logisch. Eines folgt aus dem anderen. Die Ursache, die Wirkung. Das war kolossal kausal. Natürlich galoppierte ihm jetzt sein Herz davon. Er befand sich plötzlich auf der Bühne. Das war die Folge einiger weniger Schritte, die er soeben getan hatte, um die Attacke zu parieren. Neben sich spürte er M.M. Es war mehr als Aufregung, was ihn erfaßte, es war eine sehr starke Erregung. Sein Kopf war so heiß. Warum sollte er auch kalt sein? In dieser Situation! Der Kopf mußte glühen wie ein Hufeisen auf dem Amboß des Schmieds, brennen wie eine Fackel in den nächtlichen Wirren einer Revolution. Durch ihn hindurch strömte es. Blut, warmes, pulsierendes Blut. Und das war ungefähr der Punkt, ab dem das Geschehen dermaßen folgerichtig ablief, daß Schuckmann den Überblick verlor. Schuckmann hielt jedenfalls in diesem Moment folgerichtigster Konfusion eine Rede. Es war eine Brandrede gegen die Demagogen, Dämonen und Demokraten, gegen die Staatsfeinde und gegen die Turner. Er hatte alle Kontrolle verloren. Sein

Ich löste sich auf in einen schier endlosen Schwarm von Worten. Er hörte nicht, was er sagte. Er hörte sich nicht reden, weil er selbst die Rede war. Es war geradezu, als ob seine Worte überhaupt keinen Sinn hätten, als ginge es nur darum, einen bestimmten Klang zu erzeugen, eine Art Musik, vielleicht ein Trommeln, das dem Rhythmus seines Herzens folgte. Dies endete mit einer Lobrede auf den König und überhaupt alle redlichen Menschen.

Um ihn herum war es dunkel. Menschen waren Schatten. Das Publikum war zu einer dichten Masse Mensch zusammengeschmolzen, ein atmender Klumpen, ein hundertarmiger tintenfarbener Tintenfisch, der in tiefster Dunkelheit auf dem Meeresgrund lauert. M.M. war verschwunden. Auf der Suche nach frischer Luft irrte er durch die Schatten. Er mußte atmen. Es war so stickig. Er konnte kaum atmen. Er mußte an die Luft. Er lief an Schatten vorbei. Ein Schatten stellte sich ihm in den Weg. Ein stocksteifer Mann mit ernster Miene. Ein Tablett in Händen, reichte der ihm etwas dar. Ein Glas Wasser. Ja, das wäre gut. Wasser. Dann hinaus, an die Luft, atmen. Aber auf dem Tablett war kein Glas Wasser. Auch kein Champagner. Es lag auf dem Tablett ein flacher leichter Gegenstand. Aus Papier. Ein Brief. Mit Siegel. Das Siegel des Königs. Schuckmann nahm den Brief an sich. Streckte seinen Arm nach vorne aus und lief hinaus, den Brief wie ein Messer voran.

»Entschuldigung. Ich muß gehen. Der König ruft mich. Sehen Sie selbst. Das Siegel des Königs!« Derlei ausrufend, stürzte der Minister zur Tür hinaus. Geschickte und pflichtbewußte Diener hatten dem Davonstürmenden Hut und Umhang übergeworfen und seiner reflexartig zugreifenden Hand den Stock hingehalten, ohne daß er es überhaupt bemerkt hatte. Schuckmann konnte nicht schnell genug fliehen aus der besten aller möglichen Welten.

16.

Schuckmann rannte, wie er als Junge gerannt war. Es war, als greife etwas nach ihm, vielleicht das vielarmige Polypenmonstrum, dessen Tentakelschläge ihn knapp verfehlten, doch schon holten sie von neuem aus zu einem endgültigen Hieb. Schuckmann schlug Haken und bewegte sich in großen Sätzen fort, eine kleine schwarze Figur mit wehendem Umhang, die einen feinen Riß durch die Schneelandschaft zog. Er lief fort und zugleich in etwas hinein. Es war eine Art von Freiheit. Eine Art riesengroßes Grinsen. Er rannte, er sprang, er hüpfte in das riesengroße Grinsen seines Lebens hinein.

Da war ein Rufen. Schuckmann hielt inne und sank in den mehr als knöcheltiefen Schnee.

Er war über eine weiße Rasenfläche gerannt, zu der parallel ein Weg verlief, welchen hohe Büsche, Sträucher, eine Buchsbaumhecke und Bäume säumten, alles nun verwandelt zu weißglänzenden Skulpturen. Schuckmann staunte über die bizarren Gebilde und mußte sich eingestehen, die Welt, wie sie wirklich war, niemals angeschaut zu haben. Blind rannte er durch die Welt, und blindlings hetzte er durchs Leben. Alles, was ihm widerfuhr, alles, was ihm begegnete, war nur Hindernis, Gefahr oder Gegnerschaft. Er stürzte, ohne nach links oder rechts zu schauen, von einem Ereignis ins nächste. Er war nichts als ein taumelnder Kreisel in einer rasenden Welt. Sein Leben war voll von Nichtigkeiten, denen er sich aufopferte, wohingegen er die essentiellen Dinge für null und nichtig erachtete. Doch er erinnerte sich jetzt: Hatte er nicht damals als Student die Wahrheit erschaut? War er nicht durchs Labyrinth Hegelscher Sätze geirrt, und war er nicht beglückt hinausgetreten aus der Höhle verzweifelten Denkens, und hatte er nicht so, in die Sonne der Hegelschen Wahrheit tretend, den Weltgeist erschaut, das große, allumfassende Licht, blendend wie gleißender ... leuchtender ... Schnee?

Schuckmann griff, einem Impuls folgend, in den Schnee und rieb sich das Gesicht damit ein. Früher hatte er dieses berauschende Gefühl der Weltgeist-Erfahrung mit in den Alltag genommen. Die Enge der Welt um ihn her hatte sich geweitet, gedehnt zu einer planen Landschaft, einer Landschaft, die er in jedem Dinge wiederfand, als ob es an jedem Ding Türen gäbe, hinter denen sich eine zweite, endlose Welt auftat; aber dann, Jahr für Jahr, hatte sich die Welt wieder eng und enger um ihn geschlossen, und die Dinge hatten sich wieder ins Schneckenhaus ihrer kruden Gegenständlichkeit zurückgezogen. Und Jahr für Jahr mehr waren die Dinge irgendwie kleiner, fader, blasser und schemenhafter geworden. Eines Tages waren sie ganz verschwunden, nichts als eine große schwarze Leere hinterlassend, aus der ihm Gefahren, Hindernisse und Gegner entgegentraten.

Er wäre zweifellos zu weiteren philosophischen Gedanken vorgedrungen, wenn sich nicht zwischen zwei Sträuchern im Schneerock eine dunkle Figur hervorgezwängt und gerufen hätte: »Herr Minister! Herr von Schuckmann!« Ein Zweig federte zurück und schoß eine Salve aus Schnee in das grundanständige Gesicht eines Kutschers, der der ersten Figur folgte. Der Kutscher zog sich daraufhin wieder zurück. Der Rufer, der einen Pelzkragen trug, stapfte unverdrossen über die knirschende Schneefläche auf Schuckmann zu – und zwar vermutlich so, wie dieser es gewöhnt war: als Gefahr, Hindernis, als Gegner.

Als der – im übrigen – kleine Mann bei Schuckmann angekommen war, lüpfte er freundlich seine Pelzmütze, gab zwei ziemlich abstehende Ohren frei und sagte: »Gestatten, Knarrpanti.«

Schuckmann saß noch immer im Schnee. Er blickte deshalb zu dem Männlein auf. Dieses machte auf Schuckmann zunächst den Eindruck des Putzig-Skurrilen, wie es so vor ihm stand mit seinem knorrig-verschmitzten Gesicht, der rotgefrorenen Knollennase, zu klein für einen zu großen Mantel ... und die Stimme des kauzigen Burschen klang wie knarzende Dielen. Aber Knarrpanti? Knarrpanti? Kannte er nicht einen Mann dieses Namens?

»Stimmt, ich bin's, Friedrich. Lange nicht gesehen, wie?« knarrte Knarrpanti, als hätte er Schuckmanns Gedanken erraten.

»Ich dachte, dudu wärst ein Gerücht, eieine Legende ...«, stotterte Schuckmann gänzlich überrumpelt. Ihm fiel ein, daß er sein Gesicht mit Schnee eingerieben hatte. Er stand eilig auf und wischte sich die Schneemaske ab.

»Nein, ich bin durchaus leibhaftig, wenngleich ich mich auch in den letzten Jahren etwas ... sagen wir einmal: im Hintergrund gehalten habe«, antwortete Knarrpanti freundlich.

»Ich dachte, du wärst tot?« Schuckmann schien bitter enttäuscht zu sein.

»Den Gefallen wollte ich dir nicht tun«, antwortete Knarrpanti mit mildem Lächeln.

»Ja, jetzt erinnere ich mich wieder. Kna..., Knarr..., Knarrpanti. Einer, den keiner mochte. Du hattest so etwas Verschlagenes. Aber gar nicht dumm. Ich glaube, wir haben uns hin und wieder unterhalten. Hatte immer viel zu tun, sonst hätte ich mich mal gemeldet.« Schuckmann sprach jetzt überschwenglich und mit dieser künstlichen Kumpanei, mit der ehemalige Kameraden bei einem unverhofften Wiedersehen für gewöhnlich ihre Verlegenheit zu überspielen trachten. Oft verfallen diese Männer dann in einen längst vergessenen Tonfall, so als sei gar keine Zeit vergangen. Schuckmann war es offensichtlich gewohnt, bei Knarrpanti kein Blatt vor den Mund zu nehmen. Knarrpanti war es offensichtlich gewohnt, kränkende Worte mit einem mild verzeihenden Lächeln zu beantworten. Für einen sprachlosen Augenblick, der dem ersten Überschwang zumeist folgt, standen sie sich gegenüber. Schuckmann mißmutig und unschlüssig, Knarrpanti lächelnd, mit leuchtenden Augen und seiner selbst absolut gewiß. Es war deshalb auch Knarrpanti, der den Fortgang bestimmte. Mit Verweis auf den Schneestaub, der auf Schuckmanns Kleidung klebte, sagte er: »Du holst dir noch eine Lungenentzündung. Dahinten steht meine Kutsche.« Knarrpanti wies mit ausgestrecktem Arm in Richtung des parallel verlaufenden Weges. Die Kutsche mußte verdeckt sein. Schuckmann nickte.

Sie stapften schweigend nebeneinander durch den Schnee. Schuckmann ahnte, daß die Begegnung mit einem ehemaligen Bekannten, dessen Existenz er zu den nichtigen zählte, allzu ungewöhnlich war, als daß sie folgenlos bleiben würde. Etwas nagte an ihm. Das Gefühl war nicht stark, eher dumpf und fern. Eine verdrängte Schuld, ein schlechtes Gewissen, eine nicht direkt schmerzhafte, doch unerquickliche Erinnerung an Zeiten, da verantwortungslos zu sein als Charakterstärke galt.

Erst nachdem die beiden die Kutsche bestiegen hatten, setzten sie das Gespräch fort. Knarrpanti sagte, während er eine kleine Flasche mit brauner Flüssigkeit hervorholte: »Ich möchte vor allem, daß die alten Zeiten begraben sind. Vergiß es.«

Das ließ sich hören. Schuckmann nahm das Fläschchen und spülte die unangenehme Erinnerung hinunter. Erleichtert atmete er auf, als er feststellte, daß dieser kleine Überfall seines Gewissens bereits überstanden war.

»Du bist ziemlich in Bedrängnis, wie ich das sehe.« Knarrpanti tat freundlich.

»Es wäre mir doch lieb, wenn wir zum weniger vertraulichen, dafür desto respektvolleren Sie übergingen. Ich bin im übrigen nicht besonders in Bedrängnis ...«, entgegnete Schuckmann kalt.

»Sie haben eben vor der honorigen und äußerst einflußreichen Gesellschaft der Baronesse von Schnipp behauptet, eine Handhabe gegen – ich zitiere aus dem Gedächtnis: ›Hoffmann und die anderen Staatsverräter‹ zu haben. Sie sprachen von Beweisen.«

»Wenn ich das gesagt habe, dann ist es so. Punktum. Es gibt nämlich ein Dokument, das beweist, daß Hoffmann ...«

»Sie meinen das in Frankfurt konfiszierte Manuskript«, unterbrach ihn Knarrpanti.

»Genau, das meine ich«, sagte Schuckmann scharf.

»Das aber bis jetzt noch nicht eingetroffen ist, seltsamerweise«, unterbrach Knarrpanti erneut, die Bemerkung mit einem süffisanten Lächeln garnierend.

»Woher wollen Sie das wissen?«

»Ich bin Knarrpanti, der Spitzel«, antwortete Knarrpanti, sein Lächeln ins Sardonische ziehend.

»Ich werde es spätestens morgen erhalten. Ich bin mir dessen sicher.«

»Und *was* werden Sie erhalten?«

»Wie meinen Sie das?«

»Ich meine, sind Sie sicher, absolut sicher, daß das in Frankfurt konfiszierte Manuskript das enthält, was Sie sich davon versprechen?«

Schuckmann haßte rhetorische Fragen. Aber er wollte keinesfalls seine Überlegenheit, die ihm aufgrund seiner gesellschaftlichen Stellung gegeben war, durch billige Gefühlsausbrüche verspielen. »Meine Quelle ist absolut sicher«, sagte er daher ruhig.

»Darf ich fragen, woher Sie Ihre Informationen beziehen?« hakte Knarrpanti nach. Er schien sich an dem Minister festgebissen zu haben. Sie lächelten sich an. Doch in diesem Lächeln steckte der Kampf.

»Nein, das dürfen Sie mit Verlaub nicht. Im übrigen«, Schuckmann holte demonstrativ seine Uhr heraus, »habe ich eine Verabredung und muß mich entschuldigen. Es war sehr nett, mal wieder mit Ihnen geplaudert zu haben.«

Es war in der Tat Mitternacht, und Schuckmann mußte sich sputen, um pünktlich zu seiner Verabredung am nahe gelegenen See zu kommen.

Knarrpanti öffnete Schuckmann die Tür und lächelte dabei auf eine unerträglich neunmalkluge Art. So lächelte er schon die ganze Zeit über, ein auf einer Buddhafigur erstarrtes

Schmunzeln der Erleuchtung. Schuckmann hätte es zerbrechen mögen, begnügte sich jedoch damit, die Kutsche so schnell wie möglich und ohne Gesichtsverlust zu verlassen.

Als Schuckmann schon fast ausgestiegen war, hielt ihn Knarrpanti mit einer unwillkürlichen Bewegung zurück. Die kleine derbe Hand Knarrpantis umklammerte den Oberarm des Ministers. Der wollte sich schon unwirsch entwinden, hielt aber inne, als er sah, daß Knarrpantis Gesicht alle Selbstgefälligkeit entwichen war. Wie er den kleinen, flehenden Mann vor sich sah, überkam ihn wieder der nadelfein stichelnde Gewissensschmerz. Er war ein armer, armseliger Wicht, der, wo immer er aufgetaucht war, nur Hohn und Spott geerntet hatte. Selbst Hegel hatte sich einmal angewidert abgewandt, als der junge Knarrpanti nach der Vorlesung mit einer unangenehm leise dahinknirschenden Stimme auf ihn einredete; er war dem Meister dabei fast unanständig nahe gekommen. Diese seltsame Art nähesuchender Heimlichtuerei war es auch, die Schuckmann damals bei der Suche nach Verbündeten angezogen und zugleich abgestoßen hatte. Knarrpanti war auf den ersten Blick so fern wie ein Gestirn und konnte doch kurze Zeit später so nah sein, als krieche er einem ins Gehirn. Der Griff wurde klammernder. Knarrpantis Hand grub sich in den Oberarm des Ministers ein. Schuckmann langte zur Hand, um sie wegzustoßen. Doch in dem Moment, da er sie berührte, wurde ihm alles klar. Es war ein Schock.

Wie hatte er nur all die Anzeichen und all die klaren Signale ignorieren können? Dieser kleine kauzige Mann, dessen kurze, knorrige Finger seinen Arm umfaßt hielten, war der Briefeschreiber! Knarrpanti und er waren sich einst begegnet, hatten Freundschaft geschlossen, sich im Streit getrennt – und doch hatten sie sich niemals wirklich getrennt. Knarrpanti hatte ihn all die Jahre über beobachtet. Sie hatten niemals mehr ein Wort gewechselt, hatten sich nicht einmal mehr gesehen – und doch hatte Knarrpanti mehr Anteil an seinem Leben genommen als jeder andere Mensch auf dieser Welt. Knarrpanti hatte sich auf unanständige Weise seines

Lebens bemächtigt, hatte sich in ihn eingeschlichen, war in jede Faser seines Lebens eingedrungen, hatte sich wie ein blutsaugendes Wesen in ihm eingenistet und all seine heimlichen Begierden verfolgt. Er war zu seinem Schatten geworden und hatte ihn immerzu beobachtet. Damit hatte Knarrpanti ihm das geraubt, was ihm am wichtigsten war: Einsamkeit und Scham. Es war ihm, als hätte dieses kleine Monstrum ihm die Ehre geraubt. Es war widerlich, ekelhaft. Schuckmann mußte würgen. Und zugleich war da eine seltsame Verbundenheit jenseits allen Ekels und aller Verachtung, eine eigentümlich zärtliche Rührung, ausgelöst von einem Menschen, dem er zum Mittelpunkt geworden war, ohne ihn selbst zu bemerken. Schuckmann war zu überwältigt, um wütend seinen Haß gegen Knarrpanti herauszuschreien oder ihm die Kehle zuzudrücken.

»Warum? Ich verstehe es nicht«, flüsterte Schuckmann.

»Weil du alles hast und ich nichts«, antwortete Knarrpanti. Er ließ den Oberarm des Ministers frei. Knarrpanti machte keinen Versuch, Schuckmann zurückzuhalten. Ihn erfaßte, da er gewahr wurde, daß Schuckmann soeben alles erraten hatte, die gleiche Scham, die gleiche Verlorenheit, der gleiche Ekel.

Halb in der Kutsche, halb draußen, schien es Schuckmann, als habe er gar keine andere Wahl, als Knarrpanti zuzuhören. Er war nach seinem Auftritt im Schnippschen Salon schließlich selbst ein Verlorener und Verstoßener. Schuckmann entschloß sich zu bleiben und die Sache zu Ende zu bringen. Zuerst konnte er Knarrpanti kaum ohne Peinlichkeit ansehen, doch dann gewöhnte er sich daran. »Was willst du von mir?«

»Ich will dir helfen.« Längst hatte Knarrpanti seine Überheblichkeit verloren. Auch er hatte Mühe damit, Schuckmann anzusehen.

»Warum?«

»Du bist mein einziger Freund.«

»Ich bin *nicht* dein Freund.«

»Aber *ich* bin *deiner.*«

»Du kannst nicht einfach eines anderen Freund sein … das

ist etwas ... verdammt ... das ist doch alles nicht wahr!« Schuckmann schüttelte unablässig den Kopf.

»Ich habe vorhin gesagt, laß uns alles Vorhergehende vergessen. Ich bin bereit dazu. Keine Bespitzelung mehr, keine Zettelchen. Ich werde dich in Ruhe lassen. Aber auch du mußt mir helfen.«

»Wie? Wie soll ich dir helfen?«

»Indem du dir von mir helfen läßt.«

»Ich brauche deine Hilfe nicht.«

»Mach mir nichts vor. Du hast das Manuskript von Hoffmann nicht. Soll ich deutlicher werden? Die Idee mit dem ›Meister Floh‹ stammt von mir. Ich bin der Spitzel des Polizeipräsidenten.«

»Dann wäre es nur recht und billig, du würdest die Sache ausbaden«, sagte der Minister.

»Das will ich ja! Doch zunächst öffne den Brief des Königs. Öffne ihn und lies ihn vor. Wir wollen hören, was Seine Majestät schreibt.«

Schuckmann zögerte einen Moment, doch dann erbrach er das Briefsiegel. Der Brief bestand nur aus einigen wenigen, freilich langen, gewundenen Obrigkeitssätzen. Der Inhalt besagte, daß Seiner Majestät ein Gerücht zugetragen worden sei, welches, konsequent durchdacht, Seiner Majestät Autorität in Frage stelle und eine Angelegenheit betreffe, die der Minister zu verantworten habe. Der Minister solle sich morgen in der Frühe zu einer Audienz einfinden und die angekündigte Akte Seiner Majestät vorlegen. Der König verhehle durchaus nicht, daß er sich bereits kompromittiert fühle und Genugtuung verlange, die ihm der Minister in Form gewisser Beweise schuldig sei.

»Der Alte will morgen Dokumente sehen, die ausreichen, Hoffmann den Prozeß zu machen und die entstandenen Gerüchte zu zerschmettern. Stimmt's?«

»Ja.« Schuckmann saß da wie eine abgeknickte Blume. Es war aus. Es hatte alles keinen Sinn mehr.

»Was willst du machen?« fragte Knarrpanti und stubste wie ein kleiner Hund gegen Schuckmanns Knie.

»Ich weiß nicht. Ich bin verloren.«

»Dann werde ich dich finden. Das hier habe ich gefunden.«

Knarrpanti holte aus dem Mantelfuttter ein Manuskript hervor. Er überreichte es dem Minister. Knarrpantis Augen strahlten vor Freude. Mechanisch wie ein Automat nahm der Minister das Manuskript. Er fragte nicht einmal, was es damit auf sich habe. Aber Knarrpanti sagte ungefragt: »Das ist genau das, was du jetzt brauchst.«

Schuckmann schaute auf das Papierbündel. Sah dann in Knarrpantis leuchtendes Gesicht. Schaute wieder auf den Papierstoß. Knarrpanti wurde von dieser lethargischen Blickschaukel so in Ungeduld versetzt, daß ihm die feierliche Freude verlorenzugehen drohte. Deshalb zeigte er im Licht einer kleinen Laterne auf eine bereits angestrichene Stelle.

Schuckmann begann zu lesen. Währenddessen fragte Knarrpanti immer wieder ungeduldig: »Und? Ist das verrucht? Ist das ein Schurke?«

Dann wieder beugte er sich ganz dicht hinüber und blätterte weiter, selbst wenn Schuckmann noch in eine andere Stelle vertieft war. Schuckmann blieb bei all dem stumm. Doch er las aufmerksam. Und dieses zu spüren, zu spüren, daß Schuckmann jetzt wahrhaftig dieses Manuskript las, daß all die Sätze durch Schuckmanns Augen in Schuckmanns Innerstes drangen und dort blieben und wirkten, erfüllte Knarrpanti mit größtem Jubel. Und als Schuckmann schließlich genug gelesen hatte und sagte: »Stimmt! Genau das bräuchte ich. Aber das ist niemals von Hoffmann«, wurde die Freude Knarrpantis keineswegs düpiert, sondern steigerte sich zu einem Glücksmoment, nur jenem Moment vergleichbar, wenn nach langem Sehnen die Liebenden die ersten scheuen Küsse ausgetauscht haben und nun endlich in der Lichtung ihres Gefühls stehen, warm beschienen von der Gewißheit, *es* endlich getan zu haben.

»Ja, es ist nicht von Hoffmann. Es ist von mir«, bestätigte Knarrpanti.

»Es ist *über* dich«, korrigierte Schuckmann.

»Es könnte aber von Hoffmann sein«, sagte Knarrpanti launig.

»Möglich. Wieso aber sollte Hoffmann über dich schreiben. Eine ... nennen wir es eine Knarrpanti-Episode?«

»Weil Hoffmann mich kennt. Weil seine Phantasie es ihm erlaubt, ganz in mein innerstes Wesen zu dringen und dieses innerste Wesen darzustellen.«

»Vielleicht. Es wäre denkbar. Es wäre ihm zuzutrauen – aber er *hat* es nicht getan.«

»Doch. Er tat es. Ich hörte es. Ich habe ihn belauscht. Der Floh, das bin ich. Er hat es Devrient erzählt. Er sprach von mir als von einem Floh. Ich dachte mir, wenn er mich beschreiben kann, so kann ich es auch: mich beschreiben. Wenn er mich mit seinen Augen sehen kann, dann kann ich sehen, wie er mich mit seinen Augen sieht.«

»Und du willst, daß ich dieses Manuskript dem König vorlege und behaupte, es sei von Hoffmann. Ich soll dem König sagen: Seht her, er macht den Staat lächerlich, er schildert sogar geheime Manöver, deren Kenntnis er nur durch unrechtmäßige Akteneinsicht erlangen konnte. Er zitiert darüber hinaus aus den Akten der Immediat-Kommission. Damit läge der Tatbestand der indirekten Majestätsbeleidigung vor im Verein mit gebrochener Amtsverschwiegenheit, Demagogie und Amtsverleumdung? Das soll ich Seiner Majestät sagen?«

Knarrpanti konnte sich nicht mehr zurückhalten, zu voll war sein Herz: »Aber ja! Genau das! Und damit nicht genug. Der Herr Kammergerichtsrat verunglimpft zudem noch die Geheimpolizei, indem er einen gewissen Knarrpanti erfindet und in dieser Figur die Obrigkeit karikiert. Und dann sagst du es ihm.« Knarrpanti klatschte vor Freude in die Hände: »Ja, als Krönung sagst du es dem König!«

»Was sage ich ihm?«

»Du sagst dem König, daß die vermeintlich erfundene Figur names Knarrpanti mehr ist als nur eine Legende ...«

»Mehr als eine Legende?«

»Ja, du sagst dem König, daß Knarrpanti existiert! Du sagst Seiner Majestät, dem König von Preußen, daß *ich* existiere.«

Schuckmann stutzte einen Moment, weil diese Wendung so überraschend kam. Doch er fing sich schnell und wußte zu ergänzen: »Du meinst, daß Hoffmann unter dem Deckmantel einer fiktiven Figur den Staat karikiert, ist schon schlimm genug, aber daß Hoffmann einen existierenden, einen geheim existierenden Staatsbediensteten, einen AGENTEN der Öffentlichkeit preisgibt, das ist Verrat, ist mehr als Verrat, das ist Hochverrat!«

Mit laut knarzender Stimme fügte Knarrpanti hinzu: »Ein Hoch auf den Verräter!«

Schuckmann lachte auf. Das war gut. Das war wirklich sehr gut und vermutlich seine Rettung.

Schuckmann und Knarrpanti lachten in der Kutsche. Die Kutsche lachte mit. Der Kutscher saß auf dem Kutschbock und ließ sich in seinem Nickerchen nicht stören. Es war nach Mitternacht. Der alte Spitzel-Mond lugte hinter den Tarnwolken hervor und beobachtete eine konspirative Welt. Die Nacht war noch immer erfüllt vom Funkeln des Schnees, der im Licht des Mondes und der überall im Garten aufgestellten Laternen schimmerte. Man konnte sich wohl fühlen bei diesem Schein, man konnte lachen; man konnte aber auch sterben. Die Gäste waren gegangen. Die Auffahrt war inzwischen verwaist – sieht man ab von jener Kutsche, die der Minister bei seinem überstürzten Aufbruch übersehen hatte. Diener in dicken Mänteln gingen herum, löschten die Lichter und wunderten sich über dieses nächtliche Gelächter.

In der Villa brannte noch ein Licht. Am Fenster stand die Baronin von Schnipp. Die große Trösterin bemühte sich, den Tränenfluß einer verheulten M.M. mit Herzensgüte zu stillen. Und da die Herzensgüte nicht reichte, nahm sie ein Taschentüchlein zu Hilfe.

»Kindchen! Wie ich das sehe – Hoffmann hin, Hoffmann her –, du hast dich in den hübschen Minister verguckt. Und du solltest schleunigst zusehen, daß er zur Tat schreitet. Oder willst du gar sieben Jahre warten, eh der schmucke Freier kommt?«

»Welche Tat. Was soll er tun?«

»Kindchen! Hoffmann hin, Hoffmann her – um dein Händchen anhalten soll er! Was sonst?«

Dabei strich die Baronin M.M. einige lange roggenblonde Haarsträhnen aus dem Gesicht. Dann wandte sie sich mit einer überraschend schwungvollen Drehung ab von M.M., dabei das Lied vom Jungfernkranz aus der Oper »Der Freischütz« anstimmend. Als ob eine Erinnerung sie ergriffe, begann sie zu tanzen, wobei sich ihr prächtig-korpulenter Leib überaus graziös und harmonisch fließend durchs Zimmer wand, begleitet von den einfältigen Worten: »Schöner grüner, schöner grüner Jungfernkranz! Veilchenblaue Seide! Veilchenblaue Seide!«

M.M. konnte nicht anders als getröstet sein. Ihre jadegrünen Augen folgten dem langsam kreisenden und ganz gelösten Tanz der Baronin. Auch von ihr fiel jetzt alle Erdenschwere, und sie sah über sich einen Himmel aus veilchenblauer Seide, und in diesem Himmel sah sie ein Paar tanzen, bestehend aus einer Weltdame, sie selbst, die zudem eine hervorragende Tänzerin war, und einem extrem gutaussehenden Mann, der Minister, der allerdings bei aller elastischen Geläufigkeit doch eine seltsame Zerstreutheit nicht verbergen konnte. Wo mochte Schuckmann jetzt sein? Sicherlich war er noch irgendwo in der Nähe. Er hatte schließlich seine Kutsche stehengelassen, als er Hals über Kopf die Gesellschaft verlassen hatte. Während die Baronin in kindlicher Trance weiterhin veilchenblaue Seidenschleifen durchs Zimmer flocht, warf sich M.M. ihren Umhang über ihr bauschiges Federkleid und machte sich auf den Weg. Die Baronin zwinkerte bejahend mit den Augen und winkte zum Abschied, ohne im kanonartigen Rausch der kreisenden Wiederholung innezuhalten.

17.

Knarrpanti hatte sich erboten, den Minister mit der Kutsche nach Hause zu bringen, doch dieser hatte wegen seiner Verabredung dankend abgelehnt. Daraufhin überließ Knarrpanti Schuckmann gegen dessen nicht allzu starken Widerstand die Kutsche, stieg aus, verbeugte sich, sprach kurz mit dem Kutscher, Münzen klirrten, und er verschwand schließlich zwischen zwei schneeverhüllten Büschen, die aussahen wie gutmütige Matronen in Schwesterntracht.

Schuckmann war noch ziemlich verstört. Er saß in der Kutsche. Er hielt das Manuskript mit der Knarrpanti-Episode in Händen, die nicht begreifen konnten, was geschehen war. Schuckmann war in dieser Nacht so schnell vernichtet worden und wieder auferstanden, daß er es nicht zu fassen vermochte. Die Ereignisse hatten sich in solch rascher Folge überstürzt, daß er vermeinte in einem Traum zu sein. Vielleicht, so dachte er, gibt es irgendwo jemanden, der mich in diesem Moment liest, mit dem gleichen verständnislosen Staunen liest, wie ich Knarrpantis Episode gelesen habe. Aber er wollte eigentlich nicht fiktiv sein, sondern real existieren. Er wollte einfach wieder ganz normal vorhanden sein, er wollte auf eine banale Art wirklich sein, so wie Millionen andere Menschen es auch waren – wenn ihn nicht alles täuschte. Er wollte nicht in Zweifel ziehen, daß er sich vorhin bei Madame von Schnipp ziemlich blamiert hatte, er wollte nicht in Zweifel ziehen, daß ein Gerücht entstanden war, er wollte nicht selbst so unfaßlich wie ein Gerücht sein – er wollte sich nicht aufsaugen lassen von etwas so Unwirklichem wie der

Meinung der anderen. Sollte doch Madame von Schnipp ihre Gesellschaftsabende auf dem Mond feiern. Sollte doch M.M. vom Montblanc herunter verkünden, was er für ein übler Kerl war, sollte sie doch in Pariser Theatern flammende Reden wider ihn halten! Sollte sie doch in der Hauptstadt des Würstchens, in, hm, Wien, all den Schmarrn verbreiten. Alldem würde er mit der Selbstsicherheit eines Mannes begegnen, der von einem Urvertrauen in seine Existenz erfüllt war. All die Anfeindungen würde er mit den drei großen Buchstaben erwidern, die wie eine gigantische Flammenschrift über den alten Kontinent Europa prangen sollten, den drei Buchstaben seiner totalen Gewißheit, dem Losungswort seiner Existenz, der Fanfare seines Lebens: I-CE-HA! Schuckmann war derart beseelt von seinem Gedanken, daß er den Kopf durchs Fenster der Kutsche steckte und in die Nacht hinausrief: »ICH ICH ICH!!!!!«

»Ja, immer du, du, du!« antwortete jemand. Dieser Jemand schien ihn zu kennen, und wenn ihn nicht alles täuschte, dann kannte er diesen Jemand auch. Ja, er kannte sie, es war – hurra! – M.M.

»Was schreist du und weckst in deinem ich-bezogenen Egozentrismus all die Geschöpfe, die ihren wohlverdienten Schlummer suchen.«

»Erstens ist ichbezogener Egozentrismus ein tautologischer Pleonasmus, und zweitens bin ich froh, Sie zu sehen«, erwiderte Schuckmann. Seine Lippen glitten auseinander wie Beine beim Spagat.

»Erstens ist tautologischer Pleonasmus ein gedoppelter Doppelmopp, und zweitens bin ich auch sehr froh, Sie zu sehen, teuerster Freund!« konterte M.M.

Dann umfaßte sie den aus dem Kutschfenster herauslugenden Kopf Schuckmanns mit behandschuhten Händen und preßte ihre auf seine nun spitzmündig vorgestülpten Lippen. Das ergab eine Art Schmatzgeräusch, das ausgereicht hätte, einige der steifgefrorensten philosophischen Konzepte zum Schmelzen zu bringen, zum Beispiel den Solipsismus oder die Theodizee.

Schuckmann war hingerissen. Sie stieg in die Kutsche, kam zu ihm, schmiegte sich dicht und fest an ihn, sie duftete nach Schnee, der auf warmer Frauenhaut taut, nach fleischlichem Verlangen, umhüllt von edlem Pelz, nach feuchtem, aufgelöstem Haar, nach warmem, unglaublich wahrem, begreiflichem Körper, nach Existenz, die begierig war nach noch mehr und noch mehr Existenz, nach Fülle und Überfülle, nach einem großen Moment der Öffnung, nach einem Akt in einer Kutsche in einem schneebedeckten Park in einer namenlosen Nacht, unter ihm schaukelte es, und er schaukelte in diesem Schaukeln, und er seufzte in ihr Seufzen, während im Rhythmus des Wippens die Kutschfedern quietschten und eine kleine goldene Klingel am Kutschbock unentwegt leise bimmelte, bis der helle Klang nach einem finalen Geschelle abrupt endete.

Während Schuckmann schuldbewußt und äußerst fahrig in geheimen Ritzen nach verkleckerten Spuren suchte, um sie gegebenenfalls mit dem Saum von M.M.s Unterrock wegzuwischen, war M.M. noch in, wie sie sich äußerte, »Nachknabberstimmung«, was bedeutete, daß sie dem fuchsig herumsuchenden Minister in Nacken, Ohrläppchen und Finger biß.

»Freund, allerliebster«, flüsterte sie.

»Ja«, sagte Schuckmann, nicht unbedingt gereizt, aber doch angespannt.

»Mein verehrter Liebhaber. So hören Sie doch …«

»Ich bin gerade sehr beschäftigt, wie gnädigste Frau sicherlich zu bemerken in der Lage …«

»So lassen Sie doch jene Albernheiten! Ich muß mit Ihnen reden …«

»Gleich, ich will nur ganz sichergehen …«

»Jetzt hören Sie mal auf damit! Was treiben Sie nur? Es mutet gerade so an, als ob Sie, ja als ob Sie tatsächlich nach Spuren unserer geheimen Lust suchten. Wie abgeschmackt!«

»Tsch.« Schuckmann hielt ihr den Mund zu, wobei er versuchte seiner Stimme trotz Flüstern Strenge zu verleihen. »Verehrteste, der Park hat Ohren.«

»Glauben Sie denn allen Ernstes, irgend jemand wird die Kutsche auf Flecken untersuchen? Schuckmännchen, bleiben Sie mal auf dem Teppich«, zischte M.M. zurück.

»Man kann nie wissen«, flüsterte Schuckmann vieldeutig.

»Oh, Gott, Sie haben recht! Die paar Tropfen, die unter meinen Röcken verdampfen, bilden sicherlich nur den Stoßtrupp. Wo ist die dazugehörige Armee?« M.M. war es leid, dieses Thema besprechen zu müssen.

»Paar Tropfen? Sie gaben mir bisher niemals Anlaß zu der Ansicht, Vertraulichkeiten wären bei Ihnen sicher, sicher wie in einem *Schoß*. Ihre Weste enthält in dieser Hinsicht Flecken, womit sie sich nicht von anderen Kleidungsstücken unterscheidet.«

»Keinesfalls, hochgeschätzter Beischläfer, möchte ich Sie im Zotenreißen überbieten. Dennoch kann ich mir die Bemerkung nicht versagen, daß alle Flecken, sowohl diejenigen auf der Weste wie jene auf anderen Kleidungsstücken, ihren Ursprung Ihnen zu verdanken haben. Und, Herr Minister, lassen Sie mich noch hinzufügen – und sei es nur, um dem Sprachbild die letzte Würze zu geben: Mir wäre es lieb gewesen, Ihr Erguß soeben in der Kutsche hätte sich mit Ihren verbalen Ausschweifungen vorhin im Salon messen lassen können …«

»Und ich wünschte, Ihre Wortspiele, verehrte Frau, wären nicht so ungleich besser als Ihre Liebesspiele …«

»Was der Fall wäre, wenn Ihre Verführungskünste dem Vergleich mit ihren rhetorischen Künsten standhielten.«

»Ich schätze, jetzt wäre ich wieder an der Reihe. Aber ich gebe auf! Meine Aufgabe soll so vollständig sein wie vorhin meine Hingabe, als Ihre Zunge mir mehr schmeichelte und Ihre Lippen mir mehr zugetan waren.«

»Das ist nur billig. Ich akzeptiere Ihre Niederlage für diese Schlacht, gebe die andere als unentschieden und gebe freimütig zu, daß vorhin im Salon Sie den Sieg davontrugen, denn Ihre Ansprache vor dem erlauchten Schnippschen Publikum war ein großer Erfolg.«

»Erfolg? Sie meinen, meine Rede war ein Erfolg?«

»Aber selbstredend! Alle waren regelrecht begeistert und wollten Ihnen die Hand schütteln, aber Sie waren ja auf und davon wie ein Derwisch auf einem fliegenden Teppich.«

»Stimmt. Dem Ruf Seiner Majestät leiste ich unverzüglich Folge – und zwar stante pede.«

»Ach ja, Sie haben einen Brief erhalten. Was steht eigentlich drin?«

»Nicht so wichtig. Ovationen? Ich bekam Ovationen? Man wollte mir die Hand schütteln? Man war begeistert von mir?«

»Ja, aber ja doch. Ich stand natürlich ziemlich dumm da. Ihre kleine liebe M.M. mußte sehr leiden.«

»Das haben Sie sich selbst zuzuschreiben, Verehrteste. Einem VON SCHUCKMANN wirft man nicht ungestraft den Fehdehandschuh ins Gesicht!«

»Ich geb's ja zu. Sie haben gewonnen. Es war gemein von mir, Sie vor der versammelten Schnippschen Gesellschaft blamieren zu wollen. Aber jetzt, wo Sie einen glänzenden Sieg davongetragen haben, können Sie mir doch einen Gefallen tun oder?«

»Wer mir gefällt, dem tu ich einen Gefallen«, sagte Schuckmann unerträglich gönnerhaft.

»Herr Minister! Sie sind doch der süßeste Schuckmann, den es überhaupt gibt im ganzen Weltall!«

»Solange man mich nicht reizt.«

»Vergessen Sie doch einfach den armen Hoffmann. Schenken Sie ihm großmütig die Freiheit. Setzen Sie ein Zeichen, geben Sie ein Beispiel. Seien Sie liberal, seien Sie ein Mensch und seien Sie ein Mann, ein guter Mann, ein Gentlemen. Zeigen Sie Manieren, zeigen Sie sich, wie Sie sind, wie Sie in ihrem tiefsten Herzen wirklich sind: ein wahrer, furchtloser Ritter für die Geknechteten und Entrechteten. Sie sind doch kein kleinkarierter, engherziger, verachtenswürdiger Despotenbüttel. Stehen Sie auf, und sagen Sie vor aller Welt: ›Herr Hoffmann. Ich gebe Gedankenfreiheit!‹ Seien Sie antimetternichtig, antikamptzianisch, geben Sie den Karlsbader Beschlüssen Saures!«

»Daher weht also der Wind. Aus Ihnen spricht noch immer das klammheimliche Sympathisantentum, und es spricht nicht einmal mehr klammheimlich!« Schuckmann war wirklich enttäuscht. »Sie müssen diesen Hoffmann ja sehr lieben, wenn Sie sich derart für ihn einsetzen. Man sagt ja, er soll den groteskesten Bizzarerien frönen.«

»Ich setze mich für Hoffmann aus einem anderen Grund ein.«

»Aus keinem ehrenhaften, das ist sicher. Was Sie mir einreden ist staatsgefährdend. Ich halte mir jetzt die Ohren zu!«

»Versteh mich doch. Ich sage das, weil ich dich liebe. Ich weiß, wer du bist, besser als du selbst. Du bist dir selbst verstellt. Der Minister verdeckt den Menschen. In Wahrheit, ich weiß es, willst du es. Du willst Hoffman retten, ihn erlösen von den entsetzlichen Verleumdungen. Und nur um deinetwillen sage ich dies. Denn dir gehört mein Herz, mein Leben.«

Schuckmann war sprachlos. Erstens hatte sie ihn geduzt, was an sich schon gegen ihre Vereinbarung war. Zweitens hatte sie sich die Freiheit herausgenommen, zu erklären, wer er sei. Welch Anmaßung! Wüßte er nur selbst, wer er war! Wenn er nämlich wüßte, wer er war, dann würde er es sich nicht von ihr erklären lassen müssen. Doch eventuell hatte sie recht hinsichtlich Hoffmann. Was hatte er denn gegen Hoffmann? Nichts. Hoffmann war nichts weiter als ein Phantast, ein Narr, eine Art Belustigung für höhere Stände. Für hirnlos schwärmende Stutzer und linkische Studenten und stotternde Möchtegern-Poeten. Für turnerische Naturanbeter und rührselige Pantoffelhelden. Hoffmann, das war ein Kasperle-Theater für infantile Traumtänzer und harmlose Versager. All das war Hoffmann und außerdem – plötzlich spürte Schuckmann das Knarrpantische Manuskript auf seiner Brust, als wolle es Einspruch erheben – und außerdem war Hoffmann ein Hochverräter. Gerade wollte er diesen Gedanken aussprechen, als ihm etwas anderes einfiel. VERDAMMT! Er hatte ganz vergessen, daß er Friedrich, seinem Sekretär, den Auftrag erteilt hatte, am See zu warten und das Treffen um Mitternacht zu beobachten. Es war – es war bereits fast zwei Uhr morgens. Wie er seinen Sekretär kannte, wartete dieser hinter einem Gebüsch versteckt noch immer, und zwar so lange, bis der Minister ihn erlöste. Nach dem Gespräch mit Knarrpanti, dem Absender dieser Einladung, war das Treffen hinfällig geworden. Schuckmann sagte: »Darüber reden wir nach dem Frühstück. Ich will drüber schlafen. Aber jetzt müssen wir unbedingt noch zum See.« Er rief dann: »Herr Kutscher, bitte zum See!!« Mit seinem Stock klopfte er nachdrücklich gegen die Scheibe.

»Ich werde Ihnen keine Ruhe lassen«, sagte M.M.

»Ja! Aber fahr Er doch schon zum See!« schrie Schuckmann und hämmerte unablässig gegen die Holzverkleidung, hinter der sich der Kutschbock befand.

Ihr Schrei war nichts weniger als gellend. Mit vor Entsetzen zitternder Hand zeigte M.M. durchs Fenster in die Schneenacht. Schuckmann schaute hinaus. Der Kutscher lag irgendwie beunruhigend bewegungslos neben der Kutsche. Die Mütze war ihm fluchtartig vom Kopf gesprungen und lag einsam im Schnee. Dies Bild sollten Schuckmann und M.M. niemals vergessen, ebensowenig wie die Blutstropfen, hingesprenkelt in die Unschuld einer weißen Nacht. Doch schon setzte sich die Kutsche in Bewegung, schnalzend knallte die Peitsche, das Kutschrad zermalmte einen Stulpenstiefel und fuhr über dessen Inhalt hinweg, Schnee spritzte auf von galoppierenden Hufen, während Schuckmann und M.M. sich plötzlich ganz festhielten.

Einige Sekunden später ...

Schuckmann und M.M hatten sich im ersten Schrecken schutzsuchend aneinandergeklammert; aber das war in der gegenwärtigen Lage nicht sonderlich hilfreich, wie zuerst der Minister erkannte: »Man müßte ...«, rief er, als es scharf in die Kurve ging und die beiden Liebenden zur Seite geworfen wurden.

»Ja. TU ES! Mein Held!« rief M.M und küßte ihn inbrünstig. Beflügelt durch M.M.s Anfeuerungen, ergriff er die Initiative.

Mit einem junkerhaften Tritt stieß er die Kutschtür auf. Kalt fegte der Fahrtwind hinein. Die Kutsche bockte, machte einen Satz und schlug hart wieder auf, als sei das ihre Antwort auf Schuckmanns Versuch, der Sache Herr zu werden. Die beiden Passagiere kugelten herum. Die Tür krachte wieder zu. Erneut stieß der Minister mit einem heftigen, oberjunkerhaften Tritt die Tür auf. Dann schwang er sich hinaus.

Schuckmann kletterte also durch die Tür aufs Kutschdach, während die Kutsche durch den Park raste und dabei hin und her schaukelte, wie eine Nußschale im Orkan. Festgekrallt an allem, was nicht glatter war als Eis, kroch der Innen- und Polizeiminister übers Dach hin zum Kutschbock. Als er ihn erreicht hatte und ausholte, um dem Gegner einen Schlag zu versetzen, drehte sich der derbe Gesell um. Durch diese überraschende Bewegung kam Schuckmann zur Besinnung. Er sah nun seinen Widersacher vor sich, so dermaßen nah, daß er jedes grobe Korn seines virilen Bartschattens wahrnahm. Wer immer dieser Schurke sein mochte, verdammt, es war ein Hüne, so groß wie ein Hinkelstein. Der Mann hatte – schoß es dem Minister unwillkürlich durch den Kopf – polizeipräsidentliche Ausmaße. Während er diesen Gedanken formte, bremste die Kutsche äußerst brüsk, als hätte ein Gott oder der Teufel höchstpersönlich vom Himmel herab oder von der Hölle aus in die Speichen gegriffen. Schuckmann bemerkte dann, daß sein Gegner plötzlich nicht mehr vor ihm war, sondern neben ihm, und ehe er sich an die neue Situation gewöhnt hatte, war der Gegner ganz verschwunden, und Schuckmann glitt über einen Pferderücken, an einem Pferdehals, an einem Pferdekopf vorbei und landete rüde im Schnee, wo ihm ein Schlag wie von einem Pferdehuf den Rest gab. In seinem Traum erwartete ihn schon Seine Majestät, perfiderweise auf der Spitze einer langen roten Froschkönigzunge sitzend.

18.

Nach dem mißglückten Besuch bei Hoffmann hatte sich Knarrpanti vom Wind des Zufalls durch die Straßen Berlins treiben lassen. *Ein verlorenes Blatt vom Baum der Selbsterkenntnis.* Er war herumgegeistert auf der Suche nach etwas Unbestimmtem, Verlorenem, nach etwas, wie hieß es doch gleich? Nannte man es nicht – Leben? Wieder sah Knarrpanti zum Himmel. In dessen transparentem Blau schwebte eine sahneweiße Wolke frei und zufrieden inmitten einer kleinen Schar ebenso molkiger Wolken. Eine kleine Schar. Nicht unbedingt eine Familie, auch keine Herde, keine Bande oder ein Trupp, nein, eine kleine Schar. War es nicht das, was er immer gewollt hatte? Wolkenleicht durchs Leben schweben bei freier Sicht, von Gefährten begleitet und ohne festes Ziel? Die Bewegung sollte das Ziel sein. Was war geschehen? Alles hatte sich anders entwickelt. Lediglich den Hauch, höchstens einen Zipfel dieser Vision hatte er erhaschen können, damals zusammen mit Schuckmann, dann war alles zerbrochen und zerkracht, und irgendwie hatte er dann die Kontrolle über sein Leben verloren und zwar in dem Maße, wie er sich einbildete, die Kontrolle zu haben. Und dann hatte sich alles gedreht wie ein Karussell, und in diesem fliegenden Drehen blitzte immerzu die Grimasse Hoffmanns auf.

Knarrpanti ging langsam und traurig gesenkten Kopfes durch lebendurchpulste Straßen mit Menschen, die damit beschäftigt waren, geschäftig zu sein, kam auch in schmale Gassen, nicht achtend der Spitzelblicke neugieriger Hausfrauen und voyeuristischer Pensionäre, kam auch durch Alleen mit kahlgeschorenen Bäumen, nacktästig zu schwarzen

Silhouetten erstarrt, ging am Ufer der zugefrorenen Spree entlang, die jetzt schwach schimmerte und so friedvoll war wie ein großes Grab. Manchmal sprang er auf oder zur Seite, von einem überdimensionalen Schluckauf durchzuckt.

Zurück im Hotel betrachtete er sich im Spiegel und riß sich dann in einem Anfall von Selbsthaß die stutzerhaften Lacenaire-Kleider vom Leib, so daß Knöpfe aus Schildpatt über den Holzboden prasselten, Rüschen wie letzte Blüten zu Boden flatterten, Flitter zerknitterte. Sein Sammetsakko lag, alle viere von sich gestreckt, auf dem Boden. Fort mit den Hüllen! Raus aus den Larven! Weg mit den Farcen! Knarrpanti bietet sich nackt der großen kalten Sonne Wahrheit dar. Abermals überfällt ihn die steinerne Fratze des Ekels, der Ausdruck tiefsten Abscheus, dessen ein menschliches Gesicht fähig: Hoffmanns Commedia dell'arte-Grimasse, karnevaleskes Zerrbild Knarrpantis, ins Licht gezerrter Knarrpanti. Hoffmanns Mummenschanz hatte auf ihn gezeigt, indem er ihn zeigte.

Unwillkürlich nahm Knarrpanti eine Feder und ein Blatt Papier zur Hand und machte sich daran, erst zögerlich jedes einzelne Wort aus der Feder herauspressend, dann nach und nach leichter, gleitender mit immer schwungvollerem Strich sein Leben als Spitzel zu notieren. Der Text kam einer Selbstanklage gleich, und je mehr er sich beschuldigte, desto leichter wurde ihm ums Herz. Es war, als falle eine Last von ihm, als entledige er sich Stück für Stück einer allzu schweren Bürde. Er schrieb im Rausch von Mittag bis Abend, zwölf Seiten. Er stellte sich vor, wie Hoffmann ihn sähe. Leidlich vertraut mit dem Werk des Romantikers, verlieh er sich deshalb groteske Züge. Je gemeiner die Handlungsweise war, die er zu schildern hatte, desto mehr zeichnete er nach Callots Manier. Zudem zitierte er aus der Geheimen Gendarmerieordnung, ließ diesen fiktiven Knarrpanti geheime Gendarmeriesätze sagen, wie diesen: »Auf die Erinnerung, daß doch eine Tat begangen sein müsse, wenn es einen Täter geben solle, meinte Knarrpanti, daß, sei erst der Verbrecher ausgemittelt, sich das begangene Verbrechen von selbst finde.«

Am Ende seiner Arbeit fühlte Knarrpanti sich wohl, befriedigt und ziemlich betrunken. Er nannte das Ganze:

»Merkwürdiger Prozess und ferneres weises verständiges Benehmen des Herrn Geheimen Hofrats Knarrpanti nebst beschreibung seiner peinlichen grundsätze«

Nach getaner Arbeit steckte Knarrpanti das Manuskript ins Mantelfutter und ging ins L & W, wo er diverse Gerichte speiste, froh und glücklich vor sich hinlächelnd. Ein unentwegt schnurrendes Summen oder summendes Schnurren gurrte in seiner Brust, und sein Herz reiste auf und ab wie ein Jojo.

Er verließ das L & W, um zum Salon der Baronin von Schnipp zu gehen. Er wußte, er würde hier Schuckmann treffen. Im Salon der Baronin stellte er sich, getreu seiner neuen Wahrhaftigkeit, als Doktor Knarrpanti vor, was befremdliches Staunen oder augenzwickerndes Kichern hervorrief. Zwei ziemlich berauschte Herren, die auf einem weichen Sofa hockten, stießen sich mit den Ellenbogen an, grinsten und keckerten in einem merkwürdigen Wechselsang:

»Natürlich Knarrpanti ...«

»... der wird bestimmt auf Berliner Salonfesten ...«

»... mit seinem Namen hausieren gehen ...«

»... Knarrpanti, der ist doch nur der Schattten ...«

»... eines Schatten ...«

»... das Echo ...«

»... eines Echos, hihi.«

Nun gut, die Welt brauchte Zeit, um sich an die Existenz Knarrpantis zu gewöhnen. Deshalb war er schließlich hier. Schaumweinnippend beobachtete er den Minister, auf eine günstige Gelegenheit wartend, ihm das Manuskript, welches seine Existenz verbürgen und verkündigen sollte, auszuhändigen. Der Minister jedoch war beständig von der Gastgeberin umgeben und von ihr dermaßen eingenommen, daß er keine Chance hatte, sich ihm zu nähern. Dann passierte der kleine Skandal. Die Gesellschaft war sich schnell einig, nachdem der Klatsch aufkam, die Schauspielerin habe eine Liaison mit dem Minister, es handele sich bei dem Vorfall um eine etwas allzu exhibitionistische Kabbelei zwischen Verliebten. Die Rede des Ministers war bravourös, wenngleich keiner wiederholen konnte, worum es dem Minister ging. Aber irgendwie hatte diese Rede Verve und den Gestus der Anklage, was immer gut ankam.

Besser hätte es Knarrpanti nicht treffen können: Ein Minister in tiefster Verzweiflung und weich wie Watte saß da vor ihm, zunächst im Schnee, dann in der Kutsche. Es bedurfte kaum Anstrengung, um ihn zu überzeugen. Schuckmann würde anderntags zur Morgenaudienz des Königs gehen. Er würde ihm das Manuskript, die Knarrpanti-Episode, vorlegen. Der König würde zunächst nur einen flüchtigen Blick ins Manuskript werfen wollen, weil kaum interessiert an Details – doch ein einziger Satz würde genügen, den König in den Bann zu ziehen. Dieser eine Satz würde sich einhaken in des Königs Gemüt, seine Seele aufrühren. In diesem Moment würde Knarrpanti zu neuem Leben erweckt werden. Knarrpanti, Knarrpanti? Wieso *erfindet* dieser, dieser ... äh ... Hoffmann, dieser schändliche Demagoge, einen Knarrpanti? ginge es durch den Kopf des Königs, später, hartnäckiger Nachhall erfolgreicher Knarrpantischer Tarntätigkeit und Verdunklungsanstrengung, doch im selben Moment, eine Winzigkeit sogar früher, als nun die Antwort Schuckmanns käme: »Knarrpanti, der ist keine Erfindung, Eure Majestät, der existiert wirklich ...«, wäre es dem König selbst schon aufgegangen, und dieser im königlichen Bewußtsein aufsteigende Ballon der Erkenntnis würde Knarrpanti vollends ins wahre Sein erheben. Zugegeben, Hoffmann bekäme dadurch einigen Ärger, aber möglicherweise mehrte es seinen Ruhm. Berufsverbot als Richter, internationale Anerkennung als Dichter – und alles für ein Schriftstück, das nicht von ihm war. All dies stellte Knarrpanti sich vor, während er den Minister beobachtete und in Bedrängnis sah. Er wäre ihm sicherlich zu Hilfe geeilt, hätte sich der Minister nicht durch seine tollkühne Rede selbst aus der Bredouille gezogen. Was er brauchte, war ein Minister mit Einfluß und tadellosem Ruf. Nur so war Schuckmann nützlich.

Als er schließlich mit ihm, dem einstigen Freund – ja Freund, auch wenn Friedrich es leugnete! –, so vertraut und traulich und ganz wie damals zusammenhockte, jubelte jede einzelne Zelle seines Körpers vor Glück.

Knarrpanti hatte schließlich dem Minister die Kutsche überlassen. Er stapfte zurück in Richtung Schnippsche Villa. Eine ziemlich gehetzte Person kam ihm entgegen. Es war M.M, die, seiner ansichtig, sofort mißtrauisch auf Abstand ging – ein Mißtrauen, das ihm Frauen und Hunde prinzipiell entgegenbrachten – und so, von Ferne, fragte, ob er den Minister gesehen habe. Knarrpanti zeigte nur mit dem Finger die Richtung. Wie er ihr nachsah, bemerkte er, daß sich weit hinten etwas bewegt hatte, nicht eigentlich bewegt, denn eine Bewegung wäre bei der Entfernung nicht zu erkennen gewesen, sondern er spürte, daß dort hinten, weit hinter der Kutsche, ungefähr beim See, der jedoch nicht zu sehen war, etwas passierte. Er spürte dies etwa so, wie man einen Blick im Rücken spürt. Nicht übermäßig schnell lief er zu dem Ort, dabei die Kutsche in einem gebührenden Abstand passierend, als gebiete es ihm eine neu erwachte Diskretion, die Verliebten auf keinen Fall zu stören. Der See tauchte bald als silberne Scheibe auf, die größer und größer wurde, je näher er kam.

Es war niemand da. Kein Mensch. Nirgends. Von der Villa her kamen jetzt Geräusche. Er sah, wie die überall aufgestellten Lichter ausgelöscht wurden. Auch um den See waren Lichter wie Kerzen um eine Geburtstagstorte aufgestellt. Mitten auf dem See befand sich ein Schwanenhaus. Es war berühmt, weil von einem bekannten venezianischen Architekten erbaut. Es war aus Holz und sah aus wie eine Pagode mit den vielen Ecken, vorspringenden kleinen Dächern und auskragenden Simsen. Ansonsten, so schien es Knarrpanti, war der See auf eine düstere Art leer. Dabei war der See, obwohl es tiefe Nacht war, zwielichtig hell, getaucht in einen Schimmer aus Mondlicht, Reflexe spiegelten sich auf der Eisfläche, und die helleren Aureolen der im sachten Wind flackernden Fackeln warfen ein diffuses Licht. Es war eigentümlich still, eine Art rieselnde Stille. Man konnte sie hören, sie war so zart, so zerbrechlich …

Er hatte sich nicht geirrt. Da hinten, vor dem Schwanenhaus, lag etwas. War es ein Vogel? Es war sonst kein Vogel zu sehen. Ein, zwei ins Eis geschlagene Löcher deuteten darauf hin, daß Schwäne und Enten auch im Winter hier lebten. Nein, es war gewiß kein Vogel, eher ein Baumstamm. Knarrpanti hatte sich, wie von einem Magneten angezogen, aufs Eis gewagt und ging nun vorsichtig, unwillkürlich mit ausgestreckten Armen Balance suchend, auf die Schwanenpagode zu. Als er sicher war, daß es sich um einen Menschen handelte, beschleunigte er den Schritt. Er keuchte. Er keuchte mehr aus Furcht oder Erregung, nicht so sehr, weil ihn das Laufen anstrengte. Noch bevor er ihn erreichte, sah er, daß der Mann Blut am Kopf hatte. Jetzt stand er vor ihm. Noch bevor er den Mann, der bäuchlings auf dem Eis lag, umdrehte, wußte er bereits, wer es war.

Es gab keinen Zweifel. Dieser Mann war tot, und er trug zweifellos seine Hose aus dem elastischen Material. Seltsam. Seine hageren Finger waren um etwas Goldenes gekrallt, hielten es fest. Die Hand war kalt, dennoch schien der Mann noch nicht lange tot zu sein. Knarrpanti nahm die Münze an sich. Die Wunde rührte nicht von einem Sturz her, sondern war mit einem schweren Gegenstand beigebracht worden. Diese Waffe hatte die Schädeldecke gespalten. Knarrpanti sah gebannt auf das Gesicht des Toten. Irgendwie sah er aus, als ob er fröre, als ob er über seinen Tod hinaus fröre und gewissermaßen auch durch sein Ende keine Erlösung vor der ewigen Kälte gefunden hätte. Die Sekunde seines Todes hatte sich im erstarrten Mienenspiel verewigt. Es war ein großes Erschrecken. Und es lag darin eine tiefe Anschuldigung, die ungefähr besagte, daß er hintergangen worden sei, und zwar prinzipiell, samt und sonders. Knarrpanti fühlte sich dem Mausgesicht verbunden. Wenn auch das Spitzelwesen an sich eine Verbrüderung ausschloß, denn Spitzel sind immer einsam, so war jenes Gefühl von Verbundenheit doch da. Knarrpanti strich dem Toten über die Spitzelaugen und duckte sich dann, aber das war natürlich nur ein Reflex, der ihn nicht schützen konnte.

19.

Als Knarrpanti die Augen öffnete, stand die Welt kopf. Zumindest glaubte er es im ersten Moment der Verwirrung. Zwei Männer, die ihm bekannt vorkamen, von denen der eine einen Mantel trug, den er ebenfalls kannte, standen vor ihm und zwar mit seltsam verkehrten Proportionen, sah er doch dicht vor sich ihre ausgetretenen Stiefel und weit entfernt, nahe des Sternenhimmels, ihre Köpfe. Erst als eine dritte Person ins Spiel kam, die sich hinter ihm befand und deren Hände seine Fußknöchel umfaßten, wurde ihm klar, daß er es war, der hier kopfstand, und zwar im wahrsten Sinne des Wortes. Seines neuen Pelzmantels war er im übrigen entledigt. Nun schon der zweite. Sein Mantelverlust war kein Einzelfall mehr, sondern folgte einer unbekannten und hinterhältigen Regel. Bei all dem war Knarrpanti dennoch geistesgegenwärtig genug, der Unterredung der drei Männer zu folgen.

Sie befanden sich noch immer auf dem See, aber nicht mehr in unmittelbarer Nähe der Schwanenpagode. Soviel war klar. Die drei Männer, zwei Geheimpolizisten, Ernst und Kurt, unterhielten sich heftig mit dem dritten Mann, der Knarrpanti gepackt hielt und hin und her schwenkte.

Ernst war ziemlich aufgebracht. Er versuchte offensichtlich den dritten Mann von etwas abzuhalten: »Sie wollen doch nicht ... Nein, das dürfen Sie nicht tun.«

Der andere Mann antwortete mit tubatiefer Baßstimme: »Ich führe nur Befehle aus.«

»Das hat der Polizeidirektor niemals befohlen. Machen Sie keinen Fehler!« Knarrpanti nahm eine gewisse Beunruhigung in der Stimme von Ernst wahr, eine Beunruhigung, die auf ihn selbst übersprang wie die Krätze.

»Ich soll Ordnung schaffen«, entgegnete die Baßstimme unbeirrt. Der Mann mußte enorme Kräfte haben, denn er wedelte bei jedem Wort mit Knarrpanti herum, als sei der nichts als ein dünnes Fähnchen.

»Aber der Polizeidirektor hat nichts von Töten gesagt«, wendete Ernst auf rührend faktenbesessene Art ein, um den Mann vor einem folgenschweren Fehler und Knarrpanti vor den Folgen dieses schweren Fehlers zu bewahren. Doch Ernst war nicht sonderlich erfolgreich. Allmählich schwante es Knarrpanti, worum es überhaupt ging. Er sah da unter sich etwas unfreundlich Schwärzliches, wofür eben jetzt Ernst das richtige Wort gebrauchte: »Sie dürfen Herrn Doktor Knarrpanti nicht kopfüber in dieses EISLOCH stecken!« Eisloch? Das Wort jagte Knarrpanti einen eisigen Schauer den Rücken hinunter, genauer: hinauf, denn er hing ja kopfüber.

Als Antwort wurde Knarrpanti derart durchgeschüttelt, daß er nur einige Bruchstücke mitbekam: «Befehl ist Befehl ... Ordnung ... Gendarmerie ... Polizeidirektor ... Wer nicht für ... gegen uns ...«

Anschließend war von Ernst keine Erwiderung mehr zu hören. Das war bedenklich. Für einen Moment herrschte Stille. Der Disput war beendet. Die Hoffnung, der Streit werde sich fortsetzen und schließlich zugunsten von Ernst entschieden, währte nicht länger als ein Fingerschnippen. Man sagt, daß Erfrieren ein schöner Tod sein soll, wohingegen Ertrinken eher zu den häßlichen Arten gehört, aus dem Leben zu scheiden. Bei dem Pech, das er in letzter Zeit hatte, standen die Chancen fürs Erfrieren nicht besonders gut. Er machte sich mit Händen und Füßen noch ein wenig bemerkbar, strampelte und zappelte herum. Dann tauchte er ein. Er nahm sich vor, auf der anderen Seite, wo immer das wäre, eine Beschwerde einzureichen, die sich gewaschen hatte. Er konnte schließlich nicht umhin, die ganze Sache *Mord* zu nennen ...

Glas. Sein Körper war aus Glas. Überall um ihn her war ein Glänzen, wie aus Myriaden von geschliffenen Gläsern, aus denen Myriaden von Lichtern glitzerten. Das Glas, dieses Glasgefäß, das war er selbst, und er lag in Scherben im Schnee. Inmitten der verklärten Illumination, als sei die Welt, in der er sich befand, ein einziger hell erleuchteter Kronleuchter, war ein besonderes Licht. Dies Licht war warm und golden und Quelle allen Lichts, selbst nicht gleißend, doch Quelle allen Gleißens. In jener Aureole aus Licht war ein Gesicht. Unsagbar mild. Ein Engel. Sein Schutzengel, der ihn beschützt hatte, so wie er Schuckmann beschützt hatte. Ernst, dachte Knarrpanti, das ist ja Ernst. Was ich dir noch sagen wollte: Nimm ruhig den Mantel. Ich benötige keinen Mantel mehr. Ich bin aus Glas. Ich bin jenseits der Kälte, ich bin kälter als kalt. Und das tut verdammt weh. Ja, sagte das Gesicht und lächelte freundlich, det wird schon wieda, det kriejn wa wieda hin.

Ernst und ein junger schlaksiger Mann trugen Knarrpanti fort, fort vom Eisloch, fort vom See, hin zu einer Kutsche. In Decken gehüllt, lag Knarrpanti zusammengekrümmt in embryonaler Stellung und zitterte und phantasierte. Neben ihm saß Friedrich, der Sekretär des Ministers, und goß in den halb geöffneten, blaubeerlippigen Mund eine hochprozentige Medizin. Zwischendurch gönnte er sich selbst einen Schluck von dem Elixier, denn auch er war durchgefroren bis auf die Knochen, und die Vorgänge, die er unfreiwillig beobachtet hatte, hatten ihn doch ziemlich geschockt. Knarrpanti gab kaum verständliche Wortfetzen von sich.

Die Kutsche, die von Ernst gelenkt wurde, hielt vor der Taubenstraße 31. Schnell, denn dies geschah unter dem dräuenden Antlitz des Schauspielhauses, wurde Knarrpanti in die Hoffmannsche Wohnung hochgebracht.

Hoffmann empfing seine Gäste im buntscheckigsten Schlafrock und mit Zipfelmütze auf dem Kopf. Selbst in dieser Situation erwies er sich als vollendeter Humorist, der dem steifgefrorenen Knarrpanti die Bügeleisentherapie anempfahl, aber er zeigte sich auch als Humanist, denn er beharrte nicht auf seinem Vorschlag. Ein elfenhaft-leise klirrendes Glockenspiel war zu hören, als dem Spitzel die Eiszapfen aus dem Haarschopf fielen.

Die Frau des Hauses machte ein warmes, gemütliches Nest in der Domestikenkammer für Knarrpanti zurecht. Dieser schien von all dem nicht viel wahrzunehmen. Doch seltsamerweise ging sein zerfetzter Monolog, kaum daß sie die Schwelle der Hoffmannschen Wohnung überquert hatten, ins Französische über.

Sobald Frau Hoffmann den Spitzel zugedeckt und eine Wärmflasche unter die Decke geschoben hatte, endete das französische Kauderwelsch und wurde ersetzt durch ein fast schüchtern zartes, geradezu diskretes Schnarchen. Frau Hoffmann schloß leise die Tür.

Ernst und Friedrich waren auch in keinem guten Zustand. Die beiden wurden in Wolldecken gepackt und auf Sessel verfrachtet. Sie erhielten eine heiße kräftige Brühe und dazu einen heißen Kamillentee. Als Gegenleistung mußten sie dem trotz aller Geschwächtheit aufgekratzt auf seinem Sofa wippenden Hoffmann die ganze Geschichte in allen Details erzählen. Als schließlich alle nacheinander wie Dominosteine in den Schlaf fielen, erst Friedrich, dann Ernst, dann Hoffmann, räumte die gute Frau Hoffmann das Geschirr ab, deckte den kranken Ehemann zu, schüttelte über all das den Kopf und stellte sich einen Moment lang ans Fenster. Es war noch dunkel; aber der Morgen stand vor den Toren der Stadt. Aus den Seitenstraßen kamen die ersten Karren. Es war seltsam still. Der Schnee dämpfte den Minute für Minute anschwellenden Trubel der Händler und Marktfrauen. Es war ihr, als schaue sie ein Zwischenreich, ein Reich, das nicht Wirklichkeit und nicht Traum war, und es schien ihr, als ob sie jetzt, in diesem Moment des morgendämmdernden Zwielichts, etwas erhasche von dem, was Hoffmanns Schaffen regierte. Sie wandte sich wieder vom Fenster weg. Die drei Männer sägten drei verschiedene Sägen. Ernst schnarchte wie eine große Schrotsäge, so eine, wie sie die

Holzfäller benutzten. Der junge lange Bursche mit dem dünnen Hals und den Tintenflecken am Ärmel schnarchte wie ein Fuchsschwanz. Hoffmann girrte mit einer Laubsäge winzige zickige Töne in die Luft, die sich wie Girlanden durch den Raum wanden. Er wüde sterben. Sie ahnte es. Nein, sie wußte es. Sie sah es klar vor sich. All seine Launen, all seine Grillen, all die Exzesse und all die Wunderlichkeiten, mit denen er ihr das Leben so schwer gemacht hatte, würden verschwinden, und sie fürchtete, am Ende bliebe nur Bitternis, eine verschwindend geringe Pension und schließich ein ärmlichliches Leben in der pommerschen Provinz. Dennoch tat er ihr leid. Sie war eine mitfühlende Person. Dies hatte sie von klein auf gelernt. Ihr wurde nicht in die Wiege gelegt, was die feinen Salondamen mit der Muttermilch aufgesogen: vornehm mit einem Fächer zu wedeln oder das zierliche Spiel auf dem Pianoforte. Sie war überhaupt unmusikalisch wie ein Kater. Und war vermählt mit einem ehemaligen Konzertmeister und angesehenen Komponisten. Dafür besaß sie die Bildung des Herzens. Er tat ihr leid, wie er so dalag, mit seiner kleinen, wegen einer Verwachsung hochgewölbten Brust, die puckerte. Nein, ein schöner Mann war ihr Theodor gewiß nicht. Natürlich, die gepflegten, immer fein ausrasierten Koteletten, die sich schwungvoll von den Schläfen über die Wangen bis fast zu den Mundwinkeln erstreckten, hatten was ganz schön Kesses. Na ja, keß war er ja sowieso. Und jetzt, da sie ihn darniederliegen sah und sein unvermeidliches frühes Sterben mit der Hellsichtigkeit eines gänzlich phantasiefreien Menschen voraussah, war sie bereit, ihm die lächerlichen Schwärmereien für junge Damen und die damit einhergehenden erniedrigenden Eskapaden, die er seinen Tagebüchern anvertraute, die sie wiederum heimlich las, zu verzeihen. Selbst seinen krankhaft-unersättlichen Trieb zur Selbstbefriedigung wollte sie angesichts seiner vom Tode gezeichneten Verfassung vergeben. Sie schlurfte schwerfällig in die Küche. Ein langer Tag voller Hausarbeit lag vor ihr. Für Dienstpersonal war ja angeblich kein Geld da. Dafür trug er es säckeweise zu Lutter und Wegner, wo er bis spät in die Nacht einen Hanswurst aus sich machte. Naja, die Natur rächte sich. Wie ein so kleiner Mensch einen so großen Durst haben konnte, war überhaupt erstaunlich. Vielleicht, so dachte sie, war das das Erstaunlichste an ihm, an Ernst Theodor Amadeus Hoffmann.

20.

»Sind Sie wach? Oh, bist du wach?«

Sie war neben ihm. Er nahm ihre Umrisse wahr, er spürte sie mehr, als daß er sie sehen konnte in dieser wirklich schwarzen Nacht. Sie betastete sein Gesicht.

»M. M.? Es ist ganz unzweifelhaft dunkel. Machen Sie bitte Licht«, stöhnte Schuckmann.

»Ja, ein Verließ. Dieser Hund hat uns in ein Verließ gesperrt. Es gibt hier kein Licht.«

»Hund? Von wem sprechen Sie?«

»Von diesem Fettwanst. Vom Polizeipräsidenten, diesem Schurken!«

»Verstehe ich Sie richtig, ich, also wir befinden uns in einem Verließ? Bitte korrigieren Sie mich, wenn ich mich irre, meine Gnädigste!«

Schuckmanns Stimme war noch ganz schwach, so schwach wie das Piepen eines neugeborenen Vogels.

»Sie irren sich nicht, geliebter Held!« sagte M. M. mit ihrer wunderbar vollen weichen Stimme. Diese Stimme besaß das samtene Timbre einer geborenen Sängerin.

»Und der Polizeidirektor, Herr von Kamptz, ist auch hier?«

»Aber selbstredend.«

»Und was macht der Mann hier?«

Schuckmanns Stimme wurde zunehmend spitzer, greinender. Bald würde er mit kaum mehr unterdrückter Hysterie sprechen, das wußte M. M.

»Eine berechtigte Frage. Leider entzieht sich das meiner Kenntnis.«

»Ach, Sie wissen es nicht? Sie wissen nicht, wo der Polizeidirektor ist? Es entzieht sich Ihrer Kenntnis? Können Sie mir dann zumindest sagen, was wir hier in diesem dunklen Loch machen – abgesehen von Konversation? Oder entzieht sich *das* auch Ihrer Kenntnis?« Der Minister heulte, und äußerst verquere akustische Verhältnisse sorgten für vertrackte Halleffekte, die die beiden erschrecken ließ. Nach einem Moment des Schweigens sagte M.M.: »Nein, so beruhigen Sie sich doch, Minister, Liebling. Es wird schon werden.« M.M. versuchte den Minister zu besänftigen, indem sie ihm die Hand auf die Stirn legte. Der schlug sie jedoch weg.

»Ha, es wird schon werden! Ich bin der Polizei- und Innenminister Freiherr Friedrich von Schuckmann, und ich lasse mich nicht in obskure Verließe sperren. Ist das klar? Der Polizeipräsident soll mich endlich befreien, statt unauffindbar zu sein.«

»Ich glaube kaum, daß Kamptz uns befreien wird. «

»Sie meinen, dieser Esel ist dafür einfach zu dumm?«

»Nein, im Gegenteil. Er ist zu schlau. Ich glaube, wir sollten nicht den Fehler begehen, ihn zu unterschätzen.«

»Was soll das heißen? Was soll das heißen? Sie reden toll, meine Gnädigste!«

»Nun, der Polizeidirektor hat uns schließlich eingesperrt, und da wäre es sehr töricht von ihm, wenn er uns befreien würde. Ich denke, wir müssen abwarten.«

»Dieses Mensch, dieses Mensch auf dem Kutschbock, das war nicht Kamptz. Er hatte Ähnlichkeit mit ihm, aber er war es nicht. Sie irren, Madame. Das war nicht Kamptz. Ich sage Ihnen, da sind Turner oder andere Demagogen am Werk, deutschtümelnde Demokraten, womöglich die Schwarzen, diese verdammten Burschenschaftler, bestimmt die Schwarzen. Schauen Sie sich doch nur mal um! Oder vielleicht sogar Hoffmann.«

»Hoffmann? Jetzt werden Sie schon wieder kindisch. Ich sage Ihnen doch, lieber, lieber Herr Schuckmann, daß der Polizeidirektor an allem schuld ist. Er hat Ihnen auch das Manuskript weggenommen, das Sie im Mantelfutter verwahrten. Er hat mir die Augen verbunden. Er wollte sogar zudringlich werden, aber ich habe ihm eins auf die Lippe gegeben. Einen Nasenstüber wie in der Commedia dell'arte.«

Schuckmann stöhnte auf: »Oh, oh, ohooooh, Nasenstüber? Von all meinen Befürchtungen ist diese die schlimmste – nur noch zu überbieten durch eine gänzlich zerzauste Frisur ... und ich glaube, mein Haar sitzt nicht richtig. Ich befürchte, ich sehe fürchterlich aus. Aber ich will nichts befürchten, denn alles, was ich befürchte, tritt ein ...« Die Laute entflogen seinem Mund und schwirrten dann, schier endlos widerhallend, im Gemäuer herum, wie Falter, die immerfort gegen eine Fensterscheibe anfliegen.

M.M. schwieg. Aus der Dunkelheit schälte sich ihre Kontur heraus, so als ob sie sich ganz allmählich materialisierte. Schuckmann sah an sich herunter, und es schien, als habe er gar keinen Unterleib mehr oder allenfalls noch einen Astralleib. Er befühlte seinen Kopf. Seine Stirn war feucht und grindig. Er mußte lange ohnmächtig gewesen sein. Er erinnerte sich an eine Kutschfahrt, an das Fragment einer Kutschfahrt, an ein Auf- und Abblenden. Er mußte von einer Bewußtlosigkeit in die andere gefallen sein. Sein Kopf tat zwar weh, doch das war nicht weiter schlimm. Angesichts des vollständigen geistigen Chaos, in dem er sich befand, war dieser physische Schmerz zu vernachlässigen. Soviel allerdings war klar: Er war hineingeworfen in ein dunkles Geschick, in eine düstere und mehr als zweifelhafte Welt, die von obskuren Mächten und sinistren Kräften regiert wurde.

M.M. hatte zwar einiges mitbekommen und beobachtet, doch ihre Verstandeskraft reichte offensichtlich nicht aus, diese kryptischen Vorgänge zu entziffern. Hier war ein Mann mit akademischer Ausbildung gefragt! Ein Mann, von früher Kindheit an gewöhnt an Disziplin, Duell und Deduktion. Ein Mann, in dessen preußischblauem Blut Jahrhunderte von Kampf, Schlachtgetümmel und edlem Mut strömten. Ein Mann, dessen Zellen durchpulst waren von der Kunst der politischen Gestaltung und einem unbändigen Willen zur Führung. Hier war eindeutig ein Mann wie Friedrich Freiherr von Schuckmann gefragt. Und dieser Mann mußte sich zunächst Gewißheit über den Zustand seiner Kleidung verschaffen, denn keinesfalls wollte er seinem Gegner, wer immer es auch sei, durch äußere Nachlässigkeit geschwächt entgegentreten. Das war das alt-ehrwürdige Credo derer von Schuckmann.

Deshalb sagte er zu M.M.: »Sehen Sie dort oben den Lichtspalt?«

»Ja, Herr Minister«, antwortete sie.

»Ich werde versuchen, ihn zu erreichen, denn das Licht muß schließlich von außen hereindringen.«

»Es ist ziemlich hoch. Seien Sie vorsichtig, mein Liebster!«

»Ich bin der geborene Kletterer. Glauben Sie mir. Die Steine sind sehr unregelmäßig eingefugt. Mit ein wenig Geschick kann ich mich an überstehenden – ach, was soll's, ich tu es einfach!«

»Oh, Schuckmann, aber vorsichtig!«

Schuckmann erhob sich und tastete sich durch den Raum, bis er genau unter dem Lichtspalt stand. Er schaute hinauf. Möglich, daß es dort eine Öffnung gab, die groß genug war, um sich durchzuzwängen. Er befühlte die Steine der Mauer. Es handelte sich um kniehohe Quadersteine, die äußerst schludrig gemauert waren. Er reckte sich lang in die Höhe und faßte mit den Fingern zwei vorstehende Steine, um Halt zu haben. Er hob den rechten Fuß, fand einen weiteren passenden Stein und stellte den Fuß darauf. Jetzt ein Ruck, schwupp, klebte er an der Wand, spinnengleich, eine vierbeinige zwar, doch Hilfe kam von M.M.s Hand, die stabilisierend gegen seinen Po drückte. Bald konnte er tatsächlich mit einer Hand in die Öffnung greifen. Die zweite Hand folgte. Ein Klimmzug sollte ihm erlauben, die Öffnung vollständig zu erobern. Sein Gesicht ragte über das Plateau. Frontal dem Einlaß zugewandt, badete es im Licht.

Er befand sich in einer Mauernische von ungefähr einem Quadratmeter Grundfläche und einem halben Meter Höhe, so daß er sich ducken mußte. In der Nische stand ein Kerzenleuchter. Diesen Schein hatte er also gesehen. In der Tat handelte es sich um einen Schein, um einen bloßen Schein. Sein Gegner arbeitete also mit Tricks und war mit einem merkwürdigen Sinn für Humor ausgestattet, denn die Nische war nichts als ein sinnloser Hohlraum mit einer Kerze darin. Für ihn war sie jetzt freilich der Schrein einer mißlungenen Aktion.

Schuckmann hockte in der Höhle und hielt das Licht in den Raum hinein. Er konnte M.M. unten stehen und ihn sehen sehen.

»Geht's da raus?«

»Nein«, sagte er geistesabwesend, denn er machte soeben eine furchtbare Entdeckung. Mit großem Verdruß bemerkte Schuckmann, daß seine Hosenbeine vollständig verschmutzt waren. Auch sein Rock war in miserablem Zustand. Schlimmer noch als der derangierte Zustand seiner Kleidung war jedoch der Verlust seines Lieblingsordens mit malvenfarbenem Band. Der lag vermutlich irgendwo im Schnee, wehrlos den Übergriffen unrechtmäßiger Inbesitznahme ausgeliefert. Er hatte es ja befürchtet. Und der Bote war auch in einem Schneesturm steckengeblieben. Und der Bruder des Boten taumelte vermutlich ziellos durch die verschneite Mark Brandenburg. Das Manuskript? Es war weg. Der König beschloß sicherlich in diesem Moment seine Demission. Aus der Traum! Er hatte keine Zeit, sich weitere Schrecknisse auszumalen, denn plötzlich klaffte unten im Raum, in der Wand, ein zweites Licht auf, begleitet von einem spitzen Schrei M.M.s. Ein Leuchter bewegte sich gemessenen Schritts auf M.M. zu, die sich die Hand vor den Mund hielt. Der Lichtkegel des Leuchters zeigte das speckige Gesicht des Polizeipräsidenten, das fast halslos in einen furchtgebietenden wuchtigen Oberkörper überging. Der Polizeidirektor wurde von einem Mann begleitet, dessen Ausmaße nicht weniger stattlich waren.

Kamptz schaute, einen dreiarmigen Leuchter gen Decke haltend, hoch zu Schuckmann. Schuckmann schaute, einen einarmigen Leuchter in der Hand, hinab auf Kamptz.

»Sapperlot!« sagte Kamptz und grinste sein feistes Böser-

Junge-Grinsen. »Herr Minister, Sie sind ja ein Eichhörnchen.«

»Herr Polizeidirektor«, antwortete Schuckmann und lächelte kindlich erfreut, »sind Sie so nett und helfen mir mit einer Kleiderbürste aus einer momentanen Verlegenheit? Und ...«, fügte Schuckmann hinzu und beugte sich weiter nach vorn über.

»Ja?« fragte Kamptz, der verdutzt sein Grinsen verschluckt hatte.

»... einen Kamm bräuchte ich auch!«

21.

Es roch nach Fleisch, nach verbranntem Fleisch. Das mußte die Hölle sein. Natürlich! Ohne Zweifel. Er war in der Hölle. Er hörte einen markerschütternden Schrei und dann ein Wimmern, das sich zu einem Klagegesang steigerte. Seltsamer aber als die Jeremiade war der Geruch. Er schnüffelte, um sicherzugehen. Ja, freilich, es war verbranntes Fleisch. Ein ekliger Geruch von Geröstetem, denn es handelte sich um – Menschenfleisch. Sein bisheriges Bild von der Hölle umfaßte keinen Geruch. Die Höllen*bilder* waren eingängiger als deren olfaktorische Entsprechung, der höllische Gestank, der stinkende Brodem aus Schwefel, Salpeter, Pestilenz und Brand. Bald käme er an die Reihe. Spitzel werden besonders gequält. Er hatte es verdient. Er würde die Strafe akzeptieren, obgleich sein gewaltsamer Tod nicht rechtens war. Er befand sich in einer Kammer, einer Art Vorhölle, konsequenterweise hatten sie dafür eine, wenn er sich nicht täuschte, *Domestikenkammer* gewählt. Wollten ihm schon mal Angst und Schrecken einjagen, indem er die Höllenqualen seiner Leidensgenossen anhören und riechen mußte, eingesperrt in eine winzige *Domestikenkammer*.

Er erhob sich vom Bett und öffnete die Tür, die überraschenderweise nicht verschlossen war. Flur, Küche, Frau Hoffmann. Er erkannte sie sofort an den urgesunden Apfelbäckchen. Sie überreichte einem Mann mit Spitzbart und Arzttasche eine nicht unwesentliche Summe Geldes. Frau Hoffmann wandte sich vom Arzt ab und sagte: »Aber Herr Knarrpanti. So bleiben Sie doch im Bett.«

Während dieser Worte stahl sich der Arzt zur Tür hinaus,

als ginge er mit dem Wechselgeld stiften. Frau Hoffmann drehte sich um, da sie wohl gehört hatte, wie die Tür ins Schloß geklickt war. Der Spitzel nutzte die Gelegenheit. Er ging weiter, durch einen Korridor, durch ein Durchgangszimmer in die Wohnstube. Dort lag auf dem Kanapee der Dichter Hoffmann und wand sich in Schmerzen. Um ihn herum standen betreten und zunächst sprachlos zwei Männer. Der eine war sein Schutzengel, der Geheimpolizist namens Ernst. Der andere war der Sekretär Schuckmanns. Das also war sie. Das also war die Hölle! Sie unterschied sich kein bißchen vom normalen Leben. Man erwachte, wußte nicht, wieso man sich wo und weshalb befand. Dinge passierten, deren Bedeutung niemand verstand. Personen traten völlig aus dem Zusammenhang gerissen auf. Dahinter lag eine teuflische Willkür. Wieso zum Beispiel stand Friedrich, eine an sich bedeutungslose Person, die zum Dunstkreis des Innenministers Schuckmann gehörte, neben dem Bett des Kammergerichtsrats Hoffmann und sprach: »Ich muß jetzt gehen. Ich danke recht schön für Ihre Gastfreundschaft ... äh ... und Kopf hoch! Es wird schon wieder. Die Brenneisen glühten ja recht ordentlich, wenn ich so sagen darf. Also dann, auf Wiedersehen ...«

Er reichte Hoffmann, der offensichtlich andere Sorgen hatte, als steife Verabschiedungen aufzulockern, die lange dünne Hand. Hoffmann wandte sich denn auch ab, sicherlich nicht, weil er unfreundlich sein wollte, sondern einfach, weil er Friedrichs Abschied überhaupt nicht registrierte. Hoffmann war genug damit beschäftigt zu leiden.

»Ah, Sie auch wieder munter«, sagte Friedrich dann, froh, die Verabschiedung von Hoffmann gewissermaßen unbemerkt abbrechen zu können. Was im übrigen das »auch« in seinem Satz zu suchen hatte, blieb sein Geheimnis, denn Hoffmann konnte man wahrlich nicht zu der Gruppe der Munteren zählen.

Friedrich ging hinaus, und Ernst zog Knarrpanti zur Seite in ein anderes Zimmer. Er flüsterte: »Wir sollten Hoffmann schlafen lassen.«

Sie waren im Hoffmannschen Arbeitszimmer. Der professionelle Spitzelblick schätzte schnell, wiewohl unauffällig Möglichkeiten für Verstecke und Geheimfächer ab. Irgendwo verwahrte Hoffmann sicherlich verwendbares Material ... Knarrpanti hielt inne. Was tat er da? Sollte es so sein, daß Hölle hieß, die Sünden des vorherigen Lebens weiterzuführen, ohne Buße und Wandlung? Das wäre perfide. Ernst fragte nach seinem Befinden und schlug ihm vor, daß er (Ernst) sich für ihn (Knarrpanti) bei der Frau des Hauses erkundigen könne, ob sie ihm (Ernst) trockene Kleidung für ihn (Knarrpanti) heraussuchen könne, denn er, also Knarrpanti, wolle sicherlich nicht die ganze Zeit über in Unterhosen herumsitzen. Knarrpanti sah an sich hinunter. Er trug nichts weiter als baumwollene Unterhosen und ein Unterhemd. Sapperlot! In dieser hochnotpeinlichen Aufmachung war er wie selbstverständlich durch die wildfremde Küche einer wildfremden Frau spaziert. Raffiniert. Die Hölle arbeitete subtiler, als es gängige Vorstellungen vermuten ließen.

Als Ernst mit einigen Kleidungsstücken in das Hoffmannsche Arbeitszimmer zurückkehrte, saß Knarrpanti eingesunken auf dem Stuhl und schlief bereits wieder. Ernst nahm Knarrpanti auf und wollte ihn zurück ins Dienstbotenzimmer tragen. Obgleich er auf Zehenspitzen ging, um weder Knarrpanti noch Hoffmann zu stören, rief Hoffmann plötzlich: «Die Sache ist bedenklich. Der Schatten schlägt zu. Ich spüre das in jeder Faser meines verbrannten Fleisches. Kleingedruckt ist kleingedruckt.«

Diese Worte weckten Knarrpanti, der wie ein Säugling die Arme um den Hals von Ernst geschlungen hatte und nun erschrocken brüllte: »Hilfe. Schatten der Hölle, du Teufel!«

Er stieß Ernst von sich.

Später saßen die drei um einen Tisch, auf dem ein herzhaftes Rührei mit Speck in einer Porzellanschüssel dampfte. Hoffmann ging es wieder besser. Er hatte allerdings große Schwierigkeiten, sich zu bewegen. Jede einzelne Bewegung kostete ihn eine beträchtliche Anstrengung und schmerzte wohl auch sehr. Gierig beäugte er seine Tischgenossen, die stumm und mit vollen Backen vor sich hin mampften. Aber er war tapfer und aß brav seinen Haferschleim, indes die anderen Unmengen von Rührei, Brot und Wein verzehrten. Als sie fertig waren, sprühten die Augen des Dichters schon wieder vor Lust auf Schabernack. Der Schalk umspielte seine dünnen Lippen, die dem drängenden Begehren nach spöttischer Äußerung nicht mehr standhalten konnten. Sprudelnd brach sich der Hoffmannsche Redestrom Bahn: »Sie sind also der berühmte Knarrpanti. Wir haben uns ja schon einmal gesehen, wenn Sie sich mir gegenüber auch in einer Verkleidung vorstellten. Ernst hat mir schon viel von Ihnen erzählt. Er ist ein großer Bewunderer von Ihnen. Wenn ich all das richtig verstehe, so war die Begegnung mit Ihnen eine typisch Knarrpantische, wie mir Ernst auseinandersetzte. Sie existieren gewissermaßen nur in der Verkleidung. Die Verkleidung, die Tarnung ist der Kern Ihres Wesens. Nur wer Sie verfehlt, hat Sie getroffen. Als ich Sie erkannte und gewissermaßen traf, verfehlte ich Sie mithin. Hätte ich Sie nicht erkannt, dann wäre ich Ihnen gewissermaßen begegnet als demjenigen, der Sie sind, eben der ewige Andere, der, der sie eben nicht sind. Ziemlich kompliziert, nicht wahr? Aber so ist er, unser guter Ernst! Konnten Sie mir folgen?«

Knarrpanti nickte sicherheitshalber.

»Wirklich? Ich gebe zu, ich habe kein Wort verstanden, hihi«, kicherte Hoffmann schmallippig.

»Genau, genau«, unterbrach ihn Ernst, dessen Worte es ebenfalls nicht mehr in der Brust aushielten: »Die vertrackte Dialektik der Knarrpantischen Existenz! Ach, für mich ist heute, bei all dem Schrecklichen, das hinter uns liegt, ein wunderschöner Tag, ein ganz besonderer Tag, denn ich darf heute inmitten zweier bedeutender Männer sitzen, die ich beide gleichermaßen bewundere. Den einen dafür, daß er moderne Mythen geschaffen hat; den anderen dafür, daß er ein moderner Mythos *ist.*«

»Das ist fein gesagt. Und darauf erheben wir die Gläser«, sagte Hoffmann, die Gelegenheit nutzend, vermeintlich unauffällig wider ärztlichen Rat ein Gläschen Wein zu ergattern.

Er bäumte sich auf, griff nach einem Glas und ließ es dann mit einem Schmerzenslaut fallen.

»Sie sollten sich schonen«, tadelte Ernst. Für einen Moment verdüsterte Besorgnis die heitere Miene. Er ging in die Küche, um Handfeger und Kehrblech zu holen.

Knarrpanti sagte zu all dem nichts. Er war ohnehin kein Mann, der sich an leutseligen Plaudereien und geselligen Zusammenkünften beteiligte. Er belauschte lieber vom Nebentisch und zog still seine Schlüsse. Aha, raffiniert, dachte er. Ernst, sonst alles andere als wortgewandt, schwätzt hier Dinge über moderne Mythen, als sei er ein Gelehrter! Die Hölle ist ein Gaukelspiel. Gleich wird Hoffmann putzmunter aufstehen und mit seiner Gattin einen Ländler durch die Stube tanzen, vielleicht auch mit Ernst. Die beiden scheinen ja die besten Freunde zu sein. Ich bin einmal gespannt, ob ich dafür noch eine Erklärung bekomme. Und auch über ein anderes Thema hätte er gerne Aufschluß erhalten: Wußten die beiden bereits von der Intrige, die gegen Hoffmann lief? Ernst konnte möglicherweise informiert sein, schließlich war er in der Nähe gewesen, als Knarrpanti den Auftrag von Kamptz erhalten hatte. Andererseits, so, wie er den Polizeipräsidenten kannte, weihte der seine Untergebenen niemals in Komplotte ein, sondern bediente sich ihrer lieber wie Schachfiguren.

Als ob Hoffmann die Gedanken von Knarrpanti lesen könne, sagte er, während Ernst die Scherben fortfegte: »Für Sie ist das alles wohl äußerst befremdlich. Sie fragen sich sicherlich, wieso wir beide, der gute Ernst und ich, uns kennen. Sie fragen sich, wie Sie in meine Wohnung gekommen sind? Vermutlich haben Sie durch die verwirrenden Umstände der letzten Nacht ein wenig den Faden verloren. Es wäre Ihnen nicht zu verdenken. Ich will nicht behaupten, daß ich über alle Geschehnisse Kenntnis besitze. Schon gar nicht will ich vorgeben, die böse Geschichte vollständig zu durchschauen. Aber ich denke, ich besitze einige wichtige Scherben dieses Mosaiks, um eine Vorstellung zu haben, was es darstellt.«

Nach einem Moment, während dem Hoffmann unruhig

blinzelnd auf eine Antwort Knarrpantis wartete, knarrte Knarrpanti: »In welcher Beziehung, Herr Kammergerichtsrat, stehen Sie und der Herr Geheimagent?«

Ernst kam mit Handfeger und Blech unter dem Tisch hervor und sagte im Vorbeigehen (er ging vermutlich in die Küche): »Den Kammergerichtsrat können Sie weglassen. Nur keine Titel, nur keine Förmlichkeiten. Wir sind ja ganz unter uns.«

Das war so munter dahingeschwätzt, daß es Knarrpanti wie eine Drohung erschien: *Wir sind hier ganz unter uns*.

»Was nun die näheren Umstände unserer Bekanntschaft betrifft, so will ich nicht allzu weit ausholen. Ernst kam vor einiger Zeit zu mir, ähnlich wie Sie, Herr Knarrpanti, zu mir kamen, wenn auch nicht in Form einer vertrackten Dialektik. Er stellte sich mir als ein glühender Bewunderer meines bescheidenen Werks vor. Er war damals ein Student der Philosophie, der ...«

Ernst kam zurück, setzte sich und ergänzte den Satz Hoffmanns: »... der von Hegel bei der Lektüre eines Werkes von Hoffmann ertappt worden war und nun nicht mehr hoffen durfte, vom Meister akzeptiert zu werden. Es war in der Bibliothek, und Hegel fuchtelte – anders kann ich es nicht nennen – mit dem Buche herum, hielt es zur Mahnung aller in die Höhe und rief in den Saal: ›Seht her! Ein Werk, das haltloseste Zerrissenheit kultiviert. Ein Werk, das alle widrigsten Dissonanzen durchgeht, gewürzt mit einem Humor der Abscheulichkeit und Fratzenhaftigkeit. Darin gefällt sich die neueste Mode, und ihr Modeschöpfer nennt sich Theodor Hoffmann.‹ Angewidert gab er mir das Buch zurück. Ich aber sagte mir: genau! Hegel hatte den Nagel auf den Kopf getroffen. Ich mußte mich entscheiden. Hegel oder Hoffmann. In dieser haltlosen Zerrissenheit suchte ich Hoffmann auf, um herauszufinden, was das beste sei und was ich fürderhin tun sollte.«

Hoffmann übernahm wieder das Wort, so als ob sie verabredet hätten, was beiden Spaß mache, solle gerecht geteilt werden: »Unserer ersten Begegnung schlossen sich in rascher

Folge weitere an, die gut ausgefüllt wurden mit heftigsten Disputen über das Verhältnis von Phantasie und Wirklichkeit, auch streiften wir politische Themen und tauschten uns aus über unsere amourösen Abenteuer, wobei wir uns aufs beste ergänzten , denn ich hatte die Phantasie und Ernst die Wirklichkeit.«

An dieser Stelle grinste Hoffmann schwerenöterisch. Knarrpantis Blick wanderte hinüber zu Ernst. Was immer Hoffmanns kennerisches Grinsen suggerieren sollte, Ernst jedenfalls war damit nicht in Verbindung zu bringen. Zwar war er ein pausbäckiger, landfrischer Bursche mit angenehmen Gesichtszügen – doch zu einem Don Juan reichte es bei weitem nicht hin, dazu wirkte er allzu bodenständig. Dagegen war Hoffmanns ausschweifender Charakter bekannt. Seine weinseligen Zügellosigkeiten kulminierten nicht selten in den verderbtesten Phantasmagorien. Wie er jetzt so siechend darniederlag, das schmale Gesicht blaß und zerfurcht, die kleinen grauen Augen tief in dunkle Höhlen abgesunken, die Wangen eingefallen, das Haar zerzaust, die Stirn schweißnaß, mochte er als das Opfer exzessiv genossener Lust erscheinen. Knarrpanti war übrigens niemand, der in diesen Dingen den ersten Stein warf. Sein Liebesleben zum Beispiel war ein einziges großes Geheimnis und blieb besonders ihm selbst verborgen.

Hoffmanns genüßliches Lächeln verdunstete von den Lippen. Er hatte sich in den letzten Minuten sehr angestrengt und fiel nun zurück in die Kissen. Zur gleichen Zeit sprang Ernst wild auf und rief: »Das Perspektiv!«

Dieser Ausruf arbeitete sich noch durch Knarrpantis Verständnislosgkeit durch, als Ernst schon zum Fenster gesprungen war, ein graues Tuch von der Größe einer Tischdecke zur Seite geworfen hatte und an dem enthüllten Gegenstand herumhantierte. Hoffmann mühte sich wieder auf: »Unser Perspektiv!«

Das Perspektiv war ein Fernrohr, das auf einem Ständer mit drei Beinen stand. Es schien ziemlich wertvoll zu sein, denn es war aus sehr edlem, stark verziertem Holz. An beiden

Enden war es mit Messingmanschetten verstärkt, die matt glänzten. Es war zweifellos eine hervorragende Arbeit, deren Optik vermutlich von Fraunhofer stammte. Ernst stand gebückt vor dem Perspektiv, verstellte fachmännisch das Okular, und gleichzeitig suchte er nach der genauen Ausrichtung. Als er die richtige Justierung gefunden hatte, murmelte er: »Nichts. Niemand zu sehen.« Enttäuscht setzte er sich zurück an den Tisch. »Wir haben die Zeit verpaßt.«

»Das ist jetzt nicht wichtig. Habe ich schon einmal die Geschichte dieses Perspektivs erzählt?« fragte Hoffmann.

Das Perspektiv hatte Knarrpanti schon ganz in seinen Bann gezogen: »Ähem, was Sie mit dem Perspektiv treiben, würde mich allerdings sehr interessieren. Das glänzende Ding erweckt gewissermaßen meine professionelle Neugierde – wenngleich mir natürlich unter den gegebenen Umständen alles Spitzelige fernliegt.«

»Herr Hoffmann erhielt es von einem Freund als Dank für eine Geschichte über einen gewissen Professor Spalanzani. Es war an einem Sonntag. Es war uns langweilig. Den Vormittag über hatte es geregnet. Ich sagte gerade: ›Wenn es doch wenigstens an der Tür läuten würde‹, als es tatsächlich schellte. Herr Hoffmann befand sich auf dem nämlichen Divan und war ein wenig indisponiert, da er am Abend zuvor seinen Freund Devrient getroffen hatte. Ich ging zur Tür. Niemand war da. Ein längliches, schmales Paket lag statt dessen auf der Schwelle wie ein Findelkind. Wir machten das Paket auf. In dem Paket befand sich das Perspektiv. Ein Brief war beigelegt. Der Brief war kurz und ohne Unterschrift. Er besagte, daß das Perspektiv ein Dank sei für die Geschichte über Professor Spalanzani …«

»›Der Sandmann‹, ich denke, auch Sie kennen diese berühmte Erzählung. Ganz Paris zitiert daraus, hehe«, fuhr Hoffmann gutgelaunt dazwischen.

»Wir stellten das Fernrohr dort auf, wo es noch immer steht. Zunächst schien es ein zwar sehr hübsches, doch normales Gerät zu sein. Wir konnten mit Hilfe des Perspektivs sehr schön den Gendarmenmarkt beobachten. Doch dann passierte etwas Komisches …«

Hoffmann: »Es war eigenartig, verwirrend.«

Ernst: »Es war wunderlich.«

Hoffmann: »Ein Wunder.«

Ernst: »Reinste Magie. Wir stellten fest, man konnte mit dem magischen Fernrohr durch Wände hindurchsehen. Wir sahen ins Innere des Theaters.«

Hoffmann: »Dreht man an dem Okular, so kann man einstellen, wie tief man sehen möchte.«

Ernst: »Erst sahen wir durch die Wände ins Theater, dann zur anderen Seite wieder hinaus, als gäbe es das Theater überhaupt nicht. Wir verstellten das Okular wieder und gingen so Meter für Meter zurück durchs Gebäude ... durch alle Schichten hindurch ...«

Knarrpanti (überraschend): »Und da fiel ihnen etwas Seltsames auf.«

Ernst: »Ja, in der Tat.«

Knarrpanti: »Sie sahen den Polizeipräsidenten von Kamptz!«

Hoffmann und Ernst (zusammen): »Genau! Woher wissen Sie?«

Knarrpanti: »Nun, ich bin schließlich ein Spitzel gewesen.«

Ernst: »Ha, ich hab's gewußt. Sie sind der Größte. Sie haben es herausgefunden, obwohl man Ihnen die Augen verbunden hatte! Wie? Erzählen Sie! Wie haben Sie es herausgefunden?«

Knarrpanti: »Ich habe Ohren, um zu hören.«

Hoffmann: »Dann wissen Sie alles?«

Knarrpanti: »Ich bin mir nicht sicher.«

»Ach, Sie wissen bestimmt mehr, als Sie zugeben wollen«, sagte Hoffmann, winkte ab und ließ sich ins Kissen zurücksinken, um im nächsten Moment aufzuschreien: »Qualen. Diese Höllenqualen. Diese Marter!«

Ernst sprang auf und lief hilflos in ein anderes Zimmer. Kam zurück. Schlug mit der Faust in die Luft, schrie auch: »Verdammt, was ist es nur?! Kann denn niemand helfen?«

Knarrpanti schaute befremdet von einem zum anderen. Glücklicherweise eilte Frau Hoffmann herbei, die Hände befleckt vom Blut eines Huhns, welches sie soeben ausgenommen hatte. Die Hände an der Schürze abwischend, sagte sie: »Schluß. Schluß jetzt. Sie müssen jetzt gehen.«

»Kann ihm denn niemand helfen«, jaulte Ernst, in dessen Augen Tränen standen. »Er stirbt uns noch«, flüsterte er zu sich selbst.

Hoffmann schrie währenddessen unentwegt: »Die Hölle. Die Hölle ist das!«

Frau Hoffmann beugte sich hinunter zu ihrem Mann, leise und eindringlich und beruhigend auf ihn einredend. Sie barg seine knochige Hand, die verloren in der Luft ruderte, in der ihren, einer fleischigen, rosigen und großen Hand. Knarrpanti verstand nicht, was sie sagte. Es war eine Aufeinanderfolge von sanften, lallenden Lauten, die übergingen in eine Art Lied. Es war eine Sprache, die er nicht kannte, möglicherweise wendischen Ursprungs. Hoffmann hörte auf zu brüllen, wimmerte statt dessen gotterbärmlich, krümmte sich zusammen, Linderung findend unter der schützenden Aura seiner Frau.

Ernst zupfte Knarrpanti am Ärmel.

»Gehen wir«, flüsterte er dem Polizeiagenten zu.

Sie standen im Korridor. Ernst überreichte Knarrpanti einen Mantel aus grauem Flaus, der vermutlich Hoffmann gehörte. Er paßte wie angegossen. Hoffmann schluchzte nur noch ganz leise. Frau Hoffmanns Gesang war ins Summen übergegangen. Ihre Stimme war wahrlich nicht schön. Aber es schien zu helfen und Hoffmann zu beruhigen. Einem Ästheten vom Range eines Hoffmann genügte hier ein dilettantisches Summen. Irgendwie war der Mann jetzt aufs Wesentliche reduziert. Knarrpanti sah Ernst an. Ernst litt. Litt wegen Hoffmanns Leiden. Eine Kette der Leiden, eine Kette der Freundschaft. Seit er aus der Hölle zurück im Leben war, fühlte sich Knarrpanti viel weniger einsam. Er legte ganz sanft, kaum merklich, seine kleine Hand auf die breite Schulter von Ernst. Dann gingen sie hinaus.

22.

Als die beiden zur Tür hinaustraten, begegneten sie dem spitzbärtigen Arzt, der am Morgen Hoffmann mit den Brenneisen zugesetzt hatte. Sie grüßten nur flüchtig. Jeder war in das Schweigen des anderen vertieft. Sie gingen über den Gendarmenmarkt, und Knarrpanti war nicht überrascht, den Platz so vorzufinden, wie er ihn kannte. Da war das Café Stehenly, hinter dessen großer Fensterscheibe kaffeenippende Köpfe begierig die neuesten Nachrichten aus großformatigen Zeitungen sogen. Und Lutter & Wegner gab es auch noch. Also hinein.

Es war Zeit zu essen. Knarrpantis Appetit war groß wie ehedem. Auch hatten die beiden sich noch viel zu erzählen, wobei Ernst der Redseligere war und lustig drauflosschwätzte. Und der Spitzel hörte mit gespitzten Ohren zu. Dies war es, was Ernst erzählte: »Hegel hielt das Werk in die Höhe und schüttelte es, als sei es ein böses, böses Kind. Aber er hatte recht. Hoffmanns Werk ist dissonant, zerstückelt, ohne Logik und Halt, versetzt mit bizarrstem Witz, es liest sich, als ob dem Drucker die Seiten durcheinandergeschossen wären, eine Paginierung des Irrsinns. Doch, so dachte ich bald, ist nicht unser Leben ein einziges Durcheinander? Eine Paginierung des Irrsinns? Ist das Leben nicht ein Buch ohne Logik und dissonant ? Und sind wir nicht alle haltlos und zerrissen? Sind nicht alle Versuche, Ordnung und Richtung zu suchen, zum Scheitern verurteilt? Bedeutete es nicht, daß Hegels Philosophie falsch war ... nicht falsch vielleicht, sondern schlimmer: ohne Bedeutung? War es nicht Illusion zu glauben, es gäbe die große, allumfassende Wahrheit, es gäbe das alles verknüpfende Band von Anbeginn der Geschichte bis zu ihrem glorreichen Ende? In mir selbst jedenfalls fand ich nichts als Zerrissenheit, ein sinnloses Durcheinander von Stimmen. Da war nichts konsistent. Keine Wahrheit, nichts als Zweifel. Und je mehr ich darüber nachdachte, desto zerrissener fühlte ich mich, ein einzelnes Sandkorn im Wechselwind der Geschichte. Ich war ins Nichts gefallen, und das Nichts gefiel mir. Ja, man mußte zu Nichts werden. Keine Adresse, keine Papiere, kein Posten. All die anderen taten so, als seien sie etwas, nannten sich Geheimräte, nannten sich Minister, nannten sich Professoren, wollten gute Preußen sein. Ja, das war etwas: Preußens Glorie, Teil dieser preußischen Illusion, dieser imaginären Einheit zu sein. Ich wollte das nicht mehr. Keine Illusion mehr, es sei denn, die Illusion selbst. Keine Flucht, sondern Flüchtigkeit. Kein Geheimrat, es sei denn, man nahm diesen Titel wörtlich: GEHEIMER Rat. In einer Welt, die das Geheimnis ist, wollte ich ein Geheimnis sein. Sie lächeln, Herr Knarrpanti. Natürlich kommen Sie hier ins Spiel. Sie hatten all das schon für sich verwirklicht. Sie Glücklicher!! Ich war ganz am Anfang. Ich wollte Ihr Lehrling werden. Ja, töricht, wie ich noch immer war, wollte ich lernen, *nichts zu sein*. Als wir, Herr Hoffmann und ich, mit Hilfe des Perspektivs jene Entdeckung machten, beschloß ich zweierlei: Ich wollte über den Polizeipräsidenten Sie, Herr Knarrpanti, kennenlernen, und ich wollte das Geheimnis lüften, welches sich hinter dem Versteck des Polizeipräsidenten verbarg.«

Knarrpanti lächelte in der Tat. Es war ein süffisantes, ein sowohl geschmeicheltes als auch amüsiertes Lächeln. Gleichwohl hätte er dem jungen Mann zurufen mögen: »Aber, aber, junger Freund, natürlich, natürlich das Ungestüm der Jugend, Last und Privileg, aber bedenke er auch die Worte des Dichters, des Dichters des Nichts, der da sagt: ›Es ist peinlich, nicht man selbst zu sein, noch peinlicher, als es zu sein, denn wenn man es ist, weiß man, was man zu tun hat, wohingegen man, wenn man es nicht mehr ist, keine Möglichkeit hat, sich unkenntlich zu machen.‹«

Doch bevor dem jovialen Lippenspiel des Spitzels altväterlicher Einwurf entfuhr, wechselte Ernst das Thema: »Wir sahen den Polizeipräsidenten mit Hilfe des Perspektivs, wir sahen, wie er sich bewegte, ohne sich zu bewegen. Wie ein fetter schwarzer Engel kam er aus dem Erdboden hervor auf die Erde. Wir verstanden all das nicht. Das Perspektiv erlaubte es uns nicht, durch den Erdboden zu schauen. Kamptz kam von dort und flog hinauf und trat dann zur Tür des Schauspielhauses hinaus auf den Gendarmenmarkt. Wir beobachteten. Es gab zwei andere Männer, ebenfalls Geheimpolizisten. Es war ein Taubenschlag, ein ständiges Kommen und Gehen dieser wenigen Personen. Sie nahmen den Lieferanteneingang, öffneten eine geheime Tür, befanden sich im Schwebezimmer, und dann gings hinab, tief hinab vermutlich. Noch immer kenne ich nicht die genauen Gegebenheiten. Zuviele Türen, die mir verschlossen blieben. Doch zunächst mußte ich erst einmal Geheimagent werden. Nach einem Tag kannte ich die Personen, die den Taubenschlag bevölkerten. Eine Gelegenheit ergab sich noch am selben Abend. An jenem Tag, an jenem denkwürdigen Tag, da ich Geheimagent wurde, war Kamptz sehr nervös und wirkte äußerst gereizt. Seine beiden Assistenten schwärmten aus und kamen zurück und gingen wieder. Was im einzelnen passierte, konnte ich nicht sehen, da, wie gesagt, das Perspektiv mir leider nicht zeigen kann, was unterirdisch geschieht. Aber die Spannung, unter der die Figuren standen, vermittelte sich mir sehr gut, und so faßte ich den Entschluß.

Ich stieg in die Verfolgung ein, heftete mich an Kurts Fersen. Wir kamen in ein Viertel, wo Kurt das Etablissement ›Gänsefüßchen‹ aufsuchte. Er traf dort mit einem Mann zusammen, den die Fachwelt ›die Maus‹ nennt und dessen Verschlagenheit in ständigem Kampf mit seiner Furchtsamkeit liegt. Ich belauschte das Gespräch, gut getarnt als kleiner Ganove, kratzte meine Rotwelschbrocken zusammen, die ich in meiner Zeit als Gassenjunge gelernt hatte, und so bekam ich Wind von der Suche nach Knarrpanti. Kamptz suchte nach Ihnen, und es schien zu pressieren. Als Kurt gerade die

Kneipe verlassen wollte, zupfte ich ihn am Ärmel und sagte: ›Ick hab jehört, ihr sucht wen. Ick such ooch een. Habt ihr den jesehn? Heißt joldener Freddy. Wenn der rüberwächst, wüßt ick, wo ihr den findet, wen ihr sucht.‹

Leider verstand Kurt nicht, was ich ihm klarmachen wollte. Deshalb sagte ich: ›Ich kann euch sagen, wo Knarrpanti ist. Kostet 'nen Friedrich.‹ Kurt wollte gleich Auskunft. Ich aber sagte: ›Sag ich nur dem Polizeipräsidenten!‹

Also machten wir einen Treffpunkt aus.

Einige Zeit später hing ich im Würgegriff des Polizeipräsidenten. Er schüttelte mich: ›He, was bist du für eine Nummer?‹

Ich wimmerte. Er drückte ziemlich fest zu. Sie wissen es selbst. Wenn der wollte, könnte er einen bei lebendigem Leibe auswringen wie einen Waschlappen. ›Du Spaßmacher. Ich kenne dich nicht. Was willst du?‹

›Ich weiß zufällig, wo Knarrpanti ist‹, röchelte ich und japste nach Luft.

›Und woher weißt du das?‹

›I-ich bin ein Bewunderer von ihm und seiner Arbeit.‹

›Ein was?‹ Kamptz ließ mich vor Erstaunen los, ich knallte zu Boden. ›Ja, ich suche ihn schon seit einiger Zeit und habe ihn gesehen.‹

›Weshalb suchst du ihn?‹ Sein gigantischer Zeigefinger tippte auf meine Brust.

›Ich will von ihm etwas haben.‹

›Was kann man von Knarrpanti haben wollen – abgesehen von kleinen, gemeinen Informationen?‹

›Ich möchte einen Gegenstand, den ich verehren kann.‹ Etwas Dümmeres fiel mir gerade nicht ein.

›Sag mal, Junge, du bist doch wohl nicht irre, oder? Falls du nämlich aberwitzig sein solltest, wird dir das sehr bald sehr weh tun.‹

›N-nein, ich bin ganz in Ordnung. Ich möchte Geheimagent werden. Und Knarrpanti gilt doch als König aller Spitzel ... und er ist fast so bedeutend wie Sie, Herr Kamptz ... aber Sie sind ja unerreichbar für unsereinen.‹

›Du findest mich also bedeutend?‹ fragte Kamptz, und sein gemüsegurkengroßer Zeigefinger klopfte wieder gegen meine Brust.

›Ja, aber natürlich.‹

›Und Knarrpanti, den findest du auch bedeutend?‹

›Äh, innerhalb seiner Grenzen natürlich.‹

›Und wo sich dieser GROSSE, BEDEUTENDE Doktoooor Knarrpanti aufhält, das weißt du auch, ja?‹

›Ich habe ihn erst gestern gesehen, aber er ist mir entwischt.‹

›Wo war das denn wohl, wo du den BEDEUTENDEN, GROSSEN Knarrrrrpanti gesehen hast?‹

›Das war – das war …‹ Ja, wo war das eigentlich? Ich will nicht sagen, daß mir in dieser Sekunde der Gefahr irgend etwas Greifbares durch den Kopf ging. Das war vielleicht gut so. Wunder passieren immer dann, wenn man sie am wenigsten erwartet, aber am dringendsten braucht. Ich erwartete in diesem Moment nichts, in diesem Moment, da plötzlich Kurt angehetzt kam und rief: ›Wir haben ihn. Er ist im …‹

Wir sagten es beide zur gleichen Zeit. GÄNSEFÜSSCHEN. Ich meine, wir sagten es wie aus einem Mund. Sie verstehen? Es war Zufall. Nichts als verdammtes Glück.

Kamptz schüttelte den Kopf, wie um seine Verwirrung abzuschütteln.

›Wer hat das zuerst gesagt?‹ rief er dann. Er brüllte es in die Nacht hinaus: ›WER HAT DAS ZUERST GESAGT?‹

›Ich‹, riefen wir wieder gleichzeitig.

Nun wurde es langsam Zeit für eine untertänigste Flennerei. ›Herr Polizeipräsident! Ich will doch nur Agent werden. Das ist alles. Glauben Sie mir. Ich habe ihn gestern im Gänsefüßchen gesehen‹, flehte ich ihn an, was mir um so leichter fiel, als mir inzwischen mulmig zumute geworden war. Anfangs mochte alles ein Spiel gewesen sein. Jetzt war es ernst, war es wirklich. Kamptz maß mich mit einem skeptischen Blick. Er verstand da irgend etwas nicht. Er sagte: ›Nun denn, entweder bist du ein Tropf oder ein ganz Ausgefuchster. Das kann ich jetzt nicht entscheiden. Also bleibst du so lange bei mir, bis ich es weiß. Gib ihm eine Gendarmerieordnung, Kurt. Und jetzt auf zum Gänsefüßchen!‹ Er stieg in die bereitgestellte Kutsche. Den Rest kennen Sie, Herr Knarrpanti. Sie waren gewissermaßen mein erster Fall.«

Ernst wollte soeben zur Fortsetzung seines Berichts anheben, als Knarrpanti die berühmte kleine Hand erhob und Einhalt gebot. Ihm war eingefallen, daß man auf ihn einen Mordanschlag verübt hatte. Der Maus war gar der Garaus gemacht worden. Es war an der Zeit, einzuschreiten und einen Schlachtplan zu entwerfen. Außerdem fiel Knarrpanti ein, daß sein Manuskript doch besser nicht in die Hände des Königs fallen sollte. Doch gerade, als er sich dahingehend äußern wollte, riß Ernst den Kopf herum und rief: »Was ist denn mit dem los?«

Knarrpanti hörte hinterrücks schnaufenden Atem. Ein schlaksiger Mann mit schmalem Gesicht war zur Tür hineingekommen, blickte wirr um sich und stürzte auf das Separée zu, in dem er die beiden erblickt hatte. Zitternd vor Sorge fiel er auf die Knie und keuchte: »Der Minister ist weg. Verschwunden. Vermutlich entführt. Möglicherweise Schlimmeres.«

23.

Nun denn, nun denn, nun denn! Es war ein Fehler. Fehler passieren. Besonders am Anfang eines Unterfangens, dessen Tragweite kaum zu überblicken war, nicht einmal für ihn, den großen, den kolossalen, den überdimensionalen Polizeipräsidenten KAMPTZ.

Die Maus lag ihm zu Füßen, schlaff und leblos wie, wie eine, wie eine tote Maus. Genau! Und Olympus I war der große grausige Kater, dessen Tatze oder dessen Fangzahn für Endgültigkeit gesorgt hatte. Wie dieser ihm ähnelnde Hüne so unbedarft und gottverdammt unschuldig vor ihm stand und ihm das Mausopfer geradezu andächtig apportiert hatte! Der Polizeidirektor lächelte über diesen Vergleich. Der Report des Vorgangs war schulbuchmäßig. Alles geschah nach dem Buchstaben der Gendarmerieordnung.

Kamptz saß auf einem wackligen, der enormen Ausdehnung seines Gesäßes unangemessen zierlichen Schemel inmitten eines kleinen, kammerartigen Zimmers, das einzig von einer Fackel Licht bezog, deren Lohe gleichsam die Welt des Wirklichen durch ein pantomimisch anmutendes Schattenspiel verdoppelte, das sich an einer weißgekalkten Wand darbot. Vor dem breitbeinig hockenden Polizeipräsidenten lag der Leichnam des mausgesichtigen Spitzels, dahinter stand, stramm und devot, ein Polizist, der dem Präsidenten ähnelte. Der Polizist, den Kamptz Olympus I nannte, schnurrte in tiefen Tönen und mechanisch seinen Bericht herunter. Der Bericht stichelte den Zorn des Polizeipräsidenten auf. Der Zorn wiederum wollte beschwichtigt werden, eine relativ komplexe Situation für Kamptz. Natürlich war er wütend!

Wohlgemerkt keineswegs, weil der einst so springlebendige Mausespitzel den Löffel abgegeben hatte, sondern deshalb, weil er zu dessen Beseitigung nicht den Befehl gegeben hatte und weil deshalb ein Fehler passiert war und weil, wenn man den Bericht von Olympus I anhörte, es so schien, als sei überhaupt kein Fehler passiert! Da sollte sich noch einer auskennen! Freilich hatte er Befehl gegeben, für Ordnung zu sorgen und alle, die sich in den Weg stellen, wegzuräumen. Aber das war doch nur ganz allgemein gemeint. Es bedeutete doch nicht, gleich jedem das Gehirn zu Brei zu hauen. Ziemlich verfahren das Ganze. Und wenn der Polizeidirektor konfrontiert war mit einer Situation, die sich als verfahren darstellte und die nach mehr gedanklicher Durchdringung verlangte, als er bereit oder fähig war zu leisten, dann nahm er zumeist Zuflucht zu symbolischen Akten der Vernichtung, wie in diesem Fall, da er sich erhob, den kleinen, zierlichen, unschuldigen Schemel packte und ihn mit der Wucht eines Taifuns auf dem Erdboden zerschmetterte. Von dem Lärm angezogen, trat ein Polizist ein, ein alter Bekannter namens Kurt.

»Wie, wie ist das nun zugegangen? Hättest du das nicht verhindern können? Und was ist mit Knarrpanti geschehen?« brüllte Kamptz, kaum mehr willig, sich zu zügeln.

»Mit Verlaub, Herr Kamptz, hat Ihnen denn der Neue nicht Rapport erstattet?« entgegnete Kurt unbotmäßig, weil zu verdutzt, um den Duckmäuser zu spielen. Mit besorgter Miene betrachtete er die Fragmente des zertrümmerten Schemels.

»Doch, aber ich möchte deine Meinung dazu hören, Kurt.«

Kurt fühlte sich daraufhin geschmeichelt, was in der fadenscheinigen Absicht des Polizeidirektors gelegen hatte. Den wahren Grund seiner Frage behielt er allerding für sich. Es war nämlich so, daß der Bericht von Olymus I (oder Olympus II, wer konnte das wissen?) haargenau so abgespult worden war, wie es der Polizeidirektor beziehungsweise Knarrpanti in der Geheimen Gendarmerieordnung festgelegt hatte. Doch hatte der Rapport des Automaten letztlich sonderbar inhaltsleer, irgendwie ungreifbar und unbegreifbar gewirkt.

Offenkundig waren die menschlich-allzumenschlichen Beamten noch nicht vollständig durch die neuen Automaten zu ersetzen. Eine gewisses Maß an … – dem Polizeidirektor fiel kein Wort dafür ein, was ihnen ermangelte. Wenn er die Zeichnungen an den Wänden betrachtete, Zeichnungen, auf denen ein Gehirn in Zonen und Abschnitte segmentiert war und die mit seltsamen Ausdrücken wie STORAGE oder BABBAGE versehen waren, so beschlich ihn eine seltsame Mischung aus Ehrfurcht und Furcht. Das Gefühl war zu kompliziert, um es in das Schema seines simplen Machtstrebens zu pressen, weshalb er auch schnell wieder wegschaute und Kurt sein behaartes Ohr lieh, der nun wahrlich Erstaunliches zu berichten wußte!

»Wir warteten also zu dritt auf den Minister. Verzeihung, ich irre. Wir waren zu fünft. Ich, Ernst, der Neue und die Maus …«

Da hatte er sich schon verheddert.

Kurt blickte ratlos zum Polizeidirektor, dessen Stirn vor Nachdenken Wellen schlug und dessen große gespreizte Finger die Zahl vier zeigten.

»Wir waren zu viert! Wir hatten uns hinter dem Schwanenhaus postiert. Der Minister kam aber nicht. Es war ziemlich kalt. Mindestens fünf Grad minus oder sechs Grad oder … Dann kam doch jemand. Ich dachte: Endlich, der Minister! Doch das war nicht der Minister. Das war Knarrpanti. ›Was will der hier‹, fragte Ernst. Nein! Nicht Ernst, ich irre, es war die Maus. Oder war es doch Ernst? Ich glaube, es war doch keiner von beiden …«

»DAS IST MIR EGAL, WER DAS SAGTE!« brüllte Kamptz dazwischen, unfähig, auch nur eine Sekunde länger dem Gestammel Gehör zu schenken, indes Kurt, die Angst im Nacken, fortfuhr: »Sagte *irgend jemand*: ›was will der hier?‹ Hm, wo war ich gleich stehengeblieben … es war wohl doch …« Kurt war um Perfektion bemüht und gerade deshalb weit davon entfernt.

»Du kannst einen verrückt machen, ehrlich«, seufzte Kamptz. Er schien erschöpft zu sein und bedauerte den Verlust des kleinen Schemels, der einzigen Sitzgelegenheit weit und breit. Mit einem tiefen Durchatmen setzte Kurt fort: »Es war jedenfalls Knarrpanti. Kam immer näher. Gefiel uns gar nicht. Da sagte der Neue: ›Der da paßt hier nicht rein. Das ist nicht der Minister.‹ Wir nickten. ›Der muß weggeräumt werden‹, sagte der Neue. Ernst sagte: ›Moment, mal abwarten. Vielleicht sieht er uns nicht.‹ Wegen der Fackeln war alles irgendwie hell. Er hätte uns sehen können. Und wir sahen ihn ja auch, wie er immer näher kam. Da sagte der Neue: ›Wer nicht für uns ist, muß weggeräumt werden.‹ Und die Maus sagte: ›Du hast hier nichts zu befehlen.‹ Das sagte die kleine Maus. Erstaunlich, nicht wahr? Ich sag es, wie es war, und es war so, daß der Neue einen Hammer vom Eis nimmt, der da aus irgend welchen unerfindlichen, schicksalsbösen Gründen genau vor seinen Füßen rumliegt, nimmt diesen schweren Hammer, und eh einer von uns überhaupt begreift: SCHWUMM!! Das hab ich noch nie gesehen. Die Maus fiel zu Boden, und sein Gehirn tropfte von einer dieser hübschen kleinen Verzierungen des Schwanenhauses. Der Neue schickte die Maus mit einem rüden Fußstoß übers Eis. Sie schlidderte einige Meter weit. ›Unser Lockvogel‹, sagte der Neue. Da kam auch schon Knarrpanti übers Eis. Wir konnten's nicht verhindern. Er griff sich Knarrpanti und steckte ihn mit dem Kopf in ein Eisloch. Inzwischen war der andere Neue, den ich losgeschickt hatte, um zu erkunden, wo der Minister bleibt, auf den Minister gestoßen. Und wir hörten, wie die Kutsche angerast kam. Wir ließen Knarrpanti liegen.«

Mit einem erleichterten Seufzen, das geschmeidig in ein stolzes Lächeln überging, schloß Kurt seinen Bericht ab. Auch der Polizeidirektor war zufrieden. Gar nicht dumm, dachte er. Überhaupt nicht dumm! Raffiniert. Logisch. Konsequent. Tödlich. Des Polizeidirektors liebste Steigerung, wenn er ehrlich war, und es gab jetzt keinen Grund mehr, nicht ehrlich zu sein. Nach der Schilderung Kurts erschien dem Polizeipräsidenten der Vorgang in einem ganz andern Licht. Er konnte nichts Tadelnwertes mehr an der Handlungsweise von Olympus I (oder Olympus II) finden. Diese neue Art von Polizist handelte präzise und konsequent – und tödlich. Die Durchführung war lupenrein und diamanthart gewesen. Ganz so, wie Kamptz selbst gehandelt hätte. Dieser Polizist handelte nach der Maxime des polizeipräsidentlichen Willens, als sei er ein Teil von ihm. Es war vollkommen richtig gewesen, den sich widersetzenden Spitzel zu liquidieren. Es war vollkommen richtig, Knarrpanti als Störenfried zu empfinden. Sowohl der eine als auch der andere hatten die Mission, den Polizeiminister zu überwältigen. Und welche Schlauheit lag darin, den niedergestreckten Spitzel als Köder für das zweite Opfer zu verwenden. Das war ein schaurig-grausiges Detail, wie der Polizeidirektor es liebte. Blieb noch die Frage nach Knarrpanti.

»Wo ist Knarrpanti jetzt?«

»Sah aus, als ob er da bei der Maus wäre?« antwortete Kurt.

»Die ist hier«, sagte Kamptz und zeigte auf den Toten am Boden und trat gegen dessen lebloses Schienbein.

»Weiß nicht, wo er ist«, gestand Kurt, den Kopf vorsichtshalber eingezogen.

»Und wo ist Ernst? War das nicht ein Bewunderer von Knarrpanti?«

»Weiß nicht, wo der ist. War plötzlich weg.«

»Aha. Der Fall ist klar. Der hat sich seine Reliquie genommen. Der war doch plemplem mit seiner Verehrung. Geradezu ekelerregend, wie der sich den widerlichen Mantel Knarrpantis erdienert hat. Ich denke, den müssen wir uns auch vorknöpfen.«

»Wenn ich noch was hinzufügen darf«, sagte Kurt, gegen das Gefühl ankämpfend, das hündische Unterwerfung verlangte.

»Ja?« sagte Kamptz erstaunt, denn Kurt gehörte zu denen, die sich bisher niemals erkühnt hatten, etwas hinzuzufügen, einzuwenden oder anzuraten.

»Die Neuen, da muß man aufpassen. Die sind nicht ganz richtig!« sagte er und schloß dann in Erwartung eines Donnerwettters die Augen.

»Danke für deinen Rat. Das ist ja sehr lieb, daß du dich

um meine Angelegenheiten kümmerst. ABER DARAUF PFEIFE ICH! Wenn ich jemanden benötige, der mir Ratschläge gibt, dann suche ich mir jemanden wie den komischen Krüppel aus Königsberg, der hatte nämlich ein größeres Gehirn. So! Damit ist die Sache für mich erledigt. Schaff die Maus fort. Ich werde jetzt mal unseren Gast besuchen. Mal sehen, was der hinsichtlich eines gewissen Manuskripts zu sagen hat und auch betreffs eines Angebots, das abzuschlagen unklug wäre – und vor allem möchte ich die Visage dieses dünkelhaften Zierbengels sehen, wenn er das ganze Ausmaß meiner Macht erfährt!«

Damit verließ der Polizeidirektor das Labor. Olympus folgte auf tönenden Füßen. Kurt beugte sich hinab zur Maus, packte den armen Toten an den Füßen und schleifte die sterbliche Hülle zur Tür hinaus. Ein mutmachendes Liedchen summend, verschwand Kurt in einem schmalen dunklen Gang. Sehr bald danach war das leiser werdende Summen ganz verstummt. Damit war das Schattenspiel endgültig zu Ende. Nur die Fackel gloste weiter vor sich hin.

24.

»Soso, eine Kleiderbürste. Einen Kamm auch. Sie glauben wohl, Sie befinden sich in einem Boudoir und ich wär' Ihr Kammerdiener. Ich befürchte, Herr Minister, Sie befinden sich keineswegs in einem Boudoir, sondern im Irrtum und haben den Boden unter den Füßen verloren, und zwar beim Versuch, allzu hoch hinaus zu wollen. Ich werde Sie zunächst einmal wieder auf den Boden der Tatsachen hinunterbefördern.«

Kamptz renkte sich fast den Hals aus, um zu dem auf ihn hinabblickenden Minister hochzustarren. Wie hatte er es nur geschafft, da hinaufzuklettern?

Kamptz war mit seiner Erwiderung nicht so recht zufrieden. Sie schien ihm nicht jenen feinsinnigen Geist des gehobenen Spotts zu atmen, der in den Salons, in denen dieser Schnösel verkehrte, so beliebt war. Er selbst bevorzugte nicht das hinterhältige Florett spitzer Zunge, sondern den derb, aber offen dreinschlagenden Säbel rüdester Verbalinjurie. Doch dieser feine Pinkel mit seinen artigen Redensarten und der gekünstelten Aussprache schaffte es immer wieder, daß er sich ihm unterlegen fühlte. Allein, daß es der Minister schaffte, ihn aus seiner schier ausweglosen Situation heraus dazu zu nötigen, zu ihm aufzuschauen, ärgerte ihn maßlos. Mit einer angewiderten Bewegung riß er seinen Kopf aus der starren Position und wandte sich ab. M.M. bemerkte, wie die hervorgewölbten Wülste am Nacken des Polizeipräsidenten sich glätteten. Das feine Antlitz des Ministers schwebte wächsern im gelben Licht der Kerze.

»Herr von Kamptz, so bleiben Sie doch! Ich verlange eine

Erklärung!« rief der Minister dem von dannen ziehenden Polizeipräsidenten hinterher. Und auch M.M. wollte Kamptz nicht gehen lassen: »Herr Polizeipräsident! So geht es nicht!«

Sie prallte gegen die in der Dunkelheit jählings aufragende Steilwand einer Gendarmenbrust. Dieser Geheimpolizist hatte schon wegen geringerer Verfehlungen und schwächeren Formen von Widerwehr zum Hammer gegriffen. Er schleuderte die junge Schauspielerin zunächst einmal gegen eine der Verließwände. Schuckmann, in seiner Nische zur Tatenlosigkeit verdammt, verfolgte diesen Vorgang mit Entsetzen. Infolge der großen Dunkelheit sorgte allein sein Kerzenlicht für kümmerliche Beleuchtung. Ohne Einzelheiten erkennen zu können, war der Minister auf Mutmaßungen angewiesen und glaubte, entsetzliches Knochenkrachen gehört zu haben. Was sollte er nur tun? Im Widerschein seiner lichterloh brennenden Sinne vermeinte er den zerschlagenen Körper M.M.s aufscheinen zu sehen. Sie lag verkrümmt gegen die Wand gesunken, und der schwarze Koloß von Polizist bewegte sich mit der leidenschaftslosen Gemächlichkeit und Steifheit einer Maschine auf sie zu. Wenn sie nicht bereits tot war, was an sich natürlich die Vorstellungskraft des Ministers überstieg, so war sie doch verloren, fiele dem Minister nicht schleunigst ein Weg zu ihrer Rettung ein. Wie aber sollte er sie retten? Er mußte den Koloß aufhalten. Noch ehe er eine Lösung gefunden hatte, spürte der Minister die nachzitternde Wucht einer explosiven Bewegung, die seinen Körper erschüttert hatte. Als ob die Zeit zum Stillstand gekommen wäre, sah er, wie der einarmige Messingleuchter aus seiner Hand schoß, schier endlos einen ungeheuer großen Raum aus Schwärze durcheilte und dann an einem gewissen, scheinbar genau berechneten Punkt mit der bulligen Masse des Polizisten zusammentraf – und dann hörte er eine Art Rasseln und Quietschen.

Das Bild verschwand. Kein neues Bild stellte sich ein. Er versank in einen schwarzen saugenden Schacht, versank langsam, gleichsam ächzend in den Granit hinein. Die Wand war ein großes gefräßiges Tier und verschlang ihn samt und sonders. Mit diesem Phänomen ging ein Rütteln einher, das in einer kausal bestimmbaren Beziehung zum Rasseln und Quietschen stand, so daß der Vorgang sich zumindest nicht gänzlich jeglichem Ordnungssystem entzog. Schuckmann griff ins Dunkel. Die Wand glitt an seinen Fingerkuppen entlang. Plötzlich wurde es hell. Das Rütteln endete. Er öffente die Augen.

Ein Arm wuchs in seine Nische hinein. Schuckmanns malvenfarbener Seidenbinder wurde enger und drosselte ihn ein wenig. Sein gestärkter Kragen knirschte und bot der Verwüstung nur äußerst wenig Widerstand. Ein kurzes Fallen. Der schlappe Aufprall. Die Härte des Bodens. Wo war M.M.? Was war mit ihr geschehen?

»Die Merde hat Sie wieder«, brüllte Kamptz, »um es mit den Worten des Dichters zu sagen, haha. Toll, was? Nennt sich Schwebezimmer, und Sie hockten gewissermaßen auf der Decke. Sie sehen ja weiß aus wie ein seekranker Schneemann, sind ja bleich wie ein schneekranker Seemann. Also, wenn Sie sich übergeben möchten, so nehmen Sie das hier.«

Es war eine Kopfbedeckung, ein Zylinder, um genau zu sein. Und noch genauer: sein eigener.

»Wenn Sie in Ihren Zylinder kotzen wollen, bitte schön!« Ja! Das waren Scherze nach des Polizeipräsidenten Geschmack. Das war genau die Art von Konversation, wie er sie liebte. Er verteilte mit kruder Klinge, die anderen hielten den Kopf hin. Ja! So müßte es immer laufen; denn da blühte der Polizeidirektor auf, dessen Kindheit schließlich nicht ganz einfach gewesen war. Mit brutalen, aber durchaus gelösten, fast heiteren Schubsern stieß er den Minister vor sich her. Der Minister hielt krampfhaft seinen Zylinder fest und starrte fasziniert oder hypnotisiert hinein, als sei die Kopfbedeckung eine Laterna magica und gar wunder- und lehrsame Szenerien spielten sich auf ihrem Grunde ab. Oder der Minister sah etwas anderes in der lichtlosen Röhre des Zylinders: das Nichts, das seine Zukunft darstellte, sollte M.M. ihm für immer genommen worden sein. Mit einem letzten Stoß katapultierte Kamptz den willenlosen Minister gegen eine Wand. Der Minister sank in den Staub, wo alle hingehörten, die Feinde waren des Polizeipräsidenten. »Haha, mein lieber Herr Minister! Mit einer Kleiderbürste und einem ... äh Kamm ist da wohl nicht mehr viel auszurichten, hahaha.«

Bei all dem hatte der Polizeidirektor einen Mordsspaß, den nicht das kleinste Quentchen schlechten Gewissens trübte. »He, Olympus I«, rief Kamptz hochgestimmt und leuchtete suchend ins Verließ hinein, über den auf die Knie gesunkenen Minister hinweg, in alle Ecken der Zelle. Da stand er. Der Polizist. Mit dem Rücken zum Polizeipräsidenten ganz dicht an der gegenüberliegenden Verließwand. Drückte sich quasi die Nase an der Wand platt. Stand da wie bestellt und nicht abgeholt. Das war um so seltsamer, als es für dieses Verhalten keine Vorschrift in der Gendarmerieordnung gab. «Olympus I! Was soll das? Dreh dich um«, hallte seine Stimme wider und wider, gewissermaßen verirrt oder verliebt ins eigene Echo, und wurde lauter und lauter infolge unerklärlicher akustischer Phänomene. Gegen den höhnischen Lärm ankämpfend, marschierte der Polizeidirektor auf seinen Untergebenen zu. Es sah alles danach aus, als würde er gleich den Gendarmen packen und von der Wand zerren. Allein, er tat es nicht. Er blieb statt dessen abrupt stehen, einige Meter entfernt. Zitterte. Olympus I (oder war es Olympus II?) hatte sich bewegt.

Ohne eine Vorwarnung ging diese Bewegung in eine Art Veitstanz über. Olympus I war außer Rand und Band. Jedes Körperteil zuckte dabei auf seine eigene Weise. Es war ein heterogenes Zuckspektakel, eine Kakophonie autonomer Körperteile, die kein Generalbaß des Bewußtseins mehr gängelte und kein geistiger Führer mehr dirigierte. Dann zuckte er ein letztes Mal. Es war ein riesiges ekstatisches Auseinander- und Wiederzusammenfahren, das einer ungeheuren energetischen Entladung gleichkam. Kamptz war es, als hätte er in der Tat eine Art Blitz gesehen, der aus dem Körper des Polizisten gefahren wäre.

Danach drehte sich der Polizist endlich um. Er drehte sich

mit einer gewissen Selbstverständlichkeit um. Das kam überraschend. Ganz ohne Zucken oder irgendeinen blitzenden Wirbel oder ekstatischen Firlefanz drehte sich der Polizist um, als sei nichts gewesen. Kamptz war versteinert. Aus Olympus' Mund stürzte sich ein verrenktes Grinsen. Sein Gesicht war im übrigen nicht gut sichtbar. Es steckte darin nämlich ein einarmiger Messingleuchter. Der Leuchter mußte mit solcher Wucht gestoßen worden sein, daß er sich ins Gesicht hineingebohrt hatte wie in die weiche Masse feuchter Pappe. Olympus I (oder war es Olympus II?) folgte seinem Grinsen. Er stürzte. Dieser Sturz war kein Hinfallen, sondern ein Insichzusammenstürzen, bei dem das Niederfallen nur eine Begleiterscheinung war. Das Ganze geschah auf eine unspektakuläre, zurückhaltende, förmliche, ja vornehme Weise. Kamptz warf sich herum. Leuchtete hastig in die Weite des Verließes. Schuckmann war weg. Seine Kokotte auch.

25.

»Erzählt, Freunde. Was gibt es Neues?«

»Man hat den Polizeiminister entführt«, antwortete Friedrich.

»Und wir gedenken, etwas dagegen zu unternehmen«, ergänzte Ernst.

»Laßt mich raten: Der Übeltäter ist Kamptz, mein Erzfeind.«

»Ja, dessen bin ich sicher. Ich hätte gestern abend schon darauf kommen können. Die Kutsche, die an uns vorbeigerast ist, da saß der Minister drin. Es ging gar nicht um Sie, Herr Knarrpanti, wie ich geglaubt hatte. Wir hatten da gestern nacht auf den Minister gewartet«, analysierte Ernst.

»Dann ist es soweit. Wir müssen hinab in die Höhle des Löwen, in den Orkus des Polizeipräsidenten«, sagte Hoffmann nachdenklich und mit einem Hauch Schwärmerei.

»Fragt sich nur, wie?« knirschte Knarrpanti knapp.

»Ernst geht vor. Er kennt den Weg. Und wenn er drin ist, nimmt er die erste Gelegenheit wahr, Sie, Herr Knarrpanti, und Friedrich, hineinzulassen«

»Ich? Hm, ich denke, wir sollten die zuständigen Behörden benachrichtigen«, sagte Friedrich.

»Fein! Die zuständige Behörde wäre ja wohl der Polizeidirektor selbst. Tolle Idee, Friedrich.« Ernst sprach mit einer Ironie, die bissig sein sollte, aber nur verbissen wirkte.

»Das weiß ich ebensogut. Dennoch, auf eigene Faust zu handeln wäre auch nicht im Sinne des Ministers. Wir sollten zum Kammergericht gehen. Sie, Herr Hoffmann, geben uns ein Schreiben mit, in welchem Sie den Fall darstellen. Man wird schon sehen, wie dann weiter zu verfahren ist. Es ist ja nicht einmal sicher, ob der Polizeidirektor in die Sache verwickelt ist.«

»Aber Sie sind sicher, daß der Minister verschwunden ist?« fragte Knarrpanti trocken.

»Ja, ganz sicher. Er hätte niemals eine Audienz beim König verpaßt. Er setzt doch nicht leichtfertig seine Karriere aufs Spiel. Außerdem sollte er ja wohl gestern nacht ausgeschaltet werden. Ich stelle all das nicht in Frage. Ich stelle nur die Frage, ob wir nicht unsere Kompetenzen überschreiten?«

»Kompetenzen? Lieber Friedrich, Sekretär des Ministers, was ist außerhalb der Behörde?« fragte Ernst, die Zunge zum Zustechen gespitzt.

»Außerhalb der Behörde? Gibt es das?« konterte Friedrich kantig.

»Allerdings. Was da außerhalb der preußischen Bürokratie ist, Herr preußischer Sekretär, das nennt man Leben. Und in diesem Leben nehme ich mir die Kompetenz, die ich brauche, und frage keinen Vorgesetzten, ob ich atmen oder Leben retten darf. Da gilt denn doch immer noch die Forderung Kants, des ›komischen Krüppels aus Königsberg‹, wie ihn kürzlich der Polizeipräsident nannte: ›Habe Mut, dich deines eigenen Verstandes zu bedienen.‹ Vorausgesetzt natürlich, man hat einen.«

»Nun streitet nicht schon wieder. Nehmt bitte Rücksicht auf einen Kranken. Ich selbst darf wohl behaupten, daß ich als Kammergerichtsrat immer korrekt gehandelt habe. Mir geht das Gesetz über alles. Jede Vorschrift ist mir heilig, solange die Gesetze und Vorschriften das Leben nicht unterdrücken, sondern vielmehr zu dessen eigentlicher Entfaltung beitragen. In diesem Fall, so meine ich, sollten wir uns dem höchsten Gesetz beugen, welches es da gibt.« Hoffmanns Autorität in diesem Kreise war so groß und zudem so unwiderstehlich, daß er ohne Probleme den Streit schlichtete. Zudem wagte niemand zu fragen, was das denn für ein Gesetz sei, das er als das höchste bezeichnete – nur Knarrpanti hob grübelnd seine kleine Hand bedächtig in die Höhe und knarzte: »Von welchem Gesetz sprechen Sie, Herr Hoffmann?«

»Ich meine das Gesetz von der Doppelheit allen Seins, welches besagt, daß alles, was geschieht, halb Wirklichkeit und halb Traum ist.«

»Verstehe ich Sie recht, wenn ich Sie dahingehend interpretiere, daß alles sowohl dem Realen verpflichtet wie auch auf einer höheren Warte ins Licht des Traums, der Phantasie getaucht ist?« fragte Knarrpanti mit solch unpersönlicher Stimme und zugleich so pennälerhaft, daß Hoffmann unwillkürlich schmunzeln mußte.

»Ja, so meine ich es. Oder, um es salopp zu formulieren, alles ist halb Bürokratie, halb Phantasie, sogar die Bürokratie und sogar die Phantasie selbst.«

Unruhig und besorgt regte sich jetzt wieder Friedrich. »Ich möchte keineswegs Ihre dichterischen Gedanken, Herr Kammergerichtsrat, stören, aber der Herr Minister ist nun einmal mein Herr, und ich denke, die Sache seiner Rettung pressiert. Und Ihre Gedanken verstehe ich, ehrlich gesagt, nicht, und ich verstehe folglich auch nicht, inwiefern diese Gedanken uns helfen können, zu einer Entscheidung zu gelangen.« Ein wenig verlegen schaute er sich um, nachdem er geendet hatte. Diesen Einwand war er seinem Dienstherrn schuldig.

»Was Sie, Herr Friedrich, an dem Gedanken vermutlich nicht verstehen, ist jener Teil, der nicht zur Wirklichkeit gehört, sondern zum Traum. Daraus folgt, daß Sie zu sehr nur dem einen verpflichtet sind, der Behörde, und sich zu wenig dem anderen Glied der Doppelheit alles Seins öffnen, der Phantasie.«

»Mir scheint hingegen, daß das, was Sie jetzt eben sagten, wieder zum Traume gehört, denn ich habe erneut nichts verstanden«, klagte Friedrich und schaute dann provozierend in die Runde.

»Nun denn, ein Beispiel, Herr Friedrich. In der Welt der Behörde, wo alles seine Ordnung hat, ist es da wahrscheinlich, daß der Herr Minister mir nichts dir nichts verschwindet und gar eine Audienz beim König versäumt?«

»Nein, niemals«, protestierte Friedrich

»Da sehen Sie es. In der Welt der Behörde, wo alles seine Ordnung hat, ist es da wahrscheinlich, daß der Polizeipräsident in einem Schauspielhaus ein- und ausgeht und dann jedesmal in der Erde verschwindet wie der Satan höchstpersönlich?«

»Nein, bestimmt nicht.«

»In der Welt der Behörde, wo alles seine Ordnung hat, gibt es da ein Perspektiv, mit dem man durch Wände sehen kann?«

»Nein, ich glaube nicht.«

»Ernst, zeige ihm unser Perspektiv.«

Ernst erhob sich, faßte Friedrich bei der Schulter und führte ihn vor das Perspektiv. Er nahm das Tuch, welches das Fernrohr verdeckte, ab, beugte sich vor und klemmte sein rechtes Auge vor das Okular.

»Sieh mal einer an. Der Schuft!« Ernst schlug zur Bekräftigung in die Luft, wobei er mehr als Luft traf, denn Knarrpanti war unbemerkt ebenfalls zum Perspektiv getreten.

»Dieser neue Polizist kommt gerade aus dem Gebäude … Hui, ist das ein schwerer Brocken. Achtung, Deckung!« Unwillkürlich warfen sich alle drei auf den Boden.

»Der hat hier hochgeschaut«, flüsterte Ernst überflüssigerweise, denn der Polizist konnte ihn unmöglich hören. Knarrpanti faßte sich als erster. Vorsichtig robbte er zum Fenster, kniend lugte er über das Fensterbrett: »Er steht dort, kommt näher, genau hierher … bleibt stehen, geht zurück, geht um die Ecke des Schauspielhauses, ist verschwunden«, kommentierte Knarrpanti.

Ernst stand schon wieder am Perspektiv und schaute hinein.

»Der ist nicht fort, der böse Bube. Der verschanzt sich da. Der lauert auf wen … auf uns. Bestimmt!«

»Laßt mich auch einmal«, drängelte Friedrich, und es wurde ihm Platz gemacht.

»Ich sehe nichts … Doch, jetzt sehe ich etwas.« Abwechselnd schaute Friedrich durchs Okular und dann wieder über das Fernrohr hinweg, um sich jedes Mal sozusagen mit eigenen Augen zu vergewissern, daß das, was das Gerät ihm zeigte, auch wirklich da war. Als Ernst mit flinken Handgriffen das Okular verstellte, machte er die große Entdeckung.

»Potzeiner! Ich seh ihn, lauert wirklich an der Ecke …« Sein Kopf schnellte ein paar Etagen höher, und er sah übers Fernrohr hinweg: »Jetzt ist er fort.«

Er bückte sich wieder und legte sein Auge ans Gerät: »Jetzt ist er wieder da. Unglaublich!«

Danach wurde Knarrpanti in die Handhabung des Perspektivs eingeweiht. Ihm erschloß sich das Gerät schneller als Friedrich, und er verzichtete auf Kundgebungen des Erstaunens und Entzückens.

»Einer muß ihn beobachten«, sagte Ernst.

»Lassen Sie mich das tun. Das ist eine genuine Agententätigkeit, wenn ich so sagen darf.« Knarrpanti hatte sich schon behend des Fernrohrs bemächtigt, wobei er Ernst sogar ein wenig zur Seite stupste.

»Das ist phantastisch«, stotterte Friedrich, »er steht hinter einer Mauer, kauert da, und ich seh durch, durch die Mauer hindurch. Das ist wie von Ihnen erfunden, Herr Kammergerichtsrat.« Sie hatten wieder Platz genommen.

»Meinen Sie noch immer, Sie verstehen nicht, was ich mit Doppelheit des Seins meine?«

»Ich versteh's, ja doch!« jauchzte Friedrich.

»Und Sie sind noch immer überzeugt, wir sollten die Behörde einschalten?«

»Nein, keinesfalls, wir sollten uns so lange dem anderen, dem phantastischen Teil dieser Doppelheit anvertrauen, bis wir …«

»… bis eine bestimmte Form, eine Symmetrie wiederhergestellt worden ist«, ergänzte Hoffmann, und alle nickten.

»Aber noch immer fehlt uns ein Plan«, wandte Ernst ein.

»Ernst kann auf keinen Fall zurückgehen. Er ist längst enttarnt. Kamptz ist nicht dumm«, knurrte Knarrpanti, das Spitzelauge hart am Okular.

»Wie kommt man da eigentlich hinein?« fügte Knarrpanti

knisternd hinzu, ohne sich auch nur einen Millimeter vom Okular wegzubewegen.

»Entweder mit Kamptz, der den Sesam-öffne-dich hat, oder, ja, oder gar nicht.«

»Klingt entmutigend, Ernst, weil uns die erste Möglichkeit nicht offensteht.« Ermattet drückte Hoffmann seinen Kopf tiefer ins Kissen.

»Zumal es da unten einen Wachhund gibt, neben dem jeder Dobermann wie ein Rehpinscher wirkt«, warf Friedrich ein.

»Das stimmt. Zunächst müssen wir diese seltsame Gestalt ausschalten. Und ich weiß natürlich auch schon wie. Wir benötigen lediglich ein Eisloch, und ein solches sollten wir finden!« knatterte Knarrpanti. Er ließ jetzt ab vom Perspektiv, wandte sich den drei Freunden zu und erläuterte in kurzen, knappen Sätzen seinen Plan. Die anderen akzeptierten den Plan sofort. Knarrpanti war in seinem Element. Dennoch, wenn er den darniederliegenden, leidenden Hoffmann sah, dann war ihm keineswegs wohl zumute. Das Gerücht hatte den Kranken in seiner Isolation noch nicht erreicht. Doch das konnte nicht mehr lange dauern. Diese Art von Nachrichten fielen sehr schnell aus den Höhen aristokratischer Salons und politischer Cabinette in die Niederungen kleinbürgerlicher Stuben. Hoffmann würde sicherlich sofort Knarrpanti mit dieser Intrige in Verbindung bringen. Und wie enttäuscht wäre Ernst, wenn er alles erführe! Dabei konnte sich Knarrpanti wirklich glücklich schätzen, daß bisher die Intrige und ihr Mitautor, er selbst, noch nicht aufgeflogen waren. Der Polizeipräsident hatte zu des Spitzels Glück Ernst nicht in seine Pläne eingeweiht. Desto stärker würde ohne jeden Zweifel die Zuneigung, die Ernst ganz offensichtlich seinem Idol Knarrpanti entgegenbrachte, in Haß umschlagen, sobald er es erführe. Allzu viel Zeit, den gegenwärtigen Zustand zu genießen, bliebe Knarrpanti also nicht …

Nachdem sie den Plan beratschlagt hatten, zog Knarrpanti den Mantel aus grauem Flaus über, warf sich einen geliehenen Schal um, setzte einen geliehenen Filzhut auf, schwang elegant einen Stock, eben jenen mit dem Löwenhauptknauf, den er beim ersten, so entlarvenden Besuch vergessen hatte, und verabschiedete sich von seinen neuen Kameraden. Hoffmanns aufmunterndes Lächeln beantwortete Knarrpanti, indem er grüßend mit dem Finger gegen den Hut tippte. Warum führte menschliche Nähe dauernd in die Katastrophe? Er hatte sich sehr weit vorgewagt, hinausgewagt aus seinem Bau. Es war über ihn gekommen; jetzt war er selbst Teil des Geflechts, prägte und wurde geprägt. Er hatte den schützenden Hort der Anonymität verlassen und fand sich wieder als Mitglied einer verschworenen Gemeinschaft von Serapionsbrüdern, diesem halb wirklichen, halb erfundenen Hoffmann-Club von Dichterphilistern, die in unregelmäßigem Turnus ihrer bürgerlichen Existenz entfliehen, indem sie auf dem Luftschiff ihrer punschbetriebenen Phantasie (zusammen eine ganze Flotte) ins Land ihres methodischen Wahnsinns reisen, bis zum Morgengrauen, wenn die Nebelschwaden der Wasserpfeifen sich lichten und einen All-Tag enthüllen, an dessen Fels aus Festigkeit die bunten Traumschiffe zerschellen. Auch Knarrpantis schwebendes Schiff würde sehr bald schon zerbrechen, unversehens hätte er eine Blessur mehr. Dennoch, was konnte er jetzt anderes tun, als dazusein, für die anderen dazusein? Jetzt war nicht der Zeitpunkt zur Umkehr oder Rückkehr; aber er käme, und dann, Knarrpanti sah es bildlich vor sich, dann würde er in die Nacht verschwinden wie ein Finger in einen Handschuh.

26.

Die Dämmerung fiel in einen melancholischen Tag ein und machte leichte, aber wertlose Beute. Ein griesiger Himmel hatte die Stadt längst zugedeckt, als der Abend in die Stadt einsickerte. Eine matschige Mischung aus Schneeregen und Regenschnee bedeckte Straßen und die Gemüter der Bürger. Es konnte trüber nicht mehr kommen – da peitschte ein kurzer, schräger Hagelschauer übers Land. Der Graupel setzte sich in alle Ritzen und ließ den letzten Hoffnugsschimmer in so manchem Herzen erfrieren.

Knarrpanti war mitten hineingeraten in den Schauer. Der Hagel beschoß sein Gesicht und trommelte auf seinen haselnußbraunen Filzhut. Dicke eisige Körner klebten in den nachgebenden pflanzlichen Strukturen seines Mantels, saugten sich da regelrecht fest und schmolzen gelassen über der Knarrpantischen Körperwärme, um als tropfnasse Masse ihren Wirt zu beschweren. Knarrpanti schleppte sich und den Flausmantel durch den Irrgarten Berliner Straßen und konnte sich immerhin damit trösten, daß sein Verfolger die gleichen erschwerten Bedingungen hatte. Mehrmals kreuzte Knarrpanti die Spree. Sein Verfolger war ziemlich gut ausgebildet, ließ sich nicht foppen und blieb immer unsichtbar. Doch Knarrpanti spürte ihn in seinem Rücken wie einen Alp. Manchmal, wenn er stehenblieb, um sich zu orientieren, glaubte er seinen Verfolger zu hören, ein Stiefel, der in weichen, wässrigen Grund versinkt und mit einem Glumpsch! wieder herausgezogen wird; eine Sohle, die ein hartes Hagelkorn zerstößelt; ein verhalten ächzender Atemzug. Es war ungewohnt für Knarrpanti, selbst der Beschattete zu sein.

Sein Metier war die Rolle des Beschatters, und niemand auf der Welt beherrschte sie so gut wie er – abgesehen vielleicht von dem Spitzel, den sie die Maus nannten. Die Funktion des Beschatteten, der um seine Rolle weiß, ihr gewissermaßen zugestimmt hat und sie mit Bewußtsein spielt, lag ihm allerdings auch sehr gut.

Jetzt oder nie. Knarrpanti begann zu laufen. Er lief an der Uferböschung der Spree entlang. Seinen Gehstock hielt er wie einen Degen voran. Unvermutet bog er nach rechts ab. Er sprang die Böschung hinab, die sich in eine glitschige Eisbahn verwandelte, so daß er ins Rutschen kam, mit seinem Stock glücklich Balance haltend. Er erreichte die Eisfläche und hoffte, sie möge ihn tragen. Einen Moment lang hielt er inne, um zu prüfen, ob irgendwelche warnenden Signale vom Eis ausgingen. Es schien zu halten. Mit einem Lärm, der soviel Stille zerschlug, wie zuvor zwischen ihnen aufgebaut worden war, polterte sein Verfolger die Böschung hinab und schlug mit einem dumpfen Aufprall vor Knarrpantis Füßen auf. Knarrpanti sah noch in der mondverschleierten Dunkelheit, daß dieser üble Gesell nur von einem Gedanken beseelt war, und dieser Gedanke ließ sich ohne weiteres auf ein Wort reduzieren: Mord! Und je einfacher der Gedanke, desto größer der Wille, der ihn trägt – hier war zudem die körperliche Kraft, ihn auszuführen, mehr als reichlich vorhanden. Also, auf ging's. Denn schon griff eine Hand aus dem dichten Dunkel nach Knarrpantis Beinen, die daraufhin spornstreichs das Weite suchten.

Knarrpanti rannte im Zickzack. Der Polizist rannte nicht. Jedenfalls nahm ihn Knarrpati nicht mehr wahr. Es war vielmehr so, als hätte er sich in der Dunkelheit aufgelost, wäre eins geworden mit der allumfassenden Nacht und schwebe als drohendes Gespenst unsichtbar hinter Knarrpanti her. Knarrpanti verlor allmählich die Orientierung. Rings um ihn her, in einiger Entfernung, markierten vereinzelte Lichter die Ränder der Ufer, aber dazwischen war alles konturlos, und auch seine eigene Kontur verschwamm. Unter seinen Füßen allerdings befand sich eine Oberfläche von ungewöhnlicher

Vielgestaltigkeit, deren bizarre Formen ihn foppten und immer wieder straucheln ließen; denn der zierliche Strom führte Treibholz, fortgeworfene Flaschen und den gesamten Unrat dieser Stadt mit sich, der nun in Eis gebannt war und steifgefroren hervorragte. Kein Laut kam von seinem Verfolger. War der so weit hinter ihm zurückgeblieben? Knarrpanti konnte die Ungewißheit nicht mehr ertragen. Er blieb stehen. Nichts. Je länger er in das Dunkel starrte, desto mehr bekam er den Eindruck, es verdichte sich da hinten etwas zu einem schwarzen Punkt. Ja, der Punkt kam näher, wuchs an, gewann Kontur, gestaltete sich zu menschlicher Form und war sein Verfolger. Knarrpanti war erleichtert. Er setzte sich wieder in Trab. Ziemlich nahe leuchtete jetzt eine Fackel auf. Das war sein Ziel.

Ernst hielt die Fackel in der Hand. Neben ihm stand der fröstelnde Friedrich, seines Zeichens Sekretär des Ministers, und schlug mit den Armen wärmend um sich. Vor ihnen befand sich ein Fleck, eine rote Decke oder Plane, die sie über die Eisfläche gelegt hatten. Die Plane war bedeckt mit Schneematsch – aber nicht gänzlich unkenntlich, denn für gewisse Augen sollte sie sichtbar sein.

Knarrpanti ging zum Endspurt über. Sein Verfolger holte dennoch auf. Der Spion hörte ganz deutlich den keuchenden Atem im Wechselsang mit dem dumpfen Plopp-plopp seiner Schritte. Ja, komm nur näher, komm näher, dachte Knarrpanti. Er drosselte das Tempo, paßte es der Geschwindigkeit des Verfolgers an, ließ ihn aufrücken und kam selbst dem roten – *fast versteckten* – Fleck immer näher.

Jetzt endlich spürte er seinen Verfolger wieder und nahm dessen Kraft und Zorn wahr. Er mußte es schaffen, den Abstand zwischen sich und dem Polizisten im selben Maße zu verringern, wie sein Abstand zum Zielpunkt, der roten Decke, schmolz. Gewonnen hatte er, wenn die drei Elemente, also er selbst, die Decke und der Gendarm, zusammentrafen. Und dieser Moment war gekommen. Der Polizist packte Knarrpanti bereits am Kragen, als dieser mit einem letzten, alle Kraft bündelnden Ruck einen großen Sprung tat und auf dem roten Fleck aufsetzte, nur um gleich einen weiteren Sprung weit hinter die Plane zu vollführen. Die beiden Freunde stoben auseinander, das Licht der Fackel kippte in die Waagerechte. Knarrpanti brach mit dem rechten Fuß in eisige Nässe. Mit dem linken Fuß landete er jedoch auf tragfähiger Ebene. Hilfreich schnellten ihm Hände und Arme zu, die er geistesgegenwärtig ergriff. Ein kräftiges Ziehen, und er saß mit dem Hosenboden auf dem Eis. Neben ihm lagen zwei Hacken.

Als Knarrpanti sich umdrehte, ruderte der Polizist schon hilflos im Eiswasser. Verständnislos tastete er immer wieder zum roten Fleck. Schließlich zog er die Decke zu sich ins Wasser und gab die ganze Konstruktion frei: Um eine Insel aus Eis, die von der roten Decke bedeckt worden war, führte ein Graben, den die mit Schneematsch getarnte Plane versteckt hatte. Der Polizist war darauf – im wahren Sinne des Wortes – hereingefallen und hatte, sich schlau dünkend, seinen Schritt genau neben die rote Decke getan, wo der Graben nur auf den Fehltritt seines Opfers wartete. Die Insel schwappte jetzt wie ein Ponton neben dem Kopf des Polizisten.

Knarrpanti war davon ausgegangen, daß der Geheimpolizist sofort unter der Scholle verschwinden würde. Statt dessen kämpfte der um sein Leben, und das ergab eine Vielzahl von Geräuschen. Unversehens begann der Polizist zu stöhnen. Es war ein sehr fremdartiger Laut. Ernst stand mit der Fackel in sicherem Abstand. Knarrpanti saß noch immer neben dem Eisgraben und glaubte die Augen des Polizisten in gequälter Angst leuchten zu sehen. Neben ihm stand Friedrich und schluckte vor Beklemmung. Der Polizist stöhnte mitleiderregend. Es war wie der Ruf eines urzeitlichen Untiers, einer gepeinigten Kreatur, der kaum etwas Menschliches anhaftete. Und genau dieses Kreatürliche seines langgedehnten Stöhnens, das durch kein Bewußtsein gefiltert schien, sondern gewissermaßen rein und unschuldig aus den Tiefen einer Tierseele hervorscholl, weckte zunächst bei allen Mitleid.

Das Stöhnen brach plötzlich ab. Statt dessen war nun ein Prusten hörbar, das sich mit einem erbarmungswürdig asthmatischen Luftschnappen abwechselte. Hände krallten sich ins Eis und rutschten immer wieder mit einem Kratzen ab.

Friedrich konnte es nicht länger ertragen. »Wir müssen ihn rausziehen. Das ist im übrigen auch ungesetzlich. Kommt, helft mir.«

»Ich bleib' hier und rühr' mich nicht von der Stelle«, rief ihm Ernst zu und rührte sich doch, aber nur, um den Abstand noch zu vergrößern.

»Kommen Sie, helfen Sie mir. Wir können ihn rausziehen. Der ist nicht mehr gefährlich«, wandte sich Friedrich nun direkt an Knarrpanti. Und wie um die Worte von Friedrich zu bestätigen, rasselte das Luftholen des Polizisten ganz erbärmlich. Vielleicht hätte sich das Folgende nicht ereignet, wenn nicht zuvor noch etwas Schreckliches passiert wäre, etwas, das das seehundhafte Stöhnen und jammervolle Luftholen noch übertraf. Der Polizist stimmte ein Lied an. Ja, er sang wirklich ein kleines Lied. Ein Kinderlied. Er sang »Alle meine Entchen«, sang nur diese erste Zeile: »Alle meine Entchen schwimmen auf dem See«, sang es mit einer rauhbeinigen, gewissermaßen stachlig-behaarten Männerstimme, die sehr im Kontrast stand zur drolligen Schlichtheit und Einfältigkeit des Liedes. »Alle meine Entchen schwimmen auf dem See«, brummte er bärbeißig. Nur diesen ersten Vers, gerade so, als überstiege der Inhalt dieses Lieds sein geistiges Fassungsvermögen. Es ließ ihn so unendlich schwach erscheinen.

»Da hören Sie nur, Herr Knarrpanti, wie er singt!« Friedrich war den Tränen nahe.

»Ich denke, die Sache ist gelaufen, Friedrich«, knarzte Knarrpanti mitleidlos.

»Dann versuch ich's allein«, entgegnete Friedrich trotzig.

Knarrpanti konnte nicht schnell genug reagieren. Friedrich trat vorsichtig einen Schritt nach vorn, hielt dann jedoch inne, so als zweifle er plötzlich an seinem Vorhaben, war auch schon fast im Begriffe, den Schritt wieder zurückzutreten, zumal der Gesang abrupt verstummte, als ein schwarzer

Koloß, ein prustender Wal, eine tödliche Woge in die Höhe schnellte und vor ihm auftauchte, seine Fessel oder Wade ergreifend. Friedrich wurde zu Boden gerissen und rutschte, da der Koloß ins Wasser zurückflutete, an den Rand des Eisgrabens. Für einen Moment schien es, als sei nicht entschieden, ob er leben oder sterben sollte. In diesem Augenblick der Schwebe, in dessen gräßlicher Grazie Friedrichs erstauntes Gesicht in der Luft stillestand und zu Knarrpanti hinüberschaute, erschien es dem Spitzel, als halte ihn die Schwerkraft in Gestalt eines dunklen bösen Schattens zurück und verhindere, daß er Friedrich errette. Dieser glitt nun gänzlich ab und versank so schnell, daß nicht einmal mehr Zeit blieb für einen Schreckenslaut oder sonst eine Äußerung, die die beiden Freunde als tröstende, weil faßliche Erinnerung hätten verwahren können.

Nach diesem Vorfall blieb es still. Knarrpanti bemerkte, daß sich der obskure Mond durch ein Wolkenbett wühlte und endlich verschlafen hervorlugte. Knarrpanti nahm dem Mond diese Saumseligkeit persönlich übel. Vielleicht, dachte er, hätte es nur ein weniges mehr an Licht bedurft.

»Tja«, seufzte schließlich Knarrpanti und rappelte sich auf.

Ernst, der mit der Fackel in der Hand, minutenlang statuenhaft dagestanden war, schien durch den Knarrpantischen Seufzer wieder zum Leben erweckt zu werden. Er kam auf Knarrpanti zu. Gemeinsam standen sie dann noch einige Minuten am Rande des eisigen Grabes und gedachten ihres Freundes, hin und wieder einen Seufzer ausstoßend. Ernst sagte dann: »Geradezu schicksalhaft, irgendwie.«

Knarrpanti nickte: «Verluste mußten natürlich einkalkuliert werden. Im Gesamtzusammenhang betrachtet, ist die Aktion doch eindeutig gelungen.«

»Vielleicht – aber trotzdem geradezu schicksalhaft, irgendwie.«

Knarrpanti bückte sich, langte nach den Hacken. »Gehen wir«, befahl er.

Sie gingen.

27.

Hoffmann lag wie ein Häuflein Elend auf dem Sofa. Aus der dickleibigen Bettdecke und den massiven Kissen in gestärkten Bezügen schaute sein kleines Gesicht unendlich zierlich hervor, in seiner Zartheit beinahe pflanzlich. Doch die Ankunft der Freunde belebte den Dichter. Schon setzte er sich auf, und es war, als ob er aufblühte und leibhaftiger wurde.

»Habt ihr den Schurken ausgeschaltet?« fragte er mit gebrechlicher Fröhlichkeit.

»Allerdings. Der Plan des Herrn Knarrpanti war genial!« sagte Ernst stolz.

»Da dürfen wir uns glücklich schätzen, Sie als Verbündeten zu haben und nicht als Gegner, oder?« sagte Hoffmann, in altbewährter Spaßmacher-Pose in Zweifel ziehend, ob Knarrpanti wirklich ein Verbündeter sei.

»Nun, ich denke, in diesem Fall sind die Verbündeten bekannt. Nur der Gegner dürfte nicht feststehen«, erwiderte Knarrpanti.

»Wie das? Ich dächte doch, wir haben es mit dem Polizeipräsidenten zu tun.«

»Ich fühle eine dunkle Macht, die im Hintergrund zu lauern scheint.«

»Herr Knarrpanti, Sie überraschen mich. Das mag die Rede einer romantischen Seele sein, einer schwarz-romantischen zumal, aber nicht die eines Mannes, der im Dienste des preußischen Staates steht. Ach, da fällt mir ein, wo ist denn unser junger preußischer Sekretär?«

»D-D-Der hat uns verlassen«, stotterte Ernst ebenso

schnell wie laut. Knarrpanti und er waren übereingekommen, Hoffmann mit Friedrichs Unglück zu verschonen.

»Was heißt verlassen?« fragte Hoffmann.

»Er ist gewissermaßen von uns gegangen.«

»Das klingt gerade so, als sei er tot?«

»N-N-Nein, tot doch nicht! Er hat es lediglich vorgezogen, sich davonzustehlen. War ihm wohl zu wenig bürokratisch, die Angelegenheit. Verdenken kann man es ihm nicht. Er sitzt jetzt sicherlich vorm warmen Ofen und liest Schauergeschichten, haha.« Dieser Rede folgte ein wenig überzeugendes Lachen.

Um vom Thema abzulenken, warf Knarrpanti ein: » Wir müssen endlich handeln und uns dem Feind stellen!«

»Da haben Sie recht, Herr Doktor. Wir … das heißt natürlich: Sie beide müssen in den Orkus des Polizeidirektors hinab.«

Ernst: »Nur, wie?«

Knarrpanti: »Gibt es denn einen anderen Weg als den über dieses Schwebezimmer?«

Ernst: »Nein, ich glaube nicht. Wenngleich ich nicht sicher bin, ich hatte eigentlich keine Gelegenheit, mir die Architektur in Ruhe anzusehen, immer war ich umgeben von Kamptz.«

Knarrpanti: »Hm.«

Hoffmann: »Tja.«

Ernst: »Tut mir leid. Ich bin wohl doch kein guter Spion.«

Knarrpanti: »Hm.«

Hoffmann (räuspernd): »Hmja.«

Knarrpanti: »Ich frage mich nur …«

Ernst (gespannt): »Ja?«

Hoffmann (räuspernd): »Hmja?«

Knarrpanti (zögerlich, bedachtsam): »… frage mich also folgendes …«

Ernst: »So?«

Hoffmann: »Hmja?«

Knarrpanti: »… frage mich erstens: Gibt es vielleicht einen andern Weg? Suchen wir doch den Ursprung!«

Hoffmann: »Aham?«

Ernst: »So?«

Knarrpanti (stoßweise): »Und frage mich deshalb vor allem ... wie ist eigentlich dieses alles ... da ... unter ... die Erde ... gekommen?«

Hoffmann: »Hm?«

Knarrpanti (munter sprudelnd): »Wer hat es gebaut? Wann wurde es gebaut? Es mußte doch ein riesiger Aufwand gewesen sein, eine derartig große Höhle mit Räumen und Gängen zu bauen! Man bedenke nur den enormen Aushub! Warum hat es niemand bemerkt? Nicht einmal ich? Es sei denn, diese unterirdische Anlage existiert schon seit vielen Jahren. Aber woher weiß Kamptz davon?«

»Der Brand des alten Schauspielhauses!« rief jemand.

»Genau!« rief Hoffmann zustimmend.

»Ja, natürlich!« rief auch Ernst.

»Möglich«, knirschte Knarrpanti

»Schinkel«, sagte wieder die Stimme, nach der man sich jetzt erst umdrehte.

Diese Stimme gehörte einer Frau, die mit schmutziger Schürze, die Hände kampfeslustig in die Hüften gestemmt, im Türrahmen stand und aufgrund ihres Wissens geradezu leuchtete. »Der Platz war über eine lange Zeit eine einzige Baustelle, sehr leicht konnte da unbemerkt so eine Höhle, oder was das ist, ausgehoben worden sein. Und bestimmt gibt es einen weiteren Zugang, vielleicht über die Dome!«

»Woher weißt du denn davon?« fragte Hoffmann. Er war so baff, daß er sich halb aufrichtete, um seiner Frau ins Gesicht sehen zu können. »Belauschst du uns?«

»Aber natürlich höre ich alles mit. Das ist doch nicht schwer, und dann mache ich mir so meine Gedanken, während ich Gemüse putze oder abwasche. Eine Köchin können wir uns ja nicht mehr leisten, seit du unser Geld versäufst.«

Darob entstand eine betretene Stille. Hoffmann war vollkommen überrumpelt. Ernst und Knarrpanti schwiegen und fühlten sich peinlich berührt, wie es Freunden immer geschieht, wenn sie unfreiwillig einem Ehestreit beiwohnen müssen. Knarrpanti faßte sich als erster: »Frau Hoffmann, ich bewundere Ihren Scharfsinn. Natürlich haben Sie recht. Diese labyrinthische Höhle, dieses Kamptzsche Refugium muß während und unter dem Deckmantel der Bauarbeiten am Schauspielhaus entstanden sein. Das konnte gewiß nicht geschehen, ohne daß Schinkel, der berühmte Schinkel, der unserer Stadt seit geraumer Zeit seinen architektonischen Stempel aufdrückt und umbuhlt wird von königlichen Häuptern, ohne daß dieser antikisierende Baumeister eingeweiht war. Hinter diesem Plan steckt Kamptz. Es sollte uns nicht wundern, wenn zu allen Schurkereien, die ihm anzulasten sind, noch der Tatbestand der Brandstiftung hinzukommt.«

»Aber warum. Was ist der Zweck?« fragte Ernst.

»Der Zweck der Macht ist die Macht selbst. Überlegen Sie, Ernst, was für eine Macht er besitzt, wenn er verschwinden und auftauchen kann, wie es ihm beliebt, wenn er eine Armee aus Herkulessen befehligt, deren eiserne Gefolgschaft in jeden ihrer enormen Muskeln eingeschrieben ist und die eingeschworen sind auf die Kamptzsche Gendarmerieordnung, ein übrigens brilliant ausgeklügeltes Befehlswerk!«

»Sie meinen, er strebt eine Machtübernahme an?«

»Es ist zu vermuten. Sein Vorbild dürfte klar sein.«

»Sie meinen ...?«

»Natürlich. Napoléon! Der kleine Franzose, über den Hegel sagte ...«

»Lassen Sie mich zitieren«, unterbrach ihn Ernst, der nicht in der Rolle des bloß Fragenden ausharren wollte: ›Er sei der Weltgeist zu Pferde.‹«

»Der Weltgeist auf einen Punkt konzentriert«, fügte Hoffmann hinzu.

»Ich glaube, ich habe den Polizeipräsidenten unterschätzt«, bekannte Ernst.

»Das haben wir wohl alle«, bestätigte Hoffmann.

Knarrpanti eilte mit einem Mal zum Perspektiv, entkleidete es mit leidenschaftlichem Ruck und schaute durch das Okular.

»Was sehen Sie?« fragte Ernst.

»Den guten alten Kurt. Kommt gerade hinaufgefahren ...

Hm, das ist ja merkwürdig, denkt er jetzt ... hehehe ... tja, das wird wohl nichts werden, den hat der Sensenmann geholt, Junge, absolutes Nihil, hineingefallen in den großen kalten Becher Gottes.«

Hoffmann und Ernst wurden ganz unruhig, während Knarrpanti Unverständliches murmelte. Als Knarrpanti sich wieder abwandte vom Perspektiv, schauten ihn die beiden mit gespannten Gesichtsmuskeln an. Frau Hoffmann hatte sich nach ihrem kurzen Auftritt wieder in die Küche begeben und stimmte just ein heiteres Geträller an.

»Ich habe soeben Kurt gesehen«, kicherte Knarrpanti. »Und ich sah, wie er emporwuchs aus der Nacht des Kamptzschen Verstandes – oder ist's seine Seele? Suchte wohl den Geheimagenten, dessen Uhr nicht mehr tickt. Verschwand wieder zurück in ... das granitene Herz des Gendarmenmarktes. Und da fiel mir etwas auf. Ich glaube, ich weiß, wie wir ins Labyrinth gelangen!«

Knarrpanti schoß aus dem Zimmer, vorbei an Frau Hoffmanns Küche, aus der Wohnung hinaus, hinein ins Treppenhaus, meherere Stufen auf einmal nehmend hinab bis zum Erdgeschoß, mitten hinein in einen guten Bekannten, beziehungsweise in dessen hochgewachsene Gefährtin, die einmal wieder sperrig in eine Welt hineinragte, die aus den Fugen geraten war und lange Zeit nicht wieder zusammengefügt werden sollte.

»Hallo, Herr Restauratör«, rief Knarrrpanti kumpelhaft.

»Ach, Sie sind es, habe Sie schon vermißt«, sagte der Blinde und schaute mit starrem Blick schräg nach oben, wo er vielleicht Dinge sah, die Knarrpanti niemals sehen würde.

»Sie und meine Leiter haben ja schon Freundschaft geschlossen«, fügte er sanft lächelnd hinzu.

»Mein Name ist Knarrpanti«, stellte sich Knarrpanti vor.

»Jetzt machen Sie sich schon wieder über mich lustig. Knarrpanti ist doch nur eine Legende. Ich warne Sie, wer meine Blindheit ausnutzt, wird selbst mit Blindheit geschlagen!«

»Ich bin wirklich Knarrpanti«, beharrte Knarrpanti.

»Den gibt es doch gar nicht. Dann könnten Sie ebensogut das Rumpestilzchen sein oder der Mann im Mond.«

»Na sei's drum«, winkte Knarrpanti ab, die Aussichtslosigkeit seines Unterfangens begreifend.

»Aber ich versichere Sie, ich bin ein Guter, und in dieser Eigenschaft erbitte ich Ihre Leiter für eine Stunde.«

»Ich soll meine Leiter hergeben?« fragte der Blinde mit unvermuteter Emphase und ebensolchem Unverständnis.

»Nur für eine halbe Stunde«, beschwichtigte ihn Knarrpanti.

»Ich gebe meine Leiter niemals aus der Hand. Verstehen Sie? Meine Leiter!«

»Verstehe, aber ein Viertelstündchen werden's Ihre nette Leiter doch mal entbehren können. Sie können sich derweil oben zu dem berühmten Dichter Herrn Hoffmann setzen und ein bisserl plaudern.«

»Sie verstehen nicht, Herr! Ohne Leiter falle ich. Ohne meine liebe, liebe Leiter bin ich ein Nichts und falle in diese Welt der Finsternis.«

»Hm, nun übertreiben's doch ein wenig, nicht wahr?«

»Nein!« Zur Bekräftigung biß sich der Blinde auf die Lippen.

»Dann kommen's doch einfach mit. Sie halten mir die Leiter und *be*halten die Leiter.«

»Na ja, ich weiß nicht ...«

»Ich bitte Sie inständig. Ich gehöre wirklich zu den Guten!«

»Na schön. Aber nur, weil ich das Gefühl habe, daß meine Leiter Sie mag«, sagte der Blinde.

»Ich mag Ihre Leiter doch auch ganz furchtbar«, bekundete Knarrpanti seine Sympathie und streichelte seltsam zärtlich über einen ihrer rundlichen Holme.

Ernst und Hoffmann waren von Knarrpantis rasantem Abgang übertölpelt worden. Sie starrten eine Zeitlang schweigend die leere Stelle im Zimmer an, als warteten sie darauf, daß er genau an demselben Punkte gleich wieder erscheine.

»Vielleicht solltest du einmal nachsehen, wo Knarrpanti nur bleibt«, empfahl Hoffmann nach einer Weile.

Ernst verließ die Wohnung. Nirgendwo war Knarrpanti zu sehen. Plötzlich jedoch berührte ihn eine Hand. Ernst zuckte erschrocken zusammen. Dann drehte er sich um.

Es war nicht Kamptz. Auch nicht Kurt oder einer dieser derben Gesellen. Es war schon gar nicht Knarrpanti. Nein, es war der Schauspieler Devrient, wie üblich montiert als Folge des überstürzten Hinunterstürzens von genau sechs Flaschen Rheinwein.

»Geht's Hoffmann besser, hicks?« lallte der Schauspieler.

»Nein«, antwortete Ernst kurz angebunden.

»Hat ihn wohl hart getroffen, wie?«

»Was hat ihn hart getroffen?« Ernst war wirklich nicht in Stimmug, mit einem Betrunkenen zu schwatzen.

»Na, die Konfis-fiszierung vom ›Meister Floh‹.«

»Sein ›Floh‹ ist konfisziert worden?«

»Aber ja, aber klar. Du bist nicht gerade der Hellste, wie?« grinste dieser verkommene Schauspieler anmaßend.

»Wer soll denn das Manuskript konfisziert haben?« fragte Ernst mit dem Ausdruck vollkommensten Unverständnisses.

»Lebt ihr hinterm Mond, du und der Hoffmann? Die ganze Stadt spricht darüber. Der Innenminister Schuckmann höchstpersönlich hat's angeordnet. Man munkelt schon, es ist ganz weg.«

»Was ist ganz weg?«

»Na, der ›Floh‹. Irgend ein Agent, wohl der ominöse Knarrpanti, hat's gestohlen.«

Devrients Kopf wackelte wie ein Pudding. Dann ruderte er fort, verschwand wie eine schlingernde Barke in den schwarzen Wassern der Nacht.

Ernst sah ihm fassunglos nach.

28.

Wie in die reglose, glatte, schwarze Oberfläche eines Grottensees waren sie in die Dunkelheit abgetaucht, verfolgt von der Vorstellung, vom Polizeipräsidenten verfolgt zu werden; auf ihrer Flucht waren sie bald dem Oberhaupt aller Gendarmen und dann sich selbst abhanden gekommen – wären da nicht die Stürze und das prompte Gefluche gewesen.

»Autsch! Dieser verfluchte …«, jaulte er.

»So fluchen Sie doch nicht in einem fort«, zischte sie.

»Diese verdammten Wände«, schimpfte er.

»Ziehen Sie sie in Betracht und verhalten Sie sich dementsprechend … Autsch.«

»Haha, sehen Sie! Schadenfreude ist die beste …« Man hörte ein dumpfes, aufschlagendes Geräusch. Er hatte sich langgelegt.

»Hochmut kommt vor dem Fall. Ich setz' mich auch nieder. Machen wir Rast.«

Es blieb eine Weile lang still. Was genau geschah, blieb im dunkeln. Irgendwer hatte sich zu irgendwem getastet, dem Bedürfnis nach Nähe nachgebend. Der oder die andere hatte dem stattgegeben. Falls es hier Ratten gab, so wurden sie Ohrenzeugen eigentümlichster menschlicher Laute, einer Art feuchtlippigen Zwitscherns oder labialen Fiepens.

»Das mußte sein«, konstatierte sie, tief Luft holend.

»Immerhin versichern wir uns so unserer Existenz. Apropos Existenz: Wie geht's Ihren Rippen?« Der Minister wischte sich mit dem Ärmel Speichel von Wange und Hals.

»Ich habe vermutlich ein paar blaue Flecken. Das ist alles. Wie geht's Ihnen?«

»Ich möchte Sie keinesfalls mit der Aufzählung meiner Leiden langweilen. Reden wir von den positiven Dingen: Meinem kleinen Zeh geht's gut. Das ist auch alles.«

»Sie können sagen, was Sie wollen, ich finde, wir haben Glück gehabt. Großes Glück. Richtiges Schwein.«

»Aber selbstredend, meine Liebe, wie könnte ich Ihnen da widersprechen? Wir sitzen vor Eiseskälte zitternd in einem Loch, welches so dunkel ist, daß ich schon dutzendmal gegen irgendwelche gottverdammten Wände gelaufen bin, dreimal bin ich hingefallen, weil der Boden unter unseren Füßen nur noch in unserer Phantasie existiert. Ich fühle mich elend. Ich komme um vor Hunger, oder ist es Durst?«

»Ach, Schuckimäuschen, Sie sehen aber immer alles schwarz. Sie können einem jede Freude verderben. Vor nicht einmal einer Stunde wären Sie und ich beinahe umgebracht worden. Und jetzt können wir hier sitzen und plaudern, und Sie können schon wieder klagen. Das ist doch besser als nichts!«

»Tja, tut mir leid, aber hier ist nun mal alles schwarz, schwarz, schwarz. Ich glaube, das ist das Schlimmste. Ich sehe nichts, absolut nichts. Wie kann etwas nur so dunkel sein? Das ist, wie wenn man keine Luft bekommt. Verstehen Sie?«

»Sie müssen vertrauen. Atmen Sie einmal tief durch. Tief durchatmen, Ja, so ist's recht, tief, tief durchatmen. Einatmen, ausatmen, ein- und ausatmen. Ja, ausatmen nicht vergessen! Ja, AT-MEN, AT-MEN. Psst. Atmen Sie doch nicht gar so laut! Hören Sie das?«

Sie fuhr hoch und setzte sich aufrecht hin. Dann summte sie. Ja, sie summte wirklich eine Melodie. Und ehe er noch begriffen hatte, was vor sich ging, war sie fort. Er hörte sie nicht mehr. Sie hatte ihn, ein Liedchen trällernd, tatsächlich verlassen. Jetzt war er allein. Mit sich allein. Er fühlte, wie die Dunkelheit in ihn einsickerte. Er dachte: Jetzt ergießt sich die Dunkelheit wie schwärzester Türkentrank in das weiße, hingehauchte Porzellan meines Ichs. Es sei denn, das weiße Milchwölkchen meines Verstandes löst sich auf im Mocca dieser Nacht. Und nirgendwo ein Spiegel, der mir meine anmutige Gestalt zeigen könnte.

Da kam ihr Ruf. Nicht eigentlich ein Ruf. Es war ein Gesang. Er hörte ihren Gesang von ferne, doch näher kommend. Sie sang mit einer warmen, vollen, volumenreichen Stimme. Der Gesang ihres klaren Alt strömte durch die finsteren Gänge gleich einem Strom aus glitzernd buntem Licht:

> »Schau der Herr mich an als König!
> Dünkt ihm meine Macht zu wenig?
> Gleich zieh' er den Hut, Mosje!«

Und er, er schwang sich auf aus seiner Verwirrung und Angst und erwiderte ihren Gesang mit einem passablen, etwas brüchigen Tenor:

> »Was traf er denn? Was traf er denn?
> Hat er Augen nun, Mosje?
> Was traf er denn? Was denn? He, he, he!«

Und so singend, im rezitativen Dialog mit ihrem Gesang, bewegte er sich durch die schlauchengen pechschwarzen Gänge, nur sehr selten bei plötzlichen Wendungen mit einer dieser gewundenen Wände zusammenstoßend. Endlich tauchte er in M.M.s Aura ein, endlich spürte er ihre Präsenz ganz, ohne sie zu berühren, endlich vibrierte er froh in den Vibrationen eines singenden Dunkels. Sie umfaßte seinen Arm, zog ihn zu sich heran. Abrupt verstummte sie und hielt auch ihm den Mund zu. Obwohl sie beide nicht mehr sangen, sang *es* weiter. Natürlich! In den unendlichen Tiefen dieser Gänge widerhallend, mußte ihr Gesang sich in vielfach gebrochenen Echos aufschaukeln und geradezu den Charakter chorischer Vielstimmigkeit annehmen – allein, es war da noch etwas anderes, dessen sich Schuckmann nach und nach bewußt wurde, je mehr M.M. ihn zog und gewissermaßen dahinein hielt. Es war nicht nur Gesang, es war auch ein Orchester zu hören. Er vernahm die Flöten und Oboen, die Hörner und Trompeten, Violinen und Bratschen. Und aus diesem Hintergrund orchestralen Raums erhoben sich die

Stimmen, Kunos Baß, Kilians Bariton, Maxens Tenor, sogar Kaspars Flüstern: »Dacht ich's doch. Hilf zu, Samiel!« Und nicht zuletzt vernahm er ein tölpelhaftes Trampeln, das ganz zu dieser bäuerlichen Massenszene paßte, auf den Brettern, die die Welt bedeuten.

»Lassen Sie's mich zuerst sagen, Gnädigste«, bat Schuckmann.

»Meinetwegen«, sagte sie.

»Der Freischütz«, sagte er.

»Ja«, bestätigte sie.

»Wir sind hier mitten unter dem Schauspielhaus auf dem Gendarmenmarkt«, verkündete er eifrig.

»Ja, wir sind im ersten Akt. Es ist jetzt ein halb vor acht Uhr.«

»Ja, zum Ende möchte ich hier draußen sein. Die Musik wird uns den Weg weisen.«

»Ja – aber Herr Freiherr von Schuckmann, Sie haben etwas vergessen!« mahnte nun M.M. mit nachdrücklichem Tadel.

»Ja? Sie haben recht. Wie konnt' ich nur!«

Man vernahm das lutschende Geräusch eines langen, nassen Kusses.

29.

In helleren Regionen mit den flackernden Flammen von stinkenden Fackeln erhob sich überlebensgroß der an die Wand projizierte Schatten eines überlebensgroßen Mannes. Kamptz befand sich in einer Höhle, die vollgestellt war mit den Gerätschaften modernster Technologie und Alchemie. An den blatternarbigen, gewölbten Wänden hingen Transparente mit endlosen Formeln, aufs Papier geworfen mit dem hastigen Strich genialischen Einfalls. In den Glaskolben, Phiolen und Zylindern brodelte es furchterregend, und da und dort stieg ein Rauchsäulchen auf aus Gefäßen, die Säuren enthielten oder Seelen. Ganz anders geartete Gegenstände geheimster Wissenschaften standen in Ecken herum, ausgeweidete Automaten aus Metall und Draht, auch nachgebildete Gehirne oder sogar echte, in jedem Fall grausam weich und gallertartig. Und dann waren da die Augen, überall Augen. Sie starrten von den Wänden auf den Polizeipräsidenten hinab, lugten neugierig aus gläsernen Schaukästen, stierten tot aus halbfertigen Köpfen. Das geistige Zentrum dieses Kabinetts mechanischer Halbfabrikate, die schaffende Kraft dieser Galerie alchemistischen Pantschertums, der magische Meister dieses Panoptikums glubschäugiger Objekte war wie immer hinter einer Stellwand verborgen. Der Professor war ein Geheimniskrämer. Ganz wie der Herr Professor wollte. Hier war Anpassung gefragt. In der großräumigen Ausdehnung polizeipräsidentlicher Übergröße schlummerte eine kleine fette unterwürfige Seele.

»Aham«, räusperte sich der Polizeidirektor, respektvoll seine Anwesenheit anmahnend. Ein wenig unwohl fühlte er sich schon. Mit tausend Augen musterte der Professor ihn, den sehr Sichtbaren.

»Der Herr Polizeipräsident Kamptz«, flüsterte eine Stimme leise wie ein Teeglöckchen. Der Scherenschnitt hinter der Stellwand drehte den Kopf, so daß das feine Profil verschwand.

»In der Tat. Ich bin's«, brüllte der Polizeidirektor und wippte auf den Zehenspitzen.

»Sie haben mir sicherlich das Manuskript gebracht«, sagte die Stimme leise, doch mit einer unüberhörbaren Spur von Schärfe.

»Ja. Damit kann ich dienen«, antwortete der Polizeidirektor und wippte nochmals unsicher.

Eine Hand wuchs seitlich aus dem Schirm heraus. Sie winkte den Polizeipräsidenten lockend heran.

Der Polizeidirektor zog, während er auf den Schirm zuging, das Manuskript aus der Manteltasche hervor. Dabei entstand unvermeidlich das Geräusch knitternden Papiers.

Eine gewaltige, fleischige Hand begegnete einer kleinen, künstlichen Hand. Die Hand war fliegenklatschengroß und nicht aus Fleisch und Blut. Kamptz hatte sich daran gewöhnt. Der Professor hatte ein Problem damit, *wirklich* zu sein, wie er es selbst nannte. Dennoch konnte er ziemlich ungnädig werden. Der Polizeidirektor bemühte sich, auf gar keinen Fall den Eindruck zu erwecken, als nutze er die Gelegenheit, hinter den Schirm zu linsen, was strengstens verboten war.

Die kleine Hand nahm das Manuskript an sich. Dann war Stille, die nur unterbrochen wurde vom Rascheln des Seitenumblätterns und den Lauten, die ein Kamptz von sich gibt, wenn er bemüht ist, still zu sein, das heißt sporadisches lautes Seufzen oder schweres Atmen, hin und wieder ein Glucksen oder ein nachdenkliches Kopfkratzen.

Kamptz fragte sich nicht, welches Interesse Professor Spalanzani an diesem Manuskript von Hoffmann hatte. Es war jedenfalls ein sehr starkes Begehren, wie die emsige Lektüre zeigte.

Es war noch nicht lange her, da hatte Hoffmann ihn vor

Gericht geladen. Der Polizeidirektor schäumte vor Wut. Aber er mußte gute Miene machen, durfte sich seinen Zorn nicht anmerken lassen, mußte verbergen, wie tief gekränkt er war. Dabei wäre er diesem dichtenden Richter am liebsten an die Kehle gesprungen. Verkehrte Welt. Die Demagogen liefen frei herum, und die Staatsfeinde bekleideten öffentliche Ämter. Und er, der einzig wahre Hüter der Ordnung, wurde von eben jener Ordnung beschuldigt, ein Feind dieser Ordnung zu sein. Nun gut, man warf ihm nicht direkt vor, ein Feind zu sein. Aber man beschuldigte ihn, die Ordnung nicht in der rechten Weise zu beschützen. Man legte ihm allenthalben Steine in den Weg. Alle waren sie gegen ihn verschworen. Der Minister Schuckmann gehörte auch dazu. Wenn man es genau betrachtete, war Knarrpanti der einzige, der zu ihm hielt. Doch auch der war eines Tags untergetaucht. Der Polizeidirektor konnte kaum noch Schlaf finden, und fand er Schlaf, so überfielen ihn Alpträume. Bis in seine Träume hinein verfolgte ihn die allgemeine Verschwörung gegen ihn und die Ordnung, die zu verteidigen er als einziger noch in der Lage und willens war.

Später wandte sich ein gewisser Professor Spalanzani oder Coppelius oder wie der sonst hieß an ihn: »Guten Tag, Herr Polizeipräsident. Ich habe da ein Angebot für Sie. Ich denke, wir haben etwas gemeinsam. Einen gemeinsamen Feind. Einen gewissen E. T. A. Hoffmann.« Als der Professor dies sagte, verbarg er sich nicht hinter einer Stellwand, sondern stand hinter ihm, und beide befanden sie sich mitten auf der Straße, der Französischen Straße. Er war plötzlich mir nichts dir nichts aus dem Boden gewachsen, mitten im schwindsüchtigen Licht eines trüben Berliner Herbstnachmittags.

»Ich verstehe nicht?« hatte Kamptz gesagt. Er wollte sich schon umdrehen und dies unbotmäßige Subjekt einmal mit polizeistaatlicher Strenge und mit Kamptzscher Körperkraft konfrontieren. Es ging nicht. Er konnte sich nicht umdrehen. Und seltsamerweise: War zunächst sein Körper zu gelähmt, um seinen Willen auszuführen, so war es bald sein Wille selbst, der nicht mehr wollte, und wenn der Wille nicht einmal mehr wollte, wer wollte da noch wollen?

»Gestatten: Spalanzani – Professor Spalanzani!« stellte sich der Professor vor.

Genau *den* hatte er auf Geheiß des Ministers unter Beschattung stellen sollen. Spalanzani war angeblich auf einer der Salonfeiern von Frau Baronin von Schnipp aufgetreten und hatte Séancen und Aufführungen des tierischen und übernatürlichen Magnetismus abgehalten oder so ähnlich. Bei all dem Schlamassel mit den Schwarzen und Burschenschaftlern, den Patrioten und Demokraten und nicht zuletzt den Turnern und ihrem Oberfrischluftler Dr. Jahn, einem fusselbärtigen, langhaarigen Urgermanen, konnte man diese stechäugigen Magnetiseure nicht auch noch gebrauchen. Zwar betätigten sich die Magnetiseure nicht direkt politisch und staatsfeindlich, aber sie gaben vor, die Seelen der Menschen beeinflussen zu können – und die Seelen der Untertanen gehörten nun einmal dem Staat und der Kirche, und deshalb waren diese Magier mehr als suspekt, zumal sie sich insonderheit Frauen der gehobenen Schichten für ihre sinistren Experimente auserkoren, was an sich schon mindestens unschicklich und für des Polizeipräsidenten Dafürhalten mehr als dies war, nämlich verderbt, zog man all die Verrenkungen und seltsam verzückten Seufzer dieser Damen in Betracht.

All das war vergessen. Der Polizeidirektor unterwarf sich dem Willen des Magiers und bekam dafür etwas Erstaunliches: das Reich unterhalb des Gendarmenmarktes. Damit wurde ihm ein Traum erfüllt, den zu träumen er niemals gewagt hatte und den er doch irgendwie geträumt haben mußte, denn der Magier hatte gesagt, er kenne seine Träume und wolle sie ihm erfüllen. Und ihm war wirklich so, als sei eine Sehnsucht, tief in seiner Seele vergraben, ans Tageslicht gehoben worden.

Es mußte eine Nacht vergangen sein. Jedenfalls war es schon heller Morgen, als Kamptz aufwachte und merkte, daß der Magier fort war. Kamptz fühlte sich stark wie der junge

Morgen, der die Nacht aus den Angeln hebt und den Tag in die Zeit wirft. Nach einem Frühstück im »Französischen Hof« hatte er einen großen Gedanken. Es war eine Vision, die irgendwie genährt war von seinem Traum. Er fühlte sich phantastisch. Er fühlte sich groß!

Seit er dieses Subreich mit seinen phantastischen Schwebezimmern, all diesen Gängen und Nischen, den Winkeln und Wirrnissen, den geheimen Ein- und Ausgängen beherrschte, fühlte er sich von Tag zu Tag mächtiger. Es war ihm, als wachse er, als dehne er sich aus. Das Gefühl wurde dauerhafter. Auch früher schon hatte er dieses Gefühl seiner Macht verspürt, doch war es immer wieder zerbrochen worden – von Leuten wie diesem Schuckmann! Woran lag es wohl, daß er sich niemals im Spiegel betrachten konnte, ohne sich mies, häßlich, nichtswürdig und wie vernichtet zu fühlen? In den Salons einer Baronin von Schnipp wuchs anfängliches Unwohlsein bald zur Marter von Tantalusqualen. Rings um ihn her war alles aus Porzellan, Marzipan und dünnstem Glas. Alles war so zerbrechlich, fein, nobel, französich, parfümiert, distinguiert, geistreich – und er war nur ein dummer, dumpfer, trampelnder, tönender Bär. Und wenn er sich dessen bewußt wurde, so trampelte, tönte und donnerte er desto stärker, um es all diesen feinen, manirierten, manikürten, pedikürten Leuten zu zeigen!! Doch, oh weh, blitzte da unversehens sein Abbild in den geschliffenen Flächen kristallener Gegenstände auf, so sah er sich als dickes, fettes Sofa. Ja, er war nur ein dickes, dämliches, fettes maronenfarbenes Sofa mit all dem Dreck unter den Beinen, dem geheimen Schmutz in den Ritzen, dem verlorenen, abgegriffenen Metallgeld, mit Bommeln und Kordeln, das jeder verachtete, ja ein dickes, dämliches Sofa in einem Salon. Und ein Sofa war seiner festen Überzeugung nach das rangniedrigste aller Möbelstücke, trotz seiner scheinbar monarchischen Stellung im Ensemble biedermeierlicher Interieurs, denn es lud ja allzu subaltern die Gesäße ein, sich auf ihm niederzulassen.

Professor Spalanzani befreite ihn aus seiner niedergedrückten Stimmung. Der war schon ein seltsamer alter Knabe. Daß er seltsam war, stand fest; daß er alt war, das setzte der Polizeidirektor einfach voraus. Genaueres war allerdings nicht zu ermitteln gewesen. Na, mochte der alte Zeisel ein wenig überspannnt oder übernatürlich sein. Jedenfalls begann er seine Zusage, ihm eine Armee zu verschaffen, bereits in die Tat umzusetzen. Zwei dieser Automaten hatte er bereits erhalten, Olympus I und II.

WAS WAR DAS?

Nachdem der Professor das Manuskript gelesen hatte, ohne einen Ton von sich zu geben, knüllte er es nun um so geräuschvoller zu einer Art Papierfrucht zusammen und begann es zu essen. Er nahm einen kräftigen Biß, riß wie ein Tier an dem Papierklumpen und zerrte ein Stück heraus. Mit mahlenden Kaubewegungen zerkleinerte er den Bissen. Schon riß er sich gierig einen weiteren Brocken heraus, malmte das Papier klein und schluckte es über einen selbst im Schattenriß gut sichtbar hüpfenden Adamsapfel hinunter. Nachdem er das Manuskript verspeist hatte, stieß er auf. Kamptz wollte schon irgend etwas sagen, da rumorte es.

Der Professor ächzte. Er riß den Mund weit auf, stöhnte mit vorgestreckter Zunge, begann zu würgen und rülpste dann einen breiigen Papierschleim gegen den Stellschirm. Auf und ab hüpfte der Professor und schleuderte bei jedem Sprung einen Schwall aus dem Mund heraus. Kamptz war kein Mann von Traurigkeit und sicherlich keine solche Zimperliese wie Schuckmann, aber bei diesem Anblick rotierte sein mühlradgroßer Magen ziemlich schnell.

Schließlich fing sich der Professor wieder. Er setzte sich auf den Stuhl, ruhig und geradezu bedächtig, als sei nichts geschehen, und sagte: »Ich glaube nicht, Herr Polizeidirektor, daß es das richtige Manuskript war. Wo haben Sie es her?«

»Von dem Minister Schuckmann«, verteidigte sich Kamptz.

»Es ist ein anderes, nicht das, was ich will. Sie wollen mich doch nicht betrügen, oder?«

Der Polizeidirektor tat unwillkürlich einen Schritt nach

vorn, breitete die Arme aus und rief: »Aber nein! Niemals! Wie können Sie nur so etwas denken! Ich verstehe das nicht!«

»Es scheint mir von einem anderen zu stammen.«

»Von einem anderen? Wer schreibt denn auch so etwas, verdammt noch mal!«

»Überlegen Sie einmal.«

»Ich kenne keinen … Halt, warten Sie: Brentano, oder dieser, dieser Chamisso mit seinem ›Schlemihl‹.«

»Unfug! Ich halte hier kein Ratespiel ab, Herr Polizeidirektor. Wen fürchten Sie am meisten?«

»Niemand. Ich fürchte nicht Tod noch Teufel«, donnerte der Polizeidirektor metallen und schlug sogar die Hacken militärisch zusammen.

Der Professor seufzte gereizt auf. »Das ist mir bekannt. Weil sowohl der Tod wie der Teufel Ihr Fassungsvermögen übersteigt. Aber dennoch gibt es da einen, den Sie zumindest als Ihren Feind ansehen.«

»Hm?« Jetzt, nachdem er begriffen hatte, daß der Professor auf eine bestimmte Person hinaus wollte, bemühte er sich, diesen Feind auszumachen. Das war gar nicht so einfach, weil, genau bedacht, gab es nur Feinde. Wer war sein schlimmster Feind? »Der Innenminister!«

»Der ist Ihr größter Feind? Sie kennen Ihre Feinde nicht, Herr Polizeidirektor. Was da noch als säuerlicher Abschaum auf meinem empfindlichen Gaumen prickelt, mein lieber Kamptz, das ist die Geisteslauge des Herrn Doktor Knarrpanti.«

»Knarrpanti, meine gelehrte Durchlaucht, ist bei den Fischen …«, sagte der Polizeidirektor und konnte sich eines gewissen stolzen Tonfalls nicht entschlagen.

»Unsinn! Der ist so lebendig wie Sie«, grunzte der Professor.

»Hö?!« machte der Polizeidirektor. »Knarrpanti nicht tot?«

»Unterschätzen Sie den Spitzel nicht«, warnte ihn der Professor.

»Knarrpanti! Ja! Sie haben recht. Ein ausgefuchster Kerl, aber, so glaube ich, doch letztlich auf unserer Seite, der Seite des Staates, der wachsenden Ordnung, der biederen Bürger. Ein Mann von Recht und Ordnung.«

»Wir sitzen hier zehn Faden tief unter der Erde. Ich denke, Herr von Kamptz, wir müssen uns nicht mit Platitüden anöden. Wir sind hier nicht wegen Recht und Ordnung, sondern weil wir unseren persönlichen Vorteil suchen. Jede weitere Phrase, die sich als politische Kundgebung tarnt, fasse ich als persönliche Beleidigung auf. Schluß mit den Albernheiten! Ich verlange das Manuskript! Es sollte längst aus Frankfurt hierhergelangt sein in Ihre riesigen Fangarme. Und achten Sie auf Knarrpanti. Dieser Schuckmann ist doch nur ein Tolpatsch.«

Kamptz hatte seine Mundwinkel schmollend verzogen. Der Professor war ungerecht. Kamptz hatte soeben einen politischen Kampfbegriff geprägt: Recht und Ordnung! Damit würde er jeder gegnerischen politischen Gruppierung den Garaus machen. Wer konnte irgend etwas gegen Gesetz und Ordnung haben – außer Verbrecher und Chaoten? Andererseits saß er wirklich ziemlich tief unter der Erde. Und Knarrpanti war wirklich ein nicht zu unterschätzender Gegner. Der Polizeidirektor erinnerte sich nur zu gut an das Zeichen an der Tür, das Knarrpanti hinterlassen hatte. Er hatte sein Refugium entdeckt. Knarrpanti war sicherlich irgendwo in der Nähe – aber was konnte er ihm anhaben? Und was ihm jetzt noch nützen? Nein, der Polizeidirektor wußte schon, wer bedeutend für ihn war. Er mußte unbedingt verhindern, daß der Minister erneut das Licht der Welt erblickte – einmal war genug!

Der Polizeidirektor wandte sich zum Gehen um, hielt inne und räusperte sich: »Äh.«

»Was ist denn noch?«

»Äh«, sagte der Polizeidirektor erneut.

»Was ist denn?«

»Es ist so …«

»Also, ich höre!«

Der Polizeidirektor lief in einem schwerfälligen Schweinsgalopp zur Tür hinaus. Man hörte ein Krachen. Ein Ächzen.

Ein Fluchen. Dann ein langanhaltendes Ächzen. Der Polizeidirektor schleifte einen Gegenstand zur Tür herein. Es war Olympus I oder Olympus II (wer konnte das so genau sagen?). Wie ein Sack Mehl plumpste der Polizeiassistent zu Boden. In seinem Gesicht steckte noch immer das abgestürzte Grinsen sowie der Kerzenleuchter. Seine Finger waren totenstarr.

»Was ist denn das?« kam es quäkend hinter der Stellwand hervor.

»Also, ich glaube, ähem, der ist gewissermaßen defekt, und ich wollte einmal fragen, ob Sie den reparieren können?«

»Wie bitte?«

»Er ist ka-kaputt. Können Sie den wieder heile machen?« Der Polizeidirektor unterstützte seine Rede, indem er mit den Armen herumrührte.

»Das ist ja eine meiner Maschinen. Sie haben es kaputtgemacht?« Der sonst sehr souverän wirkende Professor verlor die Fassung.

»Na ja. Es war der Minister!« petzte der Polizeidirektor.

»Was ist denn das da in seinem GESICHT?«

»Das ist ... vermutlich ein ... ein Kerzenhalter, würde ich sagen.«

»Wie, bitte schön, kommt ein Kerzenhalter in meinen Automaten?«

»Hm, oh, ssss«, gab der Polizeidirektor von sich, wobei er schuldbewußt zu Boden schaute.

»Wo ist denn Olympus II?« fragte der Professor.

»Erfüllt seine Aufgabe im Kampf gegen den Feind«, brüllte der Polizeidirektor, brüllte es wie auf einem Exerzierplatz.

»Das klingt nicht sehr überzeugend. In wenigen Tagen haben Sie meine schönen Maschinen zerstört, Herr Polizeidirektor! Und ich, ich habe noch immer nicht das Manuskript! Gehen Sie mir aus den Augen, und kommen Sie nur wieder, wenn Sie den ›Meister Floh‹ haben!«

Der Polizeidirektor machte eine tiefe Verbeugung. Richtete sich dann wieder auf und fragte: »Mit Verlaub, haben Sie keine andere Maschine? Eine Maschine zur Bekämpfung des

Erzfeindes Knarrpanti? Ich fühle, er ist schon auf dem Weg hierher!«

»Sie, Herr Polizeidirektor, fühlen nichts, fühlen nicht einmal den Schmerz einer Maschine. Aber wenn Sie noch eine Unterstützung benötigen, nun denn!«

»Danke«, sagte die kleine, fette, unterwürfige Sofa-Seele des Polizeipräsidenten.

Und kaum hatte er sich wieder aufgerichtet, da sprang ein Geschoß durchs Gewölbe, und zwar im Zick-Zack. Es prallte gegen die Gewölbedecke, traf auf die Erde, schoß schräg gegen eine Wand, sprang wieder in steilem Winkel gegen die Decke, kurzum, benahm sich wie eine verliebte Billardkugel. Erst als der Professor klatschte, verlangsamte sich die Fahrt des Geschosses. Nach und nach konnte man das Wesen detaillierter erkennen.

Es handelte sich um eine Kugel, auf der eine zweite Kugel hockte. An der größeren Kugel, der Rumpfkugel gewissermaßen, befanden sich schwarze Arme und Beine, dünn und elastisch wie Gummibänder. Die obere Kugel, die Kopfkugel, war wesentlich kleiner. Darauf war tatsächlich ein Gesicht gemalt.

»Das ist Flomi«, stellte der Professor übertrieben förmlich vor.

»Das ist ja ein Ball!« gluckste der Polizeidirektor.

»Flomi, begrüße den Herrn Polizeipräsidenten von Kamptz«, befahl der Professor.

Der Ball hoppelte mit kleineren, vielleicht freundlicheren Sprüngen auf den Polizeipräsidenten zu, der vorsichtshalber zurücktrat, um Abstand zu halten. Doch schließlich rollte ihm Flomi vor die Füße. Der Polizeidirektor betrachtete erstaunt die Figur zu seinen Schuhen. Flomi kuschelte sich an seine Riesenextremitäten. Ein Schreck! Der Polizeidirektor fuhr zusammen. Der Ball saß ihm im Arm.

»Er mag Sie wohl, haha!« Der Professor konnte ein gewisses Vergnügen an dieser Szene nicht verhehlen.

Der Ball, dessen Rumpf einen Durchmesser von ungefähr einem halben Meter besaß, glotzte Kamptz aus einem vollständig starren Gesicht an, und der glotzte zurück.

»Was soll ich damit?« stammelte er.

»Allez hop, Flomi!« rief der Professor dompteurhaft.

Flomi hüpfte aus dem Arm des Polizeidirektors und begann auf dem armen am Boden zerstörten Olympus I herumzuspringen. Olympus I bewegte sich dabei wie unter Stromstößen. Das Gespringe war bald so stark, daß Olympus I nicht nur hin- und hergeworfen wurde, sondern unter den Stößen schließlich durch die Luft wirbelte und am Ende gar gegen die Decke knallte. Als er wieder auf die Erde zurückprallte, verlor er den Kopf, der nun auch wie ein Ball direkt vor die Füße des Polizeipräsidenten sprang, noch immer das erstarrte Grinsen im Gesicht, das nun zu Kamptz aufschaute. Der Kerzenhalter war fort und hatte einen Krater hinterlassen.

»Ich denke, Flomi wird Ihnen bei Ihren Aufgaben behilflich sein«, konstatierte der Professor. Es klang so, als dulde dieser Satz keine Widerworte. Der Polizeidirektor hatte auch keine Gegenrede parat. Nein, im Gegenteil, er war von Flomi im höchsten Maße entzückt. Gütlicher gestimmt und von neuer Hoffnung erfüllt, stieß er den Kopf von Olympus I mit einem Kick in eine Ecke und ließ ein böses Grinsen folgen.

30.

Herr Friedrich Freiherr von Schuckmann hatte die Oper »Der Freischütz« wohl an die zehn Mal angesehen und angehört. Er war überhaupt Stammkunde im Theater am Gendarmenmarkt und hatte sogar M.M. bei einem Besuch im Schauspielhaus kennengelernt, allerdings wurde da nicht »Der Freischütz« gegeben. M.M. spielte in »Die Brautnacht«, einem monumentalen Melodrama vom großen Zacharias Werner, dessen schwülstige Erotik über eine Dauer von sechs Stunden mit zwölf Akten wucherte. Es lief recht erfolgreich und wechselte im Programm mit dem »Freischütz« ab. Schuckmann hatte sich auch redlich zweimal durch »Die Brautnacht« gequält, nur um M.M. zu sehen, deren ornamentale Schönheit üppig hervorsproß zwischen den feisten Ranken und dreisten Ränken Wernerscher Treibhauserotik. Beim dritten Mal machte er es dann wie alle, die nur wegen M.M.s Bühnenpräsenz das Stück besuchten, und verließ das Theater nach der ersten Pause, da die Rolle M.M.s in den Wirren der Handlung verlorengegangen war.

Die Besuche des Schauspielhauses am Gendarmenmarkt brachten Schuckmann den Ruf eines kultivierten Mannes ein. Während einer Pause im Foyer auf seine für einen Polizeiminister ungewöhnliche Leidenschaft für das Theater angesprochen, ließ er aus Unbescheidenheit bescheiden-lässig ein Bonmot fallen: Er sei schließlich *Polizei*minister und da läge der Besuch des *Gendarmen*marktes schließlich nahe. Leider hatte er es zu leise gesagt, weshalb sein Scherz ungehört im Strudel allgemeinen Gemurmels ertrank. Ein verschenktes Bonmot! Wie oft hatte er später, im Foyer stehend, darauf gelauert, daß ihm diese Frage noch einmal gestellt werde. Herausgebrüllt hätte er seine Antwort!

Jetzt, da er Hand in Hand durchs Labyrinth irrte, geleitet von dunklen Freischütz-Akkorden, näherte er sich dem Schauspielhaus auf eine ungewohnte und äußerst unziemliche Weise.

Schritt um Schritt wurden die sinnlichen Eindrücke stärker. Es roch nach Moder und fauligen Pilzen. Die Musik dräute, klang wie fern grummelnder Donner. Die Wände waren feucht, eklig klebrig und feucht, ein schwitzender Schimmelkäse. Der Boden wurde auch weicher, moosiger. Eben sank sein Fuß bis zum Knöchel ein. Und in diesen weichen, übelriechenden Pudding einzusinken war schlimmer, als von einem widerlichen Wesen abgeleckt zu werden. Schuckmann riß seine Augen auf, bis es schmerzte. Er wollte sehen, sehen, sehen. Doch statt dessen schien es, als fiele nur noch mehr Nacht in ihn ein. Er bekam wieder diese panische Atemnot. Er versuchte sich auf die Musik zu konzentrieren. Doch die spielte nicht mehr mit jener Emphase wie ehedem. Die Sänger sangen lustlos. Die Geigen nuschelten. Die Hörner nölten. Alles zusammen klang irgendwie breiig, kleiig und eklig klebrig.

Auf einmal wurde die Eintönigkeit durch einen Laut unterbrochen. Es war ein Knacken, ein ächzendes Ästchen unterm fühllosen Schuh. Auch war es unmerklich ein wenig heller geworden. Es war nicht wirklich hell! Das wahrlich nicht! Sondern nur nicht mehr vollständig stockfinster. Es war ein ganz schwaches Leuchten in der Luft, ein Hauch von einem Schein, weißlich. Dieses schwache, also wirklich sehr schwache Scheinen, das die Finsternis melierte, war ringsum. Die beiden waren mittendrin, und bei jedem ihrer Tritte knackte es keksig.

»Was ist das?« fragte M.M.

»Keine Ahnung«, sagte der Minister, als ginge ihn das alles nichts mehr an. Mechanisch bückte er sich und griff nach unten. Ihm war alles gleichviel. Er nahm ein Stück bröseligen Gegenstandes auf. Ein schriller Schrei raste aus den tiefsten

Tiefen von M.M.s Schlund. Schuckmann meinte, den Grund ihres Schreis zu kennen. Auch er sah *es*, obwohl ja nichts zu sehen war, außer einem kalkweißen Schimmern, das sich hauchzart von der Dunkelheit abhob. Dennoch hatten sie *es* wohl beide gesehen, beziehungsweise sahen es noch immer: das elfenbeinschimmernde Beinhaus eines Totenschädels, aus dem sie ein Grinsen anbleckte. Überflüssig zu sagen, daß Schuckmann den Schädel losließ. Krachend schlug Gebein auf Gebein und zersprang.

»Wir stehen hier inmitten eines ... M-M-Massengrabes«, stammelte M.M.

»Ein Friedhof, um genau zu sein. Ich beginne langsam zu verstehen. Wußten Sie, meine teure Freundin, daß die Dome vom Baummeister Gontard stammen?«

Sie wußte es nicht. Es war ihr in diesem Moment wohl auch gleichgültig. Sie packte den Minister am Arm, womit sie dessen erneuten Versuch, mit baugeschichtlichem Wissen zu renommieren, unterband, und rannte los.

31.

Knarrpanti stand suchenden Blickes vor dem Deutschen Dom und betrachtete das Bauwerk, welches im nächtlichen Dunkel nur zögernd seine Formen preisgab. Knarrpantis Spitzelauge tastete dennoch das Bauwerk ab, glitt über die goldene Statue auf der pickelhaubenartigen Kuppel des Turms, glitt über die Rundung der Kuppel bis hin zur Balustrade, glitt weiter entlang der senkrechten Linie einer der Säulen des Tambours, verfing sich im verspielten Gesimse an der Basis des Turms, flüchetete ins gleichschenklige Dreieck des Frieses und rutschte von dort an einer Säule hinab vor den Portikus. Dieser Dom, wie auch sein Zwillingsbruder, der Französiche, stammte nicht von Schinkel, sondern von einem hugenottischen Baumeister namens Gontard. Welch beruhigende Wirkung ging doch von dieser erhabenen Architektur aus! Darüber quollen in wildem Wirbel die Wolken, formlos und ungebändigt. Doch wir, ja wir setzten unsere Form dagegen! Welch zarte Ordnung ward aus dem rohen Stein gemeißelt? Wie zierlich doch war schon die Kollonade, und wie zerbrechlich erst waren die Nuancen des Friesbildnisses – verglichen mit der gewaltigen Kraft des Himmels. Wie zerbrechlich also war Ordnung? Architektonische Ordnungen sowohl als politische, als deren Architekt er sich verstand; ein kleinerer Baumeister freilich, doch immerhin hatte sein Geist die Gendarmerieordnung erschaffen, das Hohelied auf staatlich legitimierte Ordnung. Jeder ihrer Paragraphen sollte einer Strophe gleichen, jede Zeile im streng-erhabenen Ton des Hexameters klingen, und alles zusammen war ein einziger jambischer Reim auf die Worte »Sinn soll sein«. Seine

Ziele waren weder hehr noch naiv. Es ging ihm weder um repressives Reglement noch um gutgläubige Preußenverehrung. Nein! Sein Anliegen war rein formal, auch wenn die Hitzköppe, die den Codex auf der Wartburg den Flammen übergeben hatten, seine Intention nicht verstanden. Sein Anliegen war im besten Sinne klassisch und durchaus cartesianisch, indem er dem Phantomschmerz der Politik die schmerzlindernde Kompresse seines Gendarmeriekodex' auferlegte. Freilich immer im Bewußtsein einer gewissen Vergeblichkeit; möglicherweise war alles nichtig; doch solange sein Geist dachte, würde er immer wieder versuchen, dem Ganzen einen Sinn zu verleihen.

Trotzdem – oder gerade deshalb – blieb Knarrpanti nicht kühl, wenn über ihm der schwarze Himmel den Mond verschlang. Nein, irgend etwas war da. Seit geraumer Zeit stand er unter Einfluß. Irgend etwas noch Unerklärliches ging vor sich. Irgend etwas machte sich breit in dieser Stadt. Und das war nicht Kamptz. Nein, der Polizeidirektor war selbst nur eine Marionette, degradiert zu einem Automaten, der andere, ihm ähnliche Automaten befehligte.

Es war etwas anderes. Es war nicht deutlicher zu bezeichnen und damit an sich schon eine Herausforderung für einen Mann wie Knarrpanti, dem das Spitzelwesen so sehr in Fleisch und Blut übergegangen war. Er entsann sich eines Satzes von Hoffmann, der ihm gefallen hatte. Hoffmann hatte zu Friedrich gesagt, sie sollten sich dem phantastischen Teil der Doppelheit allen Seins überlassen, und zwar so lange, bis eine bestimmte *Form*, eine Symmetrie wiederhergestellt worden sei. Und zu diesem Zweck stand Knarrpanti jetzt unter einem Caspar-David-Friedrich-Himmel und vor einem architektonischen Wunder, dem Deutschen Dom, und wurde begleitet, vielleicht nicht einmal zufällig, von einem Restauratör, dessen hohe Leiter zwischen ihnen beiden stand wie der Dritte im Bunde.

Spornstreichs nach seiner Entdeckung, die ihm das Perspektiv gewährt hatte, und nachdem er sich mit dem Blinden einig geworden war, hatte er seine Spezial-Spionage-Utensilien aus dem Hotel geholt. Da er sich zwei Tage nicht hatte blicken lassen, hatte der Wirt das Zimmer bereits neu vermietet. Glücklicherweise war seine Habe noch da, für deren sorgfältige Aufbewahrung in einem verrotteten Holzverschlag auf dem Hof der Wirt allerdings die volle Zimmermiete kassierte. An dieser Stelle hätte ein kleines burleskes Nebenthema anklingen können, zumal der dicke Geldbeutel, den Knarrpanti als Judaslohn vom Polizeipräsidenten erhalten hatte, noch unter einer lockeren Holzdiele im wiedervermieteten Zimmer versteckt lag. Der Spion hob sich die Posse für später auf.

Jetzt stand er vor dem Deutschen Dom und atmete noch einmal tief durch. Dann stellte er die Leiter auf. Er hatte gesehen, wie Kurt genau an dieser Stelle des Gebäudes im Schwebezimmer gestanden hatte. Die Leiter reichte bis zu einem kleinen schmucklosen Fenster hinauf und weit darüber hinaus. Es war schon 'ne tolle Leiter. Während sie vom Blinden festgehalten wurde, erklomm Knarrpanti Sprosse um Sprosse. Oben angekommen, entnahm der Spion seinen Spezial-Spitzel-Utensilien einen Gegenstand, der einem Dietrich nicht unähnlich war, legte dieses feine Werkzeug wieder weg und schlug dann mit einem stoffumwickelten Hammer ein Loch ins Fensterglas, griff hindurch und öffnete es. Knarrpanti krabbelte auf den Fenstersims und setzte sich rittlings in die leere Fensterhöhle. Der Blinde hatte den dumpfen Hammerschlag vernommen und glaubte, ein Scherbenregen werde niederfallen. Das allerdings passierte nicht. Statt dessen entglitt die Leiter seinen Fingern.

Knarrpanti zog die Leiter nach oben. Der Blinde hielt dagegen. Sie zerrten von beiden Seiten, so daß das gute Stück auf und nieder tanzte. Knarrpanti hatte es mit einem Dickschädel zu tun. Er ließ, als Klügerer nachgebend, die Leiter los. Der Wucht seines Rucks ausgesetzt, balancierte der Blinde mit der Leiter nun über den Gendarmenmarkt.

Schon stand er wieder am Fuß des Turms, lehnte die Leiter an und stieg Knarrpanti nach. Als seine Hände die letzte Sprosse umfaßten, sagte Knarrpanti: »Willkommen, Freund!

Es gibt nur ein kleines Problem. Hier ist lediglich Platz für einen, und dieser eine bin ich. Ich bitte Sie deshalb, die Leiter wieder hinabzusteigen.«

Der Blinde schüttelte den Kopf, als sei er nicht nur blind, sondern auch stumm.

»Wir befinden uns in einer komplizierten Situation.«

Der Blinde schüttelte den Kopf.

»Schauen Sie … Verzeihung, *hören* Sie: Dies Fenster führt zu einem Schacht. Um diesen Schacht hinabsteigen zu können, benötige ich die Leiter, die nämliche Leiter, die Sie gerade in Benutzung haben.« Knarrpanti winkte ab, denn der Blinde schüttelte unentwegt den Kopf. Seine Lippen waren stur aufeinandergepreßt.

Knarrpanti überlegte einen Augenblick einen einfachen, aber effektiven Plan, der einen Leitersturz des Blinden zum Ziel hatte, verwarf ihn aber, da der Blinde den Fenstersims bereits mit der Hartnäckigkeit eines Terriers erklomm.

Nun saßen beide rittlings und zudem vis-à-vis. Da der Fensterrahmen sehr schmal war, stießen ihre Nasen unweigerlich zusammen. Von der Jägerstraße herkommend, schritt ein dickbäuchiger Biedermann über den Platz, streifte die Leiter beinahe und verschwand hinter dem Schauspielhaus.

Bald hatten sie die Leiter hinaufgezogen und mühten sich sehr, dieses nützliche, aber sperrige Werkzeug durch den schmalen Spalt, den sie in der Fensteröffnung ließen, hindurchzuschieben, was ihnen tatsächlich gelang. Der Schacht war auch breit genug, um ausreichend Rangierraum zu gewähren. Also hievten sie die Leiter zwischen sich in den Schacht, ließen sie auspendeln und setzten sie auf festem Boden ab. Erst kletterte Knarrpanti hinab, dann kam der Blinde nach. Als sie beide zu Füßen der Leiter standen, befanden sie sich im Refugium des Polizeipräsidenten.

Vor ihnen stand das Schwebezimmer. Es war eine Art kastenartige Gondel. Knarrpanti konnte es sich nicht verkneifen, die Tür zu öffnen. Er betrat die Gondel und drückte jenen Knopf, den vorhin der Polizist Kurt gedrückt hatte. Die Gondel setzte sich in Bewegung, langsam und knirschend in den Scharnieren schwebte das Kämmerlein hinauf. Knarrpanti betätigte den Knopf erneut. Mit einem schrillen Quietschen hielt die Gondel an. Auf der anderen Seite des Schachts, über einem Abgrund, befand sich das Fenster, durch welches sie eingestiegen waren. Es war tatsächlich genau so, wie Knarrpanti es vermutet hatte.

Knarrpanti fuhr mit dem Schwebezimmer wieder hinab. Kaum war er ausgestiegen, näherten sich verdächtige Schritte. Die beiden machten, daß sie fortkamen.

Ein Mann mit Fackel wurde bald sichtbar. Es war Kurt. In der rechten Hand die Fackel, in der linken eine Gänsekeule haltend. Er leuchtete den Schacht aus.

Da lag eine Scheibe in tausend Scherben auf dem Boden.

Kurt folgte seinem Gespür. Er nahm jenen Gang, den zuvor Knarrpanti, der Blinde und die Leiter genommen hatten. Der Lichtschein wurde schwächer.

32.

Die Leiden des Friedrich Freiherr von Schuckmann und seiner treuen Freundin M.M. schienen kein Ende zu nehmen – doch dann war alles plötzlich so einfach. Und das kam so:

Als sie über den Teppich aus Totengebein rannten, verursachten sie ein schallendes Geschepper. Danach kam wieder eine Phase moorig-weichen Untergrunds. Sie rannten ohne Unterbrechung. Der Minister voran, die Schauspielerin hinterdrein. Den Minister trieb jetzt nicht Furcht an, sondern ein unbändiger Wille nach Freiheit und Licht. Bald wurde der Geruch von Moder und Moos schwächer. Ihre Füße sanken nicht mehr ein. Sie vernahmen den Widerhall ihrer Schritte. Sie liefen weiter. Der Minister stieß nicht mehr mit tückischen Wänden zusammen. Sie bewegten sich eindeutig aufwärts. Es war, als liefen sie eine Rampe hinauf. Obwohl auch dieser Teil des Labyrinths stockduster war, schien es dem Minister, als könne er die Wände und die Decke des Schlauchs sehen. Vielleicht war es kein richtiges Sehen, sondern eine andere, bisher unbekannte Art der Sinneswahrnehmung. Vermutlich war die Zirbeldrüse daran beteiligt. Es war jedenfalls eine Erfahrung, die prädestiniert für einen wissenschaftlichen, wenn nicht sogar *para*wissenschaftlichen Vortrag im Salon der Baronin von Schnipp war.

Plötzlich öffnete sich über ihm ein Sternenhimmel! Über oder durch diesen Sternenhimmel führte ein roter Teppich, ein langer roter Teppich. Es konnte auch die lange Zunge des Froschkönigs sein. Am Ende der ausgerollten Teppichzunge funkelte der Thron des Königs von Preußen. Es war ein hoher, hochbeiniger Thron, der auf Stelzen stand. Der Thron ragte bis hinauf in die weißen Wolken und war leer. Vor dem verwaisten Thron saß ein König, der so klein war wie ein Bübchen im zu großen Purpurmantel. Er winkte den Minister heran. Ohne sich zu bewegen, stand der Minister vor dem Knaben. Die dünnen Stelzenbeine des Throns sahen jetzt aus wie Gitterstäbe, die hoch aufragten und sich irgendwo im Nichts verloren.

Der König tat, als bemerke er erst jetzt den Minister. Ein wenig erstaunt sagte er: »Komisch, dich hier zu treffen.«

»Die Komik ist ganz meinerseits.« Der Minister bemühte sich, so devot wie möglich zu erscheinen.

»Spielst du mit mir?« fragte der König.

»Äh, ja«, sagte der Minister. Unsicher, was er tun sollte, sang er ein Lied, das ihm seine Amme vorgesungen hatte. Je länger der König keine Anstalten machte, ihm weitere Befehle zu erteilen, desto lauter sang der Minister das Lied der Amme, das von einem Maikäfer handelte. Der König hatte sich derweil erhoben. Jetzt ärgerte es den Minister, gesungen zu haben. Möglicherweise hatte er Wichtiges verpaßt.

»Weißt du«, flüsterte der König dem Minister zu, «es gibt ein Geheimnis. Dieses Geheimnis verrate ich dir. Ich verrate es nur dir allein. Ich verrate es dir, weil du bewußtlos bist und träumst und es keinem verraten kannst, hehe.« Der König drehte den Kopf weg. Er schaute dann auf seinen Purpurmantel und ließ den Blick auf dem Hermelinbesatz eines viel zu weiten Ärmels verweilen, in welchem sich sein Kinderarm verlor. »Natürlich«, setzte er fort, »könnte ich das Geheimnis auch für mich behalten. Ich muß es dir nicht sagen. Es kann mein Geheimnis bleiben, mein alleiniges Geheimnis, das ich mit ins Grab nehme ...« Er schaute bei diesen Worten kokett zum Minister. Seine Lider bewegten sich zuckend wie bei einem Reptil.

Der König machte eine Pause. Der Minister hätte zu gern gewußt, um was für ein Geheimnis es sich handelte. Warum mußte es Seine Majestät auch so spannend machen!

»Du willst es also wirklich wissen?« fragte der König nach einer Weile.

»Aber ja, Majestät!«

»Dann knie nieder wie ein Ritter, der den Ritterschlag empfängt.«

Der Minister fiel auf die Knie. Der König kam ganz nahe heran. Er formte die Hände zur Muschel und flüsterte ihm ins Ohr. Ganz leise sagte er es ihm ...

M.M. beugte sich über ihn und küßte ihn.

Der Minister schlug die Augen auf. Eine glühende Nadel stach in seine Pupillen. Er schloß schnell die Augen. Es wurde besser.

Ihm fiel wieder ein, wo er sich befand. Er war mit voller Wucht gegen eine Wand gesemmelt, die ihm den Weg versperrt hatte. Einem unwiderstehlichen Zwang folgend, öffnete er die Augen erneut. Wieder stach es ihm in die Pupillen. Dennoch schloß er die Augen nicht, sondern hielt sich eine Hand schützend vor das Gesicht. Denn es war etwas Wundersames geschehen.

Nach und nach sah er etwas. Aber ja, er konnte SEHEN. Es war hell. Es war licht. Die Welt gab sich ihm wieder preis. Ein großer Jubel, dem nachzugeben allein seine Mattigkeit verhinderte, überfiel den Minister. Was, aber was nur sah er, da er sah, nach all der Zeit der Dunkelheit? Er sah über sich das ovale Gesicht M.M.s, wie lieblich war doch ihr Kinn, wie voll ihre Lippen! Und das so liebliche Gesicht sah verheerend aus! Ihr Gesicht war regelrecht ramponiert und schwarz von Ruß. Die verfilzten Haare hatten ihren schönen Glanz verloren, ganz zu schweigen von dem, was man eine Frisur nennt. Ihre Kleidung war zerrissen, zerfetzt und zerlöchert und starrte vor Dreck. Sie roch übel nach Schweiß und Muff und sah aus wie ein Flintenweib. Der Minister sprang mit einem Schrei auf, denn in ihm explodierte die Gewißheit, daß er ein ähnlich verwahrlostes Bild abgeben mußte wie seine treue Freundin.

Tatsächlich. Seine Kleidung war vollständig lädiert. Alles war besudelt mit Lehm, Kot, Spinnweben und Ingredienzien, für die er keine Worte hatte und die ihm auch namenlos genügend Ungemach bereiteten. Was sich *en detail* als erschreckend ausnahm – so etwa die beschmierte blaue Samtweste, deren zierliche Goldknöpfchen allesamt fehlten –, mußte *in toto* einen grauenerregenden Eindruck abgeben. Doch dann fiel sein Blick auf die Treppe. Ja, es gab eine Treppe. Eine richtige, beleuchtete Treppe mit richtigen Stufen. Die Treppe zur Freiheit. Die Treppe hinaus aus dem Labyrinth seines umnachteten Geistes. Vor ihm lag in aller Unschuld der Ausgang, den er so sehnlichst erwünschte.

Während Schuckmann sich noch von dem Schock erholte, der ihn beim Anblick seiner selbst ereilt hatte, strebte M.M. bereits die Treppe hinan. Schuckmann folgte langsam, dabei bemüht, sich den Schmutz von der Kleidung zu klopfen, ein sinnloses Unterfangen, da half nur eine gründliche Wäsche, oder die Kleidung war überhaupt verloren für Schuckmanns Garderobe. Er wäre untröstlich, besonders wegen der Beinkleider.

Die Treppe wand sich in einer Spirale nach oben. Schuckmann hörte den Widerhall der gehetzten Schritte M.M.s, die bereits damit beschäftigt war, gegen die Tür zu drücken, als Schuckmann oben eintraf. Der Minister half ihr und stemmte sich auch gegen die widerspenstige Tür.

»Sie ist verschlossen«, stellte er fachmännisch fest.

»Ach, brillant kombiniert«, kommentierte M.M.

»Es handelt sich vermutlich um eine jener Geheimtüren, wie sie in der neuen Literatur so beliebt sind und die zumeist durch ein kleines geheimes Hebelchen zu öff-«

M.M. hatte, während der Minister schwatzte, den Hebel gefunden. Man mußte lediglich die Fackel, beziehungsweise deren gußeiserne Halterung um hundertachtzig Grad drehen und dabei aufpassen, höllisch aufpassen, daß man sich nicht den Ärmel verkokelte.

Sie traten in eine Bibliothek ein. Sie waren wohl zu erschöpft, um daran etwas Seltsames zu finden. Nach all den schmutzigen Schrecknissen in der unheimlichen Katakombe des Polizeipräsidenten erfaßte die beiden beim Eintritt in das heimelige Zimmer jene Art von Glücksgefühl, welches uns einzig gemütlich eingerichtete Bibliothekszimmer verschaffen können, jene behaglichen Horte, die eine mahagoniumrahmte Idylle darstellen.

Das Zimmer war mit einem dicken türkischen Teppich ausgelegt. Zwei der Wände waren gänzlich von Bücherregalen verdeckt, wobei das, durch welches sie soeben ins Zimmer eingetreten waren, gerade zurückschwang und sanft ins Schloß schnappte und ihnen vermutlich für immer den Rückweg versperrte. Das andere enthielt, wie selbst ein oberflächlicher Blick zeigte, auffällig viele Werke, die auf dem Index standen. Zudem gab es zahlreiche Bücher von Hoffmann, wenn nicht sogar dessen gesamtes Oeuvre. Interessant waren auch die beiden übrigen Wände, von denen die eine eine äußerst geschmackvolle Sammlung von Fechtgeräten aufwies, wohingegen die andere vollständig mit einem roten Vorhang drapiert war. Was mochte sich wohl hinter diesem Vorhang verbergen?

Ohne sich genauer umzusehen, sanken M.M. und Schuckmann erschöpft auf den einladenden Teppich nieder, streckten sich aus und atmeten auf. Das überschwengliche Tick-Tack einer Wanduhr gesellte sich, wie erfreut über den seltenen Besuch, dem erschöpften Atmen zu. Schuckmann ertastete die Hand von M.M. und drückte sie dankend. M.M. wußte nicht, wofür er sich bedankte, aber sie erwiderte seinen Druck aufs zärtlichste.

Schuckmann erhob sich und stellte sich vor die Wand, an der sich die wirklich erstklassige Sammlung von Degen, Säbeln, Schwertern und Dolchen befand, dicht an dicht, manche gegeneinander gekreuzt. Es war eine internationale Sammlung, weder fehlte der krumme Säbel der Türken noch das beidseitig geschliffene Schwert des japanischen Samurai. Kennerisch betastete der Minister einen verzierten Knauf. Vorsichtig prüfte er die Schärfe einer Klinge. M.M.s Interesse galt dem mysteriösen Vorhang. Dieser war aus rotem Samt und hing edel und schwer in dichten, gleichmäßig großen Falten bis hinab auf den Teppichboden. Sie befühlte den Stoff. Dann umfaßte sie, nach einem überlegten Zögern, die äußere linke Kante des Vorhangs und zog daran. Nichts bewegte sich. Ihr Blick suchte nach einer Vorhangstange. Es gab keine. Der Vorhang kam gewissermaßen aus der Decke. Sie bückte sich, um den Vorhang, wenn er nicht zur Seite zu ziehen war, wenigstens von unten zu lüften. Doch auch das ging nicht. Er verschwand nämlich, wie sie jetzt bemerkte, im Teppich und lief vermutlich weiter in den Boden. Sie machte einen erneuten Versuch und hielt ihr Ohr an den weichen Stoff.

»Schuckmann, wir brauchen mehr Fakten. Wollten Sie mir nicht etwas von Gontard erzählen?«

»Ja, doch zunächst sagen Sie mir, warum Sie Ihren Kopf so schmeichlerisch diesem öden Vorhang hingeben.« Das klang eifersüchtig.

»Ich höre, ganz, ganz leise … ›Gib mir eine dritte! Ich mag nicht, Kaspar‹ … Daraus schließe ich, daß viel weniger Zeit vergangen ist, als wir geglaubt haben. Wir sind erst im letzten Akt. Es treibt freilich rasch dem Ende entgegen. So erzählen Sie endlich, was es mit diesem ominösen Gontard auf sich hat.«

»Wenn Sie mich endlich zu Wort kommen ließen, Gnädigste!«

»Wer ist denn dieser Gontard?«

»Ich bin im Begriffe, es Ihnen zu erklären. Also, meine Amme erzählte mir an jedem Abend dieselbe Geschichte. Damals sagte sie, später einmal würde ich alles verstehen – ich denke, dieses Später ist jetzt.«

»Sie meinen, Ihre Erleuchtung haben wir einem Ammenmärchen zu verdanken? Herr Minister, Sie überraschen mich immer wieder aufs neu.«

»Danke für die Blumen. Sie erwähnten eben, daß nicht soviel Zeit vergangen sei, wie wir geglaubt haben. Das paßt zu meiner Vermutung. Dieses Labyrinth ist gar nicht so groß. Es umfaßt ungefähr das Areal des Gendarmenmarktes und erstreckt sich ungefähr vom Französischen Dom bis zum Deutschen Dom. Wir sind andauernd im Kreise gelaufen.«

»Was hat das mit Gontard zu tun?«

»Sie werden bald verstehen. Sie kennen Gontard?«

»Aber NEIN!«

»Gontard war einst ein berühmter Baumeister. Seine bedeutendsten Bauwerke stehen auf unseren Köpfen.« Schuckmann wies mit den Augen zur Deckc.

»Die Dome?«

»Ja, oder genauer: die Kuppeltürme, die den schnöden Kirchenrümpfen ihre domische Erhabenheit verleihen. Und mindestens ebenso bedeutend, wenn auch nicht so bekannt, ganz und gar nicht so bekannt, ist diese unterirdische Anlage, in der wir uns jetzt befinden.«

»Warum hat er diese Anlage geschaffen?«

»Er selbst wollte ja nicht. Es war eine Idee der Gemeindeoberen.«

»Von welcher Gemeinde reden Sie, Schuckmannn?«

»Der Gemeinde der Hugenotten, die sich hier niedergelassen hatte, nach der Bartholomäusnacht. Hier, bei uns in Brandenburg, erhielten sie kurfürstliche Aufnahme. Hier, auf dem Gendarmenmarkt und überhaupt in der Friedrichstadt, verwandelten die Hugenotten ihr Exil in Heimat. Hier hatten sie endlich Ruhe und Frieden nach all den Leiden der katholischen Verfolgung. Und diejenigen unter ihnen, die den letzten Frieden fanden, wurden zur ew'gen Ruh' in hugenottischer Erde bestattet. Auf dem Friedhof, über den wir vorhin gestolpert sind.«

»Aber so hören Sie, Herr Minister, das war kein Friedhof.«

»Sie haben einmal mehr recht, meine teuerste Freundin, denn der eigentliche Friedhof existiert nimmermehr, beziehungsweise ist er im Zuge gewisser baulicher Veränderungen verlagert worden. Es handelt sich um den Dorotheenfriedhof, auf dem, so sagt man, der goße Hegel schon einen Platz angemeldet hat.«

»Können Sie nicht deutlicher werden? Was heißt verlagert?«

»Dieser Platz, dieser Gendarmenplatz, meine Liebe, ist, wie das gesamte Berlin, eine einzige große Baustelle. Das muß auch so sein, weil alles, was lebt und wächst, in einem fortwährenden Umformungsprozeß sich befindet, so auch diese

Stadt, so dieser Platz. Die Wandlungen und Wachstumsschübe gehen einher mit Schmerzen, und ihre Wunden sind das, was man eine Baustelle nennt. Dabei muß oftmals Altes weichen, aber es sträubt sich, will bleiben, das ist dann das Tote, und wenn der Übergang von einem zum anderen Zustand ohne Würde sich vollzieht, dann schließt sich die Wunde nicht, bleibt die ›Baustelle‹ bestehen und schmerzt weiterhin.«

»Herr Schuckmann, ich verstehe kein Wort. Sind es Ihre Worte? Ich kann es nicht glauben!«

»Nein, nein, es sind die Worte meiner Amme!«

»Und mit solch Hokuspokus hat Ihre Amme Sie in den Schlaf gewiegt?«

»Jede Nacht«, gab der Minister verlegen zu.

»Na, dann versteh' ich alles!« sagte M.M.

»Wie meinen Sie dies?«

»Ich meine damit, daß sich ... gewisse Eigenheiten an Ihnen jetzt leichter erklären lassen. Aber schweifen wir nicht vom Thema ab – sofern wir noch ein Thema haben. Sie wollten von Gontard erzählen, wenn ich mich recht erinnere.«

»Ach ja. Schauen Sie, all diese Wunden ... ich meine: Baustellen, all dies Neue, das erschaffen wird in dem Prozeß permanenter Transformation, braucht fähige Köpfe, eben die Baumeister. Einer von ihnen, einer der fähigsten Köpfe, war Gontard.«

»Nun gut, er konstruierte die Dome. Was ist daran so erzählenswert?« fragte M.M. recht ungehalten.

»Er sollte gegen den Widerstand der Toten den Friedhof abreißen. Das war ...«

»... gemein. Besonders, da die Toten in solchen Fällen Widerstand zu leisten pflegen.«

»Genau. Sie haben es erfaßt.«

»Das meinen Sie doch nicht schon wieder ernst?«

»Aber natürlich. Jedenfalls hat's meine Amme so erzählt.«

»Da bin ich froh, daß ich keine Amme hatte, sondern nur eine ganz gewöhnliche Mutter.«

»Sie, also die Toten, sandten einen Vertreter hinauf, den

Baumeister zu bitten, die Verlegung des Friedhofs zu verhindern.«

»Einen dieser knochenklappernden Gesellen mit bleckendem Grinsen?«

»Nein. Sie ließen ihn aus Paris kommen.«

»Wie vornehm!«

»Ein Mann namens Spalanzani. Der kam als Abgesandter der Toten aus Paris und rief eines Nachts den Baumeister Gontard an, als dieser von der Baustelle auf dem Weg nach Hause war. Er rief: ›Guten Abend, Herr Gontard, ich hab da ein Angebot für Sie. Wie wäre es mit einem kleinen Kontrakt?‹ Gontard wollte sich zu dem nächtlichen Rufer herumdrehen, aber er konnte nicht. Er konnte sich nicht bewegen. Er war wie gelähmt. Als nächstes sagte Spalanzani: ›DIE TOTEN WOLLEN RUHEN.‹ Das ging Gontard durch Mark und Bein. Die Toten wollen ruhen. Stimmt! Und er, Gontard, war damit beschäftigt, ihre Gebeine aus dem Boden zu reißen, aus jener heiligen ersten hugenottischen Erde, die das Exil damals in Heimat verwandelte. Das konnte nicht gutgehen. Das war Frevel! Er war bereit, auf eine Forderung der Toten einzugehen. Doch Spalanzani fügte übel grinsend hinzu: ›Das ist das Problem der Toten, nicht? Wir haben andere Pläne, hehe. Und wir Lebenden müssen doch zusammenhalten. Mensch, Gontard!‹ Und Gontard, der nicht nur ein begnadeter Baumeister war, sondern auch in der Lage, vorurteilsfrei seine Vorteile zu betrachten, ließ sich von Spalanzani überzeugen.«

»Halt, halt. Mir wird ganz schwindlig von diesem Ammenmärchen«, gebot M.M. Einhalt. »War er nun ein Abgesandter der Toten? Oder was wollte dieser ominöse Mann aus Paris?«

»Ich schätze, die Toten waren nicht gut beraten, sich ausgerechnet diesen Spalanzani als ihren Fürsprecher auszusuchen. Er mißbrauchte ihr Vertrauen!«

»Wie?«

»Zunächst ist doch einmal die Frage, was Spalanzani von den Toten dafür forderte, daß er als Ihr Anwalt auftrat.«

»Na, da bin ich gespannt.«

»Er forderte von den Toten, daß sie, käme er dereinst an ihre Schwelle, von Ihnen zurückgewiesen würde. Davon versprach er sich ewiges Leben, wonach er seit so vielen Jahren vergeblich gesucht hatte. Jetzt war er dem Ziel nahe. Die Toten versprachen, ihm seine Bitte zu gewähren. Wenn die Toten etwas versprechen, dann ist es gewissermaßen endgültig. Ihr Ehrenkodex ist vorbildich. Das wußte Spalanzani. Er entlockte ihnen das Versprechen – und hielt sich an sein eigenes keinesfalls. Statt dessen forcierte er die Verlagerung. Er konnte die Toten nicht schnell genug wegbekommen vom Gendarmenmarkt. Sein eigentliches Ziel war aber ein anderes. Und dafür benötigte er Gontard. Er hatte die Idee eines eigenen Reiches unterhalb des Gendarmenmarktes. Er wollte mitten in den Eingeweiden dieser Stadt leben und herrschen. Die Gelegenheit war günstig. Durch die umfassenden Bauarbeiten an beiden Kirchen ließ es sich leicht bewerkstelligen, heimlich dieses Reich auszuheben. Gontard verkaufte er seinen Plan natürlich anders. Er schlug ihm diese unterirdische Anlage als Zuflucht vor, falls die Hugenotten erneut einem Pogrom zum Opfer fallen sollten. Gontard war begeistert von dieser Idee. Arbeiter wurden ausgewählt, dies Projekt während der Bauarbeiten durchzuführen. So entstand ein unterirdisches Labyrinth nach den gemeinsamen Plänen Spalanzanis und Gontards.«

»Und das glauben Sie, Herr Schuckmann?«

»Ja, ich glaube, was ich sehe, und ich sehe ein unterirdisches Labyrinth unterm Gendarmenmarkt.«

»Stimmt auch wieder auffallend«, mußte M.M. zugeben. »Aber«, wandte sie ein, »wir haben doch die Toten gesehen. Sie wurden nicht verlagert.«

»Das stimmt auch auffallend. Weil nämlich Gontard nicht auf den Kopf gefallen war. Gontard hatte das Problem, mehrere Dinge zueinander in ein Gleichgewicht zu bringen.«

»Er war ja Baumeister.«

»Eben. Da war zunächst einmal sein Wunsch, die Ruhe der Toten nicht zu stören.«

»Vorhin sagten Sie etwas anderes.«

»Vorhin sagte ja auch Gontard etwas anderes. Sie können nicht verlangen, daß er einem Mann wie Spalanzani gegenüber aufrichtig war. Das nun wirklich nicht!!«

»Er war also ein Guter?«

»Aber natürlich, er ist doch der Held. Also, er wollte die Totenruhe nicht stören. Deshalb verlagerte er nur einen Teil der Erde, den Rest, einschließlich ihrer Gebeine, senkte er einfach ein paar Meter ab. Die Toten waren damit einverstanden. So erzählte es jedenfalls meine Amme. Außerdem wollte er die Pogrom-Zuflucht für sein Volk, eben das Labyrinth. Auch das schaffte er ja. Und als drittes mußte er Spalanzani loswerden. Dafür nahm er auch in Kauf, seinen guten Namen als unfehlbarer Baumeister zu verlieren.«

»Der Einsturz des Deutschen Doms …«

»… 1781. Er begrub Spalanzani unter einem tonnenschweren Pfeiler, und Gontard glaubte ihn tot, gewissermaßen tot für immer, um eine leicht kokette Paradoxie zu wählen. Doch das war falsch. Die Legende sagt nämlich weiter …«

In diesem Moment bewegte sich das Bücherregal. Es schwang hinein in den Raum. Eintrat der Eigentümer des Bibliothekszimmers, sichtlich gehetzt und aufgelöst. Er stürmte am Minister vorbei zur Wand mit den Waffen, riß wütend einen Säbel von der Wand und schimpfte dabei: »Euch werde ich's zeigen. Euch komme ich bei!«

Dann, den Säbel in der Faust, machte er kehrt, rannte den Minister beinahe um, zwängte sich schon wieder durch die Geheimtür hindurch, war halb verschwunden, als er stutzte, stehenblieb, zurückkam, genau vor dem Minister haltmachte, ihm scharf in die Augen sah und brüllte: »WAS MACHEN SIE HIER?«

»Ich plaudere gerade ein wenig mit M.M. Stimmt doch, oder?«

M.M. bestätigte seine Aussage. Einen Moment später hieb der Polizeidirektor mit bebender Wut auf den Minister ein.

33.

Knarrpanti blieb stehen und lauschte. Sie waren jetzt von einer Finsternis umgeben, wie sie der Spitzel niemals zuvor erlebt hatte. Kurt an den Fersen, waren sie durch Gänge geeilt, in immer finsterere Stollen in der Hoffnung eingebogen, ihn abzuschütteln. Doch er war offensichtlich sehr vertraut mit diesem Labyrinth und ihnen deshalb überlegen. Zuerst gab es noch Fackeln. Das war schon eine Weile her. Knarrpantis Lauscher waren hervorragend dafür geeignet, im Schutze einer Portiere zwei staatsfeindlich tuschelnden Demokraten die leisest geflüsterten Codeworte abzulauschen, doch dies dunkle Wirrwarr überforderte ihn. Am liebsten hätte er sich Kurt gestellt und tapfer Mann gegen Mann gekämpft. Doch sein Mut reichte letztlich nicht aus. Kurt sah extrem stabil aus.

Neben Knarrpanti, zwei Köpfe größer, stand der Blinde. Die Leiter trug er quer, weil die Decke zu niedrig war. Knarrpanti zupfte ihn am Ärmel. Der Blinde nickte. Auch er hatte gehört. Das war nicht Kurt. Der mußte an einem anderen Punkt des Labyrinths sein. Ein Lichtschein kam näher. Knarrpanti preßte sich, so dicht er konnte, an eine Wand. Irgendwie ahnte er, daß dieser Lichtschein die Anwesenheit des Polizeipräsidenten bedeutete. Der kam näher. Sie mußten fliehen. Allein, in welche Richtung sollten sie noch fliehen? Sie würden unweigerlich Kurt in die Arme laufen. Es war jetzt so hell, daß Knarrpanti die Umgebung betrachten konnte. Der Blinde stand seltsam furchtlos neben ihm. Sie befanden sich, wie jetzt deutlich wurde, nicht im selben Gang wie der näher kommende Kamptz. Einen Meter von ihnen entfernt war eine Biegung, und dahinter befand sich der Polizeidirektor. Knarrpanti bewegte sich, dicht an die Wand gepreßt, mit kleinen Schritten zur Ecke hin. Er holte einen kleinen Spiegel hervor und hielt ihn in den Gang hinein. Der Spiegel zeigte ihm, daß er recht mit seiner Vermutung hatte: Es war Kamptz.

Der Gang war breiter und auch höher. Kamptz schloß eine Tür auf. Seltsam, daß es hier, hier in der Abgeschiedenheit, Türen gab, die verschlossen waren. Kamptz verschwand durch die Tür. Ohne zu zögern, schlich Knarrpanti ihm nach, den Blinden im Gefolge. Die Leiter stieß mit einem Ratsch gegen eine Ecke. Knarrpanti erstarrte. Der Blinde zuckte die Schultern. Die Furchtlosigkeit des Restauratörs entfachte Knarrpantis Furcht nur noch mehr. Ahnte der überhaupt die Brisanz?

Die Tür war offen. Vor ihnen breitete sich ein großer gewölbeartiger Raum aus, mindestens zehn Meter hoch. Es war ein Saal. In einiger Höhe lief eine Galerie mit einem schmiedeeisernen Geländer entlang, fast rings um den Raum. Eine metallene Treppe führte hinauf. Von dieser Galerie aus konnte man wieder solch ein Schwebezimmer erreichen. Die Endstation dieses Schwebezimmers mußte eine Tür ganz oben, zehn Meter hoch, im äußersten Winkel dieses Saales sein. Der Polizeidirektor nahm eben die ersten Stufen der Treppe. Seine schweren Schritte verursachten ein metallenes Echo. Neben ihm hüpfte ein recht roter Ball einher, auf dem ein zweiter kleinerer Ball als Kopf saß.

Der Ball entdeckte Knarrpanti zuerst. Zu seinem großen Erstaunen sah Knarrpanti, daß tatsächlich ein Gesicht auf diesem kleinen Kopfball aufgemalt war, ein immerzu lachendes Gesicht. Auch Kamptz hielt plötzlich inne, drehte sich um, nun ungefähr in der Mitte zwischen unten und oben schwebend.

Knarrpanti hörte sein Herz schlagen, es war in die Magengegend gerutscht und hämmerte recht aufgeregt. Er fühlte es ganz deutlich, wie der wummernde Klumpen immer tiefer sackte. Keine Zeit, sich etwas vorzumachen: Knarrpanti fürchtete den Polizeipräsidenten. Vielleicht hatte er es sich niemals richtig eingestanden. Jetzt war es klar, unaufhaltsam stieg die Erkenntnis in ihm auf: Eines Tages würde diese Urgewalt des Bösen, dieser Berg aus Brutalität, dieser Gott der Zerstörung auf ihn niedergehen, ihn zerschmettern und zermalmen. Und dieser Tag war gekommen. Der Ball daneben wirkte ebenfalls äußerst gefährlich, allein schon, weil der Polizeidirektor es liebte, sich mit Gefährlichem zu umgeben.

POM, POM, POM. Das war das Hüpfen des Balls. Der Ball kam näher, schoß auf ihn zu und wuchs dabei, als blähe er sich mit jedem Hüpfer. Wuchs, bis alles in Rot getaucht war, dann ein Platzen und ein Schwarm von Sternenschnuppen. Schließlich nahm ein schwarzes Samttuch die Erscheinung mit sich fort. Aber das POM-POM blieb.

Der Polizeidirektor lachte. Das Gewölbe hatte ein beträchtliches Ausmaß. Doch des Polizeipräsidenten Lachen reichte hin, es auszufüllen, bis es abrupt einstürzte. Kamptz klappte die Kinnlade herunter.

Knarrpanti lag zerschellt auf dem Boden. Der Polizeidirektor stand schwebend zwischen Decke und Boden. Sein Lachen brach ein letztes Echo. Der Ball, der Flomi hieß, machte POM, POM und wütete auf den Blinden zu. Der Blinde hielt den Kopf schief, konzentriert auf das POM-POM horchend. Mit beiden Händen hielt er die Leiter im Anschlag. Dann, kurz bevor Flomi ihn erreicht hatte, fegte die Leiter durch die Luft, traf auf den Ball und katapultierte den Angreifer quer durch den Saal gegen eine der Gewölbewände. Mit einem platzenden Aufschrei prallte der rote Ball gegen die Wand, schnellte erneut hoch, beschrieb eine glockenförmige Kurve, geriet in die Reichweite der Leiter und wurde erneut voll getroffen.

Knarrpanti rappelte sich wieder auf. Der Polizeidirektor floh die letzten Stufen hinauf und flüchtete die Galerie entlang. Er erreichte die Gondel des Schwebezimmers und verschwand darin mit dem Ausruf: »Warte, euch werd' ich's zeigen, euch komme ich bei.«

Die Gondel dockte an, während der Blinde mit Hilfe seiner Leiter den Ball erneut abschmetterte.

Ein letzter, besonders wuchtvoller Hieb beförderte den Ball hinaus aus dem Gewölbe. Mit einem stetig abnehmenden Pom-Pom hüpfte der Ball von dannen, hinein in die düsteren Gänge des Labyrinths. Knarrpanti, wahrlich kein Mann, der leicht oder gar leichtfertig Gefühle zeigt, trat auf den Blinden zu, klopfte ihm auf die Schulter und rief: »Großartig!«

»Ich habe gar nichts getan. Das war doch meine Leiter«, entgegnete der Blinde bescheiden. »Haben Sie sich verletzt?«

»Äh, ich glaube nicht.«

»Wir müssen den anderen verfolgen. Der hat die Treppe genommen.«

»Ich glaube, wir sollten lieber sehen, daß wir schleunigst fortkommen.«

»Fort? Warum? Wir können den Kampf gewinnen!«

»Nun ja, ich hatte den Polizeipräsidenten etwas kleiner in Erinnerung.«

»Wir, meine Leiter und ich, können Ihnen helfen«, sagte der Blinde, einen blinden Blick auf seine Leiter werfend.

Knarrpanti bemerkte erst jetzt, daß die Leiter hoch aufgerichtet neben dem Blinden stand – und zwar ohne daß dieser sie festhielt. Nun, sie wirkte ja schon ein wenig steif, staksig, ungelenk, aber nichtsdestotrotz war es eine erstaunliche Leiter, die, genau bedacht, Knarrpanti jetzt schon zum zweiten Mal das Leben gerettet hatte. Andererseits, wenn er sich überlegte, daß diese Leiter ihn vor dem Angriff eines *Balls* beschützt hatte, so wußte er nicht, ob er froh darüber sein sollte. Was er aber auf jeden Fall wußte, war, daß er jetzt liebend gern wegwollte. Und schon den Schritt zur Tür hingelenkt, fiel ihm ein, daß dort, dort draußen, sowohl ein greinender und wohl auch wütender Ball als auch ein stämmiger und wohl auch haßerfüllter Kurt auf ihn warteten. Auch die Richtung, in die der Polizeipräsident geflohen war, lockte den Spitzel keineswegs. Während er noch überlegte, wohin es gehen sollte, klappte eine Falltür auf. Direkt unter ihm. Klappte auf. Schnappte zu. Klappte zu.

Der Blinde war baff. Er ahnte nur, daß Knarrpanti nicht mehr da war. Eine Erklärung hatte er nicht. Ohne Hoffnung auf Antwort flüsterte er: »Herr … Knarrpanti … oder wie Sie heißen … wo sind Sie? Melden Sie sich!«

Er faßte nach seiner Leiter. Die Leiter schmiegte sich in seine Hand. Wir sind jetzt allein, dachte der Blinde. Du und ich. Wo in aller Welt sind wir hier gelandet? Ich höre nichts mehr. Es ist alles so still. Wir sind umgeben von Leere. Gib mir, gib mir Halt.

34.

Es war einer jener Momente, deren scharfe, fast schmerzhaft scharfe Wahrnehmung dafür entschädigten, daß man aus einem Traum oder einem falschen Leben aufwachte. Zugleich war es so friedvoll, still, beinahe behaglich. Er fühlte sich in die Gediegenheit dieses Augenblicks eingeschlossen: das trauliche Tick-Tack einer Pendeluhr; die runden, sehr weichen Formen biederer Möbel, die aus dem Halbdunkel schauten, wie träge, gutmütige Tiere; eine Feder in einem Tintenfaß neben einem aufgeschlagenen Buche auf dem Schreibpulte als Zeichen bürgerlicher Bildung; auf einem runden Tisch mit Fransentischdecke ein Glas, halb gefüllt mit dunkelrotem Wein, in dem das tiefgelbe Lichtlein einer weißen Kerze träumt, deren Stumpf in einem messingfarbenen Kerzenhalter steckt; eine Wolldecke, sorgfältig zusammengefaltet und mit hausfraulicher Bedachtsamkeit über eine Stuhllehne gelegt. Er war mitten hinein versetzt in ein Stilleben, und er war einziger wachsamer Zeuge des Schlafs der Dinge und vielleicht selbst Teil des Stillebens, unbeweglich in einem Sessel sitzend.

Sein Blick erfaßte die zusammengekauerte Figur auf dem Diwan. Hoffmanns Gesicht war gepeinigt von Träumen. Aus dem Profil ragte die scharfkantige Nase hervor, die Spitze des Eisbergs. Er sah die dünnen blutleeren Lippen, die Todesblässe des Antlitzes und den angstzerfetzten Mund. So lag denn im Zentrum dieses friedvollen Augenblicks die Angst oder der Tod, und all das Gediegene dieser Welt, all die wolldeckenwarme Zufriedenheit, das gesamte Netzwerk aus Zeichen und Symbolen, das auf ein Leben in gutbürgerlicher

Ordnung verwies, erschien ihm jetzt als die trügerisch glänzende Schale, die das mürbe, braune, faulige Sterben Hoffmanns umgab.

Da war noch etwas. Hinter dem alpträumenden Hoffmann war es. Er konnte es sehen. Es war eine halbgeöffnete Geheimtür, im geschlossenen Zustand verdeckt von der Tapete, jetzt ein klaffender Spalt in der Wand. Wer hatte diese Tür geöffnet? Er, der Meister selbst, hatte es getan. Ernst verstand es nicht.

Sie hatten sich zunächst gestritten. Ernst war sofort hochgerannt, nachdem er Devrient getroffen hatte. »Man hat deinen ›Meister Floh‹ konfisziert! Knarrpanti ist der Urheber dieser Infamie. Er hat uns betrogen! Er hat uns betrogen!!«

»Beruhige dich doch«, hatte Hoffmann eingelenkt und abgewiegelt. »Es ist sicherlich alles halb so schlimm.«

»Wir haben ihm das Leben gerettet, und er hintergeht uns!«

»Wußtest du nicht«, entgegnete Hoffmann, »daß das Knarrpantis Auftrag war? Knarrpanti arbeitete doch im Auftrag des Polizeidirektors. Das wußtest du doch, oder?«

»ABER NEIN! Kamptz hat mir nichts davon gesagt.«

»Doch, gib es zu, du wußtest es«, beharrte Hoffmann wieder. »Du wolltest es nur nicht wissen – er war dein Idol. Und schließlich«, fügte er schmunzelnd hinzu, »ist das Knarrpantis Wesen.«

Also hatte es Hoffmann die ganze Zeit gewußt, hatte die Intrige durchschaut und den Spitzel in sein Haus gelassen? Welcher Sinn steckte dahinter? Wer sollte das verstehen? Jedenfalls hatte ihn dann nicht nur Knarrpanti betrogen. Auch Hoffmann hatte falsch gespielt! Es war alles so sinnlos, daß es weh tat.

»Sei deshalb nicht betrübt. Es ist alles in Ordnung. Jeder spielt die Rolle, die zu ihm paßt. Knarrpanti ist der Spitzel. Was sonst? Wir brauchen den Spitzel für diese Geschichte. Und dich brauche ich auch. Du bist der Retter. Vergiß alles und rette Knarrpanti, denn er ist in Gefahr, und er braucht deine Hilfe. Indem du ihm hilfst, wirst du plötzlich zum Helden der Geschichte und dies ebenso unvermittelt, wie Knarrpanti in deinen Augen zum Verräter wurde.«

Ernst wußte nichts mehr zu entgegnen. Statt dessen brach ein Lachen aus ihm heraus. Es war das Lachen eines Fremden, das gleichsam durch ihn hindurchstürmte und ihn durchschüttelte. Er kämpfte gegen das Lachen an und warf mit aller Kraft seine Worte hindurch: »Wer bist du denn? Du liegst hier, halb gelähmt, und stirbst vor dich hin.«

Schweigen.

Dann sagte Hoffmann, in Ernsts Schweigen hinein, das eine Mischung aus Reue und Trotz war: »Habe Vertrauen. Glaube an das Gute. Die Zeit drängt. Du mußt jetzt ins Labyrinth.«

Wohin? In das Refugium des Polizeidirektors?

»Nimm diesen Weg. Hilf mir. Komm, stütz mich. Ja, so ist es gut. Wir müssen dort hin, ja, dahin, rück die Kommode beiseite. Siehst du? Sieh genau hin. Unterhalb der Tapete. Nimm das Messer. Schneide entlang des Abdrucks. Jetzt öffne sie.«

Ernst öffnete die Tür, und im selben Moment brach Hoffmann entkräftet zusammen. Sofort kam seine Frau, die einen siebten Sinn für seine Krankheit zu haben schien. Hoffmann schwieg. Auf dem Diwan liegend, röchelte er leise vor sich hin und starrte gegen die Decke, bis er einschlief.

Einige Zeit verging. Plötzlich war er umgeben von diesem Frieden. Hoffmann murmelte in den Frieden hinein. Der Friede kam aus den Dingen. Aus der Pendeluhr. Der Frieden hatte noch woanders seinen Ursprung. Der Frieden war in ihm selbst. Da war kein Zorn mehr. Er hatte mit irgend etwas abgeschlossen, oder er hatte aufgegeben. Irgend etwas Neues kam. Er war offen für dieses Neue, war selbst nun ein Spalt für die Zukunft, ein Durchlaß für ein neu erstarkendes Leben. Also nahm er die Laterne und zündete sie an.

Eine sehr schmale, wenig stabile Stiege führte hinab. Der Schein der Laterne fing nackte Steinwände ein. Die Stiege war aus Holz. Es wurde kälter. Es roch nach faulem Holz, nach Moder, dumpf. Spinnweben legten sich auf sein Gesicht wie Schleier. Er stieg hinab, ohne Eile, ohne Angst, fest und ruhig, ein Tongefäß für das Neue. Ein Leben lag hinter ihm, das andere, noch unbekannte Leben vor ihm, vielleicht wartete es auf ihn, dort im Dunkeln, tief unten in einem Sarg.

Das Ende der Treppe war erreicht. Es gab nicht viel zu sehen. Wohin er die Lampe auch lenkte, schmutzige Flächen ohne irgend etwas. Nur eine Ratte flüchtete, kleine schwarze Perlaugen.

Nach beiden Seiten hin erstreckte sich ein Gang, schnurgerade, ohne erkennbares Ende. Er mußte sich entscheiden. Links oder rechts? Er entschloß sich. Gleich darauf hatte er vergessen, welche Seite er genommen hatte. Das war gut so. Es war gleichgültig, wohin er ging, denn das noch Unbestimmte ließ sich eben nicht von ihm bestimmen. Es mußte sich einstellen. Er mußte nur festen Schrittes vorangehen. Das Unbekannte würde sich ihm schon zeigen.

Sich in das Unbekannte vorarbeitend, fiel ihm etwas ein: Er war *auf* der Welt. Es war sonnenklar! Hier im düstersten Teil der Welt wurde es klar: Er war *auf* der Welt. Es ging nicht hinaus. Es ging nicht hinein. Es gab da keine Tiefe. Es gab kein Innen und kein Außen. Es gab nur ein AUF. Eine zweidimensionale Fläche wie eine Tischfläche. Und er war ein winziges Insekt, ein Floh, ein hopsender Punkt, ein irrender Fleck auf einer Tischfläche. Nirgends ein Versteck. Nirgends ein Ausgang, ein Ausweg, ein Loch, ein Versteck. Dieser Gedanke schien ihm grandios.

Sternenförmig verliefen hier Gänge. Sie waren nicht gleich groß. Nach einer längeren Geraden stieß er auf eine Art Hauptstrang. Links und rechts davon gingen zwei kleinere, sehr enge und, falls das möglich war, noch dunklere Gänge ab. Er entschied sich. Er nahm einen der kleineren Gänge, der gerade breit genug war, um ihn durchzulassen. Sein Mantel, der durchlöcherte Mantel Knarrpantis, scheuerte rechts und links an den Wänden entlang.

Wie sich herausstellte, lief der Gang keilförmig zu, die Decke wurde stetig tiefer. Er mußte sich bücken. Er ging mit abgeknicktem Oberkörper, bald danach war er genötigt zu krabbeln. Die Laterne ließ sich nicht mehr tragen. Also ließ er sie stehen. Ein paar Meter lang blieb er in ihrem Schein, dann umschloß ihn das totale Schwarz. Vom Krabbeln wechselte er über ins Robben. Er schlepppte sich voran, eine Nacktschnecke auf dem Tisch der Welt, die keine Zuflucht besaß. Dann sah er es.

Es war einen Meter vor ihm. Es war schwärzer als schwarz, falls es überhaupt eine Farbe hatte. Vielleicht sah er es nicht einmal. Vielleicht spürte er es nur. Vielleicht berührte es ihn schon. Vielleicht tat es sich ihm kund über einen anderen Sinn, nicht über die Sinne. Vielleicht war es ein Ton, eine Sprache, die sich seinem Geist mitteilte, seinem Ich, dem Teil von ihm, der seine eigene Sterblichkeit begreifen konnte.

Es war ein Loch. Er wußte, daß es kein Durchgang war. Es führte nicht *irgendwohin*, so wie eine Tür. Von einem zum andern. Es war kein Loch *in* ETWAS. Sondern dieses ETWAS war das Loch selbst. Ein schweres, ein gewaltiges, ein unvorstellbar schwarzes, lichtloses, geballtes NICHTS. Sein Herz trippelte aufgeregt, denn dieses nichtige Loch wirkte auf ihn verführerisch. Er streckte dem Nichts die Hand entgegen. Seine Hand war weg. Sie war nicht mehr sichtbar. Sie war nicht mehr auf dem Tisch, auf dem er kroch. Sie war nicht mehr auf der Welt. Nur der ganze fette Braten seines Ichs hing noch daran. Durch die Hand kroch nun das Nichts in ihn hinein.

Unwillkürlich passierte es. Von einem anderen Teil seiner Existenz kam ein Schrei, von dem Teil, der unfähig war zu denken, der statt dessen im unentwegten Dschungelfieber vegetativer Prozesse sproß und quoll. Ernst lag bäuchlings in einem schmalen Schlauch, die Decke hing so tief hinab, daß ein Heben des Kopfes nicht möglich war. Er robbte einige Zentimeter zurück. Sein Mund murmelte in den Dreck hinein: »Nein!« Immer wieder: »Nein!« Er kam kaum vorwärts. Die Angst war in ihn hineingeflossen wie ein Gift. Er bäumte sich auf und schlug sich den Kopf blutig. Er röchelte: »Nein. Leben, Leben«, während er zurückschlängelte. Bald konnte er schon wieder auf allen vieren gehen, dann auf beiden Füßen, zwar gekrümmt, aber auf den eigenen Beinen und mit der nützlichen, weil lichtspendenden Laterne in der Hand.

Schließlich nahm er wieder den aufrechten Gang des Menschen an, so die Stadien der Evolution im Zeitraffer durchmessend. Und in ihm jubelte das Leben. Es hatte triumphiert. Es feierte in ihm, tanzte Mambo, schlug die Trommel. Er existierte.

Vor ihm lag ein breiter Gang.

Was bin ich für ein Narr, kicherte er. Ich bin jung, ich sehe gut aus, bin intelligent, habe Lust, habe Lust, dieses Labyrinth zu verlassen, habe Lust, Hoffmann zu verlassen, habe gar keine Lust mehr auf Knarrpanti! Was geht der mich an? Ich werde zurückgehen, zurück nach Caputh. Ich werde eine Familie gründen! Ja, ja! Ich werde Kinder haben, eine honorige Person sein und sonntags mit größtem Glücksgefühl den kleinen künstlichen Teich betrachten, dem ein sechsköpfiges Ensemble zwergenhafter Figuren den Charme einer märchenhaften Idylle verleiht. Das Nichts hat mir die Augen geöffnet. Es war nur eine Probe. Jetzt schließt sich der Spalt, die Zukunft, das Neue und Unbekannte ist in mich geströmt: Es zeigt mir ein Leben als Bürger in Caputh. Nur erst einmal raus aus dieser Gruft.

Er kam an eine Kreuzung, die hell erleuchtet war. Ernst sprang zurück in den Gang, aus dem er gekommen war, denn er hatte Kurt gesehen, und Kurt hatte ihn gesehen.

Da traf der Hauptstrang auf die lange Gerade. Es war also ganz einfach. Er lief hinein. Stoppte abrupt. Er hörte ein seltsames Geräusch: POM, POM, POM. Eine Art springender Widerhall, der sich näherte. Sehen konnte er nichts. Doch das POM-POM kam rasch näher. Also zurück. Seine suchende Fackel wackelte Lichtfetzen an die Wände. Schräg gingen die beiden schmaleren Gänge ab. Nur nicht den von vorhin wählen. Da lauerte das Nichts. Er nahm den anderen. Nach ein paar Metern hielt er inne. Er keuchte. Der Lichtschein wuchs. Kurt grinste, setzte sich in Bewegung und kam auf ihn zu, ganz ohne Eile. Es war allenfalls ein zügiges Gehen.

Ernst rannte. Dieser Gang war breiter als der von vorhin. Der Gang wurde sogar immer breiter und öffnete sich schließlich auf ein Plätzchen oder eine Nische hin. Er sah sich um. Die Fackel in der Hand seines Verfolgers flackerte bedrohlich. Ernst faßte unwillkürlich in seine Tasche. Darin befand sich etwas Schweres. Er nahm es heraus. Es war ein Messer mit Scheide. Wieso hatte er das Messer vorher nicht bemerkt? Das Messer in der Hand, schien es ihm möglich, den Kampf zu wagen. Unaufhaltsam wuchs das Licht heran und brachte das Gesicht Kurts mit. Nein, besser war es, weiter zu rennen. Er lief einige Meter, blieb dann stehen, so wie jemand, der fast zu spät bemerkt, daß er am Rande einer Klippe steht.

Diese Nische war der Kopf einer Sackgasse. Vor ihm klaffte abermals das Loch. Größer als vorhin. Es ragte wie eine Wand vor ihm auf. Es war wie ein offener Rachen. Er blickte zurück. Kurt kam näher. Ernst griff fester nach dem Messer. Er ging einige Schritte auf Kurt zu. Breitbeinig stellte er sich auf, das Messer auf Kurt gerichtet. Dieser ließ sich davon nicht beeindrucken. Kurt hatte ein wesentlich größeres Messer als Ernst. Mit einem Kampfgebrüll schoß Kurt auf Ernst zu. Ernst bückte sich. Die Fackel flog durch den Gang. Kurt stürzte über ihn hinweg. Ernst drehte sich blitzschnell herum. Aus der Drehung heraus trat er zu. Mit schwerem Schuhwerk trat er in Kurts nacktes Gesicht, das sich gerade vom Boden erheben wollte, trat in das Fleisch, trat auf die Haut, traf auf Knorpel, zerquetschte die Nase, Blut spritzte, stieß seine Stiefelspitze gegen Kurts Zähne, machte aus Kurts Gesicht einen Matsch aus Blut und Fleisch. Kurt krallte sich an Ernstens Schuh fest, umarmte ihn geradezu. Er wehrte sich nicht mehr, sondern hielt sich jetzt nur noch fest, bis er im Loch verschwand.

Da kam das POM-POM.

Ernst blieb wie versteinert stehen. Das Geräusch wurde leiser, versickerte in den Gängen. Er atmete auf.

Dann hörte er Schritte. Die Fackel vom Boden hebend, hielt er sie in den Gang hinein: ein Mann. Der Mann trug eine Leiter über der Schulter und kam damit auf ihn zu. Das war der Restauratör mit der Spezialleiter! Ernst wollte den Mann begrüßen. Aber der Mann schien ihn zu ignorieren. Jetzt ging er an ihm vorbei, strich an ihm vorüber, haarscharf, ohne ihn zu berühren. Stimmt ja, fiel ihm ein, der Mann war blind. »Halt!« rief Ernst zur Warnung aus. Unwilkürlich hatte er den Leitermann am Arm gepackt, um ihn festzuhalten. Der Mann wäre um ein Haar ins Nichts hineinspaziert.

Der Blinde wälzte sich mit seiner Leiter erschrocken herum. Ernst spürte es nicht als einen Schmerz. Aber die Leiter ergriff ihn wie ein Mühlenflügel und schleuderte ihn weg. Ohne einen Laut, von jetzt auf eben, war Ernst verschwunden.

Der Blinde drehte sich einige Male um die eigene Achse, und seine Leiter rührte in diesem Teig aus Dunkelheit herum.

»Ist da wer? Ist da jemand?« fragte er. Er horchte. Keine Antwort. Da war niemand. Aber es schien ihm, als sei dieses Schweigen von größerer Dichte als sonst. Der Blinde machte kehrt. Hier war der Ball ganz gewiß nicht. Auch der Herr Knarrpanti war hier nicht. Er ging den Weg zurück.

35.

Zischend schnitt – SSSSSSSSITTTT!! – der Hieb durch die Luft, ritschknapp vorbei an Schuckmanns wohlgeformtem Ohr. Kamptz raste. Es folgte ein zweiter Hieb. Schuckmann wich aus. Auf einen Wehrlosen einzuschlagen war nicht besonders ehrenvoll. Die Schande bliebe auf des Polizeipräsidenten Seite, falls Schuckmann getötet werden sollte. Das war allerdings, genau betrachtet, kein Trost. Noch trostloser war die Aussicht, von einem vollkommen unqualifizierten Fechter durchbohrt, von einem Stümper der Fechtkunst aufgespießt zu werden. Kamptz' Haltung war grauenhaft schlecht.

Schuckmann tänzelte an der Bücherwand entlang, während der Polizeidirektor in den Lederrücken des dritten Bandes von Casanovas Memoiren stach. Als nächstes raffte er ein Traktat über das Tabakschnupfen dahin, das fortan aufgespießt auf seiner Waffe steckte.

Das gab Schuckmann Zeit, zur Waffenwand zu springen. Er griff wahllos nach einem russischen Säbel – stockte jedoch, hängte den Säbel zurück und besah sich das Angebot an hochwertigen Waffen. Er war unschlüssig, welche er wählen sollte. Zu viele Glanzstücke lockten sein Auge. Währenddessen fuchtelte der Polizeidirektor mit seinem Säbel durch die Luft, aber ohne Erfolg, denn das Traktat über das Tabakschnupfen war die Klinge bis zur Mitte hinuntergerutscht und garnierte diese wie ein Speckstück den Schaschlickspieß. Von wütendem Brüllen begleitet, rührte jetzt die Säbelklinge wild in der Luft herum. Damit hatte der Polizeidirektor Erfolg. Das Buch wurde wegkatapultiert. Der

Polizeidirektor triumphierte. Noch immer stand der Minister, Kamptz den Rücken zugekehrt, vor der Galerie edler Klingen. Unschlüssig hampelte er aufgeregt herum. Unsicher zitterte seine Hand bald dahin, bald dorthin. Des Polizeipräsidenten triumphales Lachen ließ die Bibliothek erbeben. Gegen jeden Ehrenkodex war er im Begriffe, seinen wehrlosen Gegner hinterrücks zu durchbohren – wären da nicht M.M. gewesen und der alte Puffendorff. Dessen schwergewichtiger Wälzer über »Die Geschichte geheimnisvoller Rechtsbeugungen in der Nähe von Scharbeutz« von 1799 sollte zum zweitenmal in seinem Leben einen Kopf finden, wobei in diesem Fall sowohl der polizeipräsidentliche Hinterkopf wie das professorale Werk ziemlich hohl klangen ... flügellahm plumpste der Foliant zu Boden, und mit Krawumm rumste der Polizeidirektor, mehr aus Schreck denn wegen der Wucht des Werks, gegen das Bücherregal.

Schuckmann griff zu. Er hatte sich entschieden. Und wie er sich entschieden hatte! Er mußte die ganze Zeit über blind gewesen sein! Es war ein Degen, dessen hochwertige Verarbeitung, gepaart mit ausdrucksstarker Eleganz, nur aus der Werkstatt des wahren Einen, des Gotts der Fechtkunst, kommen konnte: aus Monsieur Thibaults legendärer Schmiede. Es war unfaßbar. Wie lange hatte Schuckmann nach einem solchen Schmuckstück gesucht?! Und nun wog er es kennerhaft in der beglückten Rechten. Es war eine federleichte Waffe und doch unzerstörbar. Schuckmann hatte diesbezüglich – da der Polizeidirektor sich soeben wieder aufrappelte – so eine Ahnung: Ja, es handelte sich bestimmt um jene berühmte, sagenumwobene Waffe Thibaults, die ihm sein bester Schüler, der ominöse Coppoletti, angeblich gestohlen haben sollte – WUSCH! Blankes Metall platzte in die ehrfurchtsvolle Versunkenheit des Ministers – und blitzte ab mit einer kaum merklichen, nur dem Handgelenk entsprungenen kleinen Geste. Der eigentliche Kampf begann.

Der Polizei- und Innenminister Friedrich Freiherr von Schuckmann kämpfte nach Maßgabe des akademischen Fechtens, wie es von Henri Thibault entwickelt, von Anthon

Friedrich Kahn aus Göttingen verbessert worden war und welches den letzten glanzvollen Schliff vom Minister persönlich erhalten hatte. Dies tat Schuckmann stolz seinem Gegner kund. Der Polizeidirektor brüllte wutschäumend zur Antwort: »Das mag ja sein, Herr Minister! *Ich* fechte nach der Methode, die euch platt haut!«

»In der Tat, Ihr schlagt um Euch, als wär der Gegenstand in Eurer Hand ein Dreschflegel ...«

»Dann kriegt Ihr Dresche!«

»Dessen seid nicht so gewiß. Ich warne Euch. Meine Waffe, deren tödlich blitzende Schärfe sich aufs stilvollste mit der kostbaren Schönheit einer reichverzierten Gemme verbindet, enstammt der geheimen Schmiede Thibaults!«

Siegesgewiß streckte der Minister seine Brust heraus.

»Haha, mag Eure Waffe in den Feuern der Hölle geschmiedet worden sein – letztlich zählt doch nur das Holz, aus dem der Träger der Waffe geschnitzt ist. Und Ihr? Welchem obskuren Holz enstammt Ihr? Ist es die preußische Eiche des Junkers oder der parfümierte Faulbaum des Hugenotten, dessen Beschützer eine Frau ist, eine Schauspielerin, deren Ruf so zweifelhaft ist wie alles, womit Ihr Euch verbindet, Mosje!«

Der Polizeidirektor, selbst verblüfft über die Worte seiner Erwiderung, ließ für einen Augenblick seinen Säbel sinken. Schuckmann nutzte die Gelegenheit, machte einen Ausfallschritt und eröffnete den Kampf mit einer Hochquart und den Worten: »Genug der Worte. Jetzt zählt die Tat! Und da Ihr die Frechheit hattet, die Ehre einer Dame in den Sumpf Eurer Zweideutigkeiten zu ziehen, so will ich Euren Wanst zur Rinde degradieren und Euch das Monogramm meiner Liebe ins fette Fleisch schneiden.«

»Hoho! ...«

Des Polizeipräsidenten Lachwoge kam nicht dazu, sich mit üblicher Stärke auszubreiten, sondern erstickte im Keim, denn der Minister hatte mit einer Finte auf Hochterz dem Polizeipräsidenten eine Blöße entlockt und ritzte nun Hochquart das Doppel-M auf dessen großflächige Wange.

Der Polizeidirektor war zuerst erstaunt. Er konnte es nicht fassen. Ungläubig hielt er inne. Er mußte sich die Wange befühlen. Die Blutstropfen auf seinen Fingern waren der unleugbare Beweis: Schuckmann hatte ihn getroffen. Er hatte ihn verletzt. Zu allen Wunden, die ihm dieser blasierte Laffe in den letzten Jahren in die Seele geätzt hatte, kam nun dies körperliche Mal hinzu. Jetzt hatte er ihn markiert, hatte ihm endgültig das Stigma seiner Unterworfenheit aufs Pergament seines Ichs geschrieben. Diese Narbe würde bleiben. Der Polizeidirektor verlor für einen Moment die Fassung. Dann dachte er: Ich muß ihn vierteilen, achteln ... in tausend Stücke zerhexeln. Diese Parole ließ ihn wieder zu sich finden. Er hackte nun mit noch größerer Wucht auf den Minister ein. Er mußte ihn besiegen.

Metall küßte Metall. Schuckmann focht in perfekter Haltung. Der linke Arm ruhte im Kreuz. Er bewegte sich aus der Grundstellung, indem er eine Achteldrehung linksum (er war Rechtshänder) tat, den rechten Fuß zwei Fuß nach vorn setzte, und zwar so, daß die beiden Füße genau in einem rechten Winkel zueinander standen. Sein Oberkörper war etwas nach vorn gebeugt, Augen und Nase dem Kontrahenten zugewandt. Zudem war das Kinn empörend arrogant in die Höhe gereckt. Näselnden Tons rief er: »Ach, Herr Polizeidirektor, bevor ich Ihnen das Herz durchbohre, haben Sie sicherlich die Güte und verraten mir den Zweck meiner Entführung in diese Katakombe *unterhalb des Gendarmenmarkts*!« (Die letzten Worte sollten Kamptz signalisieren, daß er wußte, wohin er verschleppt worden war.)

Der Polizeidirektor war wirklich ein wenig irritiert. Doch er zwang sich, seine Überraschung nicht zu zeigen. Er antwortete in jenem gefürchteten Von-Kamptzschen-fieser-Scherz-Ton: »Herr Minister, ich könnte Ihnen eine lange verworrene Geschichte erzählen und käme doch nicht zum Kern der Sache. Deshalb frei heraus: Ich mag Sie nicht! Sie sind Teil des Übels, das wir bekämpfen. Und deshalb werde ich Sie kurzerhand vernichten. Aber ich werde Sie mit Ihren Mitteln besiegen.«

Der Polizeidirektor krönte seine Rede, während der nur halbherzig gefochten wurde, mit einem irrwitzig zierlichen Knicks.

Schuckmann, nicht überrascht, antwortete: »Nun denn, ich habe verstanden. Ich mag Sie auch nicht. Übrigens aus den nämlichen Gründen. Also tragen wir's aus, wie es Junkern geziemt: im Geiste höchster Lauterkeit!« Kamptz nickte.

Es entspann sich in der Folge ein recht hochklassiger Disput sich kreuzender Klingen. A tempo griffen beide gleichzeitig an: Hochquart-Hochquart, Schuckmanns Doppelhieb, Hochquart abgedreht, des Polizeipräsidenten rüde Antwort, ein Durchzieher, der aber sein Ziel verfehlte. Zwei Hochquarts des Ministers parierte der Polizeidirektor mit einem kraftvollen Kontratempohieb, einer enorm schlagkräftigen und steilen Quart, die Schuckmann beinahe skalpierte. Aha, dachte der Minister, der Polizeidirektor besinnt sich auf die Kunst des Fechtens! Ja, der wollte die Schmach seines Schmisses auswetzen, indem er dem Minister auf dessen eigenstem Terrain eine Niederlage beibrachte, eine Niederlage, die total sein sollte und die er sich in etwa dergestalt vorstellte, daß er dem Minister einfach den Kopf vom Hals rasierte – aber ohne zu schummeln.

In enorm hohem Tempo folgten nun die Gänge: Hochquart-Hochterz = Hochquart-Hochquart = Hochterz-Tiefterz; Atemposchläge prasselten; Doppelhiebe, die auf Doppelhiebe trafen; Dreifach-Finten, die dennoch keine Blößen freilegten; Lockhiebe, die prompte Retouren erhielten; Angriff-Parade-Parade-Angriff in schier rasenden Verkettungen, alle Hiebformen, die ganze Rhetorik des Fechtens durch, Prim, Seconde, Quart und Terz, Argument-Gegenargument, These-Antithese, parataktische Satzgirlanden, in die steilsten Höhen aufgeschichtete Hieb-Gegenhieb-Syntaxen, ohne Fehl, sauber geführte Schläge, brillante Anhiebe ebenso brillant widerlegt. Der Polizeidirektor wuchs über sich hinaus. Er geriet in einen Rausch. Es war ihm plötzlich alles so leicht. Es war ihm, als schwebe er. Als wäre er, der Koloß, der Elefant, das Rhinozeros, das Nilpferd, der Saurus, das dicke, fette maronenfarbene Sofa, als wäre er, der dumme, feiste Polizeichef, ein leichtfüßiges, elfenhaftes Wesen, das gläsern über dem Boden schwebte und zugleich unverwundbar, flohhaft flink wäre, gerade so, als hätte sich seine zarte Seele nun endlich den ihr entsprechenden Körper gewählt. Und auch sein Verstand war so geschmeidig. Er deklinierte die hohe Kunst des Fechtens durch. Sein Gehirn arbeitete präzise und dabei unwahrscheinlich schnell. Es wußte, wo sich Blößen zeigten, dachte mehrere Hiebe voraus, sah immer schon, was Schuckmann vorhatte, und reagierte mit noch listigeren Finten.

Doch da. Was war das? Wie gemein! Er kämpfte redlich nach der Maßgabe der akademischen Fechtschule, und was war das? War das rechtens? Nein! Das war gemein. Das war keineswegs lauter.

Kamptz befühlte seinen Arm. Er hatte sie nicht kommen sehen. Nein, an *sie* hatte er nicht gedacht. Sie hatte ihm einen Dolch in den Arm gerammt. Der Dolch steckte in seinem linken Oberarm. Dieses Biest hatte einfach zugestochen! Seine Jacke war blutgetränkt. Aber er fühlte keinen Schmerz. Jedenfalls nicht am Leib. Der Schmerz war tiefer, so viel tiefer. Er hatte es immer gewußt. Jetzt hatte es sich wieder bestätigt: Zeige niemals eine Blöße, indem du ehrlich bist!!

Des Ministers Degenspitze zeigte auf des Polizeipräsidenten Brust, ungefähr dorthin, wo dessen Herz pochen mußte. Kamptz stand mit dem Rücken zu jener Wand, die mit dem roten Samt bespannt war. Die Spitze des französichen Degens würde ihn gleich töten. Sie ginge durch den Stoff der Jacke, stieße durch die Haut und glitte durch Fett und Fleisch, wie ein Nagel durch Watte. Es wäre lächerlich einfach.

»Gib's ihm!« feuerte M.M. den Minister an.

Arrogant drehte der Minister sein markantes Kinn mit dem Grübchen in die Höhe. Der schmale Mund war zu einem hauchfeinen Lächeln verzogen. Die Augen: kaltblau. Die Nasenflügel der edel geformten Nase: perfekt. Die Reihe kleiner regelmäßiger weißer Zähne, die durch den schmalen Spalt, den die Lippen ließen, durchschimmerten, waren auf grausame und höhnische Weise verführerisch. Jetzt im Moment des Sieges mehr denn je. Aber er zögerte. Ja, da war ein Zögern und Zurückschrecken, da war die Spur einer Hemmung, die Kamptz Zeit ließ, seinerseits mit seinem Säbel zuzustechen, nicht, um den Minister zu treffen, sondern um diesen kleinen geheimen Knopf am Schreibtisch zu betätigen …

Verdutzt sahen M.M. und Schuckmann, wie sich die Wand mit dem Vorhang, den M.M. vergeblich aufzuziehen versucht hatte, nach innen drehte. Es war eine Art Drehbühne. Mit einem feisten Grinsen verschwand der Polizeidirektor. Ehe die beiden wußten, was zu tun war, war die Wand wieder verschlossen und zeigte ihnen das undurchdringliche Antlitz roten Samts.

Schuckmanns Mund schloß sich. Aus Verlegenheit stieß er seinen Degen in den Samt. Zuerst faßte sich M.M. Sie suchte, sie fand den Knopf, drückte ihn und die Wand schwenkte wieder nach hinten. Die Schauspielerin ging voran. Der Minister folgte. Es war ein dunkler Raum. Sie hörten die Musik. Eine Feuerleiter führte einen schwarzen Schacht hinab. Jemand stieg diese Feuerleiter hinab. Der Minister schickte sich an, ihm zu folgen. M.M. hielt ihn fest. Sie schüttelte den Kopf. Sie ging einen Schritt zur Seite. Sie hielt ihr Ohr an eine schwarze Fläche. Sie berührte die Fläche. Es war schon wieder ein Vorhang. Sie zog den Vorhang zur Seite …

36.

Schuckmann stockte der Atem. Unter ihnen, einem Tal gleich, welches sich jäh, da man aus einem dunklen Wald heraustritt, im strahlendsten Licht offenbart, befand sich die »romantisch schöne Gegend«, die das Libretto verlangte. Die Szenerie war in den buntesten Farben gezeichnet und auf das kunstvollste beleuchtet. Dem Minister erschien es, als habe er noch nie eine schönere, eine anmutigere Landschaft gesehen. Niemals war ihm etwas Friedlicheres begegnet als diese Zusammenschau pittoresker Elemente. Es war ein grüner Ort hellen, aber lieblich-paradiesischen Lichts, eine kleine heile Welt inmitten des großen finsteren Universums, eine Offenbarung. Gleichwohl hätte er nicht sagen können, was es war, das der Landschaft den herzüberlaufenden Reiz verlieh, denn es waren nur Kulissen, bemalte Holzfassaden und Pappmaché. Das Licht rührte von Laternen her. Zudem baumelten Seile im Blickfeld des Betrachters, befand er sich doch oberhalb des Schnürbodens. Vielleicht war es die Musik, denn dies Tal oder diese Lichtung war eingetaucht in das klangliche Fluidum des »Freischütz«, in jenes romantische Zauberlicht, das Carl Maria von Weber entzündet hatte.

Der Minister konnte alles sehen: den Orchestergraben mit den Orchestermusikern, deren Bewegungen bei dieser schmissigen Passage so schnell und elementar erschienen, als sägten und hämmerten sie dies Tongebilde direkt aus der Luft heraus. Am Waldrand lagerten die Jäger. Die toten Tiere waren schön aufgereiht und spielten ihre letzte Rolle als Wildbret. Davor stand die lange Tafel mit der Gesellschaft. Kaspar hatte es schon erwischt, er lag in seinen letzten Zuckungen, die nicht enden wollten. Herr Blume, der den Kaspar spielte, übertrieb wieder einmal maßlos. Kuno, Hofleute, Jäger, Landleute sangen mit volltönender Genugtuung:

»Er war von je ein Bösewicht.
Er hat dem Himmel selbst geflucht!
Verdammt ihr's nicht? Er rief den Bösen!«

Dies waren Verse, die Schuckmann vieldeutig anmuteten. Herr Rebenstein, der den Ottokar gab, trat breitbrüstig vor und sang einen Hauch zu selbstgerecht: »Fort, stürzt das Scheusal in die Wolfsschlucht.«

Sofort traten ein paar Jäger, als hätten sie nur auf dieses Stichwort gewartet – was auch der Fall war –, in Aktion und trugen Kaspar in seinen schwarzen Pauschhosen fort. Herr Blume konnte es sich nicht verkneifen, den Burschen albern zuzuzwinkern, was aber nur von Schuckmanns Platz aus sichtbar war.

M.M. war ebenso gebannt. Auch sie hatte den Mund vor Staunen aufgesperrt. Auch sie war fasziniert von der Macht der Illusion. Beide, der Minister und sie, hatten den »Freischütz« nun wirklich schon oft gesehen. Aber aus der Vogelperspektive und dem Blick hinter die Kulissen wirkte das Stück in gewisser Weise noch stärker. Es ist, als ob man bei der Schöpfung zusieht, dachte M.M. Es war etwas anderes, ob man draußen im Parkett saß. Es war auch etwas anderes, ob man selbst mitspielte, so wie sie in dem Stück »Die Brautnacht« von Zacharias Werner, bei dem sie regelmäßig, Abend für Abend, schon im dritten von einem Dutzend Akten mit den Füßen zuerst von der Bühne getragen wurde, weil sie angeblich tot war. Sie stellte die Frage: »Warum, warum gerade ich und schon im dritten Akt?« Und sie hatte die höhnische Antwort erhalten: »Ist doch wie im richtigen Leben, Fräulein, oder?« Nein, das hier war etwas anderes, hier sah sie der Schöpfung Gottes zu.

»Ich glaube, ich sehe das Paradies«, sagte der Minister, als M.M. mit einem kühnen Satz aus seiner Reichweite sprang. Sie stürzte sich in die Tiefe, hinein ins Paradies. Schuckmann, wie immer zögernd, folgte ihr. Sie ließen sich an den baumelnden Seilen hinab. Schuckmann bewunderte M.M.s Behendigkeit. Allerdings war er auch ein wenig gehandikapt, weil er den Degen unterm Arm hatte. Jetzt nicht mehr. Der Degen eilte ihm voran. Kurz bevor er aufprallte auf den Brettern, die die Welt bedeuten, hatte sich ein Objekt dazwischengestellt. Das Objekt schrie auf. Sieh an! Es war der Polizeidirektor, der zu ihm aufsah. M.M. und der Minister kamen hinabgeschwebt wie die Engel der Gerechtigkeit. Starr vor Entsetzen blieb der Polizeidirektor stehen. Die Musik umwogte ihn.

Die Szene auf der Bühne verlangte tiefe Demut. Das gesamte Ensemble war barhäuptig. Laut Regieanweisung hatten sie ihre Kopfbedeckung abzunehmen. Nur Herr Hillebrand, der den Samiel spielte und noch irgendwie nähesuchend hinter einem Baum stand, hatte seinen goldtressenbesetzten Hut aufbehalten. Eine rote Hahnenfeder schmückte seinen Hut als Zeichen seines satanischen Wesens. Der Eremit hatte seinen Auftritt. Deshalb bemühten sich alle, möglichst demutsvoll zu wirken.

»Wer legt auf ihn so strengen Bann?
Ein Fehltritt, ist er solcher Büßung wert?«

Diese Verse bezogen sich auf die recht rasche Verurteilung Maxens durch Ottokar. Sollte Max wirklich in die Verbannung geschickt werden? Das wäre hart. Nicht nur für ihn. Auch für Agathe, die von dem hinreißenden Fräulein Seidler gespielt wurde und deren hoffnungsfrohes Grün – zuerst trat sie im grünen Hauskleid mit dunkelgrünem Manchester auf, dann im berühmten Brautkleid mit grüner Seide veredelt – mehr versprach als solch trübes Ende. Grün. Überhaupt bemerkte Schuckmann in der Sekunde, bevor er auf Kamptz traf, wie alles auf der Bühne in Grün schwelgte: grün das Gras, grün der Bäume Blätterkleid, grün Ottokars Samtmanchester, grün Maxens Anzug, unterbrochen nur von seinen helleren Aufschlitzen an den Ärmeln und den goldfarbenen

Litzen. Grün waren auch all die Jäger, und grün war des Polizeidirektors Jacke, ideal, um sich zu tarnen.

M.M. juchzte. Der Minister sprang vom Seile und traf mit dem Stiefelabsatz den Polizeidirektor. Der fette Kerl schwappte auf die Bühne – und stand im Rampenlicht. Der Eremit sang gerade: »Leicht kann des Frommen Herz auch wanken.«

Für einen Moment, in dem die Zeit abhanden kam, starrten alle Augenpaare aus dem Zuschauerraum auf den Polizeipräsidenten und sahen ihn doch nicht, sahen gewissermaßen durch ihn hindurch oder von ihm ab. Bußfertig standen die Sänger da, übten Zerknirschung oder verharrten in der Erwartung, eine höhere Weihe vom Eremiten zu empfangen. Die Hauptakteure wie die Nebendarsteller, alle hatten sie den Blick auf den hereinstolpernden Polizeidirektor gerichtet, stierten ihn an und waren in eine Art Starre des Staunens gefallen, in eine Lähmung aus Ungläubigkeit, denn es war doch keineswegs zu verstehen, warum da mir nichts, dir nichts und ziemlich verstört der Polizeidirektor, also der Polizeichef von Berlin, immerhin einer der höchsten preußischen Beamten, mithin ein Honoratior und eine Eminenz, säbelrasselnd auf der preußischsten aller Bühnen herumgeisterte. Und damit nicht genug, stürzte doch ein zweiter hochrangiger Mann holterdiepolter auf die Bühne, seinen Degen angriffslustig voran, auch er eine stadtbekannte, bedeutende Persönlichkeit, mit Augen, die vor Mordgier blitzten, und auch er wild mit seiner Waffe fuchtelnd. Gegen all das, was sich so ungeheuer sichtbar und so unvorstellbar exponiert auf der Bühne abspielte, sperrte sich der Verstand. Und deshalb schien es, als ob sekunden- oder minutenlang das ganze Bild gewissermaßen eingefroren wäre, bis der Eremit, der ja weitersang, mit seinem: »Verzweiflung alle Dämme bricht ...« das Signal zur Auflösung des Banns gab.

Die ersten Zuschauer wurden unruhig. Vereinzelt glomm Getuschel und Geraschel auf. An mehreren Stellen im Zuschauerraum schwelte bereits ein dunkles Murmeln, zunächst noch verhalten, das sich jedoch rasch über die Sitzreihen ausbreitete, auch die letzten Ignoranten entzündete, mit funkensprühendem Gewisper und glosendem Geraune sich verbündete, um weiter anzuschwellen zu einem flächendeckenden flackernden Feuer, das auf die Bühne übersprang, wo es in einer raketenhaft aufschießenden Stichflamme kulminierte, nämlich dem gellenden, kolorierten Sopran Agathes, der in den düster dahinwabernden Bariton des Eremiten hineinschnitt.

Mit diesem Aufschrei Agathes wurde der Tumult eingeleitet. Kamptz, wirr um sich schauend wie ein gehetztes Tier, erkannte Schuckmann und hieb wieder auf ihn ein. Schuckmann parierte über Gebühr. Der Eremit brach seinen Gesang endlich ab. Ottokar wollte sich den Kämpfenden entgegenstellen. Mit ausgebreiteten Armen ging er friedensbeseelt auf die Kampfhähne zu, deren Kampfhandlungen einen immer größer werdenden Radius zogen und bereits das Bühnenzentrum okkupierten. Ohne viel Federlesen hieb Kamptz auf die Friedenstaube ein.

Ottokar war am Arm getroffen, sah das Blut und sank nieder. Wieder schrie Agathe auf, ein Aufschrei, der seine Echos im Publikum fand und wider- und widerhallte.

Allmählich erst, so schien es, erfaßte die Panik auch die Musiker. Die hatten bis jetzt brav weitergespielt, vermutlich, weil sie, mit dem Rücken zum Geschehen sitzend, ganz dem Kapellmeister vertrauten, der tapfer weiterdirigiert hatte. Doch nun zeichnete sich das Geschehen im verstörten Gesichtsausdruck des Maestros ab. Schließlich verlor er die Kontrolle. Angesteckt vom Tohuwabohu auf der Bühne, wurden seine Dirigierbewegungen völlig fahrig und chaotisch. Das Horn begann zu scheppern, die Geigen kreischten, die Bratschen knatschten, und es war das Cello, das als erstes floh. Dann stürzte das kunstvoll in die Höhe getriebene Gebäude der Musik wie ein Kartenhaus ein.

Mit einem großen Paukenknall spritzten die Künstler von der Bühne und stürmten die Musiker, einschließlich ihres Dirigenten, aus dem Orchestergraben. Selbst Herr Hillebrandt hinter seinem Baum stob von hinnen. Doch seltsam war dies: Kein einziger Zuschauer suchte das Weite! Niemand sprang auf und rief nach der Gendarmerie, was auch sehr kurios geklungen hätte angesichts dessen, wie sich die Gendarmerie in Gestalt ihrer beiden höchsten Funktionsträger gerade auf der Bühne aufführte. Es war einfach so, daß nach anfänglichem Entsetzen die Schaulust obsiegte und das Publikum die Änderung des Programms hinnahm. Egal, was da oben passierte, es passierte immerhin auf einer Bühne und gehörte damit in die Welt der Kunst, des schönen Scheins, war Teil der Sphäre zweckfreien Wohlgefallens. In der Tat: Der Fechtkampf war ja auch wirklich höchst unterhaltsam. Beide Fechter verstanden ihr Handwerk. Bald hatte auch der Letzte begriffen, daß da oben der Polizeipräsident mit dem Polizeiminister einen Händel austrug. Das geschah zwar ohne Musik. Es wurde auch nicht gesungen, war aber mindestens genauso spannend wie der »Freischütz«, denn ein bedeutender Teil der Berliner Prominenz entblößte sich soeben, und jene etwas zweideutige Schauspielerin zeigte größte Verzweiflung, und zwar so überzeugend, wie sie es in der Wernerschen »Brautnacht« bisher niemals zustande gebracht hatte. Und dabei kam niemand herum, um zusätzlich Eintrittsgeld zu kassieren! Es sprach also alles dafür, daß die Begeisterung ins Grenzenlose wuchs. In Windeseile war sogar das Wettfieber ausgebrochen, und man rief sich die Favoritennamen mit Quote quer über die Sitzreihen zu.

Der Bariton-Eremit, Herr Keller, war als einziger von den Sängern auf der Bühne geblieben. Sei es nun, daß er sich von dem spontanen Applaus und der begeisterten Stimmung anstecken ließ oder es als Schmach für seine hohe Sangeskunst empfand, daß diese primitiven Raufbolde ihn von der Bühne zu vertreiben trachteten, und dies zudem zu einem Zeitpunkt, da *sein* Auftritt, sein *ganz besonderer* Part endlich an der Reihe war – was auch immer ihn zu dieser ebenso heroischen wie unsinnigen Handlung veranlaßte: er jedenfalls setzte wieder ein und sang so schön wie nie:

»Der über Sternen ist voll Gnade,
drum ehrt es Fürsten, zu verzeihen.«

Dabei breitete er die Arme so weit und hingebungsvoll aus, als wolle er die ganze Welt umarmen, was allerdings einem nicht unwesentlichen Teil dieser Welt, nämlich dem Polizeipräsidenten von Kamptz, gar nicht paßte.

Kamptz war gerade arg in Bedrängnis geraten. Schuckmann hatte das Tempo noch gesteigert. Seine Hiebe, gleichermaßen von heißer Intelligenz und kalter Leidenschaft gelenkt, prasselten wie Hagel auf Kamptz ein. Der Polizeidirektor wurde kurzatmiger. Sein Arm wurde ihm schwer. Schuckmann war eindeutig im Vorteil. Sein Degen, der der magischen Schmiede Thibaults entstammte, schien wie von selbst zu fechten und nicht mehr als ein Lot zu wiegen. Unter diesem Druck wurde der Polizeidirektor zum Rückzug gezwungen, den jedoch der fürbittende Bariton mit seinen dem Allmächtigen entgegengestreckten Armen versperrte. Kamptz spürte dessen vibrierenden Atem geradezu im Nacken, während Schuckmann ihn mit elastischen und äußerst aggressiven Ausfallschritten stellte.

Da wurde der Polizeipräsident aber ganz böse, und er drehte in seiner Bedrängnis wütend den Kopf nach hinten. Und da sah er geradewegs in einen weit aufgerissenen Mund hinein und blickte tief in einen dunklen Schlund. Er konnte die Rachenzäpfchen des Sängers sehen. Dahinter tat sich ein Abgrund auf. Und genau in diesen Rachen mit den zitternden Zäpfchen, genau in diesen düsteren Teil der Welt mit seinem Gebrüll, stieß er seinen Säbel hinein. Eine Welle aus Blut, warm, rot und naß, sprang aus dem Mund hervor, aus dessen letztem gesungenen Ton Kamptz sein glänzendes Eisen blutbesudelt wieder hervorzog. Auch Schuckmanns Beinkleider wurden von der Blutfontäne getroffen.

Ein mächtiges Raunen ließ die Luft erzittern, wogte durch den Saal, ließ die Wände erbeben und überflutete die Bühne. Die Kämpfer hielten abrupt inne. Kamptz sah auf seinen Säbel, von dem das Eremitenblut tropfte. Dann drehte er sich um und sah plötzlich das Publikum. Erst jetzt wurde ihm bewußt, daß er auf einer Bühne stand. Das Publikum verstummte mit einem Schlag. Es fühlte sich vom Polizeipräsidenten, der ja noch immer eine respektheischende Autorität darstellte, geradezu ertappt. Der wandte sich vom Publikum wieder ab und sah mit seltsam entrücktem Blick auf seinen Säbel. Plötzlich, mit einer spielerisch-ruckhaften Bewegung, stieß er den blutbefleckten Säbel in Richtung Publikum. Wie ein Tiger sprang der blanke Horror die Zuschauer an. Hände schnellten vors Gesicht. Menschen warfen sich panisch zu Boden, flüchteten unter die Stühle, krochen zwischen den Sitzreihen herum, schlotterten vor Angst und lugten schon wieder sensationsgierig über die Sitzlehnen hinweg. Eng geschnürte Damen und zartbesaitete Herren fielen in Ohnmacht. Einer rief: »Riechsalz!« Andere verließen ihre hinteren Bänke und liefen, von Sensationsgier getrieben, nach vorne an die Bühnenrampe, um dem Geschehen näher zu sein.

All das gefiel dem Polizeipräsidenten außerordentlich. Er drohte mit dem Säbel ins Publikum hinein: »Ja, ja, das ist etwas anderes! Das hier, meine Damen und Herren, ist kein Theatersäbel! Und das ist auch kein Theaterblut! Wer jetzt auf dieser Bühne liegt, steht nie wieder auf!«

Er horchte ins Publikum hinein. Es war wieder totenstill geworden. Jetzt hatte er die Menge da, wo er sie immer haben wollte. Jetzt war er an der Reihe. Er kostete diesen Moment der absoluten Ruhe aus. Schaute voll Stolz auf diese Kathedrale aus gläserner Stille, die seine Allmacht in diesem Moment erschuf. Labte und stärkte sich noch einen Moment lang an diesem Aroma aus Grauen und Andacht, das von unten, aus dem dunklen Zuschauerraum, zu ihm hinaufwallte. Dann schrie er das Publikum an: »Jetzt ist Schluß mit all dem Theater. Jetzt gibt es nur noch Blut und Eisen! Jetzt regiert die eiserne Faust der Gendarmerieordnung. Schluß mit all den juristischen Spitzfindigkeiten! Ja, was wollt ihr denn? Ruhe und Ordnung, aber bitte kein Blutvergießen? Glaubt ihr denn wirklich, daß die Feinde, die unser Gemeinwesen zersetzen, sich scheuen, euer Blut zu vergießen? Nein! Haben die anderen nicht Kotzebue den Dolch in den Leib gerammt? Und was brachte denn die Immediat-Kommission?

Die Feinde nutzen doch alle juristischen Schliche, um den Spieß umzudrehen. Statt der Feinde der Ordnung werden ihre Gralshüter selbst ans Messer geliefert und erhalten den Dolchstoß. Mich hat man beleidigt! Mich hat man vor das Gericht zitiert! Mich, den obersten Wächter der Ordnung, den Hüter eures Schlafs. Jawohl. Ich bin der Beleidigte! Und ihr? Hat einer von euch einen Finger gerührt? Ihr, das Publikum, seid selbst Feinde der Ordnung. Man muß euch vor euch selbst schützen. Ordnung wollt ihr. Ruhe wollt ihr – aber bitte schön kein Porzellan zerbrechen. Bäh! Bäh! Bäh! Wahrlich, ich sage euch: Wir werden noch ganz andere Dinge zerbrechen, zermalmen, zerstäuben! Wer nicht für die Ordnung ist, ist wider die Ordnung. Ich warne euch. Jetzt ist Schluß mit eurer Biedermeierei, Schluß mit dem Schlafmützenkönig aus dem Märchenland, erfunden von einem Staatsverräter, einem demagogischen Juristendichter, einem gewissen Subjekt namens E.T.A. Hoffmann, einer Kreatur des Teufels. Dies hier ist echtes Blut, und wir, eine Legion von Wächtern der Ordnung, werden durch Blut waten, um endlich und endgültig die wahre Ordnung zur Herrschaft zu bringen und alle, alle Feinde zu vernichten. Nach mir werden andere kommen, bessere, die das Banner aufheben werden …«

»FINITO!«

Das war der Polizeiminister. Er hatte sich eine Weile mit seinem blutbespritzten Hosenbein beschäftigt. Nun wurde auch ihm allmählich klar, wo er sich befand. Einerseits hätte er sich gerne unauffällig von der Bühne gestohlen, denn eines stand doch nun einmal fest: Er war hier total fehlbesetzt! Andererseits war er als Polizeiminister dafür zuständig, dem offenkundig entsetzlich staatsgefährdenden, majestätsbeleidigenden Treiben des Polizeipräsidenten Einhalt zu gebieten. Hier stand also einmal wieder Pflicht gegen Neigung, Disziplin gegen Glücksstreben, Gut gegen Böse. Und außerdem lauerte da unten im Publikum das vielarmige Polypenmonstrum, die öffentliche Meinung, das zu schlagen er hier endgültig Gelegenheit hatte. Nun denn, en garde!

Der Polizeipräsident hatte seinem Gegner im Machtrausch den Rücken zugekehrt und erging sich in einer monströsen Publikumsbeschimpfung. Für die Art, wie sich Kamptz hier auf der Bühne breitmachte, konnte der Minister nur Ekel empfinden. Am liebsten hätte er ihm seine magische Klinge sofort in den Rücken gerammt. Doch er fürchtete schlechte Kritiken und wollte lieber das Publikum betören, indem er den Polizeipräsidenten mit chevaleresker Fairneß, vollendeten Manieren und funkelnder Eleganz besiegte. Dies tat er doch am besten, indem er mit der Degenspitze auf den Bretterboden klopfte: klopf-klopf-krrr!

Der Polizeipräsident wirbelte herum wie eine Furie und erwischte den Minister, als dessen sagenumwobene Waffe gerade äußerst unglücklich in einem der Bohlenzwischenräume hängenblieb.

Diesmal würde Kamptz nicht lange zögern, diesmal würde er seinem Gegner mit einem schnellen, freilich weit aushohlenden Hieb den Schädel spalten. Doch da erhob sich eine Stimme, flog auf wie eine weiße Taube und schrie: »Schieß nicht, Max, ich bin die weiße Taube.« Woraufhin der Polizeiminister laut und deutlich rief: »Oh, Henriette!«

Kamptz, derart gestört und verstört, wandte sich auffallend langsam zu der Stimme um. Nur wenige Meter entfernt stand M.M., grimmig, bedrohlich und prächtig, wüst zerzaust, mit schrill gebauschten Haaren, in zerschlissenen Kleidern, atemlos busenwogend; nicht zuletzt hatte sie ein Gewehr im Anschlag, das auf ihn gerichtet war. Während Kamptz noch unschlüssig war, welchem seiner Gegner er sich zuwenden sollte, und während Schuckmann, im Bestreben, jede Peinlichkeit zu vermeiden, bemüht war, so leise und unangestrengt wie möglich die vermaledeite Degenspitze aus der Ritze zu ziehen, und während mehr und mehr Leute von den hinteren Rängen zur Bühnenrampe drängten, sich um die besten Plätze balgten und die ersten Opfer des Gedrängels im Orchestergraben landeten, einander mit wahllos gegriffenen Blasinstrumenten oder Streicherbögen attackierend, während sich also das heilloseste Durcheinander und unglaublichste

Geschehen im Schauspielhaus am Gendarmenmarkt ereignte, geschah etwas so außerordentlich Machtvolles, daß es mit einem Schlag die Szenerie vollkommen revolutionierte.

Es erklang nämlich eine einzelne Violine. Zuerst zart zirpend, trat sie dann zögernd vor, erhob sich schüchtern aus dem Raum hinter der Bühne, kam näher, mutfassend durch ihre Wirkung, die sie erzielte, und gab sich bald gänzlich dem Schmelz der Melodie hin. Ermutigt und mitgerissen von der Violine, folgte der sanft-männliche Tenor Maxens, hob die Melodie empor, stellte sie aus und fügte ihr das Getragene eines Schwurs hinzu, nach dem die Worte verlangten:

»Die Zukunft soll mein Herz bewähren,
stets heilig sei mir Recht und Pflicht.«

Abgelöst wurde der Tenor von Agathes zauberischem Sopran, der sich der Violine anschmiegte, so vollkommen weich und erlöst, wie nur tief gefühlte Dankbarkeit klingen kann, wenn Gottes Gnade uns berührt und die Zähren der Verzweiflung in Tränen des Glücks sich verwandeln. Und wirklich waren jetzt alle berührt und verwandelt, hörten zum zweiten Mal diese Passage, die auf so unwürdige Weise unterbrochen worden war von den hereinpolternden Funktionären der Gendarmerie, und hörten sie doch wie zum ersten Mal, denn vor dem düsteren Hintergrund der Ereignisse erstrahlte die Musik desto heller. Nach und nach kamen die Sänger und Sängerinnen wieder auf die Bühne, faßten einander bei den Händen, sangen im Chor tränenüberströmt: »Ja, laßt uns zum Himmel die Blicke erheben und fest auf die Lenkung des Ewigen bauen.« Und auch die Zuschauer fielen in den Gesang ein, jetzt überzeugt davon und glücklich, daß die Musik sich die Bühne zurückerobert hatte. Wildfremde Menschen hakten einander unter, fielen sich um den Hals, schluchzten sich gegenseitig an, reichten sich Schnäuztücher, um alsbald wie aus einer Kehle zu singen.

Kamptz sprang schon wieder auf Schuckmann zu. Doch da bildeten die Sänger und Musiker einen Kreis um den Minister und die schöne Schauspielerin. Außerhalb des Kreises drohte

Kamptz mit seinem Säbel. Jeder seiner Versuche, einzudringen und der Feinde habhaft zu werden, scheiterte, denn zu eng geschlossen war der Kordon. Und schließlich teilte sich der Reigen. Nun umgab auch den Polizeidirektor ein sich drehender Kreis, der ihn schwindeln ließ und wanken machte, und ohnmächtig vor Wut und taumelnd vor Verzweiflung schlug er ins Leere, zunehmend ermattet und bald sich gänzlich seinem Schicksale ergebend. Im anderen Ring waren sich Schuckmann und Henriette inzwischen sehr viel näher gekommen. Sie drückten sich fest aneinander und küßten sich. »Henriette, meine liebste Henriette«, flüsterte der Freiherr ihr ins Ohr.

Die Oper endete, wie vom Komponisten und Librettisten vorgesehen. Der Vorhang fiel. Die Kreise lösten sich auf. Kamptz lag gebrochen am Boden. Die ungeheure Spannung, unter welcher das Publikum all die Zeit über gestanden hatte, entlud sich in einem frenetischen Applaus. Die Leute klatschten, trampelten, tobten und tosten. Über zwanzig Vorhänge heimsten die Künstler ein. Der tote Bariton wurde eiligst von der Bühne entfernt, denn er stand – beziehungsweise lag – dem Jubel eindeutig im Wege. Sein Tod wurde nicht weiter betrauert, eigentlich hatte ihn niemand gemocht. Ottokar, der sich schon wieder gut erholt hatte und eine Binde trug, schleppte den Minister und Henriette vor den Vorhang, wo sofort ein orkanartiger Applaus losbrauste. Der Freiherr dankte und machte brave Diener. Henriette vollführte artige Knickse und warf dann Kußmünder in die Menge. Schließlich, kurz bevor der Vorhang sank, rief sie: »Schucki, du hast meinen Namen genannt. Damit hast du mich erwählt!«

37.

Knarrpanti schaute sich um. Er saß auf einem Stuhl, der sich drehen ließ, bestimmt befand er sich noch immer im Labyrinth. Zwei, drei Fackeln sorgten für ausreichende Helligkeit. Es war ein kleiner höhlenartiger Raum, dessen Decke sich wölbte. Irgendwie roch es muffig-nussig. Knarrpanti hatte spontan den Eindruck, im Innern einer alten Nuß zu sitzen.

Eine Stimme, hinter ihm. Knarrpanti wollte den Kopf drehen. Aber es ging nicht. Sein Hals schien gelähmt zu sein.

»Ich hoffe, Sie verzeihen mir diesen kleinen Schabernack. Es ist wohl an der Zeit, daß ich mich vorstelle.«

Plötzlich war die Lähmung weg. Mit einem Ruck schnellte der Kopf von Knarrpanti zur Seite. Doch es gab hinter ihm nichts zu sehen. Dafür baute sich vor ihm ein Gestell auf. Es handelte sich um eine Art spanische Wand. Dahinter zeichnete sich die Gestalt seines Gastgebers als Silhouette ab.

Indes sprach die Stimme, nun von vorn, weiter: »Mein Name ist Coppoletti, manchmal auch Coppelius. Meistens nenne ich mich Spalanzani und gebe meinen Titel mit Professor an. Ich habe darüber hinaus noch viele andere Namen. Ich bin einundfünfzig Jahre alt, nicht gerechnet die Jahre, die ich, sprechen wir es aus, *tot bin*, die, welch seltsame Symmetrie, ebenfalls einundfünfzig an der Zahl sind … «

Der Schattenriß zeigte einen kleinen schmächtigen Mann im Profil. Auf dem dünnen faltigen Hals hüpfte ein spitzer Adamsapfel.

Knarrpanti prüfte heimlich, ob er noch gelähmt war. Nein, er konnte sich wieder bewegen. Er schlug seine Beine übereinander wie ein interessierter Zuhörer.

»Tot! *Ich* bin hier das Opfer der Verhältnisse. Erschlagen von einem Pfeiler. Ich habe Gontard verflucht. Nützte allerdings nichts. Er verlor zwar seine Stellung, haha, doch ich verlor viel mehr. Ich habe mein Leben lang nach einem Ausweg gesucht. Ich suchte nach einem Mittel für das ewige Leben, für *mein* ewiges Leben, denn ganz unbescheiden hielt ich mich für zu bedeutend, als daß die von Gott gegebene Lebensspanne ausreichen sollte! So gingen die Jahre ins Land. Dann, einundfünfzigjährig, hatte ich *die* Chance und verspielte sie. Ja, welch große Tragödie! Ich hoffe, ich langweile Sie nicht?«

Knarrpanti verneinte.

»Sie sind seit Hoffmann der erste, mit dem ich reden kann. Ich meine, wirklich reden kann. Der Polizeidirektor, dieser Ignorant, war eine Enttäuschung in dieser Hinsicht. Derartig phantasielos, dieser Mann. Wissen Sie, was er sagte? Er sagte zu mir: ›Schon möglich, daß Sie *ein wenig übernatürlich* sind.‹ Er sagte es so, als handele es sich um einen verzeihlichen Spleen von mir. Eine Katastrophe. Wollte unbedingt Polizeiautomaten haben. Woher sollte ich die wohl nehmen? Na ja, ich fand zwei riesige Brüder in Neu-Cöln. Ideal für suggestive Hypnose ... Wo war ich gleich stehengeblieben? Ach ja, ich bin tot. Das muß man sich immer wieder sagen: tot-tot-tot! Genaugenommen stimmt es natürlich nicht. Sonst könnte ich nicht mit Ihnen so nett plaudern. Ich lebe. Das zu sagen wäre richtiger, klänge aber irgendwie banal. Vielleicht sollte ich sagen: Ich lebe, aber ohne Welt ... wenn wir das hier mal abziehen von der Welt.«

Der Schatten beschrieb mit einer Geste, was er mit »hier« meinte, nämlich das unterirdische Gängesystem, einschließlich dieses Nußschalenzimmers.

Knarrpanti hörte nur mit halbem Ohr zu. Er überlegte krampfhaft, wie er sich aus dieser Situation befreien könne. Zwar gab sich sein Gastgeber freundlich, doch Knarrpanti kannte die Welt gut genug – und zwar genau diejenige, die seinem Gastgeber offensichtlich abhanden gekommen war –, um zu wissen, daß ein gutes Frühstück im »Französischen

Hof« weit angenehmer war, als hier irgendwo unter der Erde zu hocken, als Gefangener eines mysteriösen Schwätzers, der sich offensichtlich in der Rolle eines Alleinunterhalters gefiel. Doch wie sollte er hier herauskommen? Natürlich, hinter dem Schirm gab es eine Tür. Aber würde das etwas bringen? Vermutlich war diese Tür verschlossen. Falls sie nicht verschlossen war, nützte ihm das auch nichts, denn er war ja in diesem Labyrinth hoffnungslos verloren und vollständig in der Hand dieses Spalanzani, der sich hier desto besser auskannte. Was also sollte er tun? Er versuchte wieder in jenen Zustand zu kommen, der ihm der liebste war, der Zustand der Reinheit, der absoluten Leere. Aus dieser Leere sollte ihm die große Eingebung erwachsen.

»Ich weiß, was Sie jetzt denken. Denken Sie im übrigen, was Sie wollen. Ich gebe Gedankenfreiheit, hihi. Falls Sie annehmen, Sie könnten hinter das Geheimnis meines Schattendaseins kommen – so haben Sie vollkommen recht! Ich selbst werde es Ihnen erklären. Damit Sie sehen, daß ich Ihnen nichts verheimliche und nur Gutes im Schilde führe. Ja, ich will ja geradezu, daß Sie alles erfahren! Also zum Beispiel dieses Schattenhafte meiner Existenz …«

Spalanzani erhob sich hinter seinem Wandschirm und trat vor, das heißt der Schatten bewegte sich zum Rand des Schirms und darüber hinaus. Der Schirm war damit leer. Wenn Knarrpanti erwartet hatte, den Professor nun in Fleisch und Blut zu sehen, so ward er enttäuscht. Spalanzani war jetzt vollends verschwunden. Nicht allerdings seine zirpende Stimme: »Ich gehe jetzt wieder hinter den Schirm … nach Hause gewissermaßen, hihi.«

Der Schatten wuchs wieder in den Schirm hinein.

»Ich trete nun erneut beiseite«, rief Spalanzani und verschwand.

»Klar? Ich bin nur hinter diesem Schirm sichtbar«, hörte Knarrpanti die körperlose Stimme wispern. »Er ist gewissermaßen mein Medium«, fügte er, als Schattenriß wieder sichtbar, hinzu. Er setzte sich. Der Adamsapfel hobelte auf und ab. Die Stimme Spalanzanis, immer ein wenig gelehrtenhaft, klang im folgenden geradezu professoral und wie vom Katheder herunter gesprochen.

»Was ist das also für eine Form von Existenz, die ich führe und die ich nenne: *Existenz ohne Welt*, mich im übrigen genau jener Worte bedienend, die mir die Toten mit auf den Weg gaben, um mir eine Vorstellung davon zu geben, was mich, als Strafe, erwarten würde. Ich möchte Sie keinesfalls mit Details langweilen, Herr Knarrpanti ... Sie, der Sie schon auf ihrem nächsten Verrat hocken wie die Henne auf dem Ei.«

Der Schattenkopf öffnete bei dieser Bemerkung für einen kurzen Moment das Profil.

»Ich will Sie keinesfalls moralisch verurteilen. Nichts liegt mir ferner. Ich will nur mit offenen Karten spielen. Tja, da sitze ich hier nun herum, in einer Welt aus Nichts, und kann nicht sterben. Alles, was ich besitze, ist diese Kristallkugel.«

Der Schatten, nun wieder im Profil, schluchzte, was den Adamsapfel zum Tanzen brachte. Spalanzani zauberte besagte Kristallkugel von irgendwo hervor – sicherlich nicht aus einer Hosentasche, denn eine Hose gehört zu jener Welt, aus der er offensichtlich verbannt war. Er hielt die Kugel auf Kopfhöhe empor. Dies Bild ähnelte jenem berühmten Porträt des Hamlet mit dem Totenschädel. Er sprach nun, der Kugel vollständig zugewandt: »Ja, meine kleine Kristallkugel. Sie ist natürlich nur aus Schattenkristall. Das macht jedoch nichts. Meine Hände, die die Kugel halten, sind ja auch nur Schattenhände. Und die Augen, die in die Kugel schauen, sind Schattenaugen. Manchmal denke ich: Ich bin recht eigentlich ein umgekehrter Schlemihl. Während dem Schlemihl der Schatten abhanden gekommen ist, ist mir, dem Schatten, der Schlemihl verlorengegangen. Wir würden ausgezeichnet zusammenpassen. Na ja, meine Kugel und ich, wir fanden dann einen anderen, der zu uns paßte. Diese Kugel war ja genau das, was er brauchte, ein wenig Magie, ein wenig Einbildungskraft ...«

Ohne daß er es wollte, platzte eine Entgegnung aus Knarrpanti heraus: »Herr Professor, Sie spielen hier das arme Opfer der Verhältnisse! Zwar weiß ich noch nicht genau, welche Rolle Sie in diesem Spiel spielen. Aber ich bin mir sicher, daß vieles, was in den letzten Tagen geschehen ist, ihre Autorenschaft trägt. Sie erwähnten selbst die beiden Brüder aus Neu-Cöln und Ihre teuflische Methode der hypnotischen Suggestion …«

»Suggestive Hypnose!« korrigierte der Professor.

»Wie auch immer, jedenfalls sind Sie verantwortlich für den Tod eines grundanständigen, dienstbeflissenen, loyalen Beamten, eines jungen Mannes namens Friedrich, eines ganz ausgezeichneten Exemplars seiner Gattung«, rief Knarrpanti anklagend.

»Das sehen Sie falsch. Es ist alles in meiner Kristallkugel. Sie zeigt, was ist oder möglich ist. Ich kann die Welt nicht beeinflussen. Das können nur die Menschen. *Sie selbst* hatten es in der Hand, Friedrich zu retten … Meine Kugel fängt nichts anderes ein, als die wahrscheinlichen und auch unwahrscheinlichen Geschichten, die passieren oder passiert sein könnten. Sie enthält zu jedem Zeitpunkt ein mögliches Buch, ach, was sage ich, eine ganze alexandrinische Bibliothek ungeschriebener Geschichten, endlose Regalreihen inexistenter Bücher. So etwas zeigen Sie einmal einem Mann wie Hoffmann. Der springt zum Mond vor Glück. Davor hatte ich einer Amme die Kugel gezeigt, und sie erblickte darin die Geschichte meiner Verfluchung. Dann kam Hoffmann.«

»Ich verstehe nicht.« Knarrpanti war degradiert zum Stichwortgeber seines unheimlichen Gastgebers. »Sie und Hoffmann?«

»Aber natürlich. Hoffmann lebt von meiner Glaskugel. Nichts hat er je selbst erfunden … alles abgeschrieben, von meiner Kugel abgeschrieben. Denken Sie nicht, daß das verwerflich ist. Es machen alle so. Alle diese romantischen Romanautoren haben irgendwo eine Kristallkugel versteckt. Aber bleiben wir bei Hoffmann! Ist es Ihnen schon einmal aufgefallen, daß dieser begnadete Geschichtenerfinder bis zu seinem zweiunddreißigsten Geburtstag ein ziemlich erfolgloses Leben geführt hat? Was war Hoffmann denn, bevor er mich traf? Ein mittelmäßiger Komponist, ein durchschnittlicher Opernkomponist, ein gefälliger Librettist, ein verschwärmter Kapellmeister, zwar gescheit und doch gescheitert. Das ewige Kücken der Glucke Gluck. Gluck, der große Komponist, der war das Genie und Vorbild Hoffmanns. Jetzt, durch mich, ist Hoffmann selbst ein Gluck auf dem Gebiet der Literatur. Der einzige deutsche Dichter, den die Franzosen in ihren Salons zitieren! Er war längst überfällig. Einunddreißig, zweiunddreißig ... dreiunddreißig, da tickte eine Uhr. Nicht eine Veröffentlichung, keinen Roman, keine Novelle, nicht einmal einen Vierzeiler hat man von ihm gedruckt! Zweiunddreißig Lenze alt, längst ausgelaugt, längst jenseits von Talent ... längst jenseits von Gluck und jeglichem Glück ... ein zweiunddreißigjähriger Debütantengreis ... zweiunddreißig, da waren andere schon tot – *er* hatte nicht einmal gelebt. Zweiunddreißig Jahre, davon viele verronnen in fruchtloser Provinz, ich sage nur Bamberg! Bamberg, das Synonym für gescheitertes Leben. Mein Gott, überlegen Sie einmal! Schlimm genug, so ein Leben. Da gärt, da kocht es in einem, da brodelt das Gebräu, der Dampfkessel künstlerischen Ausdruckswillens steht kurz vor der Explosion – und dann stellt man fest: Man ist in Bamberg! Und dann weiß man plötzlich, Bamberg ist an allem schuld! Und siehe da! Hoffmann war kaum in Berlin, da traf er mich. Seine erste Erzählung handelt von unserem Treffen. Der Fremde, den er traf, der Schatten des Ritter Gluck, der Schatten, das war ich. Ich sagte: ›Es ist alles einfach, ganz einfach. Wir machen einen kleinen Vertrag. Sie schauen in diese Kristallkugel! Darin spiegelt sich das Leben mit all den ungeheuerlichen Geschichten, und Sie schreiben's ab.‹ Voilà, der Erfolg gab mir recht!«

Während Spalanzani dies sprach, wurde die Tür geöffnet, ohne daß der Schatten es bemerkte, obwohl die Tür ein wenig knarrte. Knarrpanti erkannte die Person, die sich im Türrahmen befand, sofort. Es war Frau Hoffmann. Sie kam ein paar Schritte näher, und da sah Knarrpanti, daß aus ihrer Schulter der Kopf von E. T. A. Hoffmann herauswuchs. Doch das war glücklicherweise eine optische Täuschung. Die Frau kam schweren Schrittes näher. Auf dem Rücken trug sie ihren Gatten. Vorsichtig setzte sie ihn auf dem Boden ab. Erst jetzt bemerkte auch der Schatten, was passierte. Dieser Auftritt verschlug sogar dem redseligen Professor die Sprache.

»Lassen Sie sich nicht stören, Spalanzani«, sagte Hoffmann äußerst höflich. »Wir wollen die ganze Geschichte hören. Was, zum Beispiel, hatten Sie davon, Spalanzani?« fügte er schelmisch lächelnd hinzu, was ihm schwerfiel.

Auf diese Nachfrage seitens des Dichters begann der Schatten nun aufgeregt im Rahmen seines leinwandartigen Schirms hin- und herzuspringen. Seine Stimme veränderte sich. Jetzt sprach er nicht mehr professoral, sondern quäkend und geifernd.

»Existenz! Ich wurde existent! Erhaschte einen Abglanz vom Leben. Gerüchte, Sagen, Märchen. Das wurde meine Existenzform. Eine Amme erzählte meine Geschichte ihren Kindern. Die Kinder begannen, an mich zu glauben. Ich begann zu existieren in dem Maße, wie andere an mich glaubten. Ich bohrte mich in ihre Seelen und Herzen. Doch die Amme genügte mir nicht. Ich wollte mehr. Du, Hoffmann, warst ideal. Ich nährte meine Existenz mit deinem Ruhm. Die Nachtseite, die Schattenseite in deinem Werk – das bin ich. Die Groteske – das bin ich! Selbst in den Salons gelte ich jetzt als existent. Die gute Baronin von Schnipp kündigt beständig mein Erscheinen an. Eines Tages werde ich wirklich erscheinen.«

Nach diesem Ausbruch des Schattens war einen Moment lang Stille. Hoffmann, aufgestützt auf seine Frau, sah den Schatten scharf an, sagte aber nichts. Da rief der Schatten jämmerlich quäkend: »Doch warum willst du mich betrügen, Hoffmann? Wir haben doch einen Vertrag. Du gehörst mir. Ich habe dir gegeben, wonach du dich sehntest. Jetzt bin ich an der Reihe. Ich will dich!«

»Ich gehöre dir nicht mehr. Vielleicht habe ich dir nie gehört! Schließlich hast auch du bekommen, wonach du begehrtest. Du hast dies eben selbst zugegeben. Wir sind quitt.« Hoffmann bäumte sich bei diesen wenigen Sätzen, die seine ganze Kraft verzehrten, auf. »Nein! Du hast alles meiner Kristallkugel entnommen. Du bist den Pakt eingegangen. Und jetzt versuchst du, dich auf die Klausel zu berufen, versuchst, den ›Meister Floh‹ ohne meine Kristallkugel zu schreiben. Das wird dir nicht gelingen, Hoffmann. Ich habe es konfiszieren lassen. Meine Macht ist ja so groß.«

Der Schatten wirbelte wie ein Derwisch hinter der Stellwand herum. Beim letzten Satz sprengte er plötzlich die spanische Wand. Die spanische Wand wuchs zu einer riesigen konturlosen Wolkenwand, die die gesamte Höhle erfüllte und in Dunkelheit tauchte. Knarrpanti fiel vor Schreck fast von seinem Stuhl. Innerhalb dieser Dunkelheit erschien ein Licht, eine Art strahlendes Auge. Während die prahlerische Stimme des Professors aus dem Nirgendwo erscholl, materialisierten sich lebendige Gestalten in dem strahlenden Auge. Knarrpanti hielt sich unwillkürlich die Hände vors Gesicht, blinzelte aber zwischen den Fingern hindurch.

»Dem König habe ich es eingegeben im Schlaf, habe ihm all die Staatsverräter vor Augen geführt.« Dazu sah man den König im Baldachinbett, wie er sich unruhig im Schlaf herumwälzte und »Sand, Sand« stöhnte.

»Dem Minister habe ich einen Vermummten im Grunewald offeriert, der ein Buch von Hoffmann liest.« Schuckmann hoch zu Roß im Morgennebel. Eine schemenhafte Gestalt, im Kreise gehend, ein Buch lesend.

»Den Polizeipräsidenten habe ich zu meinem willfährigen Werkzeug gemacht.« Kamptz im Märchenland: wolfsschluchtartige Stimmung in der unheimlichen Katakombe, seine Gesichtszüge im Fackellicht vom Machtrausch verzerrt, während der Schatten ihm mit einer weit ausholenden symbolhaften Geste das Reich zu Füßen legt.

Die Bilder schwanden, aber die fette Wolkenwand blieb, und auch die Stimme schwadronierte ohne Unterlaß: »Ich bin groß und mächtig. Wenn ich will, lenke ich die Geschicke der Stadt, denn ich bin das Medium, und meine Botschaft bin ich selbst. Alle Geschichten gehen über mich. Bald werde ich auch dein Manuskript in Händen halten. Es gehört mir, es sei denn, du hältst dich an den Vertrag. Sei kein Narr, Hoffmann. Du mußt den Vertrag einhalten. Nach deinem Tod landest du hier, in meinem Reich, und wirst mir Gesellschaft leisten. Ich werde endgültig dein Herr sein, aber dich teilhaben lassen an meiner Macht. Hoffmann, verstehe doch, ohne mich bist du nichts.«

»Vielleicht bin ich nichts ohne dich«, entgegnete Hoffmann gänzlich unbeeindruckt. »Aber dann bist auch du nichts ohne mich.«

Plötzlich hatte der Dichter auch eine Kristallkugel in der Hand, und zwar keine aus Schattenkristall: «Schau einmal her, was ich da habe«, flüsterte er, kaum hörbar, was im grotesken Kontrast zur donnernden Stimme des übermächtig gewordenen Schattens stand.

Knarrpanti war fasziniert und dermaßen aufgeregt, daß er mit seinen Fingernägeln an der Stuhllehne herumkratzte. Er wohnte ganz offensichtlich dem Kampf zweier Zauberer bei, die je über ein eigenes Reich herrschten, deren Insignie die magische Kugel war, die sie wie eine Waffe gegeneinander richteten. Auf der einen Seite war der Schatten, der so allmächtig schien. Donnernd schwebte er über ihnen als eine Gewitterwolke, die jeden Moment explodieren und ein Inferno entfachen konnte. Knarrpanti zog unwillkürlich den Kopf ein. Auf der anderen Seite war der moribunde Dichter, von der tödlichen Krankheit gezeichnet, auf seine wackere Frau gestützt, die wie ein kurzer, dicker, unverrückbar in den Boden gerammter Pflock dem kleinen, schmächtigen, federleichten Dichter Halt gab, während die Schattenwolke über ihnen dunkel dräuend grollte. Die Kugel in Hoffmanns immer dünner werdenden Händen zitterte.

»Wen sehe ich wohl darin?« flüsterte der Dichter vieldeutig. Knarrpanti überlegte, was ihn an dieser Szene befremdete. Was war es nur? Da wurde es ihm klar. Der Dichter zeigte ja überhaupt keine Furcht. Dieses schwächliche, zarte, feine Wesen war sich seiner Macht absolut bewußt. »Weißt du was?« hauchte der Dichter, »weißt du, was dein Problem ist? Du existierst ja gar nicht, auch jetzt nicht.« Jetzt verstand der

Spitzel: Mochte Hoffmann auch noch so gebrechlich und hinfällig sein, er war dem Schatten dennoch überlegen, einzig aus dem Grund, weil er real war!

Hoffmanns Erwiderung zeitigte denn auch prompt eine enorme Wirkung. Sein Satz zuckte wie ein Blitz durch den schwarzen Bauch der Schattenwolke. Ja, jetzt mußte sie bersten. Und sie barst in einem ungeheuren Raubtiergebrüll. Und einem Raubtierrachen gleich stürzte sich die Wolke auf den Dichter. Knarrpanti dachte noch: Schade, jetzt wird er gleich verschlungen. Doch das geschah nicht. Statt dessen hielt Hoffmann die zitternde Kugel dem gierigen Wolkenmaul entgegen, um es zu bannen. Mit einem Zischen stürzte sich die Wolke in die Kugel oder wurde vielmehr von dieser verschlungen. Nachdem die Kugel den Schatten vollständig absorbiert hatte, leuchtete auf dem mageren Antlitz des Dichters ein seidenfeines Lächeln der Genugtuung.

Knarrpanti saß nicht mehr auf dem Stuhl. Er war von einem Beben weggeschleudert worden, und sein Filzhut rollte quer durch das Nußschalenzimmer. Er sah sich um. Etwas hatte sich verdammt noch einmal verändert! Eine Art dichtes Gestrüpp oder Urwald war vor ihm, seltsam verzerrt und verbogen. Alles ringsum war verbogen, genauer: nach außen gewölbt. Was war das? Knarrpanti sah geradewegs in ein gigantisches Auge, groß wie ein Haus, das ihn observierte. Jetzt erkannte er auch, daß der Urwald aus Nasenhärchen bestand. Doch in welch imposanter Größe! Den Zinken, dem diese Haare zugehörten, wollte er sich schon gar nicht mehr vorstellen. Jedenfalls mußte er durch einen Zaubertrick in ein verdammt winziges Wesen verwandelt worden sein. Er war gewiß nicht größer als ein Floh.

»Entschuldigung, Sie hatte ich ganz vergessen.« Der Dichter stand in normaler Größe vor ihm. Das Auge war verschwunden. Jetzt begriff Knarrpanti. Irgendwie mußte er in die Kristallkugel gekommen sein. Doch offensichtlich war jetzt wieder alles in Ordnung. Wo war nur der Schatten geblieben?

Die Wolke war verschwunden. Der Wandschirm, auf welchem sich der Schatten in Gestalt des Spalanzani gezeigt hatte, war leer. Niemand sagte etwas, bis Knarrpanti das piepsende Stimmchen Spalanzanis vernahm, das aber sogleich auch wieder verstummte.

Hoffmann lächelte in die Kugel hinein. Knarrpanti beugte sich ebenfalls darüber. In der Kugel stand ein Mann. Er war altmodisch gekleidet mit Kniebundhosen und Spitzenjabot und trug eine gepuderte Perücke.

»Die Frage ist doch, wer erfindet wen, oder?« flüsterte Hoffmann freundlich in die Kugel hinein. »Vielleicht hatten wir einen Vertrag. Aber ich schreibe schon lange ohne deine Kugel, denn ich habe eine eigene. Du hast es nie bemerkt, warst mit anderen Dingen beschäftigt, fühltest dich zu sicher. Ich habe dir Existenz gegeben, und dafür solltest du mir dankbar sein. Statt dessen versetzt du den gesamten preußischen Staat in Aufruhr, brichst eine häßliche Affäre vom Zaun, in deren Verlauf einige Menschen sterben mußten. Vielleicht bin ich mitschuldig. Vielleicht habe ich dich überhaupt am Leben erhalten, und ohne mich wärst du schon längst wie ein Lichtlein erloschen. Zumindest habe ich dir die Stärke verliehen, die dich dazu trieb, dem Größenwahn zu verfallen und den Polizeipräsidenten mit hineinzuziehen, so daß er seinen Wahn entfachen konnte. Vielleicht habe ich das Organ verloren, das untrüglich Phantasie und Wirklichkeit trennt. Vielleicht bist du ich selbst, meine dunkle Seite, die sich durch irgendeinen Zauber verselbständigt hat, eine Figur aus meinen Träumen, Träume, die sich über die Stadt legen, das Leben vereinnahmen, es verwandeln …«

So redete Hoffmann noch eine Weile lang. Knarrpanti hatte es bald aufgegeben, in die Kugel zu lugen, denn dort passierte nichts. Die Figur darin war starr und nicht mehr als ein Bild, ein Bild in einer Camera obscura. Selbst Hoffmann sah aus wie die Pappfigur eines Dioramas. Aus Knarrpantis Perspektive wirkte es jetzt wieder so, als wachse Hoffmann aus der Schulter seiner robusten Frau heraus, während die Kristallkugel wiederum seiner eigenen Schulter entsproß, gewissermaßen als zweiter Kopf. All das schien weit fort zu sein. Unfaßlich, so wie die Rede des Dichters sich in Spekulationen verlor. Erst als Hoffmann den Namen »Ernst« aussprach, begann Knarrpanti aufzuhorchen.

»… der ›Meister Floh‹ ist fertiggestellt, und es liegt eine zweite Abschrift vor, die ich Ernst verdanke. Im vierten und fünften Abenteuer werden Sie, Herr Knarrpanti, übrigens porträtiert. Sie sind ein wenig kurios ausgefallen. Ich zitiere Sie mit dem Satz: ›Das Denken ist an und für sich schon eine gefährliche Operation und würde bei gefährlichen Menschen desto gefährlicher.‹«

Knarrpanti kannte diesen Satz. Er stammte aus seiner Geheimen Gendarmerieordnung.

»Sie sagen auch«, fuhr Hoffmann fort: »›Es kümmert mich den Henker das delictum, wenn ich nur einen Corpus in die Faust bekäme!‹ Ich hoffe, Sie mißverstehen all dies nicht. Es dient ausschließlich zur farbigen Charakterisierung Ihrer Person und soll lediglich als skurrile Pointe im rein märchenhaften Sinn gemeint sein. Sie verstehen: nichts weiter als eine Schnurrpfeiferei zum Amüsement literarischer Salons. Nichts liegt mir ferner als eine Karikatur unseres wohleingerichteten Polizeiwesens.«

Knarrpanti war sich nicht sicher, ob Hoffmann ihn soeben verhöhnte. Was ihn auf jeden Fall verunsicherte, war der Umstand, daß dieser Satz über den Corpus mit dem fehlenden delictum nicht der Geheimen Gendarmerieordnung entnommen war. An die Geheime Gendarmerieordnung hatte der Dichter immerhin herankommen können, trotz ihrer extremen Geheimhaltung. Aber wie in Dreigottesnamen hatte er an sein vor einigen Tagen im Hotelzimmer verfertigtes Manuskript gelangen können? In diesem hatte er den nämlichen Satz formuliert. Damit nicht genug. Hoffmann fuhr fort, und alles, was er beschrieb, entsprach bis aufs Komma genau seinem eigenen Text. Aber das Seltsamste war wohl, daß Hoffmann davon nichts wußte, denn warum sollte er die Knarrpanti-Episode mit dem typisch eitlen Gehabe eines Dichters dartun, wenn er es dem Zuhörenden selbst gestohlen hatte?

Nun gut, dachte Knarrpanti, das alles wird schon seinen Sinn haben. Er unterließ es, Hoffmann von dieser seltsamen Parallele ihrer beiden Texte zu unterrichten. Er unterließ es ebenfalls, ihn auf seine Naivität aufmerksam zu machen. »Rein märchenhaft«, wie Hoffmann hoffte, würde man diese Spitzelkarikatur im Staate Preußen wohl nicht verstehen.

Hoffmann hatte sich wieder ganz dem Innern der Kristallkugel zugewandt. »Es tut mir leid, ja mehr als das: Es tut mir im Herzen weh. Aber ich kann dich nicht mehr aus diesem Gefängnis entlassen. Du siehst, Spalanzani, dies ist nun einmal dein Schicksal. Verglichen mit der Winzigkeit dieser Kugel, ist ja dein Labyrinth hier unten das Paradies gewesen. Die Kugel benötige ich im übrigen nicht mehr. Dies soll meine letzte Erzählung sein!« Daraufhin bückte er sich und rollte die Kugel wie beim Kegeln in Richtung des Wandschirms.

»Können wir dann endlich gehen!« rief nun Frau Hoffmann aus.

»Ja, gehen wir«, bejahte Hoffmann, plötzlich von unmäßiger Erschöpfung ergriffen.

Mit schwerem, schleppendem Gang machte sich Frau Hoffmann auf den Rückweg, ächzend unter dem Gewicht ihres sterbenskranken Gatten. Im Türrahmen stehend, drehte sie sich noch einmal herum. Ja, sie mußte unbedingt noch etwas sagen. All das durfte nicht unkommentiert bleiben, schließlich trug sie die größte Last: »Das sind doch alles Kindereien!«

Dann war sie fort.

38.

Knarrpanti wußte nicht, was er tun sollte. Unter dem Schock der Ereignisse fühlte sich sein Kopf wie eine Wolke an, eine Wolke mit Ohren, denn er vernahm ein piepsendes Stimmchen. Er sah sich um. Natürlich, die Kristallkugel! Sie lag vor seinen Füßen. Mußte sich wohl selbständig gemacht haben. Er hob sie auf. Spalanzani, jetzt nicht mehr starr, sondern höchst agil, hatte sich ganz dicht an die Glaswand gestellt und schrie offensichtlich, was aber nicht lauter war als das Miauen einer neugeborenen Katze.

»Herr Knarrpanti. Lassen Sie mich frei. Ich bitte, ich flehe Sie an! Ich bitte nicht für mich. Um Ihretwillen.« Was redete dieser verrückte Professor nur? Knarrpanti versuchte, nicht zuzuhören. Statt dessen untersuchte er lieber dieses eigentümliche Objekt. So eine Zauberkugel war ihm vielleicht zu irgend etwas nütze. Möglicherweise würde sie ihm ja auch eine besondere Macht oder Fähigkeit verleihen. Nun, nicht gerade die Gabe, Geschichten zu erfinden, aber etwas anderes, etwas, das ihm behilflich wäre bei seiner Passion: der Spitzelei. Allein, wie ging man mit diesem runden Glasding um? Knarrpanti drehte während dieser Gedanken die Kugel in seiner Hand hin und her. Aber ihm wollte sich nichts offenbaren. Er hörte lediglich das permanente mäusegleiche Fiepen von diesem Spalanzani. Was sagte der jetzt schon wieder?

»Ohne mich können Sie mit der Kugel nichts anfangen. Befreien Sie mich, Herr Doktor.« Knarrpanti mußte schmunzeln bei dem Gedanken, daß der Winzling mit der gepuderten Perücke geradewegs in eines seiner Nasenlöcher hineinsah.

Der hatte ihn ganz schön in Angst und Schrecken versetzt, dieser mysteriöse Schattenspalanzani. Hypnotische Suggestion! Knarrpanti schüttelte die Kugel. Da entstand eine weiße Wolke aus schneeartigen Partikeln, die das Innere der Kugel einhüllte. Dazu erklang eine zarte glöckchenartige Spieluhrmusik. Als der Schneewirbel nachließ, konnte Knarrpanti zwei Gestalten erkennen: einen Mann und eine Frau, die Arm in Arm eine Treppe hinunterschritten. Hinter ihnen zeichnete sich jetzt die so vertraute Fassade des Schauspielhauses ab. Eine wogende Menschenmenge umgab das Paar …

Die Menge bildete ein Spalier, durch das die beiden Verlobten triumphal hindurchmarschierten. Immer wieder erschallten dreifache Hochs. Alle redeten sie wild durcheinander. Jeder wollte etwas Tolles gesehen haben. Wie zärtlich der zukünftige Gatte seine Verlobte jetzt küßte – das war ein Versprechen. Blumen mischten sich mit Schnee.

An den Rändern der Menge entstand eine Unruhe. Eine breite Schneise öffnete sich. Das Getrappel von Pferdehufen hallte wild und unbändig über den Platz. Die derart angekündigten Reiter waren noch nicht sichtbar, aber ihr Ziel war klar. Es war, als würde das Pferdegetrappel in vielfachem Echo ihr Anliegen weit über den Platz rufen. Schon hörte man wirklich Stimmen: das Gebrüll wüster Beschimpfungen. Peitschenschläge striemten die Luft.

Kopf an Kopf stürmten zwei Reiter heran. Die beiden Reiter klebten fast an den Hälsen ihrer Pferde. Von Nacht und Schnee gut getarnt, schien es so, als wären es magische Reiter, die schier durch die Luft flogen, in Sekundenschnelle auftauchten, um dann vom tanzenden Wirbel der Flocken wieder verschluckt zu werden. Wer sie sah, wer sah, wie ihre verbissenen Bartgesichter für Sekunden hinter dem Vorhang aus Nacht & Schnee aufblitzten, und wer sah, wie sie sich ähnelten, und wer sah, wie sie einander mit Peitschen und Fäusten bekämpften, konnte vermeinen, hier handele es sich um einen einzigen, nur gespiegelten Reiter oder doch um Doppelgänger, von denen nur einer ans Ziel gelangen durfte, denn für zwei von ihnen war diese Welt zu klein. So stürmten die beiden heran, rührten die Menge auf und hämmerten ihren unbändigen Willen zu siegen in das Pflaster des Gendarmenmarktes. Als sie in der Mitte des Platzes angekommen waren, wo sich soeben auch der Minister befand, da rissen sie gleichzeitig die Zügel hoch und brachten gleichzeitig ihre Pferde zum Stehen; gleichzeitig sprangen sie aus ihren Sätteln, hielten beide einen Teil eines Paketes in ihren Händen, zogen gleichzeitig an der Verschnürung und riefen beide gleichzeitig: »Herr Minister, hier das gewünschte Paket!«

Der Minister schaute dem unwürdigen Schauspiel mißmutig zu. Die beiden Männer, die er als seinen Boten und den Bruder des Boten identifizierte, balgten sich zu seinen Füßen im Schnee und zerrten an dem umkämpften Pakete, welches zweifellos einen Inhalt hatte, den zu erhalten er jetzt, unter diesen Umständen, keineswegs wünschen konnte. Schon tuschelten im Schneegestöber die ersten Rufmordmünder:

»Die Boten!«

»Die Boten bringen!«

»Die Boten bringen das Manuskript aus Frankfurt!«

»Die Boten bringen das requirierte Manuskript aus Frankfurt!«

Währenddessen kollerten die beiden Brüder durch den Schnee. Das Zerreißen von Packpapier wurde hörbar. Die ersten weißen Seiten mit dunklen Schriftzeichen darauf erschienen schon, sprossen dann aber wie eigentümliche schneeige Wesen in die tanzerfüllte Luft, flatterten wohl bald schon tanzend im Kreise, stoben als weiße Fetzen durch den Tumult glitzernder Fitzel, vermischt mit dem Schnee, dem Schnee, der ja selbst nur ein Schauer war aus Schnipseln eines zerrissenen Manuskripts, das irgendein Verlorener da oben in einem Anfall aus Selbsthaß oder Zensur auf die Erde geworfen hatte.

Der Minister, noch unschlüssig, was zu tun sei, fühlte bald eine Hand an seinem Stiefel, die Hand eines der Brüder, die aus dem verschränkten Gemenge von Körperteilen herausragte und gegen seine Stiefelstulpe klopfte; diese Hand hielt einen intakten Teil des Hoffmannschen Werks dem Empfänger wedelnd entgegen. Der Minister bückte sich. Er entriß der Hand die dargebotenen Seiten, bevor diese wieder in das schier unauflösbar verhedderte Knäuel der beiden Brüder zurücksank.

Der Minister ließ sich nun nicht länger von den zu seinen Füßen raufenden Brüdern beirren. Er hielt das Manuskript hoch, um es der Menge zu zeigen, und rief: »Seht her! Das ist das Manuskript, welches der Polizeidirektor, der schändliche Bube, konfiszieren ließ, um einen Mann zu zerstören, den bisher alle Welt nur lobte und liebte, nämlich: mich! Ich selbst werde dies Manuskript, welches mir meine beiden Boten aus Frankfurt soeben … äh … pflichtgemäß überbracht haben, dem Eigentümer zurückerstatten. Er wohnt nicht weit von hier. Wenn ich recht orientiert bin, sogar direkt hier am Gendarmenmarkt, in der Taubenstraße 31.«

Umtost von Beifall, beugte der Minister an diesem Abend einmal mehr sein vornehmes Haupt, während sich die Menge bereits in Bewegung setzte. Der Strom teilte sich und floß zu beiden Seiten des Schauspielhauses entlang, wobei aus den Seitenstraßen immer neue Schaulustige hinzuströmten. Dabei wurden Hüte geschwenkt, erschollen Vivat-Rufe, stimmten die Leute immer wieder Freischütz-Melodien an. Vor dem Eckhaus des Kammergerichtsrats verklumpte sich der Strom dermaßen, daß Schuckmann und Henriette Mühe hatten durchzukommen. Die Lichter sprangen im Haus an und schlafmützenbeschützte Gesichter belebten die Fenster. Nur in den Fenstern, die zur Hoffmannschen Wohnung gehörten, regte sich nichts. Sie blieben dunkel und verschlossen. Deshalb begann nun ein Rufen. Man rief den Namen des Dichters. Bald reckten sich alle Münder in die Höhe und riefen: »Hoffmann, Hoffmann, Hoffmann!«

In der Kristallkugel erschien plötzlich ein zweites Bild. Es zeigte das Innere der Hoffmannschen Wohnung, die noch im Dunkeln lag. Knarrpanti sah jetzt ein ganzes Panorama: Die rufende Menge. Das Treppenhaus, dessen Stiege Schuckmann und Henriette hinanstrebten. Eine Geheimtür in der Wohnung, die langsam, schmerzhaft langsam und gewissermaßen knarrend, aufging. Das Paar schon an der Wohnungstür, einen Klingelknopf in Form eines Katerkopfs betätigend. Die Geheimtür jetzt offen. Ächzende Laute und eine Frau Hoffmann kurz vor dem Zusammenbrechen, einen leblosen Gatten auf dem Buckel. Die Vivat-Hoffmann-Rufe, die durch alle Räume schallten. Flackerndes Licht von Fackeln, das in die Wohnung einfiel, Dinge verzerrte und tanzende Schatten gebar. Das ungeduldige Läuten der Katerkopfklingel. Rufe aus Hunderten von Kehlen, der Hysterie nahe in der opernhaft verklärten Stimmung dieser Nacht, durchglüht vom Begehren nach Glück und Gerechtigkeit und rücksichtslos gewillt, die Oper im richtigen Leben fortzusetzen. Schattenspiele vermehrten sich mit Lichtwesen, bevölkerten die Zimmer und huschten wie Gespenster über das ängstliche Gesicht der Frau des Hauses. Hoffmann war scheinbar ohne Bewußtsein. Wütendes Fauchen des Katzenkopfs. Bedrohliches Pochen. Ein Stein, der gegen die Fensterscheibe schlug. Frau Hoffmann, die ihren Gatten unsanft schüttelte. Der öffnete die Augen und sah das Kaleidoskop eines höllischen Schattenspiels, eine Welt tanzender Teufel, geifernder Schreie, ein Rufen und Türhämmern stürzte auf ihn ein. Frau Hoffmann entschloß sich endlich, zur Tür zu gehen. Sie öffnete sie …

Knarrpantis Blick fiel auf einen anderen Ausschnitt in der Kristallkugel. Er sah, wie sechs Gendarmen in korrekter, dem Geheimen Gendarmeriekodex gemäßer Formation den Polizeipräsidenten von Berlin aus dem Schauspielhaus brachten. Kamptz wurde ordnungsgemäß in einen Gitterwagen gesperrt, der bereits vor dem Theater wartete. Kamptz lag lethargisch im Wagen, im Dunkeln einem großen Bündel Lumpen sehr ähnlich. Einer der Polizeibeamten gönnte sich den Spaß – entgegen der Gendarmerieordnung – und stach mit einer Art Hellebarde in dieses Lumpenbündel hinein. Da wimmerte es und erhob sich, und das flehentliche Gesicht des

Polizeipräsidenten erschien hinter den Gitterstäben seines Käfigs. Sie hatten ihn zum räudigen Bären degradiert, zu einer nur mehr mäßigen Attraktion auf dem Jahrmarkt. Der höchstrangige Beamte dieser kleinen Truppe, der sich vielleicht schon als Nachfolger seines ehemaligen Vorgesetzten sah, gab den Befehl zum Abrücken. Gassenjungen folgten dem holpernden Wagen: »Wer den Poliseipräsidenten suerst treffen tut, hat jewonnen!« Johlend warfen sie Steine.

Das Bild verschwand, und statt dessen grinste ihn nun wieder die perückenbestückte Kniebundhosenfigur namens Spalanzani an.

»Gefällt Ihnen das? Wäre das etwas für Sie, Herr Doktor?«

Knarrpanti verstand nicht genau, was Spalanzani meinte.

»Eine Art Sphärenauge, verstehen Sie? Sie schauen hinein und sehen, was in der Welt passiert, aber niemand kann Sie sehen«, erläuterte der Professor.

»Sie meinen, das, was ich in der Kugel gesehen habe, ist wirklich passiert?«

»Genau, gerade eben, justament, in exakt diesem Augenblick, da Sie in die Kugel schauten.«

»Das ist ja famos!«

»Finde ich auch.«

»Das will ich haben.«

»Kein Problem. Also, ich habe da schon mal einen kleinen Vertrag ausgearbeitet …«

Spalanzani erläuterte die Einzelheiten des Vertrags. Es handele sich doch eigentlich um einen dieser üblichen Standardverträge … und, na ja … ach so? Er kenne sich aus. Der Herr Doktor sei ja schließlich Jurist …

Man wurde sich einig, und Knarrpanti befreite den Schatten aus seinem konvexen Gefängnis. Hatte Knarrpanti Angst vor diesem Pakt? Ja, natürlich. Würde er ihn trotzdem eingehen? Ja, natürlich. War er nicht längst verdammt, von Beginn an? Warum sonst wäre er Spitzel geworden? Ja, er mußte verdammt sein. Alle, die ihn trafen, spürten es. Auch Schuckmann hatte es gespürt. Hoffmann hatte ihm die Fratze seines bösen Wesens gezeigt. Nun gut, so wollte er denn mit Haut und Haaren verdammt sein. Also, ein Sphärenauge? Knarrpantis Spitzelherz hüpfte.

Als Knarrpanti schließlich auf dem Gendarmenmarkt stand, begann es gerade wieder zu schneien. Die Luft war so rein und klar. Ach, wie er diese Welt liebte, wenn sie aus Kristall war. Knarrpanti atmete tief durch. In seiner Manteltasche lag die Kristallkugel. Er überlegte, was zu tun sei. Zunächst mußte er zum Hotel, um seinen Geldbeutel, der unter der lockeren Planke des Holzfußbodens versteckt war, wieder an sich zu bringen. Dann wollte er lang und tief schlafen. Am nächsten Tage würde er ausgiebig frühstücken. Ja, das war eine Aussicht, die ihm gefiel.

Knarrpanti schaute zum Himmel auf. War er nicht wie einer dieser vereinzelten Sterne dort oben am Firmament? Tagsüber, wenn das Leben sich ereignete, war er nicht sichtbar; nur wenn alle anderen schliefen, zeigte er sich. Er befand sich also auf der anderen Seite des Lebens, auf der Nachtseite, und war unendlich weit entfernt von den Menschen.

So in Gedanken versunken, stapfte der kleine Mann im grauen Flausmantel durch den Schnee über den Gendarmenmarkt und verschwand dann, verschwand wie ein Finger in einen Handschuh.

39.

Einige Wochen später erhielt der Polizeiminister von Schuckmann den Befehl, sich unverzüglich zu Seiner Majestät zu begeben. Der Vormittag war nicht mehr ganz jung, Frühling lag in der Luft. Der Minister und seine Verlobte waren noch erhitzt von einem Morgenritt und führten gerade ihre prachtvollen Pferde in den Stall. Seit jenem Tag vor einigen Wochen rechnete der Minister jederzeit mit seiner Demission. Er hatte sich aufs Land zurückgezogen und wollte, wie seine preußischen Altvorderen väterlicherseits, künftig seinen Lebensunterhalt mit Ackerbau und Viehzucht bestreiten. Jetzt endlich hielt er die Depesche des Königs in Händen. Der rief ihn, zweifelsohne, um ihm die Entlassung mitzuteilen.

Er verabschiedete sich von seiner Verlobten, nannte dabei mehrmals ihren Namen – Henriette, Henriette – und bestieg eine bereitstehende Kutsche. Er blickte noch einmal aus dem Kutschfenster, bevor sein Anwesen hinter einer Baumreihe verschwand.

Während der Fahrt zum Schloß Seiner Majestät war er in Gedanken versunken. Der Beruf des Ministers war ihm eigentlich auf den Leib geschneidert. Er war dazu berufen, liebte er doch diesen Staat für immerdar. Natürlich hatte es ihn manches Mal gejuckt, alles hinzuwerfen. War es nicht ohnehin eine Illusion, an die Machbarkeit von Ordnung zu glauben? Waren nicht alle Ordnungen nur scheinbar? War nicht letztlich die wahre, die geheime Ordnung nichts anderes als die Unordnung selbst? Doch sooft er sich diese rhetorischen Fragen stellte, schließlich kam er immer wieder zu dem Ergebnis, daß es sie gab, die Ordnung, und daß er teilhaben wollte an ihrem Fortbestehen. Er war kein Chaot. Kamptz war im Grunde seines Herzens solch ein Finsterling, gerade weil er angeblich das Chaos so fanatisch bekämpft hatte. An einem bestimmten Punkte schlug Ordnungswahn in Unordnung um. Es galt deshalb, die Balance zu finden und immer wieder neu zu erfinden. Kamptz hatte seine Quittung erhalten. Der saß in der Festung Kolberg und wartete auf seinen Prozeß.

Der Minister bedauerte das Schicksal des ehemaligen Polizeidirektors nicht, aber er bedauerte sein eigenes doch ein wenig, wenn auch gewissermaßen mit einer erwachsenen Abgeklärtheit. Er schien überhaupt seit jenem Abenteuer ein wenig abgeklärter, ein wenig ruhiger geworden zu sein. Er hetzte nicht mehr wie ein Derwisch und wirkte zufriedener.

Als Schuckmann den Korridor entlangschritt, allein mit seinen hallenden Schritten und bar seines Sekretärs, der ihn, ohne eine Nachricht zu hinterlassen, verlassen hatte, erinnerte er sich wieder, wie alles angefangen und wie alles sein vorläufiges Ende gefunden hatte: wie der Polizeidirektor das Publikum beschimpfte, wie er Henriettes Namen ausrief, als wäre es das Selbstverständlichste der Welt, wie er noch in derselben Nacht Hoffmann das Manuskript zurückbrachte, begleitet von der frenetisch jubilierenden Menge, die ihn plötzlich so liebte, und auch er war so voll Liebe, und wie dann Hoffmann am Fenster stand, gestützt von seiner Gattin, und erschöpft und so bedauernswert klein und krank der Menge zuwinkte. Warum hatte er so eigenmächtig gehandelt? Es war die Menge, die Menge hatte ihn gelenkt, er war nur das ausführende Organ gewesen. Hatte er diese Tat inzwischen bereut? Nein, keineswegs. Nüchtern betrachtet, hatte sich seine Situation dadurch nicht verschlimmert, denn er war ja bereits verloren gewesen. Wie dem auch sei … Er hatte in diesem Moment die hohe Tür zu des Königs Schlafgemach erreicht.

Zögernd blieb er vor der Tür stehen. Er vernahm ein lautes Lachen. Das war keine gewöhnliche Lache. Das war ein königliches Lachen. Seiner Majestät – und damit dem preußischen Staat und damit Hegels Philosophie – beliebten es also, sich in äußerst guter Laune zu befinden. Schuckmann sah dies *nicht* als ein gutes Omen an; denn es war bekannt, daß gerade den royalen Lachseligkeiten häufig majestätischer Unmut folgte.

Als er eintrat, fand er den König in seinem gefütterten Morgenmantel vor, in die Lektüre eines Buches vertieft. Er saß in einem Sessel und las in einem schmalen Bändchen. Als nun Schuckmann eintrat, sah der König kurz auf, machte eine Handbewegung, die ungefähr besagte, er solle sich einen Moment gedulden, er werde sofort bedient, und steckte dann die Nase wieder in das Buch.

Schuckmann wartete länger als eine Stunde. Länger als eine geschlagene Stunde harrte er, ohne einen Laut von sich zu geben, mitten im Saale aus, indes der König das Buch las, oft durchgeschüttelt von einem Lachen, das die Lektüre offensichtlich provozierte. Als der König endlich die letzte Seite umgeblättert hatte, legte er es mit einem letzten, dem geschlossenen Buche nachgesandten Lacher beiseite und erhob sich. Er gürtete den Morgenmantel fester, bevor er sprach: »Tolles Buch, wie? Der ›Meister Floh‹! Wir hätten's beinahe konfisziert. Bäh! Haha! Ne, also, am besten gefällt mir das vierte Abenteuer. Diese Figur des Knarrpanti … die ist doch einfach unglaublich. Stelle Er sich einmal vor, den gäb's wirklich … Aber doll erfunden isser!«

Der Minister trat einen Schritt vor. Er räusperte sich. Seine Majestät hielt inne. Der Minister, durch das Entgegenkommen des königlichen Innehaltens bestärkt, trat einen weiteren Schritt vor, räusperte sich erneut und öffnete dann den Mund, nur ein weniges noch davon entfernt, *es* zu sagen. Der König hob eine Augenbraue, fragte endlich: »Ja?«

Da sagte der Minister: »Wieso erfunden? Knarrpanti, den gibt es doch wirklich!«

Nachdem der Minister diesen Satz ausgesprochen hatte, fühlte er eine nie gekannte Leichtigkeit. Es war ihm, als hätte er zum ersten Mal in seiner politischen Karriere die Wahrheit gesagt. Dies neue Gefühl weitete ihm die Brust.

Des Königs Gesicht verfinsterte sich. Seine Gesichtszüge wurden eng, enger und noch enger – bis, mit einem Schlag, dies Gesicht explodierte, explodierte in einem Lachen, das eines Kamptz würdig gewesen wäre.

»Aber, Herr Minister Schuckmann! Sie sind mir ja ein Fex! Ich wußte nicht, daß zu Ihren Vorzügen auch der Humor gehört? Haha, nicht schlecht. Knarrpanti lebt! Es lebe Knarrpanti! Na, na, komme Er einmal her! Ja, kommen Sie nahe zu mir. Ja.«

Schuckmann, verunsichert durch die seltsame Wendung des Gesprächs, trat zögernden Schritts auf den König zu. Plötzlich tauchte er in einen wallenden Dunst ein. Er spürte den warmen weichen Körper Seiner Majestät, und er roch dessen Atem und den Schweiß und den Puder der altmodischen Perücke. Er lag jetzt an des Königs Brust. Und eh' er sich's versah, hing an seiner eigenen Brust ein neuer, ein wunderschöner, ein sternenförmiger Orden!

»Den hat Er sich verdient. Er hat ja gewissermaßen das Königreich gerettet. Wir wissen jetzt endlich, wer der eigentliche Staatsfeind war, und können wieder ruhig schlafen. Ich will Ihnen etwas sagen: Dieser Polizeipräsident Kamptz war mir persönlich von Anfang an nicht geheuer. Ich bitte Sie: ein Mann, der aussieht wie ein dickes, fettes maronenfarbenes Sofa!«

Hoffmann war um diese Zeit bereits fast vollständig gelähmt. Auf Anraten des Ministers – aber doch auch seinem eigenen Wunsche entsprechend – stattete der König dem Dichter einen Krankenbesuch ab. Es wurde viel gescherzt und gelacht; denn Hoffmann hatte das Glück, daß sein Humor ihm bis zuletzt die Treue hielt. Der König entschuldigte sich für all das Ungemach, welches ihm der preußische Staat in der Gestalt des Polizeipräsidenten zugefügt habe. Hoffmann besaß die Größe, diese simplifizierende Interpretation der Ereignisse mit einem wissenden Lächeln zu verzeihen.

Ja, dachte Hoffmann, Seine Majestät sind doch so recht ein König wie aus einem Märchen, wie aus einem *meiner* Märchen.

Sechsundvierzigjährig starb Hoffmann am 25. Juni 1822. Er hatte mit dem Sterben gewartet, bis er vollständig gelähmt war. Aber er starb erlöst. Auf seiner Beerdigung bemerkte niemand den kleinen knorrigen Mann mit Hut, der sich sehr unauffällig im Hintergrund hielt, aber jede Einzelheit aufmerksam beobachtete, gerade so, als könne er all das irgendwann einmal verwenden.

Einige Monate zuvor hatte man einen anderen Mann gesehen.

Der Küster des Deutschen Doms war soeben damit beschäftigt, im Mittelschiff eine blasphemische Maus mit einem Reisigbesen zu jagen, als aus der Wand ein Mann trat. Mit genau diesen Worten – »er trat aus der Wand heraus« – sollte später der Küster dieses Ereignis schildern. Das war ja an sich schon verwunderlich genug – zumal es sich um einen langen Mann handelte, der allgemein als der blinde Mann mit der Restauratör-Spezial-Leiter bekannt war. Noch verwunderlicher aber war, daß sich diese Leiter von selbst bewegte. Sie ging neben dem Restauratör her. Aber das war nichts im Vergleich zu einem weiteren unerhörten Faktum: denn ein komischer Ball mit einer Kugel als Kopf hoppelte lustig neben dem Blinden und der Leiter her. Diese drei – der Küster betonte in seiner Erzählung immer wieder, daß es sich um »diese drei« handele –, diese drei also gingen plötzlich grüßend an dem Küster vorüber und verließen das Gotteshaus mit einem fröhlichen Pfeifen. Na gut, der Ball hüpfte eher, als daß er ging.

Auf dem Marktplatz schoben sich die drei Freunde durchs Gedränge, denn es war Markttag. Rasch ballte sich die Menge um die drei ungewöhnlichen Passanten.

»Ist das nicht der Blinde?« hörte man eine Frau fragen.

»Ja, schon. Aber wer ist der lustige runde Gesell neben ihm?« fragte ein Herr.

»Den kenne ich nicht. Aber dieses steif-staksende lange Ende von einer Leiter, das kenne ich wohl«, rief eine weitere Stimme.

»Ja, die Spezial-Leiter des Restauratörs!« stimmte jemand zu.

Die Zuschauer staunten nicht schlecht, als der Blinde nun die Leiter anwies, sich in die Mitte zu stellen, was die Leiter auch ohne Zögern tat. Noch mehr staunten die Leute, als der Mann den roten Doppelball aufforderte, die Leiter hinaufzuspringen. Der Ball hüpfte die Leiter hoch. Da stand also eine Leiter in der freien Luft herum, und ein unentwegt lächelnder Ball balancierte auf deren oberster Sprosse. Als nun aber der Mann selbst die Leiter erklomm und bis ganz nach oben, noch über den Ball hinaus, kletterte, um auf dessen Kopf einen Kopfstand zu vollführen, so daß dieses wacklige Gebilde jeden Moment einzustürzen drohte, da war im Publikum kein Halten mehr. Der Beifall brach sich Bahn.

Unter fröhlichem Jubel setzte sich die Leiter in Bewegung. Sie schritt mit großer Würde, einer geheimen Ordnung gehorchend, einmal ganz um den Gendarmenmarkt herum.

Wie jetzt Leiter, Ball und Mann im verklärenden Licht eines milden Wintertags erglänzten, griff so manche brave Frau und so mancher starke Mann unwillkürlich zum Schnupftuch.

Es war ihnen, als hätte irgend etwas ein gutes Ende gefunden.

Nachtrag

Der Handlungskern dieser Geschichte hat authentischen Charakter. In der Tat wurde 1822 das »Meister Floh«-Manuskript des Berliner Schriftstellers E.T.A. Hoffmann bei seinem Frankfurter Verleger Wilmans beschlagnahmt. In der Tat standen der damalige Polizeiminister Preußens von Schuckmann und der preußische Polizeidirektor von Kamptz hinter dieser Maßnahme. Auch ist es wahr, daß der Deutsche Dom während der Bauarbeiten im Jahre 1781 einstürzte, was dazu führte, daß der Baumeister Gontard seine Stellung verlor. Es ist ebenfalls verbürgt, daß 1821 die Oper »Der Freischütz« von Carl Maria von Weber im Schauspielhaus am Gendarmenmarkt uraufgeführt wurde. Es ist sogar wahr, daß der Eremit von einem gewissen Herrn Keller gesungen wurde.

Doch um Mißverständnissen vorzubeugen, weise ich darauf hin, daß die Handlungen der oben erwähnten Personen wie die der übrigen Figuren frei erfunden sind. Im Rahmen dieser Fiktion erlaubte ich mir den einen oder anderen Anachronismus, den Kenner der Philosphiegeschichte sicher entlarven werden.

Ronald Fricke
Berlin im Dezember 1999

Lisa Appignanesi
In der Stille des Winters

Roman

Aus dem Englischen von Wolf-Dietrich Müller

412 Seiten. Gebunden
ISBN 3-351-02878-4

Kanada im Winter 1989: Die einstmals gefeierte Schauspielerin Madeleine Blais wird erhängt in der Scheune ihrer Großmutter aufgefunden. Alles deutet auf Selbstmord hin. Madeleines Großmutter überredet einen alten Freund und Liebhaber Madeleines nach einem Motiv für Mord zu suchen, da sie nicht an einen Selbstmord glaubt. Der Versuch, das Rätsel um Madeleines Tod zu lösen, wird für Pierre zu einer Reise in die Vergangenheit …

So poetisch und geheimnisvoll wie eine Winterlandschaft, so voller Klang und Sehnsucht wie ein Liebeslied: Lisa Appignanesis Debüt ist ein psychologischer Krimi von seltener Eindringlichkeit, ein Roman der uns die Obsession an der eigenen Vergangenheit vor Augen führt – und der den Leser von der ersten Seite an fesselt.

Aufbau-Verlag

Theodor Fontane

Wie man in Berlin so lebt

Beobachtungen und Betrachtungen aus der Hauptstadt
Herausgegeben von Gotthard Erler
224 Seiten
ISBN 3-351-03194-7

Ob man Berlin liebt oder haßt, Fontanes charmant-witzigen Äußerungen über die Haupt- und Weltstadt kann man sich einfach nicht entziehen. Der Blickpunkt ist oft von verblüffender Aktualität, und zugleich fühlen wir uns auf wohltuende Weise der heutigen hektischen Metropole entrückt.
Gotthard Erler, exzellenter Kenner des Fontaneschen Werks, hat die schönsten und charakteristischsten Äußerungen zu einem vergnüglichen Stadtreise-Buch zusammengestellt.

»Dies ist der Fontane-Ton, der den Leser ein für allemal gefangennimmt – nicht nur als Kunstform, sondern auch als existenzielle Lebenshaltung: Nähe und Distanz, Einfühlung und Spott, Selbstbewußtsein und tiefer Zweifel, Klarsicht und Humanität – was Wunder, daß solches Aushalten der Widersprüche am Ende zu jenem überragenden Künstlertum führt, das nicht im Widerspruch zu bescheidener Menschlichkeit steht.«

Die Zeit

Alfred Kerr

Warum fließt der Rhein nicht durch Berlin

Briefe eines europäischen Flaneurs 1895–1900
Herausgegeben mit einem Nachwort
von Günther Rühle
421 Seiten. Gebunden
ISBN 3-351-02874-1

Ganz vom Erlebten des jungen Kerr getragen sind die Briefe dieses Bandes. In ihnen spricht er unvermittelt und ganz persönlich von seinem Empfinden im hektisch emporschießenden Berlin und seinem Weltgefühl in Paris, Florenz, Venedig, wohin er der sommerheißen Metropole entflieht. Das Heute genießend und der Weltlust hingegeben ist Kerr zugleich ein Meister der Erinnerung, des Heraufbeschwörens vergangener Tage. Günther Rühle charakterisiert in seinem Nachwort »Kerrs Berlin, Kerrs Welt« den Chronisten und Flaneur Alfred Kerr, der die Spannung zwischen Lokalem und Europäischen aufgriff und damit seinen Feuilletons einen unvergleichlichen Reiz gab.

»Alles in diesen Briefen ist längst Geschichte geworden. Aber es ist in Kerrs Sehen, Schreiben und Sprechen so geborgen, daß es durch Lesen sein Leben zurückerhält. So gewinnt sich journalistische Arbeit den Rang von Literatur: indem sie dem vergänglichen Tag zu Dauer verhilft.«

Neue Zürcher Zeitung

Aufbau-Verlag